Bestsellers

Degli stessi autori
in edizione Mondadori

Francesco Guccini
Storie d'inverno
(con Giorgio Celli e Valerio M. Manfredi)

Loriano Macchiavelli
Coscienza sporca

Francesco Guccini - Loriano Macchiavelli
Macaronì

FRANCESCO GUCCINI
LORIANO MACCHIAVELLI

UN DISCO DEI PLATTERS

Romanzo di un maresciallo e una regina

ARNOLDO MONDADORI EDITORE

I edizione Scrittori italiani novembre 1998
I edizione Bestsellers Oscar Mondadori ottobre 1999

ISBN 88-04-47191-3

Questo volume è stato stampato
presso Mondadori Printing S.p.A.
Stabilimento Nuova Stampa - Cles (TN)
Stampato in Italia. Printed in Italy

Il nostro indirizzo Internet è:
http://www.mondadori.com/libri

Un disco dei Platters

Prologo
ovvero tre misteri sepolti dalla neve e dal tempo

Nel primo mistero…

Nella gola chiusa fra i monti la sera arriva di colpo, come accade da queste parti in inverno, e il sergente tedesco, al volante della Schwimmwagen, bestemmia nella sua lingua.

«Che hai da sacramentare come un toscano?» gli chiede il giovane brigadiere della Guardia Nazionale Repubblicana che gli siede al fianco.

«Fra poco non si vede più… come si dice?… strada, ja. Non si vede più strada e non può accendere… fari, ja! Il capitano doveva fare partire prima, quando ancora c'era il giorno.»

Era arrivato in Italia che già conosceva la lingua, anche se era la lingua imparata all'università, e nei lunghi mesi passati fra quelle montagne a contatto con i soldati italiani aggregati alla sua compagnia dopo l'otto settembre del Quarantatré, l'aveva perfezionata e la parlava con sufficiente disinvoltura, tanto che quando c'era bisogno di un interprete il capitano chiamava lui.

«Il capitano avrà avuto le sue buone ragioni se ci ha fatto partire a quest'ora, non credi?»

«Certo, certo, sue buone ragioni, ja. Ha detto che di notte gli aerei non scoprono… se non accendo i fari. Poi ha detto che è difficile incontrare le bande ribelli. Di notte dormono, ja, ha detto il capitano.» Si china in avanti per vedere meglio la strada e per un poco nessuno dei due parla più.

Fa freddo ed entrambi sono infagottati nelle divise. Di sotto l'elmetto dell'italiano escono le due estremità della lunga sciarpa di lana azzurro chiaro che gli copre le orecchie, gira più volte attorno al collo e finisce annodata sul petto e questa non gli conferisce l'aspetto fiero che devono avere "i Leoni di Mussolini armati di valor".

Glielo ha detto anche il tedesco, prima di partire per la missione. Si è messo a ridere e gli ha detto: «Più che un soldato che sta facendo la guerra, tu sembri un vecchio che ha molto freddo» ma il brigadiere non gli ha risposto.

Fa freddo e cominciano a cadere i primi fiocchi di neve. Il tedesco bestemmia di nuovo.

«Anche la neve! È ancora lontano Ortskommandatur?»

Il giovane brigadiere guarda attorno per capire dove si trovano, ma i fiocchi, che nel giro di pochi minuti sono diventati fitti, confondono i contorni delle cose. Si stringe nelle spalle e non risponde. Il mitra gli pesa sulle ginocchia.

«Molto bene! Tu sei di queste parti e non sai dove siamo... Io non sono mai venuto in questo Ortskommandatur! Non so dove. Io non faccio guida turistica!»

«Oh sta' un po' tranquillo che si è quasi arrivati.»

«Io sto tranquillo, io sto tranquillo e accendo i fari» e manovra sul cruscotto.

Dalle due feritoie, ritagliate nella cuffia in tela che copre entrambi i fari esce una lama di luce, ma con scarsi risultati; colpisce la neve e illumina a malapena un metro di strada oltre il muso della Schwimmwagen. I fiocchi si attaccano al parabrezza, mulinellano ed entrano dai lati aperti dell'auto.

«Maremma maiala! Un potevi monta' le du' fiancate prima che noi si partisse?» E il brigadiere della GNR si stringe addosso il pastrano e si sistema meglio sulle orecchie e attorno al collo la sciarpa di lana azzurra.

«Tu sei di queste parti e hai più freddo di un povero soldato tedesco.»

«Per tua norma e regola io vengo dalla Maremma e dalle mie parti non ho mai patito un freddo cane come questo! Si po' sapere perché non hai montato le fiancate?»

«Troppo lungo da montare e lungo da togliere e così io non monto e aspetto la primavera.»

Il brigadiere si sporge dal parabrezza per vedere attraverso la neve che sta cadendo fitta. Si ritira subito, bestemmia, si pulisce dal viso la neve che lo ha imbiancato e borbotta fra sé: "In primavera io spero di essere a casa mia" e si sporge di nuovo. «Mi pare che ci siamo! Attento a sinistra, che dovresti vedere il cancello. È sempre spalancato. C'è un viale e, in fondo, il comando tedesco. Tu lo vedi 'sto cancello?»

«Come vedo con tutto... con tutta la neve?»

«Sì, c'è! Eccolo! Gira a sinistra, a sinistra!»

Il sergente tedesco non ha visto il cancello, ma si fida del compagno di viaggio e sterza di colpo; la neve ha già attecchito sulla strada formando un velo di ghiaccio, ma l'auto non sbanda e, stabile sulle quattro ruote motrici, passa di misura fra le due ante non del tutto aperte.

In fondo al viale, un alone luminoso fora il bianco muro di neve: le luci della villa sono tutte accese. Il sergente tedesco ferma l'auto ai piedi della scalinata che sale al porticato e borbotta:

«Qui c'è luce a giorno e io devo viaggiare con fari spenti!»

Il materiale accatastato alla rinfusa sotto il porticato, casse di documenti, mobili antichi, quadri imballati e chissà cos'altro, dà l'idea di uno sgombero improvviso dell'Ortskommandatur.

Fin dalla primavera il comando tedesco aveva trovato la sua sede ideale in questa splendida villa ed era sua intenzione restarvi almeno fino alla grande offensiva che, prima o poi, avrebbero di certo sferrato per ricacciare al sud gli Alleati che si erano attestati sulle cime delle montagne attorno. Ma in guerra le cose cambiano rapidamente e i propositi non sempre hanno il tempo di realizzarsi. Infatti, adesso si sgombera in fretta e si trasferiscono i documenti in una sede più protetta dalle cannonate degli Alleati, e i mobili e i quadri, da secoli patrimonio della villa e dei nobili proprietari, stanno per prendere la strada di Berlino o verso la casa di qualche importante gerarca. Nel frattempo i più alti in grado sono già partiti e all'Ortskommandatur sono rimasti il capitano e alcuni soldati che si danno da fare, dentro e fuori dalla villa, per completare il trasloco.

«Io viaggio senza fari e loro non spengono le luci» borbotta il sergente.

Un capitano della FLAK scende di corsa la scalinata e grida in tedesco.

«Che ha da berciare a 'sto modo?» chiede sottovoce il giovane della GNR.

«Dice che lui aspetta da tanto e dice di fare presto.»

Il sergente tedesco scende e il capitano gli indica le cassette da caricare e poi si gira verso l'italiano rimasto sull'auto e gli grida qualcosa nella sua lingua. Il brigadiere non capisce, ma immagina cosa gli sia stato ordinato e scende dall'auto per darsi da fare.

I due caricano le quattro cassette sul pianale posteriore, salutano il capitano che non li ha perduti di vista e ha controllato puntigliosamente il carico, si scuotono di dosso la neve e salgono sulla Schwimmwagen. Il capitano dà altri ordini al tedesco, alza il braccio in un "Heil Hitler" poco ortodosso e rientra in villa senza neppure togliersi la neve dagli stivali, tanto i preziosi tappeti non sono suoi.

«Che t'ha detto ancora?»

«Ha detto di fare attenzione per il trasporto, che sono documenti preziosi per... Come si dice in italiano?»

«Non lo so, non lo so. Come te l'ho da dire che non conosco il tedesco?»

«Forse si dice futuro, sì, documenti preziosi per il futuro della guerra e della Germania. Dice di fare presto che alla Mezzacosta aspettano. Lui ci raggiunge dopo.»

L'italiano sorride e scuote il capo: «Se sono così importanti, perché non li ha affidati a una scorta bene armata?».

«Lui dice che una sola auto e due militari sono poco visti dalle bande di partigiani, passano inosservati. Tu che dice?»

«Io dice che i documenti arriveranno a destinazione.» E visto che ormai il capitano non lo può sentire, si mette a ridere forte.

I due si ingolfano meglio che possono nei pastrani, perché la neve continua a entrare dalle fiancate aperte, e poi il tedesco mette in moto, riaccende i fari, per quel poco che servono, e la Schwimmwagen si muove veloce e senza slittare sullo strato gelato che, con il passare del tempo, va prendendo consistenza: le quattro ruote motrici ne fanno un'auto adattissima ad affrontare la montagna, il fango e i sassi delle mulattiere di queste parti.

«Il capitano dice di tenere armi pronte» e il sergente tedesco dà un'occhiata dietro, allo Schmeisser posato sulle cassette.

Anche il giovane della GNR ispeziona il suo MAB, che tiene fra le mani, e controlla il funzionamento della MG34 piazzata sul perno accanto al parabrezza e pronta a sparare.

L'ingegner Ferdinand Porsche ha fatto le cose per bene quando ha progettato la Schwimmwagen. Per esempio, ha tenuto la parte destra del parabrezza, quella che sta dinanzi al passeggero, più corta che dall'altro lato, in modo che la mitragliatrice vi passi di misura e il soldato che sta accanto al guidatore la possa utilizzare senza neppure alzarsi dal sedile. C'è poi una prolunga da piazzare su un perno che, sollevando l'arma, permette di sparare anche in alto, agli aerei.

L'auto imbocca la statale: sul tetto in tela la neve si scioglie ma sul parabrezza si deposita e le spazzole del tergicristallo si impastano e diventano dure, di ghiaccio.

Hanno finito le chiacchiere e in silenzio risalgono la valle.

Della Schwimmwagen, dei due occupanti, un sergente tedesco e un brigadiere della Guardia Nazionale Repubblicana, Repubblica Sociale Italiana, e delle quattro cassette di documenti di vitale importanza per il futuro della guerra e della Germania, non si saprà più nulla.

Il giorno dopo i pochi abitanti rimasti in paese, donne, bambini e vecchi, raccontano al capitano delle raffiche di mitraglia, dei colpi di mitra e dello scoppio di due bombe a mano che li hanno svegliati poco prima delle quattro del mattino; rumori consueti per un paese occupato a turno dai troppi eserciti in guerra. Nessuno se l'è sentita di uscire di casa.

Sul luogo della sparatoria il capitano trova i bossoli della sparatoria sepolti nella neve. Bossoli di Schmeisser tedesco e di MAB in dotazione ai giovani della RSI. Oltre la siepe, i suoi uomini trovano anche i segni dell'esplosione di due bombe a mano.

«Un'auto non sparisce! Frugate in ogni casa!» grida il capitano. Scarica in aria la P38 che ha tenuto in pugno e sventolato sotto il naso degli abitanti durante l'interrogatorio.

Mettono sottosopra le case, frugano nelle stalle, danno fuoco ai fienili... Le quattro cassette di documenti sparite sono una grande perdita per l'esercito del Führer.

Nel secondo mistero...

La prima a sentire quel grido di animale ferito è la Nuccia: da sei mesi non chiude occhio di notte e passa il tempo ad ascoltare i rumori della guerra e, quando la guerra lascia spazio, i rumori del tempo che scorre e della natura che continua a esistere. Suo marito è stato arruolato nella Todt... Arruolato per modo di dire: si sono presentati, armi alla mano, e lo hanno preso su.

«È vecchio e malato» ha cercato di spiegare lei. «Ha bisogno di cure...»

«Avrà le sue cure!» ha tirato via il sergente tedesco. «Chi lavora nell'organizzazione Todt, lavora per la grande Germania!»

È accaduto sei mesi fa e non lo ha più veduto.

Suo marito è stato arruolato nella Todt, come i pochi uomini che erano rimasti in paese; lei vive sotto l'incubo delle cannonate che, per il momento, passano sibilando sopra il paese e vanno a scoppiare sulla costa del monte, dall'altra parte dell'acqua... Sente il colpo di partenza, il sibilo che dura più o meno a lungo, a seconda della gittata, e lo scoppio finale. Cannonate isolate, il più delle volte, per far sapere a chi sta dall'altra parte che loro, i liberatori, ci sono ancora e che stanno lì, pronti a colpire. Qualche volta i tedeschi rispondono con un paio di cannonate e allora dall'altra parte si scatena la fine del mondo che passa sul paese.

Come si fa a chiudere occhio?

Così la Nuccia è la prima a sentire il grido e drizza le orecchie: non è un animale. Un animale non grida a quel modo.

Poi lo sentono anche gli altri che abitano lì vicino: il grido strozzato di un uomo. Forse invocazioni di aiuto, ma di questi tempi, chi può aiutare chi?

I rantoli durano buona parte della notte, spegnendosi e ricominciando, rimbalzando contro le rocce, infilandosi nelle gole e perdendosi nei boschi fino a quando non si sentono più ed è poco prima dell'alba.

Nessuno è uscito di casa.

Al mattino il parroco e tre donne si mettono in giro, sotto la neve che continua a cadere fitta. Le prime impronte le trovano sotto la roccia sporgente della lastra del Gufo, dove la neve non cade direttamente ma portata dalle folate di vento. Sono orme di scarponi chiodati, forse militari, ma capire se chi li indossava era tedesco o italiano... Chi trova un cadavere, gli toglie prima di tutto le scarpe e se le mette ai piedi.

«Qui c'è stato per un po'» dice il parroco. «Se ci fosse rimasto, lo avremmo trovato e aiutato.»

Le orme si dirigono verso il sentiero che porta alla Ca' Bruciata.

Il parroco si ferma, sudato e ansimante, e fa segno di ascoltare, ma c'è solo il silenzio dell'inverno e nessuno saprà chi ha gridato quella notte, chi aveva bisogno di aiuto. E che ne è stato di lui.

Nel terzo mistero...

Quando c'era Caio, la baracca in lamiera dietro casa si riempiva di legna secca, tagliata e pronta per la cucina economica un bel po' prima che arrivasse l'inverno. Ci pensava lui, Caio. Poi è arrivata la guerra, Caio l'hanno richiamato, sono passati tre inverni e la legna in baracca era finita già dopo il primo di quei lunghissimi inverni.

Lei, la Maria di Caio...

Ci sono troppe Maria in paese e così, per distinguere una dall'altra, la gente aggiunge il nome del marito o dell'uomo con il quale vivono, come nel caso della Maria di Caio.

Lei, la Maria di Caio, si era data da fare per tutta l'estate a portare a casa i tronchi secchi che la corrente del fiume trascina e sbatte sulle rive, raccogliendo bacchetti per accendere la stufa o scaldare il forno per il pane, quando trovava la farina, o rubando qua e là nei boschi i rami spezzati dal vento e lasciati lì a marcire, che non c'erano più uomini a pulire i boschi. Aveva fatto quanto poteva e, in ottobre, la baracca sembrava che non avrebbe potuto contenere altra legna eppure a fine gennaio non ce n'era già più e l'inverno era ancora lungo.

«Legna di pioppo, di salice, di acacia» le aveva spiegato la Nuccia. «Legna che brucia in un amen e resta solo la cenere. Ci vuole legna di quercia, cara mia. La legna di quercia brucia adagio e fa brace e calore.»

Sì, e dove la trova la legna di quercia, adesso?

Così tutte le mattine la Maria di Caio esce di casa e fa il suo giro per recuperare un po' di rami, e non si preoccupa che siano di quercia, da mettere nella cucina economica. Ci deve far bollire l'acqua per due patate, oltre che scaldarsi.

Dove la neve crea un piccolo rilievo, lei scava con le mani e con la pala, e trova un arbusto secco, un pezzo di tronco... Non sempre, che a volte è semplicemente un'irregolarità del terreno e allora la Maria di Caio si è congelata le mani per nulla. Se le riscalda sotto le ascelle o ci soffia sopra e poi ricomincia a cercare e a frugare fra la neve.

«Finirà, questo schifo di guerra. Finirà e Caio...» Ma Caio tarderà a tornare, anche a guerra finita.

Lungo il sentiero che scende al fosso della Guelfa, un torrente dove scorre acqua anche in agosto, ha già accatastato un bel po' di legna, umida ma sempre buona da bruciare nella cucina economica. Maria di Caio la guarda: «Mi basterà per una settimana.» E, prima di riprendere il sentiero di casa, dà un'ultima occhiata attorno e proprio sul bordo della pozza della Borda il manto nevoso si solleva come se coprisse un bel pezzo di tronco.

«Lo segherò qui» borbotta. «Non riesco a trascinarlo intero fino a casa.» Ma intanto è da scoprire e mettere al sole per un paio d'ore. Poi tornerà con la sega, ne farà due o tre pezzi...

Comincia a scoprirlo dalla parte lontana dall'acqua: l'altra estremità deve essere dentro la pozza della Borda. Toglie la neve gelata e quando spuntano i due piedi nudi non ha neppure la forza di gridare. Due piedi nudi, bianchi come la neve che li ricopriva, con le dita piantate nella crosta gelata del terreno, quasi che lì avessero radici e fossero germogliati dalla terra.

Non riesce a gridare. Lascia cadere la pala, si mette le mani sulla bocca e guarda con gli occhi sbarrati i due piedi. Poi guarda verso l'acqua e quel colore scuro che finisce nella corrente non è l'ultima parte di un tronco d'albero, come aveva sperato. È la nuca, e i capelli si muovono nella corrente!

Ci pensa il Frabbone a scoprire l'intero corpo; poco distante il prete borbotta le litanie dei morti, il libro aperto fra le mani, e le altre donne rispondono i loro amen, ancora più indietro sul sentiero.

Deve fare leva con il manico della pala sotto il petto e sotto la pancia del morto, per schiodarlo dal terreno gelato: «Chissà da quanto tempo è qui, poveraccio».

E quando finalmente riesce a girare il corpo, subito chiude gli occhi e li riapre per guardare altrove: il viso, per quanto ne resta, è di un giovane, ma gli occhi non ci sono più, le labbra sono mangiucchiate come mangiucchiato è il naso, tanto che spuntano le ossa.

Il Frabbone si fa forza, si toglie il fazzoletto dal collo e con quello copre il povero viso massacrato.

«Avrà avuto sì e no vent'anni» dice la Nuccia mentre trasportano il corpo lungo il sentiero. «Povero ragazzo!»

Prima di seppellirlo nel cimitero del paese, dopo la funzione dei morti che si deve a ogni cristiano, il parroco fruga nelle tasche degli abiti civili che il disgraziato indossa: una maglia di lana grezza, una giaccona da inverno, un paio di calzoni di fustagno, lisi sulle ginocchia, sopra le mutande lunghe di lana. Niente altro. Nessun documento per scrivere un nome sulla croce in ferro che, qualche giorno dopo, la Nuccia pianta sulla tomba. L'ha fatta il Frabbone e su un pezzo di lamiera, saldata al centro, ha inciso la scritta: "Giovane di circa 20 anni trovato nella pozza della Borda addì 3 febbraio". Si è dimenticato l'anno, ma non ha importanza.

Scendono in paese e, fra le donne che hanno assistito alla funzione, la Cesira tira fuori la storia della Borda:

«Avete visto com'era mangiato il suo viso? Prima gli occhi e poi le labbra e poi il naso: proprio come fa la Borda.»

«Ma la Borda sta nell'acqua, no?»

«E il viso di quel disgraziato non era nell'acqua della pozza? Io lo so, i miei me l'hanno sempre raccomandato: "Stai lontana dall'acqua, stai lontana dall'acqua se non vuoi che la Borda ti prenda e ti trascini a fondo".»

«L'ho sentito dire anch'io che la Borda mangia la gente che tira giù e comincia dagli occhi e dal naso e dalle labbra. Io però non ci ho mai creduto.»

«Hai fatto male. Hai visto il viso? È stata la Borda, credetemi. La Borda ha bisogno di un morto ogni tanti anni... Non so quanti, ma per un po' forse questo le basta. Mia nonna lo diceva sempre ai più piccoli: "Non avvicinatevi alla Guelfa, non avvicinatevi alla Guelfa che c'è la Borda!".»

«E perché proprio nella Guelfa?»

«Perché c'è sempre acqua, anche in estate, e ci sono dei fondi dove la Borda si nasconde, pronta a saltare fuori appena uno si sporge.» La Cesira ne sapeva più delle altre sulla Borda, forse perché la sua casa era la più vicina al fosso della Guelfa. O forse perché era la più avanti con gli anni fra le donne che avevano partecipato alla funzione per il povero ragazzo mangiato dalla Borda.

«Cosa sono questi discorsi da donnette ignoranti?» interviene il prete. «Che Borda e Borda del Medioevo! Quel poveretto è morto e basta!»

«Sì? E chi gli ha mangiato gli occhi, eh, don Merigo?»

«La volpe o un altro animale. Non voglio più sentire parlare della Borda!»

La Cesira scuote il capo e borbotta alla sua vicina: «Sì, la volpe. Ma se aveva la faccia sotto l'acqua».

Ha parlato sottovoce, ma don Merigo ha buone orecchie: «E secondo te la Borda aveva bisogno degli scarponi di quel povero giovane, che glieli ha cavati per metterseli lei?».

La Cesira fruga nei ricordi d'infanzia, ma non trova una risposta. Resta della sua opinione e, certa com'è della fondatezza dei racconti popolari, ribadisce: «E voi, don Merigo, ditemi allora com'è morto, che non ha ferite di fucile o di schegge».

Anche don Merigo cerca una risposta che non trova: «Quel povero ragazzo è morto, è morto e basta. Forse non sapremo mai chi è né com'è morto, ma merita un po' di rispetto, nel nome di Dio! Un giorno verrà qualcuno a reclamarne i resti e cosa gli diremo? Che l'ha ammazzato la Borda?».

Ma don Merigo si è sbagliato: nessuno è venuto a reclamare i resti, nessuno ha mai saputo il nome del giovane in abiti civili e senza scarpe trovato con il viso immerso nell'acqua della Guelfa, nessuno ha capito come sia morto e la croce è ancora là, piantata su una fossa nel cimitero del paese, arrugginita dal tempo e con la scritta illeggibile.

I
il tesoro della Regina Selvaggia e altri tesori

Sbucò all'improvviso, correndo, dal bosco. Davanti a lui la radura erbosa e, più avanti ancora, i ruderi, che ben conosceva. Ansimante, si fermò ad ascoltare, e il rumore dei rami spostati di furia e calpestati nella corsa gli disse che lo stavano ancora inseguendo. Si asciugò il sudore col braccio sinistro, il destro ben stretto sull'arma.

Guardò veloce quello che restava della piccola Abbazia e, dietro, il moncone dell'antica torre di guardia; sarebbero stati un ottimo rifugio, avrebbe potuto difendersi. La battaglia era cominciata giù, fra le case del paese e si era spostata verso il bosco. Dei suoi compagni non aveva notizie, ma dovevano essere stati uccisi tutti se inseguivano solo lui. Erano in quattro, li aveva contati, e, lo sapeva, gli rimanevano solo cinque colpi.

Guardò attorno: l'Abbazia era ancora, bene o male, rabberciata e in piedi, forse chiusa e impenetrabile, ma poi ecco la torre, certo! Una torre a base pentagonale e con l'apertura alta che un tempo era stata la porta d'ingresso e che ora in parte era ostruita da macerie e cespugli. Di là avrebbe potuto dominare il terreno piano attorno e difendersi, farcela ancora. Avrebbe avuto anche il sole alle spalle...

Che trionfo se fosse riuscito a ucciderli tutti!

Si mise l'arma a tracolla e corse alla base del pentagono di grosse pietre irregolari. Salire era facile, l'aveva già fatto tante volte.

Entrò in quella che era stata la prima sala, forse il corpo di guardia, ma non lo sapeva e non gli interessava, e nemmeno guardò in alto, dove aveva solo il cielo chiaro e qualche nuvola estiva. Si accucciò dietro un cumulo di pietre, ben coperte da rami di sambuco ebbio, ginestre e intrichi di rovi. Posò l'arma accanto a lui e controllò le munizioni: due nelle canne, le tre restanti appoggiate al suolo, a portata di mano.

Non tardarono. Arrivarono uno dopo l'altro, ansimanti per la corsa, senza precauzioni; la superiorità numerica, o forse l'essere fuori tiro, dava loro sicurezza.

In piedi, incuranti, si fermarono. Il più alto, il capo, lo conosceva bene, alzò un braccio e tutti si fermarono. Si guardarono attorno.

«Dove si sarà cacciato?» Un biondo con la faccia sudata e impolverata interrogò nervosamente il capo.

«O nell'Abbazia o nella torre, non c'è scampo.»

«Cosa facciamo?»

Il capo fece segno di tacere, restò pensieroso, calciò un ciuffo d'erba: «Se è ben nascosto» disse «può tenerci inchiodati qui quanto vuole e non abbiamo più tanto tempo». Guardò i suoi uno alla volta. «Facciamo così: andiamo avanti piano, a una certa distanza l'uno dall'altro. Prima o poi dovrà fare qualcosa, scoprirsi o tirare e anche se ammazza uno di noi, restiamo sempre in tre e lo facciamo secco. D'accordo?»

Non era una bella prospettiva, ma annuirono tutti. Imbracciarono le armi e, distanziandosi, si avviarono verso i ruderi.

L'altro, dentro, ben nascosto, aveva sentito tutto. "Non sanno o non ricordano che ho una doppietta a canne lunghe" pensò. "Con un po' di fortuna ne riesco a far fuori due subito, poi si vedrà. Non mi pare che abbiano armi come le mie e dovrei essere avvantaggiato nel tiro. Ora vediamo."

Li guardò avanzare. Ce n'erano due leggermente più avanti rispetto agli altri e il capo chiudeva il quartetto.

"Quelli, devo tirare subito a quelli." Si mise carponi, molleggiandosi sulle gambe per essere pronto allo slancio. Valutò la distanza. "Ora" si disse. Prese fiato, saltò su e sparò, veloce, due colpi in rapidissima successione e precisi.

«Presi!» urlò. «Li ho presi!» Ma gli altri due, tesi e attenti, reagirono d'istinto e spararono secchi a loro volta.

«Preso!» urlò il capo. «Morto, morto, sei morto, t'ho beccato!»

«No che non m'hai beccato!» Il ragazzo si alzò da dietro il riparo, la cerbottana penzolante in una mano. «Non m'hai beccato no, la freccia m'è passata distante tanto così» e allargò una mano.

«T'ho beccato verodìo, se avevi una maglia ti si piantava anche. È che è rimbalzata, ma t'ho beccato sì, ho visto bene!»

Il ragazzo scese dalla torre e fronteggiò il capo: «Non mi hai beccato. Perché t'inventi sempre le cose e perché vuoi vincere sempre tu? Ti dico che mi è passata da così». E i due si guardarono torvi.

«T'ha preso, t'ha preso, abbiamo visto, c'eravamo anche noi e noi s'è vinto anche stavolta!»

Altri ragazzi sbucarono nella radura: «A noi non c'è sembrato. Lui ha ammazzato Marcello e Joe, sì, ma voi non lo avete preso» gridò uno. «S'è visto bene: o come avreste fatto a prenderlo là dietro tutte quelle ragge?»

I due gruppi si fronteggiarono e cominciarono a spintonarsi, le cerbottane gettate per terra, urlando e accapigliandosi. Non c'era verso, tutte le battaglie finivano così: senza un vinto e senza un vincitore ufficiali.

«Oh cos'è tutta 'sta cagnara?» gridò una voce che pareva venire dai sotterranei dell'Abbazia.

I ragazzi si voltarono. Una malmessa porta della vecchia costruzione si aprì e avanzò fuori un tipo di età imprecisabile, capelli e barba arruffati, striati di bianco, giacca e pantaloni di velluto a coste larghe, rattoppati alla grossa qua e là, un maglione di lana di pecora di colore incerto e ai piedi scarponi militari.

«Cos'è tutto questo bordello?» ripeté a voce alta e tonante.

«Oh quello?» il biondo dalla faccia impolverata si rivolse timoroso al capo.

Non tutti i ragazzi erano del paese, alcuni erano lassù in villeggiatura per la prima volta e non conoscevano ancora bene i posti e la gente, anche se si erano subito imbrancati coi locali per le usuali ribalderie.

«Naa! Quello è il Romitto del Castagno. Noi lo si chiama così. È un matarocco, uno un po' strano, via, ma non fa niente di male. S'è messo in testa di fare il guardiano della vecchia chiesa. Dice che ha avuto le visioni, so io, e vive qui, ci abita, lì dentro, da solo. Ecco perché lo chiamano il Romitto del Castagno. Di nome fa... Vivarelli? Vivarini... Non me lo ricordo neanche. Ha un po' studiato, anche, e dicono che abbia girato il mondo, ma va a sapere...»

Il capo aveva parlato sottovoce come per non farsi sentire dal vecchio che, intanto, si era avvicinato al gruppo. Alzò un braccio tenendo alto l'indice della mano, in posizione ieratica.

«Come osate profanare questi luoghi carichi di storia e di sacralità? Ma lo sapete o no che qui c'erano dei frati che hanno costruito l'Abbazia perché la Madonna è apparsa a due pastori? Sì, proprio la Madonna. È apparsa su quel castagno laggiù!» Si volse e con un gesto imperioso dell'indice sempre teso mostrò il vecchio castagno accanto alla chiesa. Sul tronco, a mezz'altezza, si vedeva un'immagine sacra con dinanzi dei fiori rinsecchiti. Poi l'indice compì un ampio giro e puntò la torre. «E non sapete che attorno a quel vecchio rudere si ergeva un possente castello e dentro al castello ci stava una regina, una vera regina?!»

«Oh sta' mò buono, Romitto, sta' mò buono» disse il capo. «Le sappiamo tutte queste cose.»

Il biondo dalla faccia impolverata tirò per la manica il capo: «Una regina, ha detto?». Era un villeggiante e quelle storie di regine lo affascinavano. Salgari aveva colpito duramente. Alzò la voce: «E che regina?» chiese al Romitto.

Il vecchio sorrise, soddisfatto per essere riuscito a stuzzicare la fantasia di almeno uno dei ragazzi. Gli si avvicinò: «Una regina importante, la Regina Selvaggia. Così si chiamava. Ed era sempre in guerra con un'altra regina che abitava in un altro castello di là da quel monte. Che guerre! Lance e spade, a quei tempi, e frecce e archi. Selvaggia aveva fatto scavare delle gallerie che dalla torre arrivavano fino al paese e altre gallerie che arrivavano al fiume. Fin dentro il fiume, arrivavano...».

«E ci sono ancora?» domandò il biondo dalla faccia impolverata.

«Se ci sono ancora? Certo che ci sono ancora! Ma da allora... da allora dei pezzi sono crollati e bisognerebbe scavare, scavare...» e faceva segno con le mani.

«Poi com'è andata a finire? La guerra delle regine, voglio dire.»

Il Romitto si chinò sul biondo, più curioso degli altri. «E chi lo sa. Sono passati tanti secoli... Ma poi la Regina Selvaggia morì, questo si sa.»

«In guerra?»

«No, di malattia, una terribile pestilenza di quei tempi. Ma aveva fatto testamento di essere sepolta vicino alla chiesa, sotto un pero, con tutto il suo tesoro!»

Le ultime parole del Romitto erano arrivate alla fantasia di tutti i ragazzi che, meno il capo, esclamarono in coro: «Un tesoro?».

«Un tesoro, sì. E se foste buoni di trovare quel pero e se scavaste, trovereste il tesoro della Regina Selvaggia: una chioccia tutta d'oro con dodici pulcini tutti d'oro.» Si sollevò, alto e grosso contro il cielo. «Nelle notti di luna piena si sentono ancora pigolare! Una chioccia d'oro con dodici pulcini d'oro!»

Ci fu un lungo silenzio e poi il biondo dalla faccia impolverata esclamò: «Accidenti, un tesoro! Ragazzi, lo avete mai cercato quel pero?».

Il capo era uno del posto e più concreto: «Sììì, prendilo, il pero e il tesoro. Se stai a credere al Romitto… Son tutte favole, tutte storie inventate».

Il Romitto si chinò di nuovo verso il biondo. «Storie, sì, ma storie vere. E la Regina Selvaggia ha anche lasciato scritto nel testamento che ci deve essere sempre un guardiano a difendere il suo tesoro e quel guardiano, oggi, sono io.»

«Oh, si va?» gridò il capo, che ne aveva abbastanza delle fantasie del vecchio. «Si va o si fa notte ad ascoltare le fole che ci conta il Romitto?» E si avviò.

Gli altri lo seguirono a malincuore. L'ultimo a muoversi di là fu il biondo dalla faccia impolverata. Erano ai margini della radura, che il Romitto gridò:

«Tornate, tornate che ho altre storie di tesori da raccontarvi! Ne ho anche trovato di quei tesori e adesso li custodisco ben nascosti nei sotterranei dell'Abbazia!»

Il ragazzo biondo si voltò e fu il solo a vedere il vecchio sparire nel buio fitto, oltre la porta dell'Abbazia. Corse a raggiungere il capo:

«Hai sentito? Quello ha trovato dei tesori!»

«Te lo dico io che tesori ha trovato il Romitto. Quello i tesori ce li ha qui» e si toccò la fronte. «Ce li ha qui assieme ai grilli che gli cantano tutto il dì.»

Il mulino vecchio era abbandonato da tempo, da subito dopo la guerra. Era un mulino piccolo, solo con un paio di macine da castagne e ormai le castagne non le raccoglieva più nessuno. Il padrone se n'era andato in Francia, a fare l'operaio, lavoro fisso, sicuro, e la domenica e le altre feste riposo, altro che macinar castagne!

Con gli anni, il tetto aveva cominciato a imbarcare acqua, i catini dei ritrecini si erano staccati dall'asse ruotante e vandali o vagabondi avevano scassinato la porta, che pencolava spalancata e sbilenca reggendosi su un cardine arrugginito e mostrando il vuoto di una stanzetta. Di fianco, da una finestrella a sbarre di ferro, si vedeva, attraverso i vetri rotti, quello che restava delle due macine e dei palmenti.

Fuori, dinanzi al mulino, una grande radura erbosa sulla quale crescevano ontani e pioppi e, poco più sotto, il fiume scorreva borbottando tranquillo, almeno in quella stagione estiva; per dei ragazzi sui vent'anni, era il posto ideale dove trovarsi di sera, suonare la chitarra, bere vino, mangiare, fare tutta la confusione possibile senza che nessuno trovasse da ridire, e magari lasciare il gruppo e imbucarsi in coppia dietro qualche cespuglio per santificare uno di quegli amori estivi che durano due settimane o una vita.

Arrivarono verso le otto, scendendo dal sentiero; davanti uno con la chitarra a tracolla, da cui ogni tanto traeva un accordo, gli altri dietro, in fila indiana.

«Ragazzi, chi ha il vino?» Quello con la chitarra si girò.

«Eccolo, il vino!» Una piccoletta rotonda si fece avanti reggendo due fiaschi. «Tu, Pietro, cerchi sempre il vino e non lo porti mai. Perché poi mi tocca portarlo sempre a me, che sono la più piccola?» Rise appoggiando i due fiaschi vicino al muro del mulino. «E poi non lo bevo neanche.»

Uno alto e magro la canzonò prendendola per le spalle: «Non lo bevi neanche? E la balla che hai preso l'altra sera non te la ricordi, Cicci?».

«Ma sta' buono, Gigi, ne avevo bevuto solo un sorso. È che non posso bere niente che mi va subito alla testa. Son tornata a casa che non fiatavo, anche se davo delle gran onde. Se i miei mi trovavano in quello stato lì, mi sderenavano. Aah l'ho messa bene, va' là. Chi ha la salsiccia, piuttosto?»

«L'ha comprata Carletto, anche il pane. Oh, poi facciamo i conti, che il vino l'ho comprato io.» E Gigi si mise a sedere.

«Be', già seduto? Dài dài, che dovete cercare la legna e accendere il fuoco.» E Pietro sottolineò la frase con un accordo.

«E tu cosa fai, non fai mai niente?»

«Io suono la chitarra, i musicisti non lavorano. Dài mò, Franca, anche tu, Lino, e tu, Silvia, non crediate di cavarvela così. Dove sono Clara e Vincenzo? Già infrascati?»

«Siamo qui, siamo qui, cosa credi, tu parli e suoni e noi lavoriamo. Cantaci almeno qualcosa, cantaci quella di coso, di Modugno, *Vecchio frac*, dài.»

«La conosco, la so fare,» borbottò Pietro «ma lui adopera un tempo che non mi riesce bene. Comunque, se vi accontentate...» Si mise a sedere a gambe incrociate e cominciò a cantare:

È giunta mezzanotte,
si spengono i rumori,
si spegne anche l'insegna
di quell'ultimo caffè...

Gli altri, attorno, verso il fiume, raccoglievano bacchetti e pezzi di legna portati dalla corrente e rimasti ad asciugare sul greto. Un po' alla volta li ammucchiarono vicino a un braciere di pietre annerite da fuochi precedenti, appoggiato a una parete del mulino. Spezzarono i rametti piccoli e Vincenzo strappò due fogli dal giornale che aveva portato con sé e li sistemò sul fondo del braciere. Poi, con cura, vi appoggiò i rametti e sopra qualche pezzo più grosso:

«Lasciate fare al fuochista. Per fare fuoco ci vuole un grande professionista» disse alzando la destra con il pollice a chiudere il mignolo, nel saluto degli scout. «Ugh! Ho detto. Perché non preparate gli spiedini?»

Pietro appoggiò la chitarra al muro: «Oh, va sempre a finire così: io canto come uno scemo e gli altri mangiano, bevono e si infrascano. Aspetta che almeno taglio la salsiccia, così la controllo da vicino. Prima però...». Prese il fiasco, mandò giù un gran sorso e si pulì la bocca col dorso della mano. «Buono, ci voleva. Dov'è la salsiccia?» Estrasse di tasca un coltellino e si mise a tagliare il lungo budello roseo in pezzetti regolari posandoli poi sulla carta gialla aperta sull'erba, accanto a lui.

Silvia, una ragazza dai capelli lisci e biondi, posò altra legna vicino al fuoco: «Ce ne vuole ancora?» chiese a Vincenzo.

«Ce ne vuole sì. Cosa credi, di cavartela con così poco?»

Silvia si guardò attorno per cercare legna e borbottò: «Accidenti, ma quello è mio fratello». Agitò le braccia e gridò: «Claudio! Claudio, dove stai andando? Dove vai a quest'ora? Lo sa la mamma che sei ancora in giro?».

Il ragazzo dai capelli biondi e dalla faccia impolverata era appena sbucato dal sentiero. Fece un vago segno con le braccia verso la sorella e non si fermò.

«Ma che scemo! Proprio a me doveva toccare un fratellino scemo?» disse Silvia e di corsa raggiunse il fratello e lo bloccò per le spalle: «Oh, mi hai sentito? Dove stai andando a quest'ora?».

«Io ti ho mai chiesto dove vai?»

«Scemo, che tu hai otto anni e io quasi sedici.»

«Ma tu sei una donna e io un uomo.»

Finiva sempre così fra i due.

Pietro li raggiunse. Teneva in mano un bastoncino con infilato un pezzo di salsiccia arrostito per metà: «Guarda, Silvia, che se non ti sbrighi quelli mangiano tutto».

«Sììì, arrivo. Questo scemotto mi fa sempre arrabbiare» e tornò al fratellino: «Lo sa la mamma dove stai andando?».

«Posso stare fuori fino alle dieci.»

«Sì, ma in paese, non qui. Lo sa la mamma?»

Claudio si strinse nelle spalle: «Alle dieci sarò a casa».

«Si può sapere dove stai andando?»

Prima di rispondere, Claudio guardò Pietro, sospettoso, e poi si decise: «Di' a quello di non ridere».

«Non rido, non rido. Rispondi a tua sorella che così ce ne andiamo a mangiare prima che finiscano tutto.»

«Vado a cercare il pero.»

«Il pero?» chiese Silvia. Si passò la mano sulla fronte, disperata.

«Sììì, il pero dove sotto c'è nascosto il tesoro!»

Silvia si rivolse a Pietro: «Te lo dicevo? Ho un fratellino scemo. Andiamo». Ma prima di tornare verso i compagni, disse al fratello: «Ma se tu non capisci un albero da un sasso! Voglio vedere come lo troverai il tuo pero».

«Il capo viene con me e il capo sa cos'è un pero e cos'è un melo.»

Silvia e Pietro si allontanarono: «Alle dieci a casa!» gridò la ragazza.

Claudio annuì e riprese a correre verso il bosco, ma Silvia non si tranquillizzò: suo fratello non era il tipo da andare in giro per il bosco. Abituato alla protezione che la città gli aveva sempre offerto con i suoi portici e le sue luci, per lui il massimo dell'avventura era giocare a guardie e ladri in cortile con gli altri ragazzi del condominio, fino alle dieci di sera e quando saliva le scale, lo faceva solo se gli avevano già aperto la porta, su al secondo piano, nel caso che la luce si spegnesse prima che lui arrivasse al pianerottolo.

Ma ogni anno la montagna trasformava il ragazzo timido; ogni anno che salivano in villeggiatura diventava più audace e sfogava le repressioni della città. La montagna gli trasmetteva una frenesia per cui era sempre in giro, sempre di corsa, sempre con quel ragazzo del paese, quello che avevano eletto a loro capo.

«Oh, per noi ce n'è rimasta?» chiese Silvia agli amici che già stavano arrostendo i pezzetti di salsiccia infilati nei bastoncini e seduti in circolo attorno al fuoco.

«Nooo!» risposero in coro. Poi Vincenzo aprì il cartoccio di carta gialla e porse un bastoncino a Silvia:

«Guarda che se non ci pensavo io... Il tuo Pietro si è preoccupato per lui.»

Silvia sedette accanto agli altri, tossì per il fumo che subito l'investì: «Ecco, lo sapevo, il fumo».

«Consolati, va dai più belli» rise Vincenzo.

Ogni tanto rigiravano la salsiccia e il grasso cadeva sfrigolando sulle braci.

«Per me fra un po' è pronta anche subito. M'è venuta una fame!» disse Vincenzo. Prese una fetta di pane e vi appoggiò la salsiccia. Il grido di Pietro gli bloccò il morso a metà:

«Nooo! Fermati!» Poi agli altri che lo guardavano stupiti: «Con cosa avete fatto gli spiedini?».

Vincenzo si tolse il pane di bocca: «Di', sei scemo?».

«Con cosa avete fatto gli spiedini?» ripeté Pietro.

«Boh, con i rami di quell'albero lì. Perché, cosa ti salta in mente?»

«Ho letto che durante la campagna di Napoleone in Spagna dei soldati son morti perché han mangiato della carne infilata in spiedini d'oleandro e l'oleandro è velenoso. Son morti avvelenati.»

Tutti sollevarono gli spiedini e li guardarono. Vincenzo fu il primo a riprendere a mangiare: «Andate tranquilli, che qui attorno non ci sono oleandri. Buon appetito».

Tutti cominciarono a mangiare, passandosi i fiaschi. Pietro ingollò una lunga sorsata, si pulì la bocca ed esplose un rutto:

«Ora sono a posto, mi fumo una Napoleon e poi se volete vi posso rallegrare con la musica.»

«Soccia che ludro!» Vincenzo rise. «Poi come fai a fumare le nazionali?»

«Questione di grana. Chi ce n'ha fuma americano, come te.»

«Ma che italiano parlate?» chiese Clara. «Napoleon per Nazionali, poi icché vuol dire ludro?» Il paese era sul confine fra Emilia e Toscana e d'estate s'incontrava gente delle due regioni.

Le rispose Pietro: «Ludro non significa porcone, come Vincenzo vorrebbe farti credere, vuol dire gentiluomo. E poi non è stato un rutto, ma un sospiro un po' forte».

«Sééé, un sospiro un po' forte, al mi' busèder» rise ancora Vincenzo.

«Daccapo con le parole strane. E codesto busèder?» chiese di nuovo Clara.

«Busan e lèder» le rispose Vincenzo.

«Ladro poi no» strillò Pietro in falsetto e tutti risero. «Oh, è anche spuntata la luna. Vai con la serata romantica!» Prese la chitarra, per concentrarsi sollevò la testa e poi dette l'accordo e cominciò:

Only you
can make this world seem right,
only you
can make the darkness bright...

Gli altri seguirono il motivo e canticchiarono assieme a lui, dando ogni tanto una sorsata dal fiasco...

Ma all'improvviso Pietro si fermò, le mani ferme sulle corde della chitarra.

«Sei già stanco?» chiese Silvia.

Pietro fece cenno con la testa indicando alle loro spalle. Tutti si voltarono: dal sentiero era apparso un uomo che spingeva a mano una bicicletta carica di fagotti. Sulle spalle portava un grosso zaino. Si fermò e sorrise:

«Puonasera.»

Si avvicinò e appoggiò la bicicletta al muro del mulino. Il chiarore del fuoco e della luna lo resero ben visibile: poteva essere sui quaranta, radi capelli biondi, jeans e giacca a vento.

«Io tetesco. Io turista. Possibile qui mettere tenta, dormire, ja?»

«Soccia, un crucco, tedesco di Germania.» Pietro lo guardò. «Possibile, possibile.»

Anche Vincenzo guardò il tedesco: «Da dove viene?».
«Io detto. Io viene ti Germania.»
Non c'era molto altro da aggiungere e allora Vincenzo gli fece posto accanto al fuoco. Il tedesco ringraziò con un gesto del capo e sedette. Pietro gli offrì il fiasco di vino:
«Vuole vino? Buono vino.»
«Ja, ja, puono fino.» Prese il fiasco e tirò un lungo sorso. Poi: «Ora scusa, io mette tenta... Tormire, io stanco, ja?». E un altro lungo sorso prima di restituire il fiasco.
«Soccia, aveva proprio sete il crucco.»
Il tedesco si alzò, si inchinò in modo buffo, un poco rigido e cominciò a sciogliere i pacchi sulla bici.
Per un po' i ragazzi lo guardarono in silenzio e poi uno di loro disse: «Ma te guarda! Un tedesco in bicicletta dalla Germania. E cosa viene a fare su questi monti? Capisco Roma, Venezia, Firenze... Ma qua?».
«Be', cosa c'è di strano?» disse Pietro. «V'ho mai raccontato dell'anno scorso, quando feci autostop con quel tedesco di Berlino?»
«Sì, ce l'hai raccontato cento volte» fece Silvia. «Oh gente, cosa dite se andiamo? S'è fatto un po' tardi e i miei si incavolano e non mi fanno più uscire. Poi ci si è messo anche quello scemotto di mio fratello... Chissà se è già tornato a casa?»
Si alzarono. Il tedesco stava mettendo a terra la tenda scaricata dalla bici e disponeva i picchetti vicino ai tiranti.
«Ciao, noi andiamo, buonanotte.»
Il tedesco sorrise e agitò la destra nel saluto: «Ciao, ciao».
Avevano già preso il sentiero. Pietro, l'ultimo della fila, si voltò: «Ehi, quanto rimani qui?».
Il tedesco allargò le braccia e scosse la testa, sorridendo.

II

una notte di quelle che si ricordano

Bleblè si mise alla posta della maledetta faina che il sole era appena tramontato. Gli aveva già massacrato quattro galline, una per notte, e non aveva intenzione di smettere; una faina talmente astuta che non erano servite a niente le tagliole disposte attorno al pollaio né era servito interrare la rete di recinzione. Quella scavava, trovava la fine della rete ed entrava nel pollaio.

«Vediamo se riesce a schivare i pallini della mia schioppa» borbottò.

Se fosse stato necessario, era deciso a passare lì tutta la notte e si sistemò meglio, seduto sul grosso ceppo di castagno; appoggiò il calcio del fucile sulle ginocchia e la canna a un ramo, in linea precisa con il sentiero dove lui si aspettava che passasse la faina.

La luna piena e alta nel cielo proiettava le ombre degli alberi come se fosse mezzogiorno: saranno state le nove e mezza, le dieci o poco più.

L'esplosione lo prese talmente impreparato che sobbalzò, il fucile cadde dal ramo e la canna si piantò nella terra umida del sottobosco. Un attimo e Bleblè reagì come se non fossero passati vent'anni dall'ultima volta che aveva sentito i rumori della guerra: raccolse il fucile, si gettò a terra dietro il ceppo di castagno che gli aveva fatto da sedile e puntò l'arma nella direzione da dove era venuta l'esplosione. Si rese conto della stupidità della sua reazione, scosse il capo e annusò l'aria attorno.

«Perdio, ma è stata una mina! Una mina tedesca antiuomo. Vuoi vedere che qualcuno si è fatto male?»

Pensò a un animale, ma si alzò lo stesso e prese il sentiero verso le Rovine, da dove era venuto lo scoppio e da dove, portato dalla brezza, arrivava al suo olfatto, sensibile agli odori del bosco, il sentore acre dell'esplosivo. Borbottò fra sé:

"Una mina? Ma se sono vent'anni che non si trova una mina da queste parti."

Lasciò il sentiero e imboccò la strada sassosa per le Rovine. I raggi della luna filtravano fra i rami e lo vide che ancora gli era distante: un fagotto scaraventato ai lati della strada.

«Per la Madonna, quello non è un animale!» Si mise il fucile a tracolla e corse.

Capì subito che non c'era nulla da fare per il disgraziato ridotto a pezzi dall'esplosione e non gli si chinò neppure sopra. Ne aveva visti più d'uno, durante la guerra, ridotti in quello stato e per i poveracci che "avevano pestato la merda", come si diceva per esorcizzare la paura della mina, c'era ben poco da fare. Solo raccoglierne i resti e seppellirli.

Fu una di quelle notti che si ricordano per un pezzo, che entrano nella memoria del paese e delle quali si parla a lungo.

Blcblè della Ca' Rossa fece due chilometri di corsa, di corsa arrivò alle prime case del paese e cominciò a gridare appena in vista della Caserma Nuova:

«È successa una disgrazia! Appuntato, chiama il maresciallo! Chiama il maresciallo!»

Il maresciallo, Ares Amadori, di prima nomina e originario di Ferrara, aveva spianato la nuova caserma dei carabinieri e ci stava da tre anni; malvolentieri, ché sognava qualcosa di meglio per la sua carriera; aveva però buone speranze e buone conoscenze per cambiare presto destinazione. Questione di tempo.

«Devi aver pazienza, Amadori» gli diceva sempre il tenente colonnello Friggerio del Comando Gruppo Carabinieri. «Come prima nomina ti devi accontentare. Verrà anche il tuo momento, verrà il tuo momento e io non dimentico chi mi ha parlato bene di te.»

Nell'attesa del suo "momento" cercava di fare il lavoro meglio che poteva, anche se in paese non ce n'era molto: qualche rissa fra ubriachi, incidenti stradali il più delle volte senza gravi conseguenze, un paio di furti l'anno nelle case disabitate in inverno... Insomma, normale amministrazione.

La notizia che gli portò Bleblè non era normale amministrazione e, non si sa come, arrivò a circolare in paese prima ancora che la camionetta blu con sopra il maresciallo, l'appuntato e un carabiniere al volante, uscisse dalla rimessa, e così, quando imboccò la strada per le Rovine, c'era già gente che saliva verso il luogo della disgrazia. Alcuni avevano la torcia a pila, anche se non serviva: c'era luna piena e un cielo colmo di stelle talmente vicine da toccarle con la mano.

«Ma tu l'hai sentita l'esplosione?»

«Mi pare, mi pare, ma si sentono tanti di quei rumori da quando ci sono in paese tutti questi succhia aria. Chi ci fa più caso?»

«Io sì, io l'ho sentita. Dovevano essere le nove e mezzo, le dieci al massimo e l'ho anche detto al Frabbone. Stavamo giocando a scopa e gli ho detto: "Per me è stata una mina" e lui mi ha risposto: "Sì, una mina di questi tempi!".»

Alla madre di Claudio la notizia arrivò per sentito dire, che è il modo peggiore per intuire una verità drammatica:

«Ma chi è, si sa chi è il bambino morto?» e la voce le tremò perché erano le undici, era buio e il suo bambino ancora non era rientrato, come si era raccomandata, come si raccomandava tutte le sere.

«Non si sa di preciso, ma pare che non sia di qui, pare che sia figlio di villeggianti.»

«Oddio!» gridò la donna. E si mise in giro per il paese chiamando il suo Claudio.

Claudio non rispose, non avrebbe risposto mai più. Rispose la sorella, Silvia, che lasciò gli amici dinanzi al bar e corse, corse dove sentiva chiamare ed erano assieme, madre e sorella, quando il maresciallo le mandò a cercare perché andassero in caserma. La mezzanotte era passata da un bel pezzo, il sopralluogo completato, i rilievi compiuti, il fagotto rimosso e trasportato alla camera mortuaria dell'ospedale giù, nel paese all'imbocco della valle. Non restava che avvertire i parenti. Gran brutto compito.

Il padre di Claudio non c'era, che per quell'anno non gli avevano dato le ferie e lavorava a Bologna e veniva su a fine settimana con il treno e poi la corriera e tornava giù il lunedì mattina presto.

Ares Amadori non permise alle due donne di vedere ciò che restava del povero Claudio; non in quelle condizioni, non prima che il medico legale lo avesse controllato e gli avesse dato una sistemata in modo da renderlo almeno riconoscibile.

Madre e sorella piansero disperate. Soprattutto Silvia, che continuava a ripetere: «Se non lo avessi lasciato andare... Se non lo avessi lasciato andare...».

Ma la notte non era ancora finita: arrivarono in caserma anche i genitori di Rino, quelli che stavano a San Prospero:

«Sta per spuntare il sole e Rino non è ancora tornato, signor maresciallo!» gridò la madre.

«È già successo che non rientrasse di notte?»

«No, è sempre rientrato per le undici, le undici e mezza, come siamo d'accordo. In estate lasciamo che giochi con gli altri ragazzi, ma alle undici deve essere in casa.»

E di nuovo fuori con la camionetta e a piedi, a percorrere le strade di montagna, i sentieri... A chiamare Rino! Rino! Rino! E alla fine, il sole era alto, il maresciallo disse a quelli di San Prospero:

«Rino io lo conosco: è un giovanotto in gamba, sa quello che fa e se si è perduto saprà anche ritrovare la strada di casa. State tranquilli che non è successo niente. E poi Bleblè ha sentito solo uno scoppio... Vedrete che lo troveremo e ritornerà, vedrete che tutto si sistemerà.» Ma era il primo a non crederci.

Lo trovarono due giorni dopo: galleggiava gonfio e a faccia in giù, proprio al centro della pozza della Borda, dove l'acqua del torrente Guelfa era più fonda e dove ce n'era sempre, anche in estate, e non lasciava scampo. Ne erano annegati altri in quel punto, negli anni passati. L'ultimo era stato un giovane, nessuno aveva mai saputo chi fosse, durante l'ultimo inverno di guerra. Non aveva più gli occhi, non aveva più parte del naso e delle labbra, esattamente come il povero Rino dei Battaglia: occhi, naso e labbra mangiucchiate.

Due disgrazie messe assieme dalla cattiveria che solo il destino è capace di preparare.

«Io credo poco a due disgrazie» disse Bleblè. «Prima di tutto nella strada per le Rovine, dalla fine della guerra in qua, sono passati in tanti che se la mina fosse stata lì sarebbe saltata mille volte. Ci sono passate lepri e volpi, ci sono passato io con il mio cane che ficca il naso dappertutto e quella mina tedesca l'avrebbe di sicuro scovata lui...»

«E allora cosa vorresti dire con questo?» gli chiese il maresciallo Amadori.

Bleblè si strinse nelle spalle, si calcò il cappello sugli occhi e si avviò per uscire dalla caserma: da quel momento il problema non lo riguardava più. Lui era in piedi da tre giorni per aiutare le ricerche di Rino e dal momento che l'avevano trovato...

Dal momento che l'avevano trovato, sentiva solo un gran bisogno di togliersi gli scarponi, bersi un bicchiere di rosso fresco di cantina, stendersi sul letto e farci sopra una dormita di altri tre giorni. Nella speranza che non lo tormentasse il ricordo di quei quattro poveri straccetti insanguinati che aveva trovato sul bordo della strada per le Rovine e il viso di Rino di San Prospero che non era più un viso.

«E in secondo luogo?» gli gridò dietro il maresciallo Amadori.

«In secondo luogo, conosco Rino e non si sarebbe mai fatto fregare dall'acqua della pozza.»

«Un malessere, un malessere può capitare a tutti, no?»

«Può capitare sì, può capitare sì» borbottò Bleblè. Ma dal suo tono non si sarebbe detto convinto del tutto.

Il maresciallo gli piantò gli occhi in viso: «Le tue idee non mi interessano. Tienti a disposizione!» e prima che Bleblè si chiudesse la porta alle spalle, disse: «Aspetta un momento, tu! Hai detto mina tedesca. Come lo sai?».

Bleblè della Ca' Rossa si fermò e, senza neppure voltarsi verso il maresciallo, borbottò: «Da quando in qua gli Alleati hanno messo mine da queste parti? Tutte quelle che abbiamo recuperato dopo la fine della guerra erano le maledette cassette di legno tedesche con il coperchio mobile». E finalmente se ne andò.

Prese la strada che dal paese sale alla Ca' Rossa. Era stanco e non aveva più gli anni per gli strapazzi che stava facendo, eppure quando c'era da mettersi per i boschi cascavano sempre da lui, cascavano sempre alla Ca' Rossa, da chi quei boschi li conosceva meglio degli altri e li aveva girati in lungo e in largo da una vita e anche più.

«La Borda, è stata la Borda» non fece che ripetere la Cesira durante la messa e per tutto il trasporto e ancora, dopo che ebbero sepolto il povero Rino e rientravano in paese in una lunga e triste fila di dolenti. «Come per quel povero ragazzo dell'ultima guerra. I miei l'hanno sempre detto di stare attenti che nella Guelfa c'è la Borda, ma questi ragazzi di oggi non credono a niente, non credono a niente e la Borda salta fuori dall'acqua e li tira sotto...»

«Non è possibile!» si disperava la madre di Rino che apriva il lungo e sgranato corteo di ritorno. «Il mio bambino sapeva nuotare come un pesce! Chiedetelo ai suoi compagni: nuotava come un pesce e non aveva paura di niente!»

Il maresciallo Ares Amadori lo chiese ai compagni di gioco.

«Sì, Rino nuotava come un pesce e non aveva paura di una pozza d'acqua, anche se profonda. Ha fatto il bagno tante di quelle volte, proprio lì, alla pozza della Borda, e si buttava giù dalla roccia...»

Chiese anche di Claudio, il povero ragazzo biondo saltato su una mina che un soldato tedesco aveva deposto ai bordi della strada per le Rovine nei lontani anni dell'ultima guerra e che nessuno era mai andato a stuzzicare e lei aveva dormito lì per quindici anni e si era svegliata di colpo. Per Claudio, il ragazzo biondo dalla faccia impolverata che aveva paura del buio...

«Sì, certo che aveva paura del buio. Sì, certo che non sarebbe andato in giro per il bosco da solo, di notte poi...»

III

un tedesco e altri indizi

Due incidenti. Tragici quanto si vuole e, per una drammatica combinazione, contemporanei, ma incidenti. Ares Amadori non trovò indizi che suggerissero altre interpretazioni e preparò il rapporto. E che Bleblè della Ca' Rossa si tenesse i suoi sospetti sulla mina tedesca e la Cesira le sue idee sulla Borda che aveva tirato sotto Rino dei Battaglia e gli aveva mangiucchiato il volto. Bleblè era un povero vecchio con delle turbe che gli venivano da una vita maledetta e la Cesira un'anziana donna che aveva perduto tutti i parenti per strada e viveva sola con i sogni e le favole che le avevano raccontato fin da piccola, appena nata. In quel paese di montagna li tiravano su così i bambini.

Consegnò il rapporto al tenente colonnello Friggerio, lo salutò con una bella sbattuta di tacchi e lasciò il Comando Gruppo Carabinieri.

"Ma chi me lo ha mandato?" borbottò fra sé il tenente colonnello Friggerio. "È un maresciallo dei carabinieri, quello?"

Il maresciallo Amadori salì sulla Abarth rossa che si era fatto regalare dal padre per festeggiare la nomina a comandante della stazione e partì con una sgommata da gran premio.

«E quella è un'automobile da maresciallo dei carabinieri?» borbottò ancora il tenente colonnello Friggerio che lo aveva seguito dalla finestra.

Aveva competenza su dodici stazioni, una più disagiata dell'altra, disseminate sulla montagna. Il maresciallo Ares Amadori era quello che gli dava problemi, quello da tenere d'occhio. Troppo giovane e poco carabiniere...

Si mise subito a leggere il rapporto, ché due ragazzi morti erano troppo per il suo Comando Gruppo Carabinieri. E in giro e sui giornali stava già passando l'idea che sui monti dove lui aveva autorità non si viveva tranquilli, non si era protetti abbastanza.

Un altro po' di pneumatico Ares lo lasciò in frenata dinanzi al bar della piazza dove passava una mezz'oretta ogni volta che scendeva al comando, seduto a un tavolino del marciapiede a guardare le ragazze, a bersi un Martini e a infilare gettoni nel juke-box; su al paese non gli andava di mischiarsi agli stupidi giovanotti che si gonfiavano di Coca-Cola.

Non finì il Martini che lo raggiunse un appuntato: «Il signor tenente colonnello la desidera ancora al comando».

«Lei scrive qui che la sorella di... Come si chiama?» e controllò sul rapporto. «La sorella di Claudio ha parlato di un capo con il quale Claudio sarebbe andato nel bosco. Chi è questo capo?»

Ares Amadori non si aspettava la domanda e ci rimase male: «Be', non ho chiesto... Mi sembrava si trattasse di giochi di ragazzi».

«E sempre la sorella parla di un certo pero che Claudio sarebbe andato a cercare assieme a questo misterioso capo.»

«Anche per quello ho ritenuto trattarsi di giochi di ragazzi e non ho ritenuto di dare peso...»

«... e non ha ritenuto di dare peso neppure alle dichiarazioni di quanti sostengono che l'altro ragazzo...» e di nuovo controllò: «... Battaglia Rino, sapeva nuotare come un pesce e difficilmente sarebbe annegato».

«In paese se ne dicono tante, signor tenente colonnello, che...»

Il tenente colonnello Friggerio lo interruppe gettando il rapporto sulla scrivania: «Rapporto superficiale, indagini superficiali, maresciallo!».

E Ares Amadori fu costretto a riaprire l'inchiesta.

Silvia gli rispose fra le lacrime: «Ma quante volte glielo devo ripetere? No che non so dove andava di corsa. Ha solo detto che andava a cercare un pero».

«Un pero?»

«Sììì, un pero! Se non mi crede lo chieda a Pietro che c'era anche lui con me e ha sentito. Non so, non ho capito cosa volesse dire: è corso via subito.»

Pietro, il ragazzo con la chitarra, confermò: «Sì, ha detto che andava a cercare il pero con sotto il tesoro. Io credo che siano giochi da ragazzi».

«Anch'io lo credevo» borbottò dopo aver mandato via i due.

Fu il parroco, don Vincenzo Cioni, che gli spiegò della Regina Selvaggia e del suo tesoro nascosto sotto un pero: «Ma sa, maresciallo, storie popolari che si tramandano di padre in figlio, da secoli».

«E dove sarebbe questo pero?»

Don Vincenzo sorrise come sorridono i preti: «Be', se lo sapessi...». Tornato serio aggiunse: «Una che ne sa di queste storie è la Cesira. Se vuole, può sentire da lei».

«La Cesira, quella della Borda?» Don Vincenzo annuì. «Ho capito: le solite favole per incantare gli stupidi.»

Convocò in caserma anche la Cesira.

«Sicuro che lo so del tesoro. Lo sapevano tutti, qui. I giovani non se lo ricordano più, ma io...» E fece un gesto come per far capire che la sapeva lunga.

«Sì, come per la Borda, vero Cesira?»

«Ci rida sopra lei, ma intanto io ne ho già visti due con la faccia mangiucchiata dalla Borda.»

«Due?»

«Una storia vecchia, di durante la guerra. Un povero giovanotto...»

«Lascia stare la guerra e dimmi dov'è questo pero, che voglio andare a controllare.»

La Cesira allargò le braccia: «Glielo può dire il Romitto del Castagno. Ci scommetto la testa che lui sa dove si trova il pero del tesoro. Dice in giro che lui il tesoro l'ha trovato e che è stato mandato qui a proteggerlo».

Per la prima volta, nella strana storia di due ragazzini morti, spuntò così il Romitto del Castagno. La seconda fu durante l'interrogatorio di Marcello e poi di Joe, due dei ragazzini che avevano fatto la battaglia con le cerbottane.

«... poi è spuntato il vecchio che si è messo a gridare come un matto. Non lo so come si chiami, il capo lo ha chiamato Romitto e ha detto che era un po' toccato» disse Marcello.

E Joe: «Ci ha anche detto che il tesoro stava sotto un pero e che di tesori lui ne aveva già trovati e li custodiva per conto della Regina Selvaggia. Io? Io no che non ci ho creduto, ma Claudio sì, ci ha creduto e ha detto che sarebbe tornato a cercare il pero perché, ha detto, il Romitto non è uno che racconta delle balle. Il capo si è messo a ridere e...».

«E si può sapere chi è questo vostro capo?»

Joe lo guardò sorpreso: come si faceva a vivere in paese e non sapere chi era il capo? «Ma Rino, no? Rino è il nostro capo.»

«Rino, quello che abita... che abitava a San Prospero?»

«Quello!» gridarono Joe e Marcello.

«Ci voleva anche questa...» borbottò Ares Amadori: Claudio saltato su una mina, non si capiva come, e Rino, il ragazzo che era nel bosco con lui quella sera stessa, morto affogato nella pozza della Borda. «Affogato?» Cominciava a dubitarne anche lui. Ma che senso avrebbe avuto uccidere due ragazzi intenti ai loro giochi?

Era il momento di sentire il Romitto del Castagno e il

maresciallo Ares Amadori mandò alle Rovine dell'Abbazia l'appuntato Chiaffalà Nicola e un carabiniere, però tornarono senza il Romitto:

«Signor maresciallo, abbiamo frugato dappertutto e non l'abbiamo trovato. Belìn, là ci sono i sotterranei, dei muri pericolanti... Chissà dove si nasconde, quello. Là sotto è pericoloso» concluse il Chiaffalà.

L'appuntato Chiaffalà Nicola era originario della Lucania, ma era vissuto a lungo a Genova cercando di integrarsi e assumendo, per quanto possibile, il linguaggio del luogo. Il risultato era uno strano miscuglio di lucano e ligure la cui inflessione era inesistente in natura.

«Fortuna che siamo in un paese tranquillo, che se qui dovesse succedere come a Genova staremmo freschi!» gridò Ares Amadori.

«Magari fossimo a Genova, signor maresciallo. Genova è la mia città e le farei vedere io come si sistemano quei delinquenti.»

«Chiaffalà, tu sei lucano! Che c'entri tu con Genova?»

«Belìn, io mi sento genovese, signor maresciallo.» E Chiaffalà sorrise con il sorriso furbo e carico di sottintesi che gli spuntava sul viso quando non aveva più argomenti da contrapporre.

«Ma non siamo a Genova e qui non abbiamo scioperanti da sistemare, come dici tu, Chiaffalà. Qui abbiamo un vecchio che ti ha fatto fesso, va bene?»

Andò di persona e con tutti gli uomini disponibili. In caserma lasciò il piantone, come da disposizioni del comando.

Restò seduto e in silenzio accanto a Chiaffalà che guidava la camionetta e, per la strada dissestata, stava puntellato con le due mani contro il cruscotto.

A un certo punto la strada diventò una mulattiera e il veicolo non poteva più procedere.

«Quanto c'è ancora per arrivare?»

«Poco più di un chilometro, signor maresciallo.»

Scesero e proseguirono a piedi. «Come accidenti si chiama il matto che siamo venuti a prelevare?»

A Chiaffalà spuntò il solito sorriso furbo che mascherava l'imbarazzo: «Veramente, signor maresciallo... Qui lo chiamano tutti il Romitto del Castagno».

«Andiamo bene! Veniamo ad arrestare un tale e non sappiamo nemmeno come si chiama! Chiaffalà, ma non sei qui da una decina d'anni?»

«Signorsì, signor maresciallo.»

«Sei in paese da dieci anni e ancora non sai come si chiama il matto! Che ti hanno messo qui a fare? A contare i castagni, cazzo?!»

Mancava poco più di un chilometro, come aveva detto Chiaffalà, ma un chilometro di salita che, come si diceva da quelle parti, tirava forte, e i carabinieri arrivarono nello spiazzo dell'Abbazia che sudavano e ansimavano.

Dell'antica costruzione restavano molte rovine, tanto che per i paesani il luogo era indicato anche come le Rovine: una parte della chiesa, la bassa costruzione in sasso attaccata alla sinistra dell'abside, più distante la torre e altri ruderi qua e là.

«Vediamo di trovare quest'accidente di Romitto. Tu dalla parte posteriore e tu sul fianco sinistro, che non cerchi di scappare. Voi due con me.» E si avviò alla bassa costruzione di sinistra e spinse la porta mezzo scardinata. Lo investì il tanfo di umidità e gli si aprì dinanzi il buio di un corridoio. «Vai a prendere la pila, Chiaffalà! Ci sarà una pila sulla camionetta, spero.»

«Lo spero anch'io, belìn» borbottò l'appuntato e mandò un carabiniere.

La pila c'era e il maresciallo illuminò prima il pavimento del lungo corridoio e poi il soffitto. «Qua crolla tutto» bestemmiò Ares Amadori. «Forza, vediamo di trovare 'sto Romitto del Castagno!»

Il corridoio era agibile per metà della sua lunghezza, poi le macerie della parte crollata lo ostruivano e nella parte ancora in piedi si aprivano alcuni locali privi di porta, a destra e a sinistra; poco prima delle macerie, una scala dai gradini sconnessi si perdeva nel buio sotto terra dopo una brusca piega verso la chiesa.

Il maresciallo fece luce nel primo locale e dal soffitto si levò una ventata che subito investì i tre: nessuno capì chi avesse gridato più forte, se Amadori o i due che l'accompagnavano. I pipistrelli, disturbati dall'improvvisa luce, volarono fuori dalla porta e sfiorando il viso degli intrusi, gelati di paura, infilarono la scala del sotterraneo e sparirono. Una via che evidentemente gli era consueta.

«Qui è pieno di pipistrelli!» gridò Ares Amadori. E illuminò i visi, bianchi come stracci lavati, dei suoi uomini. «Cos'è? Avete paura dei pipistrelli, adesso?»

Non gli fecero notare che anche il suo viso era bianco. Chiaffalà si limitò a un "belìn" sibilato fra i denti.

Senza entrare, il maresciallo illuminò il soffitto della stanza per accertarsi che non ci fossero altri pipistrelli e poi entrò: le pareti erano in sasso a vista e dalle connessure usciva la bava classica che si lasciano dietro le lumache. Una bava che, colpita dal faro, brillava come d'argento.

«Qui non c'è nessuno.» Passarono ai successivi ambienti, e lo svolazzare di altri pipistrelli disturbati dal fascio di luce non li sorprese più. Nell'ultimo grande locale in fondo al corridoio trovarono dove viveva il Romitto: un tavolaccio in legno, due sedie impagliate e traballanti, un'antica credenza, alcune pentole in alluminio appese a un telaio in legno a parete... Sul pavimento, alcune pietre facevano da focolare: cenere e bacchetti non del tutto bruciati... Ares Amadori toccò la cenere: fredda e umida.

In un incavo del muro, vasetti in vetro e ciotole in terracotta e piccole bottiglie, di quelle usate per i profumi. Ares Amadori aprì un paio di vasetti e annusò storcendo il naso.

Una porta senza uscio immmetteva in un'altra stanza dove c'era una rete in ferro con sopra un paglierciccio e alcune vecchie coperte e, accostata al muro, una cassapanca.

«Controlliamo in cantina.»

Con precauzione, per non scivolare sui gradini sconnessi e bagnati, scesero la scala uno dietro l'altro e prima di arrivare dove la rampa piegava a destra per scendere probabilmente sotto l'Abbazia, li bloccò un rumore nuovo. E non erano pipistrelli, questa volta, ma passi di corsa che si persero nel buio del sotterraneo.

Ares Amadori passò la pila nella sinistra ed estrasse la pistola. Mormorò: «Ecco che lo abbiamo trovato» e riprese a scendere.

Al termine della scala il sotterraneo procedeva per una decina di metri; li fermò un cumulo di macerie che ostruiva completamente il corridoio. Ares Amadori illuminò attorno: se i passi che avevano sentito erano del Romitto, non poteva essere che lì, da qualche parte.

Non lo trovarono e non c'era nessuna apertura da cui potesse essere fuggito.

«Sarà stato un animale» disse Ares Amadori.

I due carabinieri si guardarono bene dal fargli notare che non esisteva un animale con le scarpe e che corresse come un uomo. Avevano troppa fretta di lasciare il sotterraneo.

«È meglio che ce ne andiamo, prima che ci crolli tutto in testa.»

Respirarono di nuovo aria pulita e asciutta e il maresciallo si appoggiò al grosso masso squadrato che, unico nello spiazzo dinanzi ai resti dell'Abbazia, sembrava essere stato messo lì, come un segnale, dalla forza di un gigante. Tutt'attorno al masso l'erba era bruciata per un paio di metri.

Si accese una sigaretta di tabacco chiaro, piatta e profumata; aspirò alcune boccate e per un po' si guardò attorno. «Chiaffalà, ho paura che ce lo siamo perso. Ma non andrà lontano. Prima o poi si farà vedere in giro, e allora...»

Arrivò in silenzio a metà sigaretta, la gettò accesa dove l'erba era già bruciata e si avviò alla mulattiera. Prima di seguirlo, Chiaffalà schiacciò sotto la suola la cicca del superiore borbottando fra sé:

"Belìn, poi ci lamentiamo se i boschi bruciano. Qui ci hanno già provato."

Per la strada dissestata, la camionetta procedeva lenta e così l'impatto non fu violento: all'uscita di una curva piuttosto stretta il paraurti andò a sbattere sul parafango posteriore della bicicletta del tedesco; il disgraziato volò a terra e bestemmiò nella sua lingua madre. Si alzò subito e borbottando sempre nella sua lingua controllò i danni alla bici. Parve soddisfatto perché alzò il viso sorridente e, a gesti, rassicurò gli investitori che non erano ancora scesi dalla camionetta. Poi disse:

«Niente, non accaduto niente. Neppure io accaduto niente. Tutto bene. Chiedo scusa» e rimontò in sella.

Due pedalate e Ares Amadori, saltato a terra, afferrò il sellino della bici e la bloccò rischiando di fare cadere di nuovo il disgraziato.

«E tu chi sei? Che ci fai da queste parti?»

Il tedesco scese dalla bici: «Io turista, turista tetesco di passaggio».

«E fai turismo in mezzo ai boschi? Credi di essere a Firenze? Cosa cazzo mi racconti, eh? Chi vuoi prendere per il sedere?»

Non tornò in caserma con il Romitto del Castagno, ma si portò dietro il tedesco che faceva turismo in un paese del quale neppure sapeva il nome e che non aveva di sicuro trovato sulle cartine né sul dépliant di un'agenzia turistica.

La bicicletta aveva viaggiato con loro, appesa dietro la camionetta dei carabinieri.

IV

il ritorno del signor maresciallo

... dovuto attraversare la gola molto più in alto e fare un gran giro attraverso il bosco. I loro cavalli erano bagnati e stanchi e trottavano solo a colpi di sperone.

Fissando le orme, il tenente Berrendo seguitava a salire con la sua faccia magra, seria e grave. Il suo fucile automatico era posato di traverso sulla sella ed egli lo reggeva nel cavo del braccio sinistro. Robert Jordan giaceva dietro l'albero respirando molto leggermente per mantenere ferme le mani. Aspettava che l'ufficiale giungesse nel tratto soleggiato dove i pini della foresta finivano e cominciava la verde china del prato. Sentiva il cuore battergli contro il terreno coperto d'aghi della pineta.

Prima di chiudere il libro, guardò per un poco le ultime righe. La storia si concludeva a metà pagina e neppure la parola “Fine”, come in tutti i romanzi che aveva letto ogni volta che il lavoro gliene lasciava il tempo. Teneva fra le labbra il mezzo sigaro, che si era spento perché nell'attenzione della lettura aveva smesso di tirare.

Binario 4, piazzale Ovest: stanco di aspettare seduto sulle panchine in muratura e sfiancato dalle sei ore di viaggio e dalle due in attesa della coincidenza, era montato sul primo vagone, aveva cercato uno scompartimento vuoto, si era seduto nel senso di marcia e si era immerso nel romanzo. Il treno era pronto, fermo e deserto. Neppure il personale addetto. Un treno ancora senza vita.

Aveva confrontato il suo orologio con quello appeso sotto la pensilina e aveva ripreso la lettura senza neppure accorgersi che nello scompartimento era entrata altra gente: un ragazzo, due persone anziane e una ragazza che aveva lasciato la valigia nel corridoio. Forse troppo pesante per lei da sollevare sulla reticella. Senza guardare in faccia nessuno, il ragazzo aveva subito aperto un giornalino a fumetti e i due anziani, probabilmente marito e moglie, si erano seduti l'uno di fronte all'altra senza rivolgersi parola come se non si conoscessero. Poi il treno si era mosso e lui era arrivato alla fine del romanzo.

Chiuse dunque il libro lasciando l'indice della destra nell'ultima pagina, scosse il capo e guardò fuori dal finestrino.

«Non le è piaciuto?» chiese la ragazza che gli sedeva dinanzi. E completò: «Scuote il capo come se ne fosse deluso».

«No, mi è piaciuto, mi è piaciuto molto. Sono invece deluso dal film che pure, prima di leggere il romanzo, mi era sembrato bello.»

«Be', i film ci perdono sempre con i bei romanzi, non crede?»

«Non lo so, non vado spesso al cinema, non ho molto tempo» e, non trovando altro da dire, scricchiò uno zolfanello, ma prima di riaccendere il sigaro guardò la ragazza; soffiò sul fiammifero, gettò dal finestrino aperto il mozzicone di sigaro e tornò al paesaggio.

Non lo riconosceva, eppure di qua era passato tante volte che... Molti anni fa, certo, ma il paesaggio non cambia tanto da essere irriconoscibile nel giro di quindici o anche vent'anni. Le colline e i monti mantengono il loro profilo per secoli e quelle che passavano dinanzi al finestrino non erano le stesse colline e non erano gli stessi monti...

E il fiume? Dov'era finito? Oppure era lui che non ricordava bene.

"È possibile" borbottò fra sé.

«Se lo ha fatto per me, può accendere» disse la ragazza. «Il profumo del sigaro non mi dispiace.»

«Grazie, ma ci guadagno in salute.» E tornò al paesaggio. Poi un dubbio: «Questo è il treno che va verso Pistoia, vero?».

«Io lo spero» sorrise la ragazza. «Lo spero perché questa sera vorrei dormire alla Mezzacosta e se questo treno non andasse verso Pistoia...»

«Alla Mezzacosta? Dalla contessa? Allora stiamo andando nello stesso paese» e le sorrise come per scusarsi di averle troncato la frase. «Mi scusi. Stava dicendo?»

«Niente di importante.»

La ragazza poteva avere venticinque, massimo ventotto anni e, se era nata in paese, lui l'aveva veduta di certo. Bambina, quindi, e molto diversa, ma il cognome... Ricordava il cognome di tutti gli abitanti.

«Ci è nata?» La ragazza negò con il capo. «Allora ci abita?»

«No, sono nata e abito a Ferrara ed è la prima volta che salgo al paese e sono ansiosa di scoprirlo. Me lo sono fatto descrivere da un amico che ci ha insegnato per un paio di anni. Sono curiosa per tutto e se ne sarà anche accorto. Come per il libro: quando l'ha chiuso e ha scosso il capo ho voluto subito sapere se lo aveva fatto perché non le era piaciuto. Magari mi avrà anche preso per una che non si fa gli affari suoi.»

«No, assolutamente, curiosità legittima, visto che lo leggevo con tanta attenzione da non accorgermi del suo arrivo.»

«Ho visto e ho fatto piano per non disturbarla. Ho lasciato la valigia in corridoio.»

«E che va a fare in quel paese dimenticato da Dio e dagli uomini?»

La ragazza sorrise divertita, un sorriso delicato che stava bene su quel suo viso delicato: «È molto che manca dal paese, vero?».

«È molto, sì.

«Be', lo troverà cambiato. Come sono cambiati tutti i paesi della montagna.»

«Cambiato come?»

«Cambiato nelle case, negli abitanti, nel paesaggio, nelle abitudini... Adesso è un posto di villeggiatura: gli emiliani e i toscani si sono accorti che fra queste montagne, in estate, si sta meglio che in città.»

«Vuol dire che c'è qualcuno disposto a pagare per passare l'estate in quel buco freddo e umido...»

«Be', questo forse d'inverno, ma avrà una bella sorpresa quando arriveremo!» lo interruppe la ragazza. Poi indicò il libro che lui teneva ancora fra le mani: «Mi ci fa dare un'occhiata?».

Glielo porse e la lasciò in pace per il tempo che lo sfogliò, leggendone qua e là alcuni brani. Poi sospese la veloce lettura e restituì il romanzo che lui infilò nella tasca della giacca, sul sedile accanto: «Mi chiamo Benedetto Santovito».

«Raffaella Anceschi. Dove alloggia in paese?»

«Non lo so ancora, ma conosco un'osteria... Spero che Serafina abbia una camera per me. Mi teneva sempre libero un tavolo.»

«Se non trova posto all'osteria, provi alla Mezzacosta, dove sto andando io. È un albergo sopra il paese...»

«La Mezzacosta: conosco e so dov'è. Non sapevo fosse diventata un albergo.»

Erano troppe le cose che non sapeva del paese al quale stava tornando. E chissà poi se valeva la pena tornarci...

«E lei?» chiese Raffaella. La guardò senza capire. «Ci è nato? Come mai torna dopo tanti anni?»

«No e non lo so.» Questa volta fu lei a non capire e Santovito chiarì: «Non ci sono nato e non so perché ci sto tornando. Ho passato alcuni anni fra quei monti...». Ma non raccontò che lassù, in quel paese che lui si ostinava a considerare dimenticato da Dio e dagli uomini, ci aveva fatto il maresciallo. Non lo raccontò perché sapeva perfettamente quale fosse la considerazione che la gente di quelle parti aveva per l'Arma e per i suoi uomini. Era sicuro che gli anni passati non avessero modificato le cose.

E che la ragazza si tenesse la sua curiosità.

Tornò a guardare il paesaggio dal finestrino abbassato. Ai suoi tempi, quando faceva lo stesso viaggio in andata e ritorno almeno una volta al mese, non sarebbe stato possibile tenere il finestrino aperto per il fumo della motrice che entrava e si depositava sul viso, sui vestiti, sui sedili… Le comodità della trazione elettrica.

Il treno rallentò su un ponte che attraversava il fiume e finalmente ecco il profilo di una montagna che gli era familiare; la sagoma di un campo coltivato che spuntava dal fitto del bosco; il fiume che in quel punto si allargava e compiva un'ansa; fra poco il treno si sarebbe fermato alla stazione, accanto alla canapiera con la ciminiera in mattoni rossi e cintata, lungo la sua altezza, da cinque anelli in ferro… Li aveva contati ogni volta che era passato di là, chissà perché.

Il ragazzo chiuse il giornalino e uscì dallo scompartimento. Anche i due anziani si alzarono e, sempre senza parlarsi ma con sincronia, abbandonarono lo scompartimento. Probabilmente da anni facevano lo stesso tragitto e da anni compivano gli stessi movimenti.

Il vagone, dove erano rimasti in due, si fermò dinanzi alla canapiera: «Che disastro» mormorò Benedetto.

La fabbrica che aveva dato lavoro a tutta la vallata, era un cumulo di macerie; intatta restava solo la ciminiera che ancora si alzava contro una montagna verde di boschi.

Per essere una stazioncina di paese aveva fin troppi binari, ma erano per il carico e scarico delle merci in arrivo e in partenza da quella canapiera che ora non c'era più. C'erano anche una bella serie di tettoie e magazzini.

Il ragazzo dal giornalino passò sul marciapiede accanto al vagone e poi passarono marito e moglie che, appena scesi, avevano cominciato a parlare in contemporanea e animatamente, agitando entrambi le braccia.

Il treno ripartì: fra pochissimo la chiusa che regolava l'afflusso di acqua per la produzione dell'energia elettrica della fabbrica e per mantenere umida la canapa prima della lavorazione, e poi, subito dopo, se Benedetto ricordava bene, la galleria.

Qualche chilometro ancora e, dopo un'altra galleria, l'ultimo slargo del fiume e quindi la gola stretta fra i dirupi. Cominciò a sentire l'aria del paese e sorrise. Sì, aveva fatto bene a tornare.

«È contento di essere tornato?»

«In questo momento sì, sono contento. E oggi come si sale dalla stazione al paese?»

La ragazza lo guardò sempre più sorpresa e incuriosita: quell'uomo incontrato per caso nello scompartimento di un treno e che, sempre per caso, era diretto dov'era diretta lei, le sembrava un po' fuori dal tempo... Quarantacinque? Cinquanta? Non riusciva a deciderlo.

«Quanti anni...» Ma la sua curiosità avrebbe potuto essere fraintesa. Succedeva, con gli uomini, e cercò di rimediare alla meglio. «Da quanti anni ha detto che manca dal paese?»

«Non l'ho detto, ma sono tanti.» Sorrise. «Si figuri che allora, quando ci abitavo, mi venivano a prendere alla stazione con il calesse. Negli ultimi tempi e fino a quando me ne sono venuto via, ero riuscito a sostituire il calesse con un'automobile...»

«Be', adesso c'è una corriera che fa regolare servizio dalla stazione ai paesi, su, fino al passo. Due viaggi al giorno in andata e due in ritorno.»

«Per non essere mai stata da queste parti, lei è piuttosto bene informata.»

«Gliel'ho detto che sono curiosa.»

Sul piazzale della stazione c'era una sola corriera e l'autista, un piede sul predellino e l'altro a terra, era un tipo non più giovanissimo ma al quale era difficile dare un'età: viso largo e sorridente, un bel paio di baffi folti e scuri fino agli angoli della bocca e anche un po' sotto, occhi vivaci e sempre in movimento; una cicatrice segnava la guancia destra modificando le espressioni di quella faccia, invecchiandola. Portava un berretto a visiera, forse da graduato dell'ultima guerra al quale erano state tolte le insegne.

La corriera era come il suo autista: impossibile darle una data di nascita, ma era di certo in servizio negli ultimi anni di guerra; al portapacchi fissato sul tetto si arrivava per la scaletta appesa dietro; la carrozzeria era in perfetto ordine e pulita, con le cromature senz'ombra di polvere e ruggine. Come appena uscita dalla fabbrica.

Santovito la indicò: «Immagino sia quella». Raffaella annuì e tentò di sollevare la valigia, ma rinunciò e provò a trascinarla. «Aspetti, porto la mia e l'aiuto.»

L'autista dai baffoni alla Stalin lasciò l'appoggio della corriera e andò incontro alla ragazza e passando accanto a Santovito gli diede appena un'occhiata distratta, gli sorrise con aria di complicità e disse:

«Lasci, maresciallo, che alla signorina ci pensa la ditta. Tutto compreso nel prezzo del biglietto.»

Santovito lo guardò, ma quel viso non gli diceva nulla; forse per la cicatrice che ne alterava i tratti. Cercò di immaginarlo più giovane di una ventina d'anni, senza la cicatrice e con un fisico più asciutto, come tutti da quelle parti: fisico magro, scavato dai digiuni e indurito dal lavoro nei boschi. E ci arrivò:

«Sei Collina» disse a voce alta, soddisfatto per esserci riuscito.

«Sissignore signor maresciallo, ma adesso mi chiamano Stalìn.» E si accarezzò i baffi per sottolineare da dove gli veniva il soprannome.

Aveva sollevato la valigia di Raffaella con la sinistra e la trasportava come se non gli pesasse. Sempre senza sforzo si arrampicò per la scaletta, scaraventò il bagaglio sul tetto della corriera e tese le mani a Santovito.

«Forza, signor maresciallo, che poi si parte!»

Santovito gli passò la valigia e disse sottovoce: «Guarda Collina che non sono più maresciallo».

«Lei può dire quello che vuole, ma per noi resterà sempre il signor maresciallo.» Scese la scaletta. Si fermò dinanzi a Santovito e gli piantò gli occhi in viso: «Scommetto la mia Carolina che lei è qui per quei due ragazzi» disse, anche lui sottovoce.

«Quali due ragazzi?»

«I due ragazzi uccisi. Ci ho preso?» Non gli lasciò il tempo di rispondere: «Sissignore signor maresciallo: nessuno crede alla disgrazia, neppure quel testone di Ares Amadori, il ferrarese del cazzo, che è tutto dire».

Santovito stava per chiedere chi fossero quelle persone che l'autista aveva appena citato, ma lasciò perdere: non era qui né per quel testone di Ares Amadori, né per Carolina e neppure per i due ragazzi. Ripeté solamente:

«Collina, non sono più maresciallo.»

«E io non sono più Collina, ma Stalìn. Salti sopra, signor maresciallo, che si parte.»

«Io l'ho capito che non sei più Collina e che sei Stalin...»

«Stalìn, signor maresciallo, Stalìn: c'è una bella differenza.»

Avrebbe voluto chiedere quale differenza, ma ricordò: «I tuoi non ti avevano mandato in seminario? Non studiavi da prete? Mi ricordo che una volta sono venuto a trovarti al seminario, in via dei Mille, a Bologna».

«Signor maresciallo, nella vita si cambia idea, se no che vita sarebbe? Una lagna!»

«Sì, da seminarista a Stalin: un bel salto, Collina, un bel salto.»

Di passeggeri c'erano solo loro due: Santovito e Raffaella.

«Non diventerai ricco, Collina. Con due biglietti a viaggio non si paga neppure la benzina per la messa in moto.»

«Adesso andiamo a caricare, maresciallo. Vedrà che la riempiamo la mia Carolina.»

«Il biglietto, Collina. Lo pago a te?»

«Niente biglietto: offre la ditta per festeggiare il ritorno del signor maresciallo in paese!» gridò allegro Stalìn.

Raffaella aveva assistito divertita alla pantomima fra un maresciallo, che maresciallo non era più, e Collina, che Collina non era più e non era neppure prete. Andò a sedere dinanzi a Benedetto:

«E così lei era il maresciallo del paese. Poteva dirmelo che correvo il rischio di farmi arrestare.»

«Come ho detto a Collina, non sono più maresciallo.»

«Allora cos'è?»

«In questo momento sono un turista e lo sarò per tutto il tempo che resterò in paese.»

«E cioè quanto tempo?»

«Sono qui per restare un po' di tempo ma, come dice Collina, nella vita si cambia idea.»

La riempirono, la Carolina. Erano in molti dinanzi al cancello della fabbrica, operai, uomini, ragazze... che l'aspettavano e la presero d'assalto senza rispettare le indicazioni di salita e discesa scritte sulle portiere posteriore e anteriore. E con i passeggeri, la corriera si riempì di voci, di risate, di battute pesanti e dell'odore di sudore misto all'odore del metallo lavorato che gli operai si portavano sulle tute e nella pelle.

La strada è vecchia di millenni, forse era un sentiero che metteva in Toscana e poi una mulattiera e poi una carrabile e infine, con un manto d'asfalto che le frane portano di continuo al fiume, la statale. Corre parallela al fiume impennandosi per superare i continui rilievi, che invece il fiume supera aggirandoli, e attraversa i tanti paesi e borghi che i secoli hanno costruito sul suo ciglio. Nei primi anni del ventennio fascista, ogni parete bianca che si incontrava lungo la statale era stata decorata con le famose frasi del Duce. Alcune si leggono ancora, appena scolorite: "Se le culle sono vuote la nazione invecchia e decade", "Più in alto per vedere oltre", "È l'aratro che traccia il solco ma è la spada che lo difende", "Se avanzo seguitemi se indietreggio uccidetemi"...

Per quest'ultimo slogan qualcuno lo ha preso in parola.

Nell'angolo in basso a destra, la famosa emme scalare: la prima gambina alta, più piccola e bassa la seconda, più piccola ancora la terza. La riconoscevano tutti.

Una sorta di libretto rosso scritto sul bianco dei muri. In pochi si sono presi la briga di cancellarle e chi ha provato a passarci sopra una mano di bianco se le è viste riaffiorare, quasi che il tempo, a dispetto degli uomini, volesse mantenere vivo il ricordo di una tragedia.

La corriera si lasciò dietro la strada, il paese, lo slargo della valle e ronfò tranquilla dentro la gola stretta, tutta curve e controcurve. Quando cominciò a salire, da un lato il monte e dall'altro lo strapiombo, tre ragazze e un giovane si prepararono dinanzi all'uscita.

«Ferma, Stalìn, ferma che noi siamo arrivati! Oggi scendiamo qui!»

Santovito cominciò a respirare un'aria che conosceva. Dall'altra parte della valle, rocce chiare in strati quasi verticali, che non si capiva come potessero restare in equilibrio e non scivolassero l'uno sull'altro, appena coperte da una vegetazionc bassa. Costeggiavano la strada castagni secolari dai tronchi scavati dalle intemperie e dal tempo, alcuni, morti da secoli e senza più corteccia sollevavano rami bianchi e scarniti dal sole che parevano braccia monche da corpi rinsecchiti.

Qua e là, una casa attaccata con le radici al monte. Anche Raffaella guardava il paesaggio in silenzio, stupita. Succede a chi lo guardi per la prima volta.

Stalìn portava su Carolina con la sicurezza di anni di guida, fra curve e controcurve, in bilico sullo strapiombo.

Carolina saliva e si vuotava dai passeggeri. Dietro la curva della Leona, Stalìn bestemmiò e calcò sul pedale del freno; la Carolina andò via di culo, le ruote posteriori si fermarono a due dita dallo strapiombo e il muso a mezzo metro da un don Vincenzo Cioni impietrito e a bocca aperta.

«Per la Madonna! È vero che c'è il funerale del povero Rino» borbottò Stalìn. Si sporse dal finestrino e sorrise: «Mi scusi, don Vincenzo, mi scusi. Adesso faccio marcia indietro fino al bivio per il cimitero e così il funerale può passare!».

Cento, centocinquanta metri in retromarcia, alla cieca, e dinanzi al muso di Carolina sfilarono don Vincenzo, i due chierici che gli facevano da accompagnamento, la bara portata a spalla e tutto il paese che rispondeva in coro alle litanie dei morti.

«Chi è?» chiese Benedetto andato a controllare accanto a Stalìn.

«Gliel'ho detto, signor maresciallo: in paese sono morti un ragazzo di Bologna che si chiamava Claudio e il povero Rino dei Battaglia, quelli che stanno a San Prospero. Se li ricorda? Rino adesso sta in quella bara.»

Il maresciallo ricordava quelli di San Prospero e annuì. Non ricordava Rino, nato da appena dodici anni e che già aveva preso la strada del cimitero.

«E come sono morti?»

Stalìn non rispose. Aspettò che l'ultimo del corteo, un vecchio curvo e malandato che appena si reggeva in piedi con l'aiuto di un bastone ricurvo come lui, sfilasse davanti al muso di Carolina, innestò la prima, diede gas e quando la corriera si avviò, disse:

«Come sono morti? Ecco, questo bisognerebbe che ce lo spiegasse lei, signor maresciallo. Non è qui per questo?»

V

incontro con il passato

La famiglia di Claudio seppellì il figlio in città e non tornò su a finire le vacanze; quelli di San Prospero non si fecero vedere in giro per un bel po': avevano da smaltire un dolore grande.

La Cesira, che continuava ad andare a lavare poco sopra la pozza della Borda sia perché ci abitava vicino e sia perché in casa non aveva l'acqua corrente, raccontava in giro che ogni tanto, mentre stava china a strofinare panni sulle lastre levigate da chissà quante lavature, sentiva il raspare del respiro della Borda che veniva su, in superficie, e allora lei si tirava indietro e aspettava che tornasse a fondo.

Un pomeriggio raccontò di aver sentito anche Rino; disse che chiamava aiuto dal fondo della pozza e allora quelli di San Prospero, che lo seppero da Varisto il calzolaio...

In passato, fin dopo la guerra, Varisto aveva sempre vissuto andando per le case a metter pezze sotto e sopra le scarpe dei paesani. Si accontentava di un piatto di minestra e di pochi soldi. Poi i tempi cambiarono, la gente aveva smesso di far riparare le scarpe e i clienti di Varisto divennero sempre meno. Gli rimase qualche famiglia lontana dal paese che continuava a ospitarlo, più per carità che per necessità vera e propria. A volte tenevano addirittura da parte vecchie scarpe che avevano intenzione di buttare e le consegnavano a Varisto perché ci desse una riparata. Col tempo se ne accorse anche lui: gli consegnavano sempre le stesse scarpe che aveva già riparato la volta precedente. E non le avevano neppure indossate. Se ne accorse, ma fece finta di niente e continuò ad avere il suo piatto di minestra. Per quel poco che aveva ancora da vivere... Era vecchio, talmente vecchio che nessuno in paese lo ricordava giovane. Prima o poi lo avrebbero trovato morto dentro un fosso ai lati della strada.

Dunque, quelli di San Prospero seppero da Varisto la storia di Rino che chiamava aiuto dal fondo della pozza della Borda e ci andarono, di mattina presto, e restarono in silenzio ad ascoltare fino a sera. Prima di tornare a San Prospero, la madre di Rino passò dalla Cesira e le disse:

«Lascia in pace mio figlio, va bene? Che non ti senta più parlare di Rino!»

La Cesira non parlò più di Rino, ma continuò a raccontare di sospiri e lamenti che salivano dalla pozza, verso sera, fra il calar del sole e il sorgere della luna. A chi le rideva in faccia, rispondeva:

«Ma perché non ci vai? Perché non ci vai alla pozza della Borda dopo che il sole è tramontato?»

Nessuno ci andava: nessuno credeva alla Borda, ma nessuno andava alla pozza ad accertarsi che non ci fosse.

Stalìn fermò la corriera dinanzi alla chiesa e scesero Raffaella e Santovito. Gli altri cinque abitavano all'ultimo paese, su, poco prima di scollinare, dove la corriera avrebbe fatto dietrofront il mattino dopo per ricaricare tutti quelli che aveva portato su la sera.

Stalìn si arrampicò per la scaletta e scaricò le due valigie. Risalì sulla Carolina, si affacciò dal finestrino e sorrise a Santovito:

«Allora, bentornato signor maresciallo e buon lavoro.» Un cenno con la mano anche a Raffaella e Carolina riprese a ronfare sulla salita, verso l'ultima fermata.

«Eccomi qua» sospirò Santovito. Strinse la mano alla ragazza: «Il paese non è grande e ci rivedremo».

«Il libro» disse Raffaella. «Se lo ha finito... io lo leggerei volentieri.»

«Eccolo e buona lettura.»

Un giovane dai capelli chiari, non si poteva chiamarli biondi, e occhi azzurri, si avvicinò ai due. Chinò leggermente il capo in segno di saluto e indicò l'auto, un Millecento chiaro, parcheggiato all'altro lato della piazza, accanto ai *fittoni* che delimitavano il sagrato della chiesa.

«Per la pensione Mezzacosta?» chiese Raffaella. Il giovane annuì, chinò di nuovo il capo, prese le due valige e si avviò alla macchina.

«La mia no» disse Santovito; il giovane si fermò e sollevò le due valigie mostrandole. «La mia è quella e io non salgo alla Mezzacosta.»

Il giovane dai capelli chiari sistemò la valigia di Raffaella nel bagagliaio, aprì la portiera posteriore dell'auto, fece salire la ragazza e il Millecento partì. Santovito restò solo a guardarsi attorno.

Tutto uguale, tutto come vent'anni prima: la strada che attraversava il paese e si allargava dinanzi al sagrato per restringersi subito dopo e salire su, verso il passo; la facciata della chiesa ancora scrostata come la ricordava, il portone centrale chiuso e quello di sinistra aperto; la pavimentazione in ciottoli della piazza; l'erba del sagrato e le case basse, a un sol piano e con le facciate screpolate e stinte, strette l'una all'altra...

Non si sarebbe meravigliato se il portone centrale della chiesa si fosse spalancato di colpo e di colpo fosse apparsa in controluce la figura imponente di don Merigo. Ma chissà che terra toccava don Merigo: Collina si era rivolto al nuovo parroco chiamandolo don Vincenzo.

Si avviò verso l'osteria di Serafina ed ecco che, subito dopo la piazza, trovò un paese che non somigliava a quello lasciato. Allora c'era la bottega che vendeva salumi, pane, conserva, tonno sott'olio... E c'erano il tabaccaio, il negozio del barbiere, l'osteria di Serafina e niente altro.

Trovò una merceria con la vetrina illuminata, anche se il sole era alto, e un bar gelateria con tavolini occupati da un branco di ragazzi attorno a un juke-box e a un Tony Dallara che strillava a tutto volume il suo "Come prima, più prima ti amerò...".

Più avanti, il negozio del tabaccaio, tutto plastica, vetri e alluminio anodizzato color oro e argento.

L'osteria della Serafina non c'era più. Al suo posto, un locale con due vetrine, un'insegna al neon, RISTOBAR, tavolini fino in mezzo alla strada e tanti ragazzi seduti direttamente sui tavolini e sulle spalliere delle sedie e i piedi dove di solito si mette il culo, bottigliette di Coca-Cola e chinotto fra le mani. Le pareti del ristobar, sia interne che esterne, tappezzate di cartelli pubblicitari: "Non è chinotto se non c'è l'otto", "Se beviNeri Neribevi" e l'omino della birra Ronzani. Il manifesto con la formazione della Juventus campione d'Italia e un compassato Ercole Baldini in sella alla sua Bianchi.

Un juke-box anche al ristobar, e qui Fred Buscaglione invitava a tutto volume qualcuno, o qualcuna, a guardare la luna e a guardare il mare. Accanto al juke-box, un flipper scampanellava con i contatti impazziti e il ragazzo che ci stava giocando accompagnava il viaggio della pallina d'acciaio con colpi d'anca, come per farla girare dove voleva lui. Non sempre ci riusciva e allora bestemmiava e lasciava andare una botta sul fianco della macchinetta che a un certo punto si stancò di subire e andò in tilt.

«'Fanculo te e il tuo padrone, macchina del cazzo!» E un'altra botta fece lampeggiare tutte le lampadine dell'impianto e squillare la quantità di campanelli inseriti al suo interno.

Dietro il bancone in formica e alluminio, piazzato dinanzi alla porta che tanti anni prima scendeva in cantina, un uomo sui quaranta, pelato e grassoccio, allineava tazzine sopra la macchina per il caffè, ad asciugare al caldo.

Dietro di lui, una vetrinetta illuminata al neon con i ripiani colmi di bottiglie colorate di Biancosarti, Johnny Walker, Sassolino, Strega e una quantità di altri liquori. Una volta c'erano due mensole in legno di castagno sulle quali Parsuès allineava bicchieri, fiaschi di rosso, quartini...

Ordinare un bicchiere di vino rosso nella speranza di risentire certi sapori? Inutile! E Santovito chiese solamente:

«C'è Serafina?»

«Chi, scusi?»

«Una volta qui c'era un'osteria tenuta da una certa Serafina e da suo marito Parsuès... Ma lei neppure saprà di chi sto parlando.»

«Come no? Serafina e Parsuès! Parsuès è morto subito dopo la guerra e Serafina ha venduto cinque anni fa ed è andata ad abitare...» Sospese per pensarci su, ma non gli venne e scosse il capo. «Me l'hanno detto l'altro giorno, ma adesso non ricordo.»

«Fa nulla, lasci perdere e mi dia un caffè. Ne ho bisogno.» Mentre sorseggiava, chiese: «Affittate ancora le camere?».

«No. Dove c'erano le camere per i clienti ho sistemato il mio appartamento. Affittano su, alla Mezzacosta, e se vuole possiamo telefonare che le mandino l'auto.»

«La ringrazio.»

Aveva lasciato il paese che alla Mezzacosta abitavano la contessa e la sua donna di servizio, Stelia, e ci si arrivava per una mulattiera stretta, sconnessa e sassosa che durante le piogge dell'autunno e di primavera diventava un ruscello. Era tornato, la Mezzacosta era una pensione e la strada per arrivarci asfaltata, ripida come la vecchia mulattiera ma liscia e più larga di come la ricordava.

«Immagino che alla Mezzacosta non abiti più nessuno di quelli che ci abitavano una volta.»

Al volante del Millecento, lo stesso giovanotto dai capelli chiari e occhi azzurri che poco prima aveva portato su Raffaella. Guardò il cliente nello specchietto retrovisore e si strinse nelle spalle.

«E la contessa? E Stelia? Sai dov'è finita Stelia?»

Di colpo il giovane accostò a destra, fermò l'auto e si girò verso il cliente e lo guardò con occhi spalancati ma sorridenti. Si toccò ripetutamente il petto con la sinistra e annuì.

«Cosa vuoi dire?» Il giovane continuò ad annuire e a toccarsi il petto. «Mi spiace ma non ti capisco.»

Il giovane fece segno di attendere: prese dal cruscotto un blocco per appunti e una biro e scrisse qualcosa sul primo foglio e lo porse al cliente.

"Io sono il figlio di Stelia", in stampatello e in bella grafia. Sorrise soddisfatto allo stupore del passeggero e annuì ancora.

«Il figlio di Stelia? Questo non me lo sarei aspettato. Non era da Stelia, non per come la conoscevo io. Abita ancora alla Mezzacosta?»

Il giovanotto diventò serio, negò con il capo e allargò le braccia come per dire che Stelia non era alla Mezzacosta, che se n'era andata da qualche parte. Scosse il capo come per allontanare un brutto pensiero, sorrise di nuovo a Benedetto e riprese il volante e il Millecento la strada per la pensione Mezzacosta.

Benedetto ci fece su due conti, in silenzio, e poi chiese: «Ma tu quanti anni hai?». Senza voltarsi, il figlio di Stelia sollevò e mostrò tre volte consecutive le dita della destra e infine il pollice. «Lo immaginavo: hai sedici anni e guidi senza patente.» Il giovane si girò per sorridere e stringersi nelle spalle e battere ripetutamente le mani sul volante. «Ho capito e ho visto che sai guidare, ma a sedici anni non si ha la patente e...» E rinunciò per lo sguardo chiaro e un poco stupito che il figlio di Stelia gli mandò dallo specchietto retrovisore.

Il cancello sempre aperto, il muro in sassi attorno al giardino, la grande facciata in mattoni... Tutto come allora, quando la Mezzacosta era la sola casa del paese costruita con i mattoni, da ricchi. Grandi finestre al piano terra e al primo piano e piccole aperture sotto lo sporto del tetto per dare aria alla soffitta dove, su ripiani di arelle, finivano di maturare le mele e si conservavano i pomodori per un bel po' dell'inverno. Dietro, c'era ancora la casa del vecchio Bartolomeo, ristrutturata e intonacata a nuovo e tinteggiata con uno sgradevole colore rosa pallido che non apparteneva alla tradizione montanara.

All'interno la struttura della Mezzacosta non era cambiata: al piano terreno il corridoio che l'attraversava e, a destra e a sinistra, i tre grandi locali. La sala da pranzo, il salone dall'enorme camino dinanzi al quale lui e la contessa...

Era cambiato l'arredamento: una quantità di tavoli in acciaio e formica apparecchiati per quattro. In acciaio e formica anche le sedie e nell'aria lo sgradevole odore di minestrina in brodo che qui chiamavano *matto*.

A sinistra del corridoio, la grande cucina e la dispensa. Sulla terza porta, che ai tempi della contessa chiudeva la camera di Stelia, una targhetta in plastica con la scritta PRIVATO.

Immediatamente dopo la veloce ricognizione visiva, Santovito ebbe la sgradevole certezza che non sarebbe rimasto a lungo in quella pensione; un'altra soluzione, una qualsiasi, l'avrebbe trovata. Oppure se ne sarebbe andato dal paese. Anzi, molto meglio non tornare e che le cose restassero nel loro spazio e nel loro tempo.

«Ma perché accidenti sono venuto?» borbottò mentre un cameriere dalle movenze effemminate e con una giacca color mandarino lo precedeva per le scale, al piano superiore, caricato della sua valigia.

Al primo piano Santovito si fermò dinanzi alla camera che era stata della contessa e la targhetta in plastica inchiodata sullo stipite la dava come stanza numero uno della pensione Mezzacosta.

«La sua è questa.» E il cameriere color mandarino infilò la chiave nella porta della stanza numero tre, entrò e spalancò la finestra.

Santovito non entrò subito: quella che gli aveva aperto il cameriere era la stessa stanza che gli aveva aperto Stelia, una notte di pioggia. Le stravaganze del destino.

Il cameriere posò la valigia, tornò alla porta e sorrise al cliente: «Prego, si accomodi». E Santovito entrò.

«Spero che il paesaggio le piaccia.» Il "paesaggio" era la casa del vecchio Bartolomeo con dietro i boschi che salivano la montagna.

Prima di andarsene il cameriere disse ancora: «Io mi chiamo Lorenzo, si cena dalle sette alle otto e mezza, colazione fino alle dieci del mattino e pranzo dalle dodici e mezza alle due».

«Non credo che cenerò, non questa sera. Sono molto stanco...» Ringraziò e chiuse la porta.

Era veramente stanco: un viaggio in treno che pareva non finire mai, la corriera di Stalìn, la storia di due poveri ragazzi morti in maniera violenta, la passeggiata in paese fino all'osteria di Serafina, che osteria non era più... Da lì in avanti avrebbe dovuto cambiare i riferimenti che aveva nella memoria.

Niente Serafina e niente osteria, niente Stelia e niente contessa. Un disastro. Unica nota allegra, l'incontro con la ragazza, Raffaella.

Chissà quale stanza occupava? Avrebbe dovuto chiederlo a Mandarino. Magari l'avevano sistemata nella stanza numero uno. Alla ragazza la stanza della contessa e a lui la stessa camera di quella lontana notte di pioggia. Ci aveva dormito una sola notte, su un enorme letto, alto e morbido; alla parete sopra la porta, il beccuccio dell'illuminazione a carburo che Stelia aveva abbassato prima di lasciarlo solo e dopo averlo avvertito che la contessa "non chiude mai a chiave" la porta della sua stanza.

Era di nuovo in quella camera e aveva trovato un letto a due piazze, basso e duro e con la testata ricoperta in finta pelle, due comodini con sopra lampade anch'esse in finta pelle...

Tornare al paese: gran brutta idea. Ma come gli era venuta? La Mezzacosta una pensione per villeggianti, nessuna notizia della contessa, Stelia aveva avuto un figlio... che guidava senza patente!

Scese presto per la colazione e il gestore, alto e grasso e con i capelli ormai radi, lo servì personalmente di caffè, latte caldo, burro, marmellata e fette di pane toscano, come faceva con i nuovi clienti. Si chiamava Cleto e, chissà chi, ci aveva aggiunto "della Mezzacosta" per distinguerlo dall'altro Cleto che abitava di là dall'acqua.

Santovito si accontentò del caffè e subito dopo si ficcò un sigaro fra i denti, ma senza accenderlo. Non ancora.

«Mangia nulla? Desidera qualcos'altro?»

«Mi basta il caffè, come ogni mattina.»

«Ma qui è in vacanza, signor...» controllò sulla patente che era venuto a restituire «... signor Santovito. Qui bisogna cambiare abitudini.» Restituì il documento. «Per quanto tempo pensa di restare? Sa, è per eventuali prenotazioni. Siamo in piena stagione.»

«Ancora non lo so. Farò un giro in paese e poi vedrò e glielo farò sapere.»

«Da qui al paese c'è un po' di strada: può fare una passeggiata prendendo il sentiero in mezzo al bosco, oppure la faccio accompagnare da Stelio con il Millecento.»

«Chi è Stelio? Il giovanotto che guida l'auto?» E all'assenso del gestore: «Il giovanotto non ha patente».

«Ma è molto bravo e qui nessuno ci fa caso. Lo sa anche il maresciallo, ma lascia correre. È un modo per dare una mano a quel povero figliolo. Glielo chiamo?»

«No, scendo a piedi che ci sono abituato. Una passeggiata al mattino è quello che ci vuole per l'appetito.»

«Giusto. E poi ieri sera non ha neppure cenato.»

«Ero stanco per il viaggio.»

«Può andare fino al bacino: è un bel posto e si può prendere il sole e fare il bagno. Ci sono anche delle barche a noleggio e il bar per uno spuntino... se non si hanno pretese.»

«Conoscevo Stelia, la madre del ragazzo. Dov'è finita?»

Intermezzo

Il comando della Wehrmacht era stato a lungo nella villa sulla statale, ma poi gli aerei l'avevano individuata e dopo la prima scarica di bombe il colonnello si era trasferito alla Mezzacosta, che stava sotto il monte e quindi nascosta agli aerei che spuntavano da levante e non facevano in tempo a scorgerla, già volati oltre le cime di ponente. Inoltre la Mezzacosta dominava la vallata e teneva sotto tiro la strada per il valico.

L'aveva controllata locale per locale, comprese la soffitta e la cantina, poi era passato all'esterno e alla fine aveva requisito la casa del vecchio Bartolomeo, che era morto da poco, e la Mezzacosta.

A Stelia aveva lasciato la stanza al piano terreno e alla contessa la sua camera al primo piano. Aveva dato ordine al capitano di piazzare i cannoni nel giardino, in parte puntati a valle e in parte verso il nemico, e di mascherarli adeguatamente.

«Colonnello,» aveva tentato il capitano «io sono della FLAK e la mia batteria è antiaerea.»

«Capitano, se i suoi cannoni possono abbattere un aereo, possono fermare anche un carro che passi laggiù!» E così il capitano della FLAK aveva piazzato tre cannoncini ad alzo zero puntati a valle e tre nella direzione dove immaginava si trovasse il nemico. Ma contava poco sull'efficacia dei suoi antiaerei da 37.

Il giardino era diventato parcheggio per automezzi militari e alla Mezzacosta non si dormiva né di giorno né di notte. Quando non erano i cannoni, erano i soldati che arrivavano o partivano. Un inferno, soprattutto per Stelia che era incinta e aveva bisogno di calma.

«Non è per me, signora contessa» diceva spesso. «È per mio figlio che dovrebbe stare tranquillo, se no chissà come nasce.»

«Nascerà bene, Stelia, stai tranquilla, e sarà un bellissimo bambino.»

«Come fate a dire che sarà un bambino?»

«Si vede dalla pancia. Se la pancia è a punta, sarà un bambino. Guardati: più a punta di così. Sarà un maschio.»

Alle cinque di sera Stelia capì che era arrivato il momento; sopportò il dolore, salì dalla contessa e, per la prima volta da quando era al suo servizio, le entrò in camera senza bussare. La contessa era in poltrona, accanto alla finestra, e leggeva.

«Signora contessa, credo che ci siamo.»

«Qui, sdraiati sul mio letto che mando a chiamare la levatrice.»

«Ho paura che non arriverà in tempo...»

«Mettiti tranquilla.» La contessa scese al piano terreno, entrò, anche lei senza bussare, nel salotto dove il colonnello della Wehrmacht aveva sistemato il suo ufficio e in perfetto tedesco disse: «È arrivato il momento che vi rendiate utile ricambiando l'ospitalità che vi siete preso. La mia donna ha le doglie. Mandate un'auto in paese a prelevare la levatrice».

Il colonnello non se la prese per il tono della contessa e sorrise: «Farò di meglio e prima, signora contessa, in modo che abbiate a ricredervi sui soldati tedeschi». Girò velocemente la manovella del telefono da campo, parlò sottovoce voltando le spalle alla contessa e poi la guardò coprendo il microfono con la destra: «Dove si trova questa vostra levatrice? Le mando un'auto direttamente dal paese».

«Dinanzi alla chiesa. Si chiama Ornella. Possono chiedere a chiunque, in paese.»

Ornella ne aveva fatti nascere una tale quantità che neppure ricordava quanti. Arrivò alla Mezzacosta a bordo dell'auto che i tedeschi del paese le avevano fatto trovare dinanzi alla porta di casa, e corse dentro.

La contessa l'aspettava nel corridoio: «Su al primo piano, Ornella. È in camera mia».

«Io salgo, ma voi signora contessa scaldate dell'acqua e portatemela su.»

L'ultimo grido di dolore di Stelia prima che il piccolo mettesse la testa in questo mondo, fu coperto dalla prima cannonata degli Alleati. Poi si scatenò il finimondo, come se fosse iniziata la grande offensiva che avrebbe deciso le sorti della Seconda guerra mondiale.

Il colonnello non se la sentì di subire soltanto e, giusto per far sapere agli Alleati che da questa parte del fronte c'era anche lui, fece puntare tutte le bocche da fuoco verso il punto dove sperava ci fosse l'esercito nemico e fece sparare i sei cannoncini da 37 della FLAK.

Dall'altra parte risposero con una tempesta di obici.

Si andò avanti per più di un'ora e il piccolo venne al mondo in questo inferno e grazie a Dio se gli mancò solamente la parola, che poteva nascere peggio.

La levatrice rimase accanto a Stelia tre giorni e tre notti ma, nonostante la sua esperienza e gli sforzi, per la ragazza le cose si misero male e quando don Merigo arrivò alla Mezzacosta, chiamato con urgenza sempre grazie al telefono del colonnello, somministrò un'estrema unzione e un battesimo:

«Come lo chiamiamo, signora contessa?»

«Stelio, lo chiamiamo Stelio, come la sua povera madre» mormorò la contessa.

Prima nessuno l'aveva mai vista piangere. Dicevano che la contessa fosse una donna dura, senza sentimenti.

VI

il sapore del tempo andato

Si tolse di bocca il sigaro spento: «Chi è il padre di Stelio?».

Il gestore della Mezzacosta allargò le braccia: «Stelia non l'ha mai detto. Forse la contessa lo sapeva, ma anche lei non ne parlò. Mi dicono che succedevano strane cose, qui alla Mezzacosta, quando c'erano loro due».

«Lo so: tutte chiacchiere! E la contessa?»

«Si è tenuta Stelio e praticamente lo ha allevato lei, e quand'è morta...»

«Quand'è morta?»

Un cliente che faceva troppe domande, ma Cleto della Mezzacosta non voleva scontentare i clienti, specialmente se nuovi. Ci pensò su: «Dunque, io ho rilevato la Mezzacosta che Stelio aveva appena finito le medie e la contessa era morta l'anno prima e cioè quattro anni fa». Guardò in viso il cliente: «Lei non è di qui. Come mai conosceva Stelia e la contessa?».

«Neppure lei è di qui.»

«Infatti. I miei conoscevano la famiglia della contessa e quando l'avvocato... L'avvocato era il marito della contessa. Quando l'avvocato disse a mio padre che la contessa era intenzionata a vendere la Mezzacosta... Disse che la contessa aveva bisogno di soldi e... Insomma, l'abbiamo comprata noi. A Stelio la contessa ha lasciato la casa colonica che con la morte di Bartolomeo era tornata a lei. Conosceva anche Bartolomeo?»

Il vecchio Bartolomeo viveva nella casa colonica ridotta a una tana di animale e quando era stato accusato di omicidio plurimo, era sparito. Toccò a Santovito e ai suoi carabinieri andarlo a scovare, e per una settimana frugarono nei boschi e nei dirupi. Lo presero solo per un colpo di fortuna, ma poi le cose non erano andate come il maresciallo aveva supposto ed era stato costretto a rilasciarlo.

Santovito annuì senza spiegare come e perché conosceva il vecchio Bartolomeo.

«Così io ho assunto Stelio che adesso abita nella casa colonica, qui dietro. È un bravo ragazzo e riesce a farsi capire anche se non parla.»

«Me ne sono accorto. E i due poveri ragazzi morti?» Si comportava come un maresciallo che conduce le indagini: il ritorno al paese lo aveva condizionato.

«Be', uno era figlio di un villeggiante… Ma perché mi chiede di quelle due disgrazie?»

«Così, ne ho sentito parlare dall'autista della corriera e allora… Curiosità.»

«Stalìn farebbe meglio a mordersi la lingua, ogni tanto, invece di parlare a vanvera.»

Santovito annuì, rigirò il sigaro fra le dita e si alzò da tavola: «Scendo in paese a dare un'occhiata». Rimise il sigaro fra le labbra e prima di uscire si fermò per accenderlo; tirò una prima, lunga boccata che poi cacciò fuori soffiando forte. Chiese ancora: «In quale stanza…».

Lasciò perdere e si avviò: non era il caso di chiedere il numero della stanza nella quale probabilmente ancora dormiva Raffaella Anceschi.

Prima di rimettere il sigaro fra le labbra si riempì i polmoni dell'aria fresca del mattino e, nel ributtarla fuori, guardò le cime a ponente illuminate dal primo sole ed ecco che, per la prima volta da quando era arrivato, risentì il sapore del tempo andato.

Si avviò e Stelio gli si fece incontro sorridente e gli indicò il Millecento chiaro parcheggiato nel giardino.

«No, Stelio, scendo a piedi. Prendo la corta...» E alla sorpresa del giovane per le sue conoscenze dei luoghi: «Una volta si diceva la corta. Ci si impiega metà del tempo e non c'è bisogno della tua macchina».

Con un gesto salutò il ragazzo e dalla porta dell'albergo il gestore lo guardò sparire dietro gli alberi. Nessuno gli aveva indicato il sentiero, eppure l'ultimo arrivato lo aveva imboccato come se ci fosse di casa.

Cleto della Mezzacosta borbottò qualcosa fra sé e chiamò: «Stelio!». Il giovane lo raggiunse di corsa: «Cosa vi siete detti?». Stelio indicò il Millecento e si strinse nelle spalle. «Ho capito. Cosa sai di lui?» Il giovane sorrise e batté più volte la destra sul petto. «Lo so che conosceva tua madre, ma quando è arrivato in paese?» Stelio si strinse nelle spalle. «Quel tipo sta facendo troppe domande e su gente morta. Non mi piace. Qui succedono delle cose... Oh, sai che già tre famiglie hanno disdetto la camera? Con queste disgrazie ci rimettiamo tutti.»

Telefonò dall'ufficio: «Sono Cleto della Mezzacosta, mi passa il maresciallo Amadori?».

Stelio aveva aspettato che il titolare rientrasse e poi di corsa aveva imboccato il sentiero preso da Santovito. Poco più in basso il sentiero si ingarbugliava di sterpi perché da troppo tempo nessuno lo faceva più, e, ancora oltre, si diramava in due: a destra proseguiva in piano e dritto scendeva. Stelio prese dritto ma un paio di curve dopo si trovò a risalire verso la Mezzacosta. Rinunciò.

Silenzio in paese e poca gente per le strade; qualche donna spazzava dinanzi a casa e un vecchio cane dalle gambe deformate era steso a prendere il primo sole sui gradini della porta dove un tempo abitava Tripoli. Anche Tripoli, ai suoi tempi, prendeva il sole seduto su quei gradini, fra i denti un mozzicone di sigaro spento. Lo accendeva dopo mangiato.

La caserma dei carabinieri dove Santovito aveva passato un brandello della sua vita, vita difficile e non solo per lui, non era la stessa. L'aveva lasciata che la parte di sinistra, quella dove teneva l'ufficio, era crollata per una bomba. Durante la guerra gli aerei alleati avevano cercato spesso di colpire il ponte della ferrovia da dove transitava il traffico dei rifornimenti per il fronte. Spuntavano dalle cime dei monti di levante e sganciavano subito, prima di sorvolare le cime di ponente, e le bombe finivano sul versante opposto. Alla fine della guerra il ponte era ancora là, al suo posto, ma una delle bombe che gli erano destinate aveva finito la sua corsa sull'ufficio e Santovito si era salvato solo perché stava facendo un sopralluogo alla diga, assieme all'appuntato Cotigno e ai due carabinieri che gli erano rimasti.

Avevano ricostruito da poco la parte sinistrata e avevano rifatto anche la recinzione; pareti intonacate e tinteggiate di fresco, porta d'ingresso nuova e nuovi infissi alle finestre dalle quali erano sparite le inferriate.

In piedi sugli ultimi gradini di una scala a pioli appoggiata dinanzi al portone d'ingresso, un imbianchino stava completando, con vernice nera, la scritta SCUOLA MEDIA STATALE.

Santovito attraversò il cancello e si avvicinò all'imbianchino: «Così hanno trasformato la caserma dei carabinieri in una scuola. Mi sembra un buon cambio. E dove stanno adesso i carabinieri?».

L'imbianchino sospese il lavoro, ficcò il pennello nel barattolo appeso all'ultimo piolo e scese a terra. Prima di parlare si confezionò una sigaretta, se l'accese, tirò una boccata e finalmente disse:

«Per quel che servono... Ci sono, ci sono. Adesso stanno nella caserma nuova, all'altro capo del paese, ma è come se non ci fossero. Per esempio, cos'hanno fatto per quei due poveri ragazzi?»

Da queste parti non avevano cambiato idea sulla Benemerita.

L'imbianchino fece un cenno con il capo a indicare la strada e mormorò: «Si parla del diavolo e spuntano le corna».

Nell'occasione, il diavolo era un giovane maresciallo dei carabinieri appena sceso da una Fiat Abarth rosso acceso; alto e in forma: probabilmente dedicava alla ginnastica tutti i momenti che il servizio gli lasciava liberi. Vestiva una perfetta uniforme completa di berretto d'ordinanza, il tutto pulito e stirato come per la festa dell'Arma.

Il giovane maresciallo chiuse la portiera dell'Abarth e si fermò fuori dal cancello a osservare i due che lo guardavano. Poi entrò e con un cenno del capo salutò l'imbianchino. Niente per Santovito. Poi disse:

«Sempre a far chiacchiere, eh, Rubens! Se fosse per te questa scuola la inaugureremmo fra una decina d'anni.»

«Questa scuola la inaugurerete il giorno stabilito. Se proprio vogliamo dire le cose come stanno, c'è qualcun altro che perde tempo, non il sottoscritto.»

«Sei troppo polemico, Rubens. Qui noi tutti stiamo sputando l'anima per quei due poveri ragazzi.»

L'imbianchino tirò l'ultima boccata dalla sigaretta che gli si era andata sfacendo fra le labbra, tanto era stata confezionata male, ed era ormai vuota di tabacco. Gettò a terra quello che ne restava e risalì sulla scala borbottando:

«Sì, sputate l'anima e siete arrivati alla Borda. Bel lavoro, maresciallo, proprio un bel lavoro. Ero capace anch'io che faccio il pittore.»

«L'imbianchino, Rubens, tu fai l'imbianchino.» E lo lasciò perdere. «Un maledetto comunista,» spiegò a Santovito «dovrei metterlo dentro un giorno sì e l'altro pure, ma sarebbe una rimessa per lo Stato. È lei Santovito Benedetto?» E senza aspettare risposta: «Sono il maresciallo dei carabinieri...».

«Si vede.»

Il maresciallo non prese nota dell'interruzione: «... e devo farle alcune domande. Mi accompagni in caserma!». Senza aspettare conferma, quasi che tutto gli fosse dovuto, tornò all'Abarth rossa, sicuro che il nominato Santovito Benedetto lo avrebbe seguito senza far storie.

Effettivamente, il nominato Santovito Benedetto, dopo aver gettato a terra quanto restava del sigaro, lo seguì in silenzio e in silenzio gli sedette accanto, come gli era stato suggerito dalla portiera spalancata dall'interno.

Nessuno dei due parlò fino alla caserma nuova.

Fece segno a Santovito di sedere, posò il berretto sulla scrivania, da un portasigarette in argento prese una sigaretta piatta e dal tabacco chiaro, l'accese e tirò alcune boccate di fumo molto profumato. Si mise alla macchina per scrivere, infilò nel rullo un foglio bianco, batté alcune righe e sollevò il capo per guardare in viso il convocato. Poi ordinò:

«Un documento!» Santovito porse la patente. «Non ha la carta d'identità?»

«L'ho lasciata al gestore della pensione.»

Non era vero, ma non gli andava che quel giovane maresciallo presuntuoso sapesse di lui cose che non voleva far sapere. Non in quel momento.

Il maresciallo si accontentò della patente e trascrisse i dati a macchina. Poi: «Da quanto tempo è in paese?».

«Sono arrivato ieri sera con la corriera. Perché?»

«E prima?»

«Prima cosa?»

«Dove si trovava prima di venire in paese?»

Se l'interrogatorio lo avesse condotto lui, Santovito, quando ancora era maresciallo, per prima cosa avrebbe cercato di stabilire un contatto umano, immediato, magari informando il convocato sul motivo della convocazione in caserma. Avrebbe, insomma, tentato di trasmettere quel minimo di fiducia da indurre a risposte il più possibile istintive e quindi sincere. Chiese:

«Perché queste domande?»

Ares Amadori non rispose subito; tirò un'ultima boccata e schiacciò nel posacenere la sigaretta, ancora da fumare per una buona metà. Disse: «Lei non è qui per fare domande, ma per rispondere».

«Classico» borbottò Santovito.

«E per parlare a voce alta e comprensibile.»

«Se sapessi perché sono qui, forse le potrei essere d'aiuto.»

«Intanto mi dica da dove viene.»

«E lei ne farà un verbale? Vuol dire che mi sta ufficialmente interrogando? Non crede che dovrei essere informato...»

Con rabbia Ares Amadori strappò il foglio dal rullo, lo appallottolò e lo gettò nel cestino: «Contento? Adesso possiamo fare una chiacchierata tranquilla?».

«Sì, credo di sì. Cosa vuole sapere esattamente?»

«Gliel'ho già detto: da dove viene, perché si trova in paese e dov'era quattro giorni fa.»

«Vuol dire quando sono morti i due ragazzi?»

Il maresciallo si alzò di scatto e la sedia finì sul pavimento. Non la raccolse. Gridò: «Se lei è arrivato ieri pomeriggio, che ne sa di due ragazzi morti?».

Bussarono e la porta dell'ufficio si aprì prima di "avanti": «Ha bisogno di me, signor maresciallo? Ho sentito...».

«No! Se mi servi ti chiamo io!» Aspettò che l'appuntato uscisse e chiudesse la porta per gridare ancora: «Portami un caffè!». Sfogliò una pratica, tanto per fare qualcosa, e poi: «Allora? Risponda alla domanda!».

«Dei ragazzi morti mi ha parlato Collina.»

«Chi è Collina?»

«Adesso lo chiamate Stalìn, ma io lo conoscevo come Collina Giacomo. Mi ha parlato dei due ragazzi che sono morti quattro giorni fa, ma non vedo come io possa essere utile alle indagini visto che vengo da più di ottocento chilometri e che sono partito quando i due ragazzi erano già morti...»

L'appuntato entrò e posò sulla scrivania la tazzina di caffè per il signor maresciallo Ares Amadori.

«Chiaffalà, ci avrai messo troppo zucchero, come al solito!»

«Signornò, signor maresciallo: mezzo cucchiaino, come ha ordinato lei.»

Anche Santovito aveva bisogno di un buon caffè. Lo avrebbe preso al bar, non appena il maresciallo...

«Qualcuno può confermare che lei è arrivato ieri sera?»

«Il proprietario della Mezzacosta...» Ma il maresciallo Ares Amadori lo interruppe:

«Cleto, si chiama Cleto, e mi ha già confermato che lei si è presentato alla Mezzacosta ieri sera. Niente altro! Presentato non significa che lei sia arrivato in paese ieri sera. Per Cleto lei potrebbe essere arrivato in paese ieri sera o una settimana fa. Sono stato chiaro?»

«Allora chieda della signorina Raffaella Anceschi che ha fatto il viaggio in treno con me da Bologna a qui. Anche lei alloggia alla Mezzacosta.»

Non si decideva a lasciarlo andare e per un po' sfogliò la solita pratica che teneva sulla scrivania più come pretesto che altro. Poi:

«Così lei ha fatto ottocento chilometri per fermarsi in un paese che non è segnato neppure sulle carte.»

«Non sarà segnato sulle carte, ma io lo conoscevo. Sono stato qui molti anni fa.»

Un'altra lunga pausa per mettere a disagio l'interrogato: «Cos'è venuto a fare?».

«Quando lo capirò, lei sarà il primo a saperlo, maresciallo.»

Il maresciallo lo guardò in faccia e poi gli fece segno che poteva andare. Santovito si alzò e si avviò alla porta, ma prima di uscire dall'ufficio chiese:

«Come mai sospetta che si tratti di omicidio?»

Ares Amadori, il ferrarese del cazzo, come lo aveva chiamato Stalìn e come da lì in avanti era propenso a considerarlo anche Benedetto, non si degnò di rispondere. Gridò:

«Appuntato Chiaffalà! Appuntato, accompagna fuori

questo individuo e poi vieni nel mio ufficio!» E mandò giù d'un fiato il caffè che non aveva ancora assaggiato. Il modo più stupido per non gustarne il sapore.

«Non si disturbi, appuntato Chiaffalà, che conosco la strada.» Santovito sorrise e si tirò dietro la porta della caserma.

Si fermò in strada per scegliere un buon sigaro e per accenderlo, e poi si avviò verso la piazza seguendo i suoi pensieri: aveva cominciato bene la carriera, a Bologna, ma aveva "pestato una merda", come gli disse senza tanti complimenti il colonnello annunciandogli il trasferimento. E lo spedì lassù, aveva più o meno gli anni di Ares Amadori... Lo spedì lassù a sostituire il maresciallo Bargellaux, ucciso da un paio di schioppettate e infilato a forza in un roveto dove lo aveva trovato il fiuto di Brisighella, il cane di Ligera.

Era troppo presto per i giovani che infestavano il paese e Santovito riuscì a gustare il caffè in pace, seduto a uno dei tavolini dinanzi al bar.

«Ha bisogno di altro?» chiese il barista pelato e grassoccio facendosi sulla porta del locale. «È che devo andare in cantina per un po', e allora...»

«No, per il momento no» ma cambiò subito idea: «Si può mangiare qui da lei?».

La cucina della Mezzacosta non lo convinceva, almeno a giudicare dall'odore della sera precedente, e sarebbe tornato su solo per quattro chiacchiere con Raffaella. Ammesso che Raffaella si fosse trattenuta tutta la mattina alla Mezzacosta. Ad annoiarsi.

«Come no! C'è anche chi sostiene che mia moglie sia molto brava in cucina. Se ha qualche esigenza...»

«No, mi va bene quello che c'è, grazie.» E poiché il barista controllava l'orologio: «Naturalmente non ora. Più tardi, più tardi. Farò un giro per il paese e sarò qui... diciamo alle dodici e mezza. Va bene?».

«Più che bene. Ci sono altri clienti per quell'ora» e il

barista prese la stessa porta oltre la quale Parsuès spariva per intere giornate. "L'òc' dal padràn al fa al véin bàn" diceva nel suo dialetto d'origine, che non era quello del paese, per giustificare le lunghe permanenze in cantina, accanto alle botti di vino.

«E adesso?» Una passeggiata fino al bacino, come gli aveva consigliato Cleto?

Conosceva la strada per arrivarci ma, da come lo ricordava lui il bacino era un posto poco adatto sia per prendere il sole che per rilassarsi: sì, una bella distesa d'acqua che la grande diga aveva imbrigliato, ma le rive erano invase dai rovi, dalle vétrici, dagli ontani... Qualche sentiero, per lo più tracciato dalla sete degli animali, portava dal folto del bosco fin sulle rive.

Dal basso, forse dalla curva della Leona, gli arrivò lo strombazzare che annunciava al paese il prossimo arrivo della corriera di Stalìn. Pochi minuti e le ruote di Carolina gli passarono a quattro dita dalla punta delle scarpe. Stalìn, al volante, gli fece un cenno di saluto e gli sorrise.

Arrivò dinanzi alla chiesa che Stalìn stava ancora scaricando le valige di un gruppo di villeggianti.

«Chissà cosa ci trovano in questo buco di paese» gli disse Santovito.

«E lei, signor maresciallo, cosa ci trova che è tornato?»

Non gli rispose. Disse invece: «Salgo al passo e pago il biglietto, Collina. Quant'è?».

«Mi farebbe piacere se mi chiamasse Stalìn, come fanno tutti. Collina non mi pare neppure mio e potrei non risponderle.»

«E a me farebbe piacere se tu non mi chiamassi maresciallo.»

«D'accordo, facciamo così. Salta su, Benedetto, che si parte.» Aveva fatto tutto lui e aveva stabilito di dare del "tu" a quello che fino a un istante prima aveva chiamato "signor maresciallo". Staccò un biglietto per l'unico passeggero che arrivava alla fine della corsa.

«Che ci vai a fare al passo?» gridò mentre la Carolina si muoveva.

«A trovare un amico.»

«Sei sicuro che ci sia ancora?»

«Non sono più sicuro di niente, Stalìn.» Stalìn ghignò fra sé scuotendo il capo. «E adesso che c'è? Cosa ti fa ridere?»

«Mi fa ridere che non sei cambiato. Se volevi parlare con me, venivi a casa mia e ti risparmiavi il biglietto.» Per un attimo abbandonò la strada e si voltò a guardare Santovito. «Ci ho preso?» E appena Santovito annuì, tornò alla guida. «Allora, forza: cos'è che vuoi sapere?»

Santovito si alzò dal sedile e andò a mettersi accanto al guidatore, in piedi e appeso ai sostegni: «Dove sono morti esattamente i due ragazzi?».

«Lui non te lo ha detto, vero? Me lo immaginavo. Quello è un ferrarese testa di cazzo. Ci è nato e non cambierà da grande.»

«Chi te lo ha detto che ho parlato con il maresciallo?»

«Santovito, non te lo ricordi? Qua le notizie volano.» E senza voltarsi più, perché la strada era tutta tornanti, dallo specchietto retrovisore sorrise al passeggero. «Dunque, il primo, quello della città, Claudio, è saltato su una mina lungo la mulattiera delle Rovine, sai, quella che porta ai resti dell'Abbazia e la torre…»

«So benissimo dov'è! Sono stato qui abbastanza per conoscere i posti e la gente.»

«Non te la prendere. Cerco di essere preciso perché so che siete tutti così pignoli, voi carabinieri. Anche quando mi interrogò il ferrarese…»

«Ti ha interrogato? E perché?»

«Chiedilo a lui. Ha interrogato tutto il paese, compresi i villeggianti e non ha cavato un ragno dal buco.» E la cosa lo divertì perché ci fece su una risata.

«Sembra che ti faccia piacere.»

«Mi fa piacere sì, mi fa piacere. Te l'ho detto che Ares

non capisce come un altro. E dire che si crede il più furbo, poveretto!»

Fra un tornante e l'altro e dove i boschi erano stati sfoltiti per fare legna, si vedevano tratti della gola. Benedetto ricordò che, da un certo punto della salita, improvvisamente si scopriva la strada di fondo valle, un tratto della ferrovia e le prime case del paese, che il resto si perdeva dietro la piega dei monti. Ci stette attento e gli passò dinanzi un fotogramma e la corriera lo riportò fra gli alberi.

I muscoli del braccio sinistro, quello che lo teneva in equilibrio nelle curve, gli facevano male e cambiò posizione. «Il primo e va bene. Il secondo?»

«Il povero Rino dei Battaglia, quelli che stanno a San Prospero... Lo hanno trovato a faccia in giù dentro la pozza della Borda e con tutta la faccia mangiata. La Cesira... Te la ricordi la Cesira che sta vicino al fosso della Guelfa?» e controllò nello specchietto che Santovito annuisse. «Bene, la Cesira continua a parlare che è stata la Borda, che la Borda ha tirato giù il povero Rino...»

«E chi sarebbe questa Borda?»

«Be', io questo proprio non lo so. Mi ricordo che da piccolo i miei dicevano di stare lontano dall'acqua se no la Borda mi tirava sotto. Non mi sono mai preoccupato di sapere chi fosse e mi sono tenuto lontano il più possibile dall'acqua. Non si sa mai.» E di nuovo si mise a ridere forte. «Adesso immagino che andrai a controllare. Te lo ricordi dov'è la pozza della Borda?»

«No, non credo di esserci mai... Oh, guarda che non sono qui per svolgere indagini! Ti ho chiesto per mia curiosità e perché il maresciallo mi ha interrogato. Pura e semplice curiosità la mia, va bene?»

«Come no?» sorrise ancora Stalìn e fermò la corriera nello slargo dinanzi all'Osteria del Passo e pompò più volte con il freno a mano fino a che non lo sentì duro e sicuro. «Io e Carolina torniamo giù questo pomeriggio alle tre. Tu cosa fai nell'attesa?»

«Troverò qualcuno che scende al paese, non ti preoccupare.» E lasciò Stalìn a trafficare con la sua Carolina e diede un'occhiata in giro.

Trovò tutto come l'aveva lasciato: l'osteria, un casone in sasso con stalla e fienile in tronchi d'albero appena sbozzati; l'insegna in legno e lamiera arrugginita; il portone massiccio, lucido per l'uso attorno al saliscendi; gli alberi fin sulla strada; il piazzale in terra battuta dove qua e là spuntavano gli stessi ciuffi d'erba e nell'aria l'odore della legna bruciata nel camino, ché da sempre qui accendono il fuoco anche in estate.

Nel prato accanto all'osteria un cavallo ancora attaccato al carro cercava di strappare quel poco d'erba rimasta dalle precedenti soste. Poca roba, ma che bastava a ingannare l'attesa di un padrone rimasto indietro con il tempo. Di tanto in tanto, un'auto o un autocarro rompeva la calma del passo.

Andò a sedere sulla panca in legno che forse da secoli stava sotto il porticato dell'osteria e si accomodò per una lunga attesa. Senza fretta, che non aveva nulla da fare se non guardarsi attorno e respirare l'aria fresca. Saggiò un paio di sigari, ne scelse uno, che mise fra i denti, accese e aspirò rilassandosi a occhi socchiusi appoggiato allo schienale a studiare le volute del fumo.

Per entrare all'Osteria del Passo, Stalìn gli passò accanto: «Ho paura che ti toccherà aspettare me e Carolina, se vorrai scendere».

Santovito si strinse nelle spalle. «Sono sceso tante volte a piedi per il sentiero» disse senza togliersi il sigaro di fra i denti.

«C'era una volta il sentiero... adesso nessuno va più a piedi e chi non ha la macchina ha il motorino. Vieni dentro a bere qualcosa?»

Benedetto fece segno di no con il capo e tirò nel sigaro. Non gli dispiaceva tornare a piedi, magari riscoprendo il sentiero dei tempi andati che, a quanto sosteneva Stalìn, c'era una volta e ora non c'era più. Un motivo per farlo.

VII

che fine hanno fatto Raffaella e Stelio?

Alto, massiccio e dai bianchi capelli arruffati, un tipo uscì dall'Osteria del Passo, si fermò un istante sotto il porticato per un'occhiata all'uomo che fumava, occhi socchiusi, seduto sulla panca. Andò poi dritto al cavallo e salì sul carro vuoto. Un colpetto con le redini sul culo dell'animale che, a malincuore, lasciò l'erba e si avviò per prendere la strada.

«Frabbone! Oh Frabbone!» gli gridò dietro Santovito.

L'uomo sul carro tirò le redini, emise un suono con la bocca e il cavallo si fermò. In silenzio aspettò che chi lo aveva chiamato per nome si avvicinasse al carro e poi mormorò:

«Allora ci avevo preso: lei è il signor maresciallo.»

Santovito posò una mano sulla groppa dell'animale e accarezzò il manto lucido e caldo: «Non sono più maresciallo» ripeté per l'ennesima volta da quando era tornato da quelle parti.

Non lo avrebbe più ripetuto. Inutile continuare: per tutti, qui, lui era il signor maresciallo e tanto valeva continuare a esserlo.

«Scendi al paese?» E al cenno affermativo del Frabbone: «Mi prendi su?» chiese, e montò.

Fecero un tratto di strada in silenzio. Il Frabbone non era mai stato uno di molte parole e quando aveva qualcosa da dire lo faceva sottovoce. Santovito lo conosceva bene.

«Ma guarda te» borbottò poi il Frabbone. «Ma guarda te. Oggi proprio non me lo sarei aspettato.»

«Neppure io. Quanti anni hai Frabbone?»

«E chi se lo ricorda.»

«Cos'hai portato su con il cavallo?»

Il Frabbone si strinse nelle larghe spalle, appena incurvate: «Niente. Chi vuole che si serva di un carro oggi? Il fatto è che giù in paese non c'è più neppure l'osteria e quando mi viene voglia di un paio di bicchieri vengo su con il cavallo». Abbassò il tono, come se parlasse per sé. «Ho tutto il tempo che voglio. Per quello che c'è da fare in bottega... Niente bestie da ferrare, niente ruote da sistemare o aratri da affilare, niente di niente».

Fecero la strada in silenzio e Santovito ebbe tutto il tempo per riscoprire il paesaggio.

Il Frabbone fermò il cavallo dinanzi alla chiesa e aspettò che il passeggero scendesse: «Se le viene voglia di fare due chiacchiere, come una volta, la mia bottega è il posto buono. Ci vengono quelli che non sopportano la musica del bar e la gazzosa». Poi diede con le redini sul culo del cavallo che si mosse, tranquillo come il padrone.

Santovito lo guardò allontanarsi, in piedi sul suo carro, alto, fermo e solido e un po' curvo come un antico gigante affaticato. L'orologio del campanile segnava le dodici e trentacinque, l'ora giusta per il pranzo. Si avviò verso il ristobar.

La cucina del ristobar era stata una gradita scoperta: fusilli al sugo di carne (ma non c'era carne nel condimento se non qualche croccante pezzetto di pancetta) e, per secondo, tre fettine di girello appena arrossate dal pomodoro e annegate in un sugo che gli aveva ricordato i profumi e i sapori del suo paese. Origano, in particolare. Il tutto annaffiato da un vino rosso, un toscano di pronta beva, alla temperatura della cantina di Parsuès, che evidentemente era rimasta la stessa nonostante i lavori e la plastica che avevano massacrato la vecchia e accogliente osteria. Una gradita scoperta, tanto che, al conto, aveva detto al proprietario:

«Complimenti, un buon pranzo.»

«Merito di mia moglie che viene dalla bass'Italia e non c'è verso di farle cucinare piatti locali.»

«Meglio così. Tornerò a trovarla.»

Un po' affaticato dall'abbondante pasto più che per la salita che aveva affrontato tranquillamente, il sigaro fra i denti, entrò nel giardino della Mezzacosta. Alcuni clienti parlavano seduti ai tavolini in plastica del giardino; bambini gridavano e rincorrevano disordinatamente una palla disturbando quattro anziani che giocavano a carte e i quattro appisolati con il giornale sulle ginocchia.

Subito dopo il cancello, due Seicento e una Cinquecento scura. Non c'era il Millecento di Stelio, ma c'era la camionetta dei carabinieri con due di loro seduti a bordo; il maresciallo Ares Amadori era appoggiato al banco e parlava sottovoce con il titolare.

«È qui per me» borbottò fra i denti e il sigaro che durante la salita gli si era spento.

Cleto lo vide entrare e fece un cenno con il capo e con lo sguardo indicò l'ingresso. Il maresciallo si voltò e disse a voce piuttosto alta:

«Dunque lei è qui!»

«Sì, visto che è qui che sono alloggiato.»

«Stavo scommettendo con Cleto che lei non si sarebbe presentato neppure a ritirare i bagagli.»

Santovito posò il sigaro sul posacenere del banco e sorrise: «Ha perduto la scommessa».

Ares Amadori non accettò né il tono né il sorriso: un cenno d'intesa a Cleto, un altro a Santovito per invitarlo a seguirlo senza fare storie e prese il corridoio. Si fermò dinanzi alla porta di quella che era stata la camera di Stelia e che aveva l'etichetta PRIVATO.

Santovito non si era mosso dal banco.

«Allora? Vuole seguirmi o devo far intervenire i miei uomini?»

«Ha ragione il buon Collina: è un ferrarese testa di cazzo» mormorò Santovito al proprietario. Prima di avviarsi, schiacciò il sigaro nel portacenere... Lo faceva ogni volta che abbandonava un sigaro, spento o acceso che fosse. Ne cercò un altro e, spento, lo mise fra i denti.

Entrò nell'ufficio di Cleto che il maresciallo era già seduto nella poltroncina dietro la scrivania e gli si mise dinanzi, in piedi. Ares Amadori lo guardò, si accese una delle solite sigarette piatte e profumate e tirò un paio di boccate. Anche Santovito accese il sigaro e aspettò, sempre in piedi, i comodi del maresciallo. Lui aveva tutto il tempo. Ne aveva meno il maresciallo.

«E adesso come la metti?» Il maresciallo era passato al tu e sorrideva di un sorriso antipatico.

«Mi fumerò il sigaro e poi...»

Ares Amadori lo interruppe con un gesto, tirò un'altra boccata di fumo chiaro e fissò dritto negli occhi il suo uomo. «Raffaella Anceschi qui non è mai arrivata!» Aprì un registro, lo scorse e vi batté sopra l'indice: «Ecco qua la prenotazione per ieri, ma Raffaella Anceschi non è mai arrivata alla Mezzacosta!». Chiuse il registro e guardò di nuovo Santovito: «Che fine ha fatto?».

Anche se questa non se l'aspettava, Santovito si prese il tempo per un paio di boccate e poi: «Perché non lo chiede a Stelio?».

«A Stelio, dici?»

«Stelio ha caricato la signorina Anceschi dinanzi alla chiesa e li ho visti partire. Di più non so.»

Il maresciallo fumò in silenzio e poi schiacciò la sigaretta, ancora da consumare per metà, nel posacenere. Si alzò, sorrise a Santovito, gli andò accanto e gli posò una mano sulla spalla: «Peccato che Stelio non possa confermare: è sparito anche lui e così io sono costretto a fermarti per ulteriori accertamenti, Santovito Benedetto. E ti dirò che non me ne dispiace. Non mi sei simpatico: la tua aria di superiorità mi dà fastidio e non sopporto il puzzo del tuo sigaro. Andiamo».

Santovito non era tornato al paese per mostrare in giro la sua tessera di riconoscimento, meno che mai a un maresciallo dei carabinieri ferrarese e testa di cazzo, ma a quel punto non poteva fare altro. Disse:

«Mi dispiace per l'odore del sigaro perché ti assicuro che è meglio delle tue sigarette...»

Il "tu" fece arrabbiare il maresciallo: «Come ti permetti di darmi del tu? Noi due non abbiamo mai mangiato i fagioli assieme!».

«Sì, è vero e non credo li mangeremo mai» mormorò Santovito e fece per mettere mano al portafogli.

«Non ti muovere!»

Santovito sorrise ancora: «Non sono armato... Ho qualcosa da mostrarti. Posso prendere il portafogli?».

«Faccio io!» e provvide di persona. Ci rimase male e controllò un paio di volte il tesserino e poi lesse sottovoce: «Santovito Benedetto, Maresciallo Maggiore Aiutante di Battaglia. Ma... ma perché non me l'ha detto subito, signor maresciallo maggiore...».

«Il maresciallo maggiore è rimasto in bass'Italia, come dite voi del Nord, quindi per favore mi chiami Santovito che sono qui come turista e non come carabiniere.»

Piuttosto deluso e forse anche dispiaciuto, Ares Amadori tornò a sedere dietro la scrivania di Cleto. Si rigirò fra le mani il portasigarette d'argento, a lungo, e infine si accese una sigaretta. Non sapeva da che parte riprendere il discorso.

Lo riprese Santovito: «Cos'è questa storia che la signorina Anceschi e Stelio sarebbero spariti?».

«È così, signor maresciallo... signor Santovito. Dell'Anceschi non si sa più nulla e di Stelio...»

«Ma se l'ho veduto questa mattina prima di scendere in paese.»

«Lo so, questa mattina ci ha parlato anche Cleto, ma poi è sparito assieme al Millecento. Non so che cosa pensare...»

«Be', a quanto pare aveva pensato a me, maresciallo.»

«Non sapevo che lei... Insomma, mi sono trovato fra le mani un tale, lei, che chiama a testimone una donna che poi sparisce... Capirà...»

«Capisco» disse Santovito. Non capiva, ma gli faceva un po' pena il giovane maresciallo che per rimediare alle sue palesi incapacità si atteggiava a carabiniere inflessibile e deciso. Capiva invece perché la gente, da queste parti, continuasse ad avere un così scarso rispetto per l'Arma.

«Sta di fatto che l'Anceschi non è mai arrivata alla Mezzacosta e che Stelio è sparito. Io temo che abbiano fatto una brutta fine.»

«Come i due ragazzi?»

Ares Amadori non rispose. Di nuovo schiacciò nel posacenere la sigaretta fumata per metà, si alzò e andò alla porta tenendola poi aperta per lasciar passare il Maresciallo Maggiore Aiutante di Battaglia Santovito Benedetto.

«Immagino che spenderà un patrimonio in sigarette, maresciallo. Faccia come me: prenda l'abitudine ai sigari, che non sono così fetenti come dice lei.»

Cleto ci rimase male quando il maresciallo Ares Amadori tenne aperta anche la porta d'ingresso a quel cliente che, solo poco prima, aveva giurato di sbattere dentro in attesa di ulteriori accertamenti sul suo passato e sul suo presente. Borbottò:

«Va' te a capire i carabinieri.»

Ma i carabinieri avevano altri problemi, soprattutto Santovito: «Se ne avessi chiesto ieri sera» borbottò. E maledì la riservatezza che gli aveva impedito di domandare a Lorenzo, il cameriere dai modi femminili, in quale camera aveva alloggiato la ragazza. «Se ieri sera avessi chiesto di Raffaella a Cleto,» disse, questa volta a voce alta «forse avrei potuto cercarla...»

Prima di salire sulla camionetta Ares Amadori chiese: «E com'è questa Raffaella?».

«In che senso?»

Il maresciallo sorrise: «La chiama confidenzialmente Raffaella... Com'è di aspetto, voglio dire. Così così, passabile, carina, bella... Com'è?».

«Veda di trovarla» rispose Santovito.

«Farò il possibile.» E Ares Amadori fece segno al carabiniere al volante di muoversi. «Farò il possibile anche per Stelio!» gridò poi sporgendosi dal finestrino mentre la camionetta si allontanava.

Santovito rientrò in albergo, andò al banco e chiese: «La conosceva?». Ma rettificò: «La conosce?».

«Chi?»

«Raffaella... La signorina Anceschi.»

«No, mai vista; ho ricevuto una sua telefonata di prenotazione, doveva arrivare ieri pomeriggio e la sto ancora aspettando.»

Il sigaro stava spegnendosi e Santovito tirò un paio di boccate per far riprendere bene la brace: «E Stelio?».

«Stelio cosa?»

«È capitato altre volte che sparisse senza avvertire?»

«Be', Stelio...» Cleto si interruppe, pensò un poco e poi: «Si può sapere perché mi fa queste domande? Non me le ha fatte neppure il maresciallo!».

Santovito sorrise, il sigaro fra i denti, e si avviò alla scala: «Al suo posto io gliele avrei fatte». Ma il maresciallo Ares Amadori, comandante di una stazione dei carabinieri, aveva la sua autonomia operativa e non era tenuto ad accettare né ordini né consigli da un superiore che non avesse competenza territoriale. Solo il comandante di tenenza dalla quale dipendeva la sua stazione avrebbe potuto "suggerire", non imporre, suggerire al ferrarese la collaborazione di Benedetto Santovito nelle indagini.

Borbottò, sdraiato sul letto: «Non sono qui né per indagare né per crearmi problemi».

Nessuna voglia di complicarsi una vacanza che, secondo le sue intenzioni, lo avrebbe dovuto riportare indietro nel tempo e che invece gli stava procurando solo pensieri e un senso di delusione. Se ne metteva un po' troppo per quella ragazza dal sorriso dolce... In fondo, nella sua carriera di carabiniere, di gente scomparsa e mai più ritrovata glien'era passata una quantità fra le mani!

Si alzò, cercò il libro che aveva deciso di leggere durante la vacanza, fra un ricordo e l'altro del suo passato, e tornò sul letto.

Quando, nel 1776, si costruiva la sede per la Missione Carmelitana dell'Alta California, un gruppo di venti convertiti indiani abbandonavano una notte la religione e le capanne loro. Questo piccolo scisma, oltre a costituire un cattivo precedente, comprometteva il corso dei lavori nelle cave dove veniva preparato l'impasto di argilla per i mattoni.

Dopo un breve consiglio delle autorità civili e religiose...

Leggeva solo con gli occhi e non gli restava nulla. Chiuse il libro, riaccese il sigaro e, sdraiato sul letto a fumare, indagò gli stessi travi che lo avevano affascinato al baluginare della fiamma nel camino, una notte di pioggia sul tetto e di vento che faceva cigolare porte e finestre e lamentare gli alberi; due pareti più in là, in camera sua, la contessa della Mezzacosta leggeva, secondo Stelia.

«Passa tutta la notte a leggere» gli aveva detto prima di lasciarlo nella sua stanza. «Oh, ha anche un altro vizio: non chiude mai a chiave.»

Lasciò perdere i travi e lasciò perdere i ricordi; guardò la copertina colorata del libro, edizione economica: «Chissà se Raffaella l'ha letto?».

Non ce la faceva a concentrarsi sul romanzo, non era proprio il momento. Si alzò e scese in giardino a fumare un sigaro.

VIII

nella bottega del Frabbone

Ai suoi tempi, ai tempi nei quali Benedetto Santovito era maresciallo, la chiamavano la bottega del Frabbone. Stava poco fuori dal paese e ci si arrivava dalla stradina accanto alla chiesa o da un sentiero per muli e somari che saliva dal fiume. Chi abitava di qua dall'acqua usava la stradina della chiesa, chi abitava di là dall'acqua attraversava il fiume e saliva la mulattiera.

Prima del Frabbone la teneva suo padre e, prima di lui, suo padre e ancora suo padre, chissà per quante generazioni. Dopo il Frabbone nessuno avrebbe più continuato il mestiere: non c'era più motivo. E il Frabbone non si era sposato.

Gli artigiani che l'avevano abitata sapevano fare di tutto: riparare assi di carri e aratri, ferrare muli e buoi e cavalli, stagnare calderine di rame da utilizzare per usi alimentari, costruire inferriate, forgiare ferle...

Negli ultimi tempi della sua attività, il nonno del Frabbone si era dedicato anche alla riparazione delle biciclette, lavoro che avevano continuato figlio e nipote, il Frabbone.

Poi le bestie da ferrare erano diventate un genere in estinzione, di aratri se ne vedevano in giro sempre meno, le inferriate arrivavano dalla città già confezionate e pronte per il montaggio, i giovani non sapevano cosa fossero le ferle. Quando in bottega si presentò un giovanotto con il Mosquito che non andava in moto, il Frabbone aveva guardato quella bicicletta bastarda, che non era né bicicletta né motocicletta, e aveva scosso il capo rinunciando a stare al passo con il progresso, con lo scooter, la Vespa e la Lambretta, e certi 125 con ruote talmente piccole da non capire come potessero viaggiare oltre i cento.

Il Frabbone ne ricordava uno, l'Isomoto, che saliva i tornanti per arrivava in paese e non c'era modo di spegnerne il motore. Gli spiegarono che i due pistoni si muovevano contro la stessa parete centrale di un cilindro sdoppiato che, al termine della salita, era talmente arroventata da accendere la miscela senza bisogno di candela e di corrente. Solo quando la parete in comune con i due pistoni si era raffreddata a sufficienza, si riusciva a spegnere il motore.

Durante la guerra i tedeschi avevano avuto bisogno di lui e della sua bottega ben attrezzata. Era diventato un po' il loro fabbro di fiducia. Su quelle montagne i tedeschi usavano molto i muli, e i sassi e le rocce che sporgevano dal terreno, lungo i sentieri e le mulattiere, facevano perdere i ferri agli animali e il Frabbone se ne trovava da ferrare due o tre ogni giorno e il mestiere gli aveva salvato la vita e gli aveva evitato la deportazione in Germania. Aveva anche trovato il modo di fare la sua parte di sabotaggio inchiodando i ferri quel tanto che restassero attaccati agli zoccoli per non più di quattro o cinque giorni.

Per un poco gli andò bene e poi il caporale, un austriaco tutto d'un pezzo, alto e allampanato e sempre incazzato con tutti, persino con i muli che il Führer gli aveva affidato, si insospettì e andò a sbattergli sul banco i ferri sostituiti da pochi giorni e già saltati via. Lo minacciò: che facesse il suo lavoro per bene se non voleva finire in Doicland. Il Frabbone ricorse a Stalìn, che non si chiamava ancora Stalìn e che in seminario aveva imparato quel tanto di tedesco da farsi capire, perché spiegasse al caporale che i chiodi che gli passava l'industria bellica italiana non erano quelli di una volta e che i muli dovevano accontentarsi e buona grazia... e che, per di più, i sentieri e le mulattiere non erano l'ideale perché i ferri restassero attaccati agli zoccoli.

Gli andò bene per un altro po' di tempo, fino a quando il caporale gli versò sul banco un sacco di chiodi tedeschi, forse fatti arrivare direttamente dalla Doicland, e lo minacciò che da lì in avanti non c'erano più scuse.

Finita la guerra e riparati i primi danni, al Frabbone non restò più molto da fare, ma non spense la fucina e la prima cosa che faceva ogni mattina che Dio mandava in terra era di accenderla, gettarci su due manciate di carbone e girare per un po' la manovella del mantice in modo che le braci prendessero bene. Anche se quella fucina non la usava da anni. O la usava ogni cavata di papa per rifare il filo a una vanga o per scaldare l'occhio di una zappa da raddrizzare. Per i pochi, quasi tutti anziani, che ancora si ostinavano a coltivare un orto. E non voleva una lira, bastandogli le quattro chiacchiere che scambiava con i pochi clienti.

«Di soldi» diceva «ne ho fatti anche troppi. Ce ne saranno che io non ci sarò più.»

L'ultima volta che Santovito ci era andato fu per chiedere al Frabbone di riparare la serratura della cella che non ne voleva sapere di chiudersi a chiave.

«Io ve la riparo anche, maresciallo, ma per quello che vi serve una galera in questo paese di galantuomini...»

Aveva ragione, il Frabbone. In quella cella il maresciallo Santovito aveva rinchiuso solamente due persone: il vecchio e selvatico Bartolomeo della Mezzacosta, sperando che confessasse un crimine, e Bleblè della Ca' Rossa, in attesa di trasferirlo a Bologna.

Poi era scoppiata la guerra e non ci fu bisogno di celle, ché tutto il paese era diventato una galera.

La bottega del Frabbone era esattamente come Santovito l'aveva lasciata una ventina d'anni avanti: da una parte della strada l'abitazione e una vecchissima costruzione adibita a magazzino, e dall'altra parte la bottega e il gabbiotto che faceva da gabinetto. Un pugno di fabbricati in sasso coperti da lastre di pietra che il tempo aveva annerito e, nelle falde verso nord, ricoperto di muschio.

Piccole erano le porte e le finestre di tutti i fabbricati e piccola era la finestra sopra il banco e per ciò l'interno della bottega era buio, illuminato dalla porta, spalancata anche di notte, e da due lampade, una sostenuta dal filo elettrico e appesa al centro del soffitto e l'altra a muro.

In fondo alla bottega, nella parte più buia, la fucina mandava il bagliore delle braci accese e, di tanto in tanto, lo scoppiettare del carbone sollevava un minuscolo fuoco d'artificio di scintille.

Prima di entrare Benedetto si fermò fuori dal portone spalancato per richiamare in memoria immagini sbiadite. In realtà non proprio tutto era come ricordava. Per esempio, al centro della bottega, che il Frabbone aveva sempre tenuto sgombro per lavorarci e muoversi liberamente, c'era un tavolo in legno grezzo e delle sedie impagliate. Poi dal soffitto, esattamente sopra il tavolo, pendeva un ventilatore in funzione con pale talmente piccole da non capire come potessero anche solo muovere l'aria. Eppure quello strano ventilatore doveva fare il suo dovere, visto che i quattro giocatori di carte, seduti proprio sotto, ci stavano a loro comodo, nonostante il sole di una estate afosa rendesse irrespirabile l'atmosfera esterna. Figurarsi quella interna.

Lo vide il Frabbone, seduto a capotavola e rivolto alla porta, e disse qualcosa ai compagni di partita, si alzò e andò sull'uscio:

«Che fa lì impalato in mezzo all'aia, maresciallo? Nella mia bottega c'è posto per tutti.»

«Lo so, Frabbone, lo so che sei sempre stato molto ospitale. Mi guardavo attorno per capire... Ma è difficile, dopo tanti anni.»

«Non c'è niente da capire. Il tempo passa e buona lì» e si fece da parte per far entrare Santovito.

Gli altri tre al tavolo, le carte aperte in mano, avevano solo girato la testa per salutare con un cenno l'ultimo arrivato.

Dentro, la stessa atmosfera, gli stessi odori di carbone bruciato e di ferro lavorato. Il Frabbone portò una sedia e fece segno a Santovito di accomodarsi. Sedette anche lui, riprese le carte, ci pensò su e, dopo aver guardato in viso il compagno di partita e ottenuto il suo cenno di assenso, giocò la sua carta e raccolse la giocata sistemandola nel mazzetto che aveva a lato.

Le pale dello strano ventilatore muovevano l'aria attorno ed effettivamente nella bottega si stava meglio che fuori, forse per i muri, talmente spessi che il calore ci metteva tutta l'estate per attraversarli.

Finirono la partita in silenzio e dopo l'ultima mano il Frabbone andò a prendere un altro bicchiere, che poi riempì al maresciallo. Alzò il suo e lo stesso fecero gli altri tre, in silenzio: Ligera, Catullo e don Vincenzo.

Ai tempi di Santovito, Ligera aveva un amico, Nasone: li chiamavano "i due soci" perché erano inseparabili, fin da bambini. Erano nati a distanza di pochi giorni l'uno dall'altro e da generazioni le loro famiglie abitavano, come si dice da queste parti, uscio a uscio e così i due soci erano cresciuti assieme, assieme erano andati a scuola, quattro chilometri all'andata e quattro al ritorno, sotto il sole, con la neve o con la pioggia. La prima elementare frequentata per tre anni, avevano imparato appena a fare la firma, e poi via, a lavorare dove c'era bisogno.

Assieme erano andati a donne e sotto le armi. Una vita passata nei boschi a fare legna e carbone in compagnia delle faine e dei gufi. Inseparabili.

Santovito era tornato in paese e aveva trovato solo Ligera. Non chiese notizie di Nasone.

«Questo è il maresciallo...» cominciò il Frabbone per il prete, che gli altri sapevano.

Santovito lo interruppe: «Una volta, adesso non più e sono qui per.. » e si strinse nelle spalle perché non sapeva spiegare, non sapeva neppure lui perché era lì. Attraverso il tavolo strinse la mano a don Vincenzo: «Mi chiamo Santovito Benedetto». Poi: «Come va, Ligera?».

«Così.»

«E tu, Catullo?»

Catullo fece un cenno vago con il capo. Erano passati gli anni ma i paesani non erano cambiati: stessi silenzi, stesse espressioni, stesse partite a carte, stesso vino e forse stessi problemi con la vita. O qualcuno in più. I tempi cambiano, i paesi si vestono a nuovo, la gente fatica ad adeguarsi e resta la stessa.

«Sono contento di ritrovare persone che conosco. Il paese è talmente diverso da come lo ricordavo...»

«Mi avevano detto che lei era qui per i due ragazzi uccisi» disse don Vincenzo.

«Assolutamente no.» E fece passare la scatola dei Toscani.

Solo il Frabbone ne scelse uno, lo ammorbidì fra le dita, grosse, da fabbro, andò alla fucina e con le molle raccolse una brace che gli servì per accendere. Santovito usò il solito fiammifero di legno: «Se avessi saputo cosa mi aspettava qui, non sarei venuto. Chi le ha raccontato quella sciocchezza, don Vincenzo?».

Il parroco fece un segno vago con la destra: «Così. In paese le notizie viaggiano in fretta e la gente parla, parla e spesso quello che non sa lo inventa».

In silenzio Ligera giocava con le carte continuando a guardare Santovito; anche Catullo non aveva niente da dire.

«Io non credo che lei sia qui per caso, maresciallo» disse poi il Frabbone. «Lei è qui perché al comando dei carabinieri sanno benissimo che il maresciallo Amadori non capisce una madonna e non arriverà mai a scoprire come e perché siano morti i ragazzi né come e perché non si trovi il Romitto del Castagno.»

Per Santovito era una novità: «E da quando non si trova?».

«Dopo la morte dei due ragazzi nessuno l'ha più visto

in giro. Il maresciallo va alle Rovine... Sa dove c'è la vecchia Abbazia e la torre?»

«So dove sono le Rovine e dov'è l'Abbazia, me lo ricordo.»

«Dunque, il maresciallo va alle Rovine per arrestare il Romitto del Castagno, sicuro che ne sappia più degli altri sui due ragazzi, e non lo trova. Allora che fa? Torna in paese e mette dentro un povero tognino che passava di qui per caso in bicicletta.»

«Che tipo è questo Romitto?» chiese Santovito.

Stava per rispondergli don Vincenzo Cioni, ma il Frabbone lo anticipò: «E mi racconta che non è qui per i due ragazzi morti, maresciallo? Cosa sono tutte queste domande?». Sorrideva e scuoteva il capo poco convinto.

«Curiosità, Frabbone, pura e semplice curiosità.»

Don Vincenzo si riprese la parola: «Non ne sappiamo molto del Romitto. Un bel giorno, qualche anno dopo la fine della guerra, la Cesira... Quella sa sempre tutto. La Cesira arrivò in paese giurando e spergiurando di aver visto l'*ómmo salvadgo*, come dice lei». Sorrise e mandò giù un sorso di vino. «Sarebbe l'uomo selvatico. Quella sa sempre tutto. Arrivò in paese dicendo di avere visto l'uomo selvatico e in un certo senso era vero. Da dove venisse, chi fosse... nessuno l'ha mai saputo. Per un certo tempo la Cesira gli ha anche lavato i panni. Fino a quando il Romitto ha cominciato a dire che anche i pidocchi sono creature di Dio e non l'ha più voluta attorno.»

Visto che don Vincenzo Cioni aveva concluso, il Frabbone aggiunse qualcosa di suo:

«Il Romitto è uno che ha studiato: io l'ho sentito parlare in latino...»

«Che ne sai tu di latino» lo interruppe don Vincenzo «se nemmeno vieni a messa.»

«Ohé, don Vincenzo, non ho mai mancato una Pasqua! Con il passare del tempo il Romitto ha cominciato a raccontare che aveva trovato il tesoro della Regina Selvaggia e che il Signore lo aveva mandato a proteggerlo e custodirlo... Viene in paese una o due volte al mese per comperare il sale e l'olio, che poi nessuno sa dove prenda i soldi. Per il resto lo trovi sempre alle Rovine o là attorno. Insomma, il Romitto è un bel mistero.»

«Il maresciallo Amadori ne ha anche altri di misteri da scoprire: sono spariti Stelio e una ragazza. Si chiama Raffaella Anceschi, sui ventotto, capelli lisci e scuri.» Li guardò in viso. «L'avete vista?»

«No,» disse don Vincenzo «ma so che la professoressa per il prossimo anno scolastico si chiama Raffaella Anceschi. Adesso lei mi dice che sarebbe sparita?»

«È successo altre volte che Stelio se ne andasse senza avvertire nessuno?»

«Non mi piace» borbottò il Frabbone. «Da un po' d'anni qui succedono troppe cose che non hanno una spiegazione.»

«Si direbbe che la mia mancanza non sia servita a portare normalità in paese» sorrise Santovito. «Che altro è successo mentre ero lontano?»

Si affrettò a rispondere don Vincenzo: «Dice dei due ragazzi morti».

«Non solo, don Vincenzo, non solo. Lei non era qui e non può ricordare, ma don Merigo...»

Per la prima volta nella discussione intervenne Ligera, con una certa violenza, interrompendo il Frabbone: «Come la fai lunga! Tiri fuori delle cose che sono successe durante la guerra. Ce le hai proprio ficcate in testa se stai sempre a bocca aperta a parlarne!».

«Tu non c'eri e non sai e non hai visto, ma io... l'ho schiodato io dal ghiaccio quel povero ragazzo, disgraziato. E il capitano tedesco l'ha messa sotto il naso a me, la P38, capace di spararmi perché non sapevo dirgli dov'era finita la macchina con sopra i due militari. E le urla di quell'animale... Mi vengono ancora i brividi se ci penso, per la Madonna!»

Don Vincenzo Cioni si era abituato ai sacramenti dei parrocchiani e si limitò a una scrollata di testa.

Ligera gettò sul tavolo le carte che aveva tormentato fino a quel momento: «Sì, adesso tirami fuori anche tu la Borda, come quella matta della Cesira, e siamo al completo!». Si alzò, vuotò d'un fiato il bicchiere e lasciò la compagnia senza neppure un cenno di saluto.

Dalla porta spalancata lo videro correre sulla strada in salita e sparire dietro la curva.

«Cos'ha?» chiese Santovito.

Il Frabbone si strinse nelle spalle: «Ne ha passate di quelle... Bisogna capirlo».

E finalmente anche Catullo disse la sua: «Bisognerebbe che la smettessimo di tirare sempre fuori la guerra. È finita da un pezzo. Così, chi ha dei brutti ricordi se li continua a portare dietro, e Ligera ne ha».

Il Frabbone fece un altro giro di bicchieri e per un po' i tre restarono in silenzio a sorseggiare. Il fumo dei due Toscani stagnava per un po' all'altezza dei visi, poi si stemperava, saliva, richiamato del ventilatore, si sfilacciava e svaniva mescolandosi all'aria della bottega.

«Non mi avete risposto su Stelio» disse poi Santovito.

Il Frabbone andò a gettare quello che restava del sigaro nella fucina: «E mi dice che è qui per caso?».

«Puoi pensarla come ti pare, Frabbone, ma io non sono qui per servizio.» E a don Vincenzo: «Cosa mi dice di Stelio?».

«Un povero figliolo. Ogni tanto viene a trovarmi e cerca di raccontarmi cose che non capisco e così se ne va più triste di prima. Qualcuno dovrebbe occuparsi di lui, qualcuno che s'intendesse di poveretti segnati da Dio.»

Dal fondo della bottega il Frabbone borbottò: «Ogni tanto capita che Stelio se ne vada senza dire dove e perché. Ogni tanto capita, ma non c'è da preoccuparsi». E aggiunse una manciata di carbone alla fucina. «Troppi misteri in questo paese, troppi misteri.»

Si alzò anche Catullo: «Mi ha fatto piacere rivederla, maresciallo».

«Anche a me, Catullo, ma non chiamarmi maresciallo.»

Catullo annuì. «Ci vediamo, prima o poi ci vediamo» e si fermò sulla porta: «Sapete cosa c'è di nuovo? C'è che qui arriva troppa gente, gente che non sa nulla del paese e che viene qui a farla da padrone». Uscì. «Troppa gente che non sa niente di niente e rovina il paese e chi ci abita.»

«Vuoi dire che si stava meglio prima?» gli gridò dietro il Frabbone. «Adesso almeno c'è modo di fare su due soldi, no?»

«E quanti ne arrivano fino a te, Frabbone?» gli rimandò Catullo.

Don Vincenzo guardò fuori: «Si sta facendo sera». Si alzò. «Mi venga a trovare.»

«E Nasone?» chiese Benedetto dopo che il parroco se fu andato.

«Una brutta fine, poveretto. E dopo, Ligera non è stato più lui.»

«Me ne sono accorto. Non l'ho visto sorridere. E lo faceva spesso quando giocavamo a carte. Lui e Nasone erano coppia fissa contro Bleblè e il sottoscritto, all'osteria di Serafina. Quanti bicchieri ci siamo giocati! Poi me ne sono andato...»

«Dopo se ne sono andati in molti e Nasone è stato uno dei primi.»

Intermezzo

Non ne avevano mai parlato, ma quando venne il momento, quando cioè gli uomini che non si erano ancora dati alla macchia venivano arruolati, per amore o per forza, nella Todt, oppure venivano presi e spediti in Germania, allora si capirono al volo e una bella mattina Nasone e Ligera si guardarono in faccia, fecero su i loro stracci, alcune pagnotte e un paio di formaggi e se ne andarono dal paese e per un bel po' nessuno ne ebbe più notizie.

Presero i sentieri dei boschi, ma non per unirsi ai partigiani. Loro due di legami non ne volevano. Conoscevano i monti come le strade del paese, ci avevano passato la vita, e nessuno li avrebbe trovati se loro non lo avessero voluto. Sapevano dove stava una grotta per ripararsi dalla pioggia, un essiccatoio per le castagne, una capanna di frasche per dormirci la sera, un fienile per l'inverno, una sorgente per l'acqua pulita... E sapevano come trovare di che sfamarsi: se si capiscono bene i boschi, di fame non si muore.

Nasone si era portato lo schioppo e una cartucciera perché non si sa mai...

Era andata così e per i primi tempi non ebbero problemi. Capitò anche che gruppi di partigiani o pattuglie di essesse o di repubblichini li sfiorassero e non si accorgessero dei due acquattati fra gli sterpi, a pochi passi dal sentiero dove loro passavano.

Arrivò l'autunno e Nasone e Ligera lasciarono i passi alti e scesero verso le ultime case contadine prima dei balzi impraticabili, dove non è possibile alcuna attività che non sia quella di un animale selvatico. La sera, dopo che il boaro aveva governato le bestie e si era chiuso in casa, si infilavano in una stalla, studiavano almeno due vie di fuga e dormivano al caldo, coperti dal fieno. Dormivano con un occhio solo, che il pericolo era nell'aria. Abituati ai silenzi dei boschi, percepivano anche il più piccolo rumore che non fosse naturale.

Li svegliò il boato di un'esplosione e dalla parete aperta del fienile videro il bagliore dell'incendio giù, verso il paese. Altre esplosioni, come di fuochi d'artificio che non si sa mai quando finiscano e diventano più assordanti l'uno dopo l'altro e si aspetta sempre il botto più forte, illuminarono il cielo di lampi.

I due si guardarono in silenzio e poi Ligera mormorò: «È giù in paese, cristo. Stanno facendo saltare le case».

Le esplosioni avevano svegliato anche i contadini che

uscirono sull'aia e corsero al limite dei campi verso valle. Poi uno gridò:

«Dal fienile si vede meglio! Io vado su!»

Nasone e Ligera saltarono sul letame e s'imbucarono nel bosco; di corsa presero il sentiero, sempre accompagnati dalle esplosioni, e si fermarono solo al passo della Donna Morta da dove avrebbero potuto vedere l'intero paese.

Verso valle il chiarore dell'alba mostrò loro una nube di fumo scuro che cambiava continuamente forma e diventava più grande a ogni esplosione e si impennava su, nel cielo, spinta dalla forza spaventosa della dinamite. Il paese non c'era più, divorato dalla nube che continuava a salire e a mangiarsi i fossi, i boschi, i dirupi, la strada... E le esplosioni rimbombavano nel cuore e nei polmoni di Nasone e Ligera. Un attimo dopo lo scoppio arrivava lo spostamento d'aria.

Qua e là emergevano dalla nube le cime dei monti più alti, isole in un mare che le onde di fumo scuro avrebbero presto sommerso.

La voce di Ligera tremò: «È un massacro, Nasone! Un massacro! Hanno fatto saltare tutto!».

Ancora di corsa sulla strada in terra battuta giù, verso il paese mentre le esplosioni diradavano e improvvisamente cessarono del tutto e scese sui monti un silenzio che neppure gli animali osarono disturbare.

Entrarono nella nube di fumo, prima rado e poi intenso, e respirarono l'acre odore della dinamite. Di colpo Nasone, che correva dinanzi, si fermò e, spalancando le braccia, fermò anche Ligera.

«Ascolta, stanno salendo» mormorò.

Si acquattarono fra gli sterpi ai lati della strada e i rovi si impigliarono negli abiti e graffiarono il viso e le mani.

Dal fumo delle esplosioni sbucarono e sfilarono loro dinanzi le donne che trascinavano i bambini e i vecchi del paese, molti avevano un fazzoletto premuto sulla bocca e sul naso e tutti tossivano.

Li lasciarono passare, che non fossero seguiti dai soldati, e li raggiunsero poco sopra, dove il fumo si era diradato e alcuni si erano seduti.

«Cos'è successo, don Merigo?»

«Hanno fatto saltare la galleria. Un disastro. I tedeschi ci avevano nascosto un treno carico di munizioni... perché gli aerei non lo scoprissero. Adesso... adesso ci sarà la rappresaglia! Che Dio ci aiuti!»

Nasone cercò attorno: «Dove sono i nostri?».

Anche don Merigo cercò e poi chiese: «Avete visto quelli del Rio?».

Nasone e Ligera erano nati e vissuti al Rio, un borgo poco fuori dal paese, quattro famiglie con i loro vecchi, che pure vi erano nati, e un esercito di figli.

«Qualcuno ha visto quelli del Rio?» Nasone e Ligera ripresero a scendere di corsa in paese dimenticando le precauzioni.

Dei due Ligera era il più forte, sollevava un sacco di grano da un quintale e se lo caricava in spalla senza l'aiuto di nessuno, ma Nasone era più veloce e fu il primo a entrare di corsa nella corte del Rio. C'erano già le essesse e i repubblichini e li vide troppo tardi. Fece a tempo a gridare: «Scappa Ligera, scappa!» che la raffica di un MP 38 fermò la sua corsa, proprio dinanzi alla porta di casa.

Ligera si gettò nel fosso e corse, inseguito dai tedeschi e dalle raffiche che, per fortuna, falciavano solo rami e foglie.

Ligera corse sui sassi e nell'acqua fino a quando gli mancò il fiato: un altro passo e sarebbe morto. I tedeschi o lo avevano perduto o avevano rinunciato per non allontanarsi dagli altri, ché fra quei boschi ci poteva sempre essere un gruppo di partigiani.

Rivide Nasone due giorni dopo, a rastrellamento finito. Lo rivide dove lo aveva scaraventato la raffica, a faccia all'aria, le braccia spalancate come un povero cristo, gli occhi sbarrati a guardare il cielo, il petto squarciato, la terra rossa del suo sangue rappreso, la vita conclusa nella corte dove da bambino aveva giocato con Ligera e gli altri, dove erano cresciuti.

Gli si inginocchiò accanto: «Mi hai salvato la vita, ma cosa me ne faccio, adesso, della vita?».

In piedi, don Merigo mormorava una litania per i morti.

IX

ancora il tesoro di Selvaggia

Tutto moderno, tutto plastica e luci e, dietro il banco della tabaccheria, il giovane in jeans e giubbetto di pelle scura, o forse plastica, masticava una gomma americana e muoveva il capo e le spalle al ritmo di un rock che usciva dalla radiolina sullo scaffale, accanto ai pacchetti di sigarette.

Il buon profumo di legno antico e di trinciato che c'era nella bottega del vecchio Tarquinio!

Chiese una scatola di Toscanelli e il giovanotto, continuando a masticare e a scuotersi a ritmo di rock, ne posò un paio sul banco perché il cliente scegliesse a suo gusto.

«Mi dia anche una scatola di svedesi» e prima di uscire: «Non ho visto il giornalaio».

«C'è la cartolibreria.»

«La cartolibreria?»

«Sì, poco più avanti, nella strada dinanzi alla chiesa.»

Ai suoi tempi la strada dinanzi alla chiesa portava al pozzo "da" lavare, un lavatoio rettangolare in pietra alto da terra meno di un metro e largo circa due metri per tre, a sponde inclinate, diviso in due scompartimenti da un sottile muricciolo. Nello scompartimento a valle le donne lavavano la biancheria, con l'acqua opalina per saponi e liscive che si disperdeva in un fossatello, mentre nell'altro, leggermente più alto, risciacquavano i panni nell'acqua sempre limpida che una doccia d'ottone buttava con un getto potente anche in piena estate.

Al pozzo "da" lavare, che in paese chiamavano semplicemente "il pozzo di Piro", in certe ore del giorno era pieno di donne, del rumore di panni sbattuti contro le lastre lucide e levigate per il lungo uso e del brusio di mille chiacchiere. Una costruzione utile e un luogo di ritrovo.

All'inizio del Novecento, un tal Piro degli Aldusi, grazie ai suoi vecchi abbastanza ricco da permettersi di vivere senza lavorare, si era messo in testa di portare in paese l'acqua di una sorgente che usciva allo scoperto ai piedi di una roccia ricoperta di muschio e si raccoglieva in una pozza larga un paio di metri dove le donne del paese andavano a lavare, su alcune pietre levigate da secoli di uso e sistemate lì da chissà quale loro antenato. Mezz'ora di viaggio, con il carico dei panni che, al ritorno, pesava di più.

Piro ci fece su la sua bella pensata, chiamò un maestro muratore e gli spiegò che voleva portare l'acqua della pozza in paese: «Non ho fatto molto nella mia vita» spiegò «e mi piacerebbe lasciare qualcosa perché in paese mi ricordassero».

«Voi siete matto, signor Piro» gli disse il maestro che, per essere anziano e con il grembiule lungo, si poteva permettere certe espressioni. «Voi siete matto. Non vedete che non c'è abbastanza pendenza? L'acqua non va in salita. Pensatene un'altra.»

«Se noi scaviamo qui e scaviamo qui,» disse il signor Piro indicando su una piantina che si era disegnato di persona «riusciamo a far arrivare l'acqua fin qui» e piantò il dito nel posto esatto dove sarebbe poi sorto il suo pozzo.

Il maestro dal grembiule lungo guardò la piantina, scosse il capo e disse: «Se pagate voi, signor Piro...». E si mise al lavoro con un paio di manovali. Scavò qui e scavò lì e alla fine dovette ammettere che i calcoli di Piro degli Aldusi erano esatti e da allora le donne andarono, con i panni, al lavatoio di Piro, duecento metri dal sagrato della chiesa.

Il pozzo c'era ancora, esattamente come l'aveva lasciato: lo stesso tubo in ottone, lo stesso getto e la stessa acqua chiara, ma la "Cartolibreria" proprio non se l'aspettava. Era una novità e faceva il paio con il ristobar.

"I paesani si sono messi a leggere" pensò Santovito prima di entrare.

Ricordò che al massimo, in una casa del paese, poteva esserci un libro o due del romanzo cavalleresco *I Reali di Francia*, o il poema di Tasso o di Ariosto. Ricordava anche di quando la gente attendeva la partenza dei rari villeggianti estivi per setacciare tutti i giornali abbandonati dai cittadini che poi usavano per accendere il fuoco o per altri scopi meno nobili.

Entrò. Di giornali, in verità, non ce n'erano molti, qualche quotidiano e qualche periodico: "La Settimana Incom", "Epoca", "Vie Nuove", "Liala", "Annabella", "Grazia", "La Domenica del Corriere". Molti fumetti: "Topolino", "Il Vittorioso", "Tex Willer", e fotoromanzi: "Grand Hotel", "Bolero Film". Un paio di enigmistiche, qualche libro in edizione economica.

Più che altro la cartolibreria vendeva cancelleria e articoli da toletta, saponi, profumi, pettini e spazzole per capelli, cianfrusaglie da regalo, cartoline.

«Si sono raffinati anche loro, il mondo cammina, e io che credevo di trovare il paese come l'avevo lasciato. Tutto è cambiato; solo qui non doveva cambiare?»

«Diceva?» La brunetta grassoccia lo distolse dalle sue riflessioni sottovoce.

La scrutò per vedere se gli ricordava qualcuno. «Ha il "Corriere"?»

La brunetta glielo porse. Santovito pagò e si mise a scorrere i titoli della prima pagina.

Santovito riconobbe la voce che chiedeva: «Mi dà il "Carlino"?» e si voltò piuttosto sorpreso: «Guarda chi c'è, la professoressa!». Le porse la mano. «Come sta? Tutto bene, spero.»

Raffaella sorrise, ricambiando il saluto. «Tutto bene, tutto bene.»

«Ne sono felice. Ma da dove salta fuori? Lo sa che il maresciallo la sta cercando?»

«Non è lei il maresciallo?»

«Ho detto che non lo sono più e comunque non qui.»

«E perché? Non me ne intendo, ma pensavo che fosse un po' come un prete, che resta prete tutta la vita, anche se getta, come si dice?, la tonaca alle ortiche.»

«Un po' sì e un po' no. Comunque la mia è una storia lunga.»

«Perché il maresciallo mi starebbe cercando? Non ho commesso crimini, almeno per ora.»

«Anche questa è una storia lunga. Gliela racconterò al bar. Vuole?»

«Voglio sì» e il tono di Raffaella era allegro come il suo sorriso. «Ma non creda di cavarsela con la sua di storia. Gliel'ho detto che sono curiosa e le storie mi interessano tutte. Mi sono laureata, in storia.»

Si incamminarono verso il bar gelateria e Santovito spiegò di come il maresciallo lo avesse sospettato della scomparsa di Raffaella e di Stelio e, mancava poco, anche della morte dei due ragazzi.

«Allora, dove si era nascosta?» chiese appena Raffaella smise di ridere.

«Da nessuna parte. Prima di entrare alla pensione, ho chiesto a Stelio di mostrarmi dove alloggiava il mio predecessore visto che avrei dovuto abitarci durante la scuola. L'appartamento mi è piaciuto e ho deciso di stabilirmici fin da subito. Ho appena disdetto la camera alla Mezzacosta. Il proprietario... Come si chiama?»

«Cleto.»

«Sì, Cleto se l'è presa, ha protestato per un po' e quando ha visto che le sue proteste non mi facevano né caldo né freddo, si è messo tranquillo. Alla fine siamo diventati amici e mi ha anche proposto di cenare con lui questa sera.»

«Cenare con lui?»

Raffaella rise forte: «È uno di quelli che quando vedono una donna sola... Chissà cosa credono».

«E cenerà con lui?»

Prima di rispondere «Né questa sera né le prossime» Raffaella negò con un deciso cenno del capo e con un ripetuto e gradevole rumore prodotto dalla lingua sul palato.

Fuori dal bar gelateria alcuni giovani platani ombreggiavano sedie e tavolini, il solito juke-box mandava le solite canzoni e i soliti giovani bevevano le solite bibite accompagnando la musica con il movimento del corpo. Appena il cameriere si accorse dei due appena seduti al tavolino, si precipitò a servirli.

«Cosa prende?» chiese Santovito alla ragazza.

«Non so. A quest'ora? Un tè.» Guardò il cameriere: «Un tè al limone».

«E a me...» Stava per chiedere un bicchiere di vino ma si trattenne. «Un Martini rosso con ghiaccio.»

«Mi spiace, ma non abbiamo ghiaccio.»

«Allora uno sherry.»

«Cosa?»

«Guardi, mi porti un bicchiere di vino bianco, possibilmente freddo, se no, così com'è.»

Il cameriere si allontanò e Santovito rise: «La cartolibreria è segno di modernità, certo, ma per il bere sono ancora rimasti a prima della guerra».

Anche Raffaella sorrideva: «Perché non ha chiesto una bibita? Quelle le hanno tutte» e indicò i ragazzi che succhiavano da bottigliette di tutti i colori.

«Aah, le bibite! L'ultima volta che ne ho bevuta una era una gazzosa, quella con le palline. Lei sicuramente non se le ricorda. Erano bottigliette di vetro con dentro una pallina che, per la pressione del gas, chiudeva l'apertura. Per aprirle bisognava spingere dentro la pallina con le dita. Ora ci sono i tappetti a corona, quelle con la pallina non ci sono più. Per dire se è passato qualche anno da quando ne ho bevuto una.»

Il cameriere portò le ordinazioni e Santovito alzò il bicchiere:

«Alla salute.» Un sorso e poi: «Le dispiace se fumo?».

«Le ho già detto che il fumo del sigaro non mi dispiace. Poi qui, all'aria aperta!»

Santovito scelse un mezzo toscano e, prima di accendere, se lo rigirò fra le dita per ammorbidirlo: «E Stelio dov'è finito? Il maresciallo Amadori sostiene che sia sparito anche lui».

Raffaella scoppiò di nuovo a ridere: «Andiamo bene! Mi sembra di vivere un mistero. Stelio? Mi ha mostrato l'appartamento... A proposito, sa dove abito? Dietro la Mezzacosta. C'è una vecchia casa colonica ristrutturata...».

«Conosco. Ci abitava un certo Bartolomeo. Ora pare che sia di Stelio.»

«Io abito lì. Ci sono due appartamenti: in uno abito io e nell'altro, Stelio.»

«E adesso dov'è?»

Raffaella si fece seria: «È un interrogatorio, maresciallo?». Santovito sorrise e negò con il capo. «Allora rispondo: per quanto ne so, in questo momento Stelio è alla Mezzacosta.»

«Allora come mai ieri non lo...»

«Come mai non lo hanno trovato? È molto semplice: appena scaricati i bagagli nel mio appartamento, mi sono accorta di aver dimenticato a Ferrara alcuni libri che mi serviranno per le lezioni e mi sono lamentata della mia sbadataggine. E sa cos'ha fatto Stelio? Il mattino dopo, molto presto, è venuto a bussare alla mia porta e mi ha fatto leggere un biglietto nel quale sosteneva che stava andando a Ferrara per lavoro e quindi si offriva di passare da casa mia a prendere i libri... Una scusa, certo, ma non ha sentito ragioni e ha voluto l'indirizzo di casa mia, ha preso il Millecento ed è partito probabilmente senza avvertire neppure Cleto. È tornato a sera tardi con i miei libri.» Sorseggiò il tè, si passò la lingua sulle labbra e sorrise: «Mistero risolto, maresciallo?».

«Per favore non mi chiami maresciallo.»

«Va bene.»

Dal juke-box uscirono, a tutto volume, i primi accordi di *You are my destiny* e poi la voce di Paul Anka; per un po' Raffaella ascoltò in silenzio muovendo leggermente il capo al ritmo della musica.

«Non so ancora se mi piace o no» disse poi indicando il juke-box. «Ma non credo sia importante.»

«Ha detto di essere laureata in storia. Che storia?»

«Medioevale. Ho fatto una tesi sui Longobardi. I guerrieri dalle lunghe barbe, questo vuol dire il loro nome, secondo quanto racconta il loro storico, Paolo Diacono.»

«Longobardi? Se i miei ricordi scolastici non mi ingannano, erano una tribù di barbari.»

«Barbari...» Raffaella sorrise. «In questo, sa, i Romani erano simili ai Greci, da cui hanno copiato la parola. Sa cosa vuol dire "barbaro"? Vuol dire balbuziente, e chiamavano così tutti i popoli che non parlavano la loro lingua. Oddio, non avevano raggiunto il grado di civiltà dei Romani, non c'è dubbio, però si sono stanziati qui, in Italia, e in un certo senso si sono mescolati, l'hanno rinnovata. Anche nell'Italia meridionale, sa, e... Mi scusi, sono partita come al solito in quarta. Deformazione professionale, credo, la professoressa ha preso il sopravvento e il Dottor Jekyl è diventato l'insegnante Mister Hyde. La sto annoiando.»

«Assolutamente no. Poi ce ne fossero di Mister Hyde come lei.» Un altro sorso dal bicchiere ormai quasi vuoto, un altro tiro dal sigaro e poi: «Ma continui, sono cose che mi interessano».

«Davvero? Be', vede, il fatto che io sia qui è un po' anche colpa dei Longobardi.»

«Perché?»

«Perché qui ci sono stati, si sono fermati. Scendendo da nord hanno trovato l'opposizione dei bizantini. Presa Modena, non sono riusciti ad arrivare a Bologna, allora hanno varcato l'Appennino verso Lucca, che divenne sede di un nuovo importante ducato, una vera testa di ponte al di là degli Appennini. Poi si sono spinti verso Pistoia e da lì sono risaliti per conquistare successivamente Bologna. Ma c'è voluto del tempo. Prima si sono fermati qui e qui c'erano delle arimannìe...»

«Delle cosa?...» Santovito aveva smesso di tirare dal sigaro, interessato al racconto di Raffaella e al tono morbido della sua voce.

«Arimannìe, è una parola longobarda. *Hari*, esercito, *Mann*, uomo. Erano gli uomini liberi, i guerrieri. Il sovrano dava loro delle terre soprattutto per il pascolo dei cavalli, e boschi, per ogni altra necessità, in cambio di imposte e, diciamo, del servizio militare. Qui c'erano arimannìe longobarde che si opponevano ai territori bizantini a est» e indicò il punto con la mano. «Di solito, poi, costruivano anche una chiesa, quasi sempre dedicata a un santo della loro tradizione, san Michele, o san Giorgio...»

«Difatti l'Abbazia è dedicata a san Michele.» Santovito sorrise, guardò il sigaro che si era spento e lo abbandonò nel posacenere. «Ma come fa a saperlo?»

«Be', i documenti. La storia si fa con i documenti. Poi ci sono anche altri segni, più labili forse, ma significativi. Cognomi, parole del dialetto... Si è mai chiesto, lei che conosce bene questo paese, come mai ogni tanto ci siano individui di alta statura, biondi, con gli occhi azzurri...»

Santovito fece no con il capo e poi: «Sì, ne ho conosciuti. Uno lo chiamavano Ciarèin proprio per gli occhi azzurri e i capelli chiari. Una brutta storia».

«Lei è un uomo interessante.» Arrossì: avrebbe potuto essere fraintesa. La sua maledetta curiosità! Arrossì e cercò di chiarire: «Interessante nel senso che ha tante storie da raccontare... e per una professoressa di storia...». Si stava confondendo e tornò a qualcosa di meno personale. «Ma poi anche le leggende possono lasciare tracce interessanti.»

«Leggende? Quali leggende?»

Raffaella si fece indietro sulla sedia: «Ah, qui andiamo nella favola. Ha mai sentito parlare del tesoro della Regina Selvaggia?».

Santovito ne aveva sentito parlare, soprattutto dopo che era tornato in paese: il tesoro della Regina Selvaggia, la Borda, il Romitto del Castagno... Erano morti due ragazzi e se n'era ricominciato a parlare. Disse:

«Sì, mi pare, qualcosa, ma ha detto bene lei, favole.»

«Anche nelle favole spesso si nascondono delle verità storiche. Favole, certo, tanto che è una leggenda diffusa anche in molti paesi della Lucchesia, che guarda caso fu longobarda. Questa regina immaginaria sarebbe sepolta da queste parti sotto un pero, col suo tesoro, una chioccia coi pulcini d'oro. Ma, tanto per dire come le leggende abbiano una parte di verità, questo tesoro esiste davvero, ed era di una regina longobarda, Teodolinda... È bellissimo, una chioccia con sette pulcini d'oro che becchettano dei chicchi di grano.»

«E sarebbe sepolto qui?»

«Nooo!» E per dare più forza, Raffaella negò anche con il capo. «Lo si può ancora vedere nel tesoro del Duomo di Monza. Un capolavoro dell'arte orafa del settimo secolo; potrebbe simboleggiare il potere della regina circondata dai duchi che le sono fedeli. Naturalmente non è un'opera longobarda. Quelli non avevano artisti in grado di creare opere tanto raffinate; si affidavano ad artigiani romani o bizantini...» Si interruppe per un sorso. «Ma chissà che anche nella leggenda del tesoro della Regina Selvaggia non ci sia qualcosa di vero.»

Santovito guardò il fondo del bicchiere dove il vino aveva lasciato dei residui. Un pessimo bicchiere di vino che gli aveva fatto rimpiangere quello di Serafina. Disse sottovoce:

«C'è un tale da queste parti che sostiene di averlo trovato, il tesoro della Regina Selvaggia.»

«Un'altra leggenda?»

«No, il Romitto del Castagno... Vive là, nella vecchia Abbazia mezzo crollata. Va in giro sostenendo di averlo trovato e di esserne il custode e il difensore.» Adesso era la ragazza ad ascoltare con attenzione, ma Santovito non aveva altro da aggiungere.

«Perché non andiamo a trovarlo, questo Romitto?» A Raffaella brillavano gli occhi per la felicità di una bambina dinanzi alla favola conosciuta ma mai abbastanza ascoltata. «Perché non andiamo? Certo che, dopo tanti secoli, non sarà stato facile a questo Romitto trovare il pero della Regina Selvaggia e del suo tesoro.» Attese una risposta che Santovito non diede. «Allora, mi ci porta o no dal Romitto?» E questa volta il tono era impaziente.

«È molto lontano, fuori dal paese e in mezzo ai boschi...»

«Meglio! I boschi sono un luogo misterioso per definizione. Mi ci porta?»

A disagio, Santovito riprese dal posacenere il sigaro spento e ci giocò per un poco e infine guardò in viso la ragazza: «Senta, posso farle una domanda?».

Raffaella lo guardò, un poco sorpresa: «Dica, dica pure».

«Lei non ha un fidanzato?»

Raffaella proprio non se l'aspettava e ci rimase male: «Che c'entra con il tesoro della Regina Selvaggia?».

Santovito lasciò perdere il sigaro: «Non vorrei sembrarle anche... come dire?, all'antica, ma...». Era in evidente imbarazzo. «Non mi fraintenda, ma io e lei, soli nel bosco. Oddio, niente di male, intendiamoci, ma non vorrei... Sa, il paese è piccolo e chiacchierone, non vorrei suscitare la gelosia di qualcuno...»

Il viso della ragazza si rischiarò e tornò il sorriso: «Ah, è solo per questo! Capisco, ma non si preoccupi. Un qualcuno c'era, ma ora non c'è più». Provò a ridere forte ma le venne male e vuotò d'un fiato il bicchiere: «Ho anch'io alle spalle una storia lunga e anch'io le prometto di non raccontarla». Tornò quella di sempre, sorridente. «E adesso che le cose sono chiare, mi ci porta dal Romitto?»

«Mi scusi se le ho fatto tornare in mente qualcosa di poco piacevole. Non parliamone più e andiamo a trovare il Romitto del Castagno. Va bene nel primo pomeriggio, dopo mangiato, diciamo qui alle tre?»

«Benissimo. E chissà che non lo si trovi, questo tesoro.» Rise. «Le leggende sono belle favole e restano tali... anche se alla loro origine c'è spesso qualcosa di reale. Comunque vada, sarà una piacevole passeggiata.»

X

all'Abbazia

Il paese, a quell'ora, sembrava deserto, il juke-box era spento e alla gelateria c'erano solamente il cameriere, appoggiato al banco, e Santovito seduto a un tavolino, il sigaro acceso e un bicchiere vuoto dinanzi. La ragazza arrivò quasi correndo, leggermente affannata.

«Mi scusi per il ritardo... Benedetto.» Era la prima volta che lo chiamava per nome. Indossava una leggera camicetta bianca, un paio di jeans e ai piedi le Superga blu; in vita, legato per le maniche, aveva un maglioncino di cotone.

Santovito controllò l'orologio: «Dieci minuti, una sciocchezza, neppure il tempo per un sigaro, tanto camminando è meglio non fumare. Andiamo?». Anche lui si era vestito per la passeggiata, in camicia a maniche corte e pantaloni di stoffa leggera, un paio di scarponcini ai piedi. «Bisogna passare dietro alla chiesa, poi c'è la mulattiera che porta alla vecchia Abbazia e alla torre. Il Frabbone mi ha detto che il Romitto sta sempre là attorno.» Schiacciò il sigaro nel posacenere. «Beve qualcosa prima di andare?» Raffaella negò con il capo; Santovito si alzò e subito il cameriere si fece sulla porta. Il maresciallo posò i soldi sul tavolo indicandoli al cameriere con un gesto del capo. «Va bene, allora si va.»

Guardò il cielo. Il tempo, come spesso succede d'estate, stava improvvisamente mutando. Se la mattinata era stata abbastanza calda, ma limpida, ora l'afa era soffocante e tondeggianti cumulonembi scuri avanzavano da ovest, riempiendo a poco a poco l'orizzonte.

«Non vorrei scoppiasse un temporale. Questo paese è speciale per i cambiamenti improvvisi» e Santovito scrutò le nuvole. «La gente di qui guarda sempre in quella direzione, per capire il tempo. Se le nuvole vengono di là, quasi sicuro è pioggia. La chiamano la buca della Giacoma, quella direzione, dico, e ci prendono quasi sempre. Ricordo... C'era un vecchio, lo chiamavano Tripoli, che non ne sbagliava una: "Domattina ce ne sarà una scarpa" borbottava dinanzi all'osteria annusando l'aria come un animale. E nella notte nevicava, ci si poteva scommettere.»

Imboccarono la mulattiera che entrava nel bosco e si trovarono circondati dai castagni. Santovito li indicò: «Una volta erano il pane, ma ora, le castagne, non le raccoglie quasi più nessuno. È un peccato, ma così va il mondo. Senta, cambiamo discorso che con questa storia del c'era una volta rischio di diventare ridicolo. Non ha paura del temporale?».

Raffaella si strinse nelle spalle; l'afa e la passeggiata la facevano leggermente ansimare: «Con questo caldo un po' di pioggia ci rinfrescherebbe e i temporali estivi durano poco».

«Durano poco sì, ma qui i tuoni e i fulmini non si risparmiano. Ho visto dei fulmini stroncare querce così» e tese le braccia in cerchio.

«Be', vorrà dire che non ci ripareremo sotto una quercia ma nell'Abbazia: ci sarà il modo, no?»

«Sì, per come la ricordo io sì.»

La mulattiera saliva sconnessa e anche Santovito cominciò ad ansimare e dopo un po' Raffaella si fermò e si appoggiò al tronco di un castagno per riprendere fiato.

«Spero che i fulmini risparmino i castagni.»

«Non ne sono sicuro» disse Santovito e approfittò della sosta inattesa per sedere sul bordo della mulattiera, dinanzi alla ragazza, e accendere un sigaro. Due tirate e riprese il discorso della partenza: «Mi sono chiesto spesso chi fosse questa Giacoma».

«Chi?»

«La Giacoma, quella della buca. L'ho chiesto ma nessuno mi ha mai risposto a tono. "La Giacoma è la Giacoma" e ne sapevo come prima. Chi poteva mai essere questa donna, da dare il nome a una parte dell'orizzonte?»

Raffaella sorrise... Santovito trovò che era bella quando sorrideva ad occhi socchiusi. Raffaella sorrise e disse: «Non credo fosse una donna. Ho letto qualcosa a proposito, mi sembra di ricordare. Ha a che fare con i pellegrini del Medioevo, e qui, come sa, è roba mia». Con la mano si mise a posto una ciocca di capelli, la schiena e il capo appoggiati al castagno, rilassata.

«Cosa c'entrano i pellegrini del Medioevo?»

«C'entrano, c'entrano. Perché a quei tempi le condizioni delle strade erano molto precarie, è chiaro, e per spostarsi sulle lunghe distanze... Perché si muovevano molto sa, non si ha idea di che viaggiatori fossero. In pellegrinaggio per tutti i santuari della cristianità... Per avere indicazioni, dicevo, soprattutto in questa buona stagione, di notte guardavano il ciclo, le stelle...»

«Sì, capisco, ma cosa c'entra la Giacoma?»

«Aspetti, non abbia fretta. Una delle mete più frequentate, oltre Roma, era in Spagna, Santiago de Compostela, in Galizia, all'estremità ovest della regione iberica. Santiago, San Giacomo. Allora guardavano il cielo, e in questo periodo dell'anno c'è la Via Lattea che indica l'ovest. La Via Lattea, l'ovest, la direzione per il santuario, la via per San Giacomo, la Giacoma.»

«E le previsioni?»

«Da ovest viene, in questo periodo dell'anno, il famoso anticiclone delle Azzorre, che in estate determina il bello e il brutto tempo, come spesso ci dice il buon colonnello Bernacca alla televisione, e così, più o meno, tutto torna. Più o meno. Andiamo?» Si staccò dal castagno e si avviò.

Santovito la seguì: «Be', questa è curiosa e non l'avrei mai immaginato. Finalmente so chi è questa Giacoma. Sembra che sappia proprio tutto, lei».

«È solo una teoria. E non è vero che so tutto. Una che sa tutto doveva prevedere che le sarebbe venuto una gran sete e si sarebbe portata un po' d'acqua da bere. Sono proprio una stupida.»

«Non si preoccupi, fra poco arriviamo alla Lama. C'è una sorgente e potremo bere lì.»

Arrivarono a una piccola costruzione bassa, di pietra, sotto la strada. Davanti al getto d'acqua avevano scavato una buca che formava un piccolo bacino. Chinato sull'acqua e intento a posare sassi su un fascio di vimini, in modo che restassero sotto, a bagno, c'era un uomo che, sentendo i due arrivare, si sollevò e si voltò.

Santovito lo vide e si fermò: «Cristo, ma quello... quello è...» mormorò.

Anche Raffaella si era fermata e, curiosa, guardava Santovito.

L'uomo accanto alla fontana era di una certa età, ma ancora prestante, vestito in maniera molto semplice, un po' all'antica, come usava da questa parti prima della guerra. Guardò i due e sul viso subito si disegnò una specie di smorfia fra l'ironico e il triste: «Guarda, guarda chi c'è» fece. «Chi non muore...»

Santovito gli si avvicinò: «Ma tu guarda! Bleblè! Ma sei proprio tu?».

«E chi dovrei essere, maresciallo. Sono io sì, sono io, con qualche anno in più. Ma tu... tu sembri sempre lo stesso. Non passa il tempo dalle tue parti?»

In silenzio Santovito guardò per un po' l'uomo che non si aspettava di trovarsi dinanzi perché avrebbe dovuto essere da tutt'altra parte. Poi: «Il tempo, bene o male, passa per tutti, Bleblè». E alla ragazza che assisteva incuriosita all'imprevisto incontro: «Raffaella, le presento un mio vecchio...» stava per dire "amico", ma si trattenne. «Le presento un mio vecchio conoscente, uno di qui. Si chiama Franzoni Olinto, ma se lo chiama così neppure si volta. Qui tutti lo chiamano Bleblè. E lei» si rivolse a Bleblè «è la nuova insegnante, Raffaella Anceschi.»

Raffaella tese la mano che Bleblè strinse dopo essersi asciugato la sua sui pantaloni di velluto. «Piacere, signorina, spero si trovi bene, tra noi montanari. Ma doveva proprio finire quassù?»

«Oddio, ho una sete...» disse Raffaella e si chinò sul getto che usciva dalla montagna. Bevve a lunghe sorsate, il viso bagnato dagli schizzi dell'acqua, e quando si alzò, respirò a fondo asciugandosi con le mani. «Dio com'è fredda!» E solo allora rispose a Bleblè: «Guardi che l'ho scelto io di venire qui!».

«Contenta lei...» E rimasero in silenzio.

La ragazza guardava i due uomini con curiosità. Intuiva che avrebbero voluto farsi domande e che nessuno dei due si decideva: discorsi non detti, riferimenti misteriosi e lontani che solo loro capivano, qualcosa che si era interrotto bruscamente e fino ad allora mai più riunito.

«Raffaella si interessa di storia» disse finalmente Santovito. «Anzi, proprio per questo stiamo andando all'Abbazia. Sai che ci sia il Romitto, in giro?»

«Oh, quello!» Bleblè storse la bocca. «Solo lui sa dov'è. Ma se andate là, tanto lontano non deve essere» e di colpo, come se gli fosse venuto in mente che aveva da fare qualcosa di molto più importante che chiacchierare con i due, si girò, si chinò sull'acqua e riprese ad annegare i suoi vimini. «Buona passeggiata» disse poi con tono brusco.

Santovito non si mosse. Fu Raffaella che lo prese per un braccio e si avviò in silenzio. Avrebbe voluto chiedere, sapere qualcosa di più su un incontro finito in modo tanto brusco da turbare Santovito, ma il maresciallo aveva il viso scuro e chissà quali pensieri gli avevano fatto dimenticare il sigaro che lentamente gli si spense fra le labbra.

Andarono in silenzio fino a quando, di fianco alla mulattiera e alla fine di un sentiero, il bosco si aprì in una radura e, sullo sfondo, i ruderi dell'Abbazia e della torre di guardia.

Raffaella si fermò a guardare, incantata, e poi guardò Santovito: «Mi piace» disse. E solo allora Santovito tornò a sorridere:

«Soddisfatta?»

«Sì, perché lei è tornato quello di prima che incontrassimo quel tale, alla sorgente. Come si chiama?»

«Bleblè.»

«Sì, Bleblè.» Indicò le rovine. «E sono soddisfatta anche per quelle.»

«Corrispondono ai suoi studi, alle sue ricerche?»

«Be', sì. La torre è sicuramente posteriore, del Mille direi, ma l'Abbazia, o almeno una sua parte, risale sicuramente al periodo che mi interessa.»

Si avvicinarono ai ruderi, che non erano certo di una costruzione grandiosa, ma che, ai suoi tempi di splendore, doveva certo essere di grande suggestione, circondata com'era dai boschi e dalle cime dei monti. La facciata era semplice, costruita in sasso e completata agli angoli da conci in pietra serena, ad andamento rettangolare, fino al doppio spiovente del tetto, al culmine del quale si ergeva un piccolo campanile a vela, a copertura triangolare, diviso da una bifora che lasciava due luci per due ormai inesistenti campane. Un'altra bifora, appena sotto, dava luce alla chiesa. Il portone, rettangolare, sbarrato, era sormontato da un arco sempre in pietra serena scolpito a tralci e grappoli d'uva.

In fondo, dalla parte sinistra, verso l'abside, sporgeva una costruzione semi rovinata, probabilmente le celle dei monaci e i locali per ospitare i pellegrini, con un semplice portale sulla sinistra e un piccolo portico sulla destra. Dal tetto, sfondato, spuntava il verde di una robinia.

Sulla destra della chiesa c'erano altri edifici, quasi completamente crollati, invasi da rovi e altre piante selvatiche. Piccole inferriate, da cui si vedeva il cielo, indicavano la loro costruzione più recente. Grandi travi di castagno anneriti si piantavano a terra nei resti dei tetti crollati.

In giro non c'era nessuno.

Raffaella guardò a lungo, incuriosita e affascinata, le rovine e poi si scosse: «Dove sarà il Romitto? Sembra che non ci sia nessuno».

«A dire la verità, non so molto di lui. Quando ero maresciallo qui, lui non c'era. Me ne hanno parlato don Vincenzo e il Frabbone come di un individuo strano.»

Raffaella era sempre più eccitata, come se si trattasse di un bel gioco: «Andiamo a cercarlo?». Rise. «E che non si trovi il pero!» e partì di corsa.

Santovito non si mosse e le gridò dietro: «Ehi, che fretta!». Raffaella si fermò e si girò a guardarlo. «Si vede che è ancora giovane. Io devo riprendere fiato. Vada pure a esplorare, io mi riposo un po', mi fumo un sigaro e la raggiungo.»

«Certo, un sigaro per riprendere fiato! È l'ideale! Ma non si butti giù, che non è vecchio come le piace far credere. Be', io vado, ci vediamo fra poco.»

Seduto su una pietra crollata fin lì dall'Abbazia, Santovito la guardò allontanarsi e si accese un sigaro: «Ma? È carina, e anche intelligente e simpatica. Ma?». Tirò alcune boccate. «Quando ti dicono che non sei vecchio come sembri, vuol dire che non sei più giovane come vorresti essere.»

Una grossa goccia cadde sulla mano che teneva il sigaro. Alzò gli occhi: il cielo si era fatto violetto nero e un lampo, subito seguito da un tuono fortissimo, lo stracciò illuminandolo tutto. Le gocce cominciarono a cadere prima rade, picchiettando ritmiche sulle foglie degli alberi e per terra, poi sempre più fitte. Un altro lampo e, immediato, il tuono, fortissimo e vicino.

Santovito si alzò: «Lo dicevo io: la buca della Giacoma non sbaglia». Con le mani attorno alla bocca chiamò: «Raffaella! Raffaella, dov'è andata a finire? Venga a ripararsi!» e corse verso il piccolo portico di fianco all'abside.

Al riparo, guardò cercando la ragazza. «Ma dove si sarà cacciata?» borbottò. Indeciso se andarla a cercare o lasciare che si bagnasse solo lei, continuò a chiamare: «Raffaella! venga qui, la prende tutta!».

Una voce alle sue spalle lo fece girare di scatto.

«Puonciorno.»

L'uomo era sulla quarantina, robusto, con radi capelli di un biondo stoppa; in jeans e giacca a vento, lo guardava e gli sorrideva, senza dubbio uscito da quella che doveva essere stata la foresteria.

«Buongiorno a lei.»

L'uomo lo affiancò al limite del porticato e indicò il cielo: «Brutto temporale. D'estate molte folte, molto facile. Prima sole, poi, così,» e tagliò l'aria con una mano «subito grande pioggia».

«Qui si dice tempo ballerino. Lei deve essere il tedesco arrivato da poco in paese.»

«Sì, io tetesco, turista tetesco. Io amo molto Italia, sua arte, suoi paesaggi» e indicò attorno i resti dell'Abbazia e i monti.

«Come ha fatto a sapere dell'Abbazia...» Lo interruppero le grida di Raffaella.

«Santovito, Santovito!» Uscita correndo dal sentiero, Raffaella si era fermata nello spiazzo dell'Abbazia e si guardava attorno, i capelli castani appiccicati alla faccia e la pioggia che le rigava il viso. «Dov'è andato, Benedetto!»

Santovito si sporse dal portichetto e le fece segno con le braccia: «Qui, Raffaella, sono qui! Venga a ripararsi!».

Ansimante e bagnata da capo a piedi, la ragazza lo raggiunse: «Accidenti quant'acqua. Non credo di essermi mai bagnata tanto». Scosse la testa come fanno gli animali per scrollarsi di dosso l'acqua. «Sono zuppa, ma mi piace. Non mi sono mai lavata con la pioggia.» Slacciò il maglioncino che teneva legato in vita, lo strizzò e se lo passò sul viso. «Dovrò tornare e cambiarmi tutta» e guardò raggiante Santovito. «Ma sa cosa? Sa cosa? Ho trovato il pero. Non sarà quello della leggenda, temo che abbia qualche secolo di meno. Però qualcuno ci crede ancora, a quel pero, perché attorno ci sono tracce recenti di scavo. Sono andati poco a fondo, ma hanno scavato. C'è ancora una piccola vanga...»

«Una vanga?»

«Sì, quasi una pala per bambini... No, meglio, una pala da boy-scout.» Si accorse del tedesco. «Ehi, abbiamo compagnia! Buongiorno.»

«Puonciorno a lei, signorina.»

«Il Romitto?» chiese sottovoce Raffaella a Santovito.

Santovito fece segno di no con il capo e si strinse nelle spalle. Guardò fuori e stava spiovendo. Come i classici temporali estivi, era durato poco. Disse:

«È meglio tornare a casa. Piove ancora un poco ma anche se prendiamo un po' d'acqua, ne abbiamo già presa tanta, soprattutto lei. Prima ci cambiamo e meglio stiamo. Signor tedesco, noi la salutiamo.» Di lontano gridò: «Stia attento, che lì crolla tutto!».

«Starò attento. Puonciorno!»

Il tedesco li guardò allontanarsi e sparire oltre la curva del sentiero, restò un po' sotto il porticato, indeciso se seguirli o tornare dentro, da dove era improvvisamente apparso e poi, risolutamente, uscì e prese la direzione da cui era arrivata, correndo, Raffaella.

XI

una cena particolare

Appena oltre il cancello della Mezzacosta e prima di dividersi, lei per la casa di Stelio e lui per la pensione, Raffaella si fermò, ansimante per la salita e ancora bagnata di pioggia, e disse:

«Si potrebbe cenare da me, questa sera. Che ne dice?» Santovito non rispose e allora aggiunse sorridendo: «Sempre che non sia contrario ai suoi principi».

«Stavo giusto pensando alla cena che mi aspetta questa sera in pensione e mi sentivo depresso.» Controllò l'orologio. «Va bene per le otto? Ce la fa?»

Raffaella si avvicinò per controllare anche lei l'ora e il suo viso finì accanto a quello di Santovito; per un attimo respirò il profumo di un sigaro spento e gettato prima di salire il sentiero della Mezzacosta. Da troppi anni l'uomo fumava il sigaro e il profumo del tabacco gli si era attaccato addosso.

La vicinanza fu troppo breve e Santovito ebbe appena il tempo di intuire il profumo di Raffaella e dei suoi capelli, ancora umidi di pioggia, che la ragazza si ritrasse, come sorpresa a fare qualcosa che non avrebbe dovuto.

«Va bene per le otto» disse in fretta e corse verso la casa di Stelio.

«Cosa devo portare?» le gridò dietro Santovito.

«Nulla. C'è tutto, anche se io non sono una grande cuoca!» gridò anche Raffaella, senza fermarsi.

«Non si preoccupi, sarà sempre meglio del brodino di dado che mi aspetta là dentro!»

Sul marciapiede attorno alla Mezzacosta, ancora umido della recente pioggia, i bambini avevano tracciato una pista con il gesso e a colpi di medio e pollice vi facevano correre i tappi di bibita; quattro signore anziane giocavano a carte sedute a un tavolo sotto una quercia del giardino; Stelio toglieva le ultime gocce dal tettuccio del Millecento. Sentì la voce di Santovito, lasciò perdere il Millecento e gli corse incontro.

«Come va, Stelio?»

Il ragazzo annuì. Sorrideva, come sempre, e Santovito si chiese come potesse sorridere un giovane di sedici anni, orfano e muto. Forse Stelio intuì il pensiero perché si strinse nelle spalle e allargò le braccia come a spiegare: "Cosa ci vuole fare?", poi indicò la direzione che Raffaella aveva preso e tornò a guardare Santovito.

«L'ho accompagnata all'Abbazia. Era curiosa di vedere il Romitto: una passeggiata. Abbiamo anche preso l'acqua.» Stelio spalancò gli occhi e annuì, ma sembrava che aspettasse dell'altro. «Non ti capisco, Stelio, scusami.»

Il ragazzo fece segno che non importava, tolse di tasca il solito blocchetto e la biro e scrisse: "L'avete trovato?".

«Il Romitto? No, forse ha sentito che arrivava gente e se n'è andato. Pare che non ami i forestieri. È giusto, no? Che Romitto sarebbe se fosse ospitale? No, il Romitto non l'abbiamo trovato, ma in compenso abbiamo incontrato un tedesco...»

Stelio lo interruppe con un gesto e scrisse ancora: "Che ci fa un tedesco alle Rovine?".

«Be', questo non gliel'ho domandato.» E Santovito si avviò: «Ciao Stelio, vado a rinfrescarmi che ne ho bisogno», ma dopo alcuni passi tornò da Stelio. «Hai ragione: forse avrei dovuto chiedermi e chiedergli che ci faceva un tedesco all'Abbazia.» Strappò il foglietto dal blocco e se lo mise in tasca: «Così mi ricorderò per la prossima volta».

Si avviò alle otto in punto e dalla casa di Bartolomeo gli arrivarono le note da un giradischi e, altissima, la voce sgradevole di un uomo che tentava di seguire la melodia di *Sleep Walk* che Santo & Johnny intessevano con la chitarra.

La porta, la stessa che metteva nella disordinata cucina del vecchio Bartolomeo, solo verniciata di fresco, era accostata e dentro lo strazio, fortunatamente, finì e la stessa voce urlò:

«Che ne dici, Raffa, che ne dici di questi due? Un quarantacinque uscito da poco, l'ho comprato per te questa mattina in città.»

Anche Raffaella urlò qualcosa, il volume si abbassò e Santovito ne approfittò per socchiudere la porta e chiedere permesso. Lo sentì la ragazza che uscì nel corridoio, rossa in viso, un bicchiere di bianco in mano e con un grembiule addosso; aveva i capelli raccolti sulla nuca a coda di cavallo:

«Ah, sei qui?» Poi subito: «Mi scusi...».

«Per il "tu"? Non si preoccupi, mi va bene, mi fa sentire meno...» Voleva dire "anziano" ma la parola gli dava fastidio e lasciò perdere. Indicò prima il bicchiere e poi il tinello, da dove usciva la musica. «Piuttosto non sarò io a disturbare?»

«No, no, assolutamente. Questo» sollevò il bicchiere «è perché ai fornelli fa molto caldo e un sorso di vino fresco dà il sollievo necessario a continuare. Quello...» e con il capo indicò il tinello «quello è un po' matto. Si accomodi che vi raggiungo subito. Ho ancora qualcosa da fare in cucina. Si accomodi.»

Santovito entrò e riaccostò la porta, come l'aveva trovata: «Ha già finito con il "tu"?».

«No, se lo farà anche lei.»

«D'accordo.»

«Bene. Vai di là e versati da bere. La tavola è già apparecchiata e io vi raggiungerò fra un momento.»

Santovito non chiese chi fosse "quello un po' matto".

Ascoltata una volta, la voce di Ares Amadori non la si dimenticava e per i suoi toni alti e prepotenti e per la cadenza ferrarese. Perciò entrò in tinello sapendo bene chi ci avrebbe trovato e salutò con un cenno del capo.

Ares, invece, lo accolse sorridendo e sollevò il bicchiere quasi vuoto: «Alla sua salute, Santovito, e a quella della nostra gentile ospite».

In silenzio Santovito si versò da bere e sollevò il bicchiere di quel tanto che potesse essere scambiato per un brindisi. Nel frattempo Santo & Johnny erano arrivati alle note finali e, con un secco scatto di molla, il quarantacinque giri si fermò sul piatto.

Ares si accorse dello scarso entusiasmo di Santovito e chiese: «Qualche problema, maggiore?...».

«Per favore, lasciamo stare i gradi! Gliel'ho già chiesto e mi farebbe un vero piacere se...»

«... se tutti dimenticassimo i gradi e il "lei"» completò Raffaella, appena entrata in tinello con una teglia fumante. «Niente gradi, niente "lei" e in tavola!»

«Ottima idea! Metto un altro disco...»

«Non mentre mangiamo» supplicò Raffaella. «Come per gli antichi, il pranzo è sacro e va consumato in chiacchiere, possibilmente allegre.» E cominciò a riempire i piatti.

«Hai ragione» convenne Santovito, ma lo aveva contrariato trovare il maresciallo Amadori alla cena che, chissà perché, aveva creduto per due. La colpa era sua, naturalmente, e quindi con il tono più allegro e disinvolto che riuscì a mettere insieme, chiese: «Dove mi siedo?».

I profumati tortelloni di zucca, che galleggiavano in un sugo di burro e parmigiano, e un paio di bicchieri di rosso a temperatura di cantina gli restituirono il buonumore con il quale si era preso dalla Mezzacosta lasciandosi dietro l'odore stupido del brodino che la cucina della pensione passava quella sera agli ospiti.

Dopo l'ultimo tortello sollevò il bicchiere e guardò in

controluce il fresco color rubino: «Altro che tesoro della Regina Selvaggia! Questo è il vero tesoro. Dove lo hai trovato?».

Raffaella sorrise e sollevò anche lei il bicchiere: «Nella cantina di Stelio, proprio qua sotto. Mi ha detto di servirmi... Anzi, mi ha scritto su un foglio che per il signor Santovito posso prendere tutto ciò che mi serve. Lo hai conquistato, quel ragazzo».

«E per me?» chiese Ares.

«Di te non ha parlato. Si vede che non hai ancora il suo...» stava per dire fascino, ma all'ultimo cambiò vocabolo: «... il suo ascendente».

«Dovrò ringraziarlo. Da anni non assaggiavo un vino come questo. Chissà dove lo prende.»

«In Toscana, mi ha detto che viene di Toscana.»

«E i tortelli, Santovito?» chiese Ares. «Che ne dici dei tortelli? Ferraresi, e la nostra Raffaella li fa come Dio comanda.»

«Forse non dovrei dirlo, che ci faccio una magra, ma non li ho fatti io. Non ci riuscirei. Sono di mia madre che li ha dati a Stelio quando si è presentato per i libri che avevo dimenticato.» Si rivolse a Santovito: «È stato quando ho chiesto a Cleto di tenermi i tortelli nel suo frigorifero che mi ha invitato a mangiarli assieme a lui».

«Il vecchio maiale ci ha provato anche con te!» gridò Ares. «Gli ordinerò di lasciarti in pace...»

«Ce la faccio da sola a tenerlo buono, Ares, non ti preoccupare!»

«A tua madre, allora!» e Ares sollevò il bicchiere.

Brindarono.

«Adesso un piatto freddo, l'ideale dopo la sudata di oggi pomeriggio.»

«Anche questo l'ha preparato la mamma?» chiese Ares.

Raffaella lo guardò male, non gli rispose e andò in cucina e Ares borbottò come fra sé:

«Non mi sembra che oggi sia stata una giornata tanto calda da sudare.»

A Santovito fece molto piacere rispondere: «Dove eravamo io e lei si sudava».

«E dove eravate?»

«Sulla mulattiera per le Rovine.»

«E come mai tu e lei... Sì, come mai siete andati alle Rovine?»

«Be', Raffaella è interessata alle leggende popolari. La storia del tesoro della Regina Selvaggia...»

«Superstizione di gente ignorante. Qui non hanno mai avuto molto da fare e allora passano il tempo inventando favole. Sono tanto ignoranti che alla fine ci credono anche loro.»

Santovito avrebbe voluto fargli notare che non tutti, in paese, erano ignoranti e che in una leggenda c'è sempre una parte di verità, come gli aveva spiegato Raffaella, ma non gli andava di continuare il dialogo con Ares. Non era nemmeno sicuro che il giovane maresciallo avrebbe capito la differenza. Aveva una gran voglia di accendersi il sigaro, ma riempì il bicchiere di Raffaella e il suo e sorseggiò in silenzio. Ares lo guardava, anche lui in silenzio.

Stalìn entrò alla Mezzacosta e senza preoccuparsi degli ospiti che affollavano la sala, dopo la cena, apostrofò rumorosamente Cleto: «Il compagno Stalìn ti saluta» e picchiò con la destra una manata sul banco.

Cleto sollevò gli occhi da un giornale che stava leggiucchiando. «Il compagno Stalìn, sì! Bei rimescoli che state combinando!»

«Noi? O è quel fascista di Tambroni e tutta la sua cricca... Dopo vent'anni dovevo vedere un governo sostenuto dai fascisti...» Ma Cleto lo tagliò con una mano:

«Fermo, Stalìn, fermo che non ho proprio voglia di mettermi a parlare di politica. Allora, com'è?»

«È al solito, si tira avanti.»

«E come mai da queste parti? Sei salito con la tua Carolina?»

Sempre più rumoroso, Stalìn rise forte: «Guarda compagno che io c'ho una motocicletta che queste salite se le mangia per companatico».

«Per tua norma e regola io non sono compagno di nessuno e meno che mai di uno che si fa chiamare Stalìn. Allora, a cosa devo l'onore?»

«Passavo di qua e mi son detto: vediamo se Cleto mi offre una grappa, se è sempre un vecchio amico.»

«Io le grappe le vendo, non le offro. Amico, poi!» Piegò il giornale e andò al banco del bar. Era alto e grasso, ma non flaccido, coi capelli ormai radi. Versò da bere. «Assaggia questa, poi mi dirai.»

Stalìn guardò la grappa in controluce, l'annusò e: «Alla salute» disse, e mandò giù d'un fiato. Poi tese il bicchiere come a chiederne ancora. Cleto lo guardò con aria di sopportazione, sbuffò e versò di nuovo. «Oh lo sai, Cleto, che se tu non fossi un nero saresti anche simpatico, delle volte.» Guardò il gestore sogghignando, facendo sussultare i baffoni che, oltre alle sue sbandierate tendenze politiche, gli avevano fatto affibbiare il soprannome.

«See! A mè me la fa al giovedì, quella roba lì del simpatico. E poi smettila con la storia del nero, che non lo sono mai stato. Uno che dirige un albergo non deve avere colori, va bene? Beviti la grappa, va là, che è meglio. È meglio anche delle tue, quelle che facevi in tempo di guerra e poi vendevi ai togni e agli americani, eh, Stalìn?»

Stalìn gettò indietro la testa e mandò giù anche la seconda grappa, poi sorrise furbo. «L'hai detto tu, Cleto: tempo di guerra, bisognava arrangiarsi.»

«E ti arrangiavi bene, a quello che raccontava mio padre.»

«Ooh, graspe da distillare non se ne facevano mica tante e bisognava darsi da fare con quello che c'era. Mele, pere, sorbe, bucce di patate, quello che si trovava. Ma venivano buone, sai. Prendevano delle randole, quei soldati!»

Cleto gorgogliò di riso dalla gola grassoccia. «E quando quella roba lì non si trovava? Dài, va là, lo so che distillavi anche il pozzo nero! Lo sai che mio padre ti conosceva, no?»

Stalìn fece per negare, offeso, poi scoppiò in una risata. «E allora? Quando è distillato fa alcol, trasparente come tutti gli alcol. È roba che fermenta anche quella e la puzza non si sente più. Al massimo la sentivo io che ci lavoravo. Guarda che la guerra l'ho vinta anch'io, compagno: contribuivo al morale della truppa alleata. Tutto per quei poveri ragazzi! E la vita che facevo? Avanti e indietro dal fronte e la pelle a rischio ogni giorno. Volevi anche che gli portassi roba di marca?»

«Lascia stare, che la sai lunga tu! È così che ti sei messo da parte i soldi per la corriera dopo la guerra, no?»

«Non dico di no. Ma se non te l'hanno detto o non ti ricordi, c'entrava un po' anche tuo padre, in quei traffici, e mi sa che buona parte di questi muri vengano dal mio pozzo nero o dal tuo. Brava persona, tuo babbo! Avrebbe venduto il suo, di padre, per due lire, ma onesto, galantuomo. E credo che tu hai preso da lui...» e rise porgendo ancora il bicchiere.

«Tè lascia stare mio padre dov'è!» e indicò il cielo.

«Oh, si fa così per parlare! In cielo o in terra poi... Dài, versa qui.»

«Sì, sì, va be', *mutala* ora. Senti, cambiando discorso,» e appoggiò i gomiti al bancone, fingendo di non vedere il bicchiere «cosa sai di quel tipo arrivato qui da poco...»

«Che tipo» l'interruppe Stalìn. E strappò la bottiglia dalle mani di Cleto e riempì di nuovo il bicchiere.

«Lo devi aver portato su tè. Si chiama... Aspetta, si chiama Santovito, Benedetto Santovito.» E si riprese la bottiglia per riporla, a scanso di nuove bevute, sotto il bancone da dove l'aveva tolta quasi in segreto.

«Ah, il maresciallo!»

«Un maresciallo?»

«Sì, o almeno lo era. Aveva il comando qui in paese, in tempo di guerra o un po' prima. Quei tempi là, insomma. Una brava persona, un uomo in gamba. Una volta mi ha dato anche una mano in un certo affare...» Mandò giù il terzo bicchiere, che poi, vuoto, posò sul banco, e guardò Cleto dritto negli occhi: «Cos'è? Ti dà noia avere fra i piedi un carabiniere? Ci vai pure d'accordo, con il ferrarese testa di cazzo! Uno più, uno meno...».

«Ma cos'è tornato a fare quassù? E poi, è ancora maresciallo o cosa?»

«Non lo so, cosa vuoi che ne sappia! Mi ha detto che non è più maresciallo e che è qui in vacanza, ma so ben io! E poi t'ho detto che è una brava persona.»

«Sì, l'hai detto anche di mio padre, con quel tono lì! Sarà anche bravo, ma non mi piace la gente che è una cosa e dice che non lo è, che gira a far domande a destra e a sinistra, troppe domande su persone morte e sepolte. Vuoi vedere che l'hanno mandato qui per quei due ragazzi morti? Non c'è già un maresciallo in paese?»

«Tranquillo, compagno: male non fare, paura non avere, no, Cleto?»

«È che la faccenda...»

Lo interruppe il rumore di vetri rotti, dalla saletta accanto. A dispetto della sua mole lasciò rapidissimo il banco e corse a controllare: il cameriere, Lorenzo, guardava i resti di un portacenere di vetro. Indossava la solita giacca color arancia carico che gli aveva fruttato il soprannome di Mandarino.

«Lo stavo pulendo e...» allargò le braccia, sconsolato.

«Stavi pulendo cosa, cosa, Mandarino? E poi a quest'ora?»

«Ma signor Cleto, io debbo fare il mio lavoro, sono qui solo, e lo faccio quando posso.»

«Non dovresti essere nella sala da pranzo a preparare per la colazione di domattina?»

«Veramente, io...»

«Io, io! Tu ce l'hai, quel brutto vizio di spiare tutto e tutti, Mandarino, e te lo devi togliere!»

«Se proprio lo vuole sapere, non mi interessa di niente e di nessuno, signor Cleto. Buongiorno e buonasera e via! E ve l'ho detto: non mi piace che mi chiamiate Mandarino! Il mio nome è Lorenzo, Lorenzo, va bene?»

«E allora togliti quella ridicola giacca che mi sembri un mandarino! E poi, no, tè ce l'hai quel vizio lì. Di spiare tutti. Ma attento che le spie possono anche fare una brutta fine, stai molto attento, perdio!»

Mandarino girò le spalle con una mossetta indispettita e se ne andò in sala da pranzo.

«Io quello lì non lo sopporto più! Con il suo modo di fare da donnetta...» borbottò tornando al banco.

«Non ti sognare di licenziarlo solo perché ha un piccolo vizio, che io ti scateno contro i sindacati!» disse Stalìn e ci fece su un'altra risata. «Piuttosto, che ci fanno i due marescialli a cena dalla tua cliente?»

«Quale cliente?»

«Quella che hai sistemato nella casa di Bartolomeo.»

«Io l'ho sistemata? È stato quel coglione di Stelio! Ho dei dipendenti così, io: Mandarino che non si capisce bene cosa sia e Stelio che mi ruba i clienti.» Vide la bottiglia della grappa ancora sul tavolo e guardò male Stalìn, ma versò un bicchierino anche per lui. «Ne ho bisogno, ne ho proprio bisogno» borbottò.

«Allora, che ci fanno i due carabinieri da Raffaella?»

«Cosa vuoi che ne sappia io? Tu, piuttosto, come fai a sapere che sono di là?»

Stalìn non rispose. Prese la bottiglia dalle mani di Cleto, si versò da bere, vuotò d'un fiato e salutò con la mano. Si avviò alla porta senza esitazioni, come se avesse bevuto acqua. Sulla soglia si fermò, si girò e disse, alzando l'indice della destra:

«Il compagno Stalìn vigila, il compagno Stalìn è sempre all'erta contro la Fodria.»

«Ma di cosa parli? Hai bevuto un bicchiere di troppo. Cos'è 'sta Fodria?»

«Forze Oscure Della Reazione In Agguato, compagno albergatore.» Alzò il pugno chiuso e sparì nel buio della notte.

«Sta' attento alle curve, piuttosto!» gli gridò Cleto. «Altro che Fodria.»

Il rombo della Guzzi si perse lungo la discesa.

A interrompere l'imbarazzo rientrò Raffaella, sorridente e con un piatto ovale che mostrò soddisfatta e posò poi al centro della tavola. «Questo l'ho preparato io» e guardò in viso Ares. «Con il pesce ci starebbe il vino bianco, ma nella cantina di Stelio non ne ho trovato e ci accontenteremo del rosso.»

«Che va benissimo» assicurò Santovito. «Chi ha poi detto che con il pesce ci vuole per forza il vino bianco?» Annusò l'aria: «Cosa ci hai preparato?».

«Prima lo assaggiate e poi...»

Servì abbondantemente i due ospiti: uno strato di fettine di pesce ricoperto da una salsa appena arrossata da un poco di pomodoro e che mandava un delicato aroma di erbe. Per lei una sola fettina ricoperta da una cucchiaiata di salsa.

Cominciarono in silenzio e dopo le prime boccate Santovito posò la forchetta, mandò giù un sorso di vino e guardò Raffaella: «Non capisco che pesce sia, ma ti assicuro che è ottimo. Un aroma... e dei sapori che non ho mai assaggiato assieme al pesce».

«Prezzemolo, cipolla, sedano, lauro, pomodoro, acciughe salate, mezzo litro di vino...»

Finirono in silenzio, come consigliava l'ottimo secondo, tanto che Ares finì il suo e guardò le poche fettine rimaste nel piatto di portata.

«Servitevi.» E Ares non se lo fece ripetere.

Santovito fece segno che per lui bastava.

Al caffè Ares tornò su un discorso che evidentemente gli stava a cuore: «E lo avete trovato?».

«Trovato chi?» chiese Raffaella.

«Il Romitto del Castagno.»

«No, ma potremmo avere trovato il pero sotto il quale la Regina Selvaggia aveva fatto seppellire il suo tesoro.»

«Ci credi veramente?»

«Certo che ci credo. Mi piace credere alle leggende. E tu?»

«Io credo a quello che vedo.»

Santovito offrì un sigaro ad Ares e un altro lo scelse per lui. Disse: «Mi pare una brutta abitudine per un maresciallo dei carabinieri. Ci sono cose che si vedono solo dopo averci creduto».

«Per esempio?»

Santovito accese il sigaro, tirò una boccata e passò i fiammiferi ad Ares. «Per esempio, il tesoro. Metti che chi era andato per scavare sotto il pero avesse poi trovato il tesoro... Se non ci avesse creduto, non avrebbe neppure cominciato a scavare.»

«Scavare? Cos'è, cos'è?» E il fiammifero si andava consumando fra le dita di Ares che ancora non aveva acceso il suo sigaro.

«Raffaella non solo ha trovato il pero, ma ci ha trovato accanto anche una vanga e la terra smossa.»

La fiamma gli bruciò le dita e velocemente Ares soffiò sul fiammifero. «Una vanga?»

«Sì, una piccola vanga, quasi un gioco per bambini» spiegò Raffaella.

«E io ho trovato un turista tedesco» aggiunse Santovito. «Da non crederci: un turista tedesco alle rovine dell'Abbazia.»

«Se è per questo, ci credo. Ce l'ho trovato anch'io e mi chiedo che accidente ci è tornato a fare.»

«Prova a chiederglielo.»

«Gliel'ho chiesto, cazzo!» e subito aggiunse, rivolto a

Raffaella: «Scusa, scusa, ma il tedesco mi ha fatto perdere la pazienza. L'ho anche tenuto dentro una notte, ma quello a ripetere: "Io turista tetesco! Io turista tetesco!". Non è genuino e gli ho ordinato di non lasciare il paese fino a quando...». Non terminò.

«Fino a quando?» chiese Raffaella. «Questa storia mi incuriosisce molto.»

«Fino a quando non avrò capito bene come sono morti i due ragazzi.»

«Pensi che il tedesco sappia qualcosa?»

«Non lo so. Quando gli ho chiesto che ci faceva dalle parti dell'Abbazia, mi ha risposto che aveva seguito il sentiero preso da Claudio... Claudio era il ragazzo saltato sulla mina. La sera precedente l'aveva visto correre in quella direzione e così il giorno dopo ha fatto lo stesso sentiero e si è trovato all'Abbazia. Mica potevo tenerlo dentro senza uno straccio di prova, no?» chiese quasi per scusarsi con un superiore, anche se fuori dal territorio di sua competenza.

Per un po' nessuno se la sentì di riprendere i discorsi allegri di poco prima, forse per il ricordo dei due ragazzi morti. Ares, che non aveva acceso il sigaro e ci giocava, alla fine rinunciò; lo posò sul tavolo accanto alla scatola di fiammiferi e spinse il tutto verso Santovito. Cavò di tasca il suo portasigarette d'argento e l'offrì a Raffaella che rifiutò con un gesto del capo. Si accese una delle sue sigarette piatte e il fumo profumato si confuse con quello più secco del sigaro di Santovito.

XII
Bleblè della Ca' Rossa

Abitava alla Ca' Rossa, una piccola costruzione attaccata alla montagna, sopra il paese. L'avevano costruita secoli fa scavando un tratto di sasso per ricavare il piano d'appoggio delle fondazioni. Il risultato è che la casa sembra nascere dal monte. Dinanzi avevano lasciato uno spiazzo in modo che, uscendo di casa, non si rotolasse in basso.

Due locali al piano terreno, due al primo piano e una soffitta per conservare le mele e i pomodori in inverno. Il tetto a due falde era ricoperto con lastre di pietra serena che il tempo aveva annerito. Sotto tutto il fabbricato avevano ricavato la cantina scavando nel sasso a colpi di mazza e scalpello, e di sasso la cantina aveva anche il pavimento.

In origine c'era, poco discosto, un forno in pietra che, con l'aumentare delle esigenze, era stato ampliato fino a diventare un fabbricato grande quanto la casa e serviva anche per il ricovero della legna e degli attrezzi.

Il primo proprietario e costruttore aveva fatto dipingere la casa di rosso, forse perché la si vedesse fin dal paese. Di quella prima pittura, che nessuno aveva mai più rinnovato, non era rimasto quasi nulla. Qua e là, nei punti meno esposti al maltempo e al sole, restavano chiazze di un rosa talmente pallido che si confondevano, in autunno, con il colore delle foglie. Ma continuavano a chiamarla la Ca' Rossa.

L'aveva comperata l'Elvira, di ritorno dalla Francia, con i soldi che le avevano dato come risarcimento per la morte del marito in una miniera, ma ci abitava, con il marito e il figlio piccolo, anche prima di emigrare. Allora la tenevano in affitto; l'Elvira si arrangiava con un orto, delle galline e dei conigli, spigolava quando era il momento, rubava castagne, cercava funghi nei boschi degli altri... Il marito andava ad opera, come si diceva da quelle parti. Nel senso che prestava la sua opera a chi ne aveva bisogno e quando ce n'era bisogno. E capitava sempre più di rado. Per questo, un giorno che si era presentato al lavoro e si era ritrovato sulla strada, decise che se voleva sopravvivere assieme ai suoi, bisognava emigrare. Tutti e tre: lui, moglie e figlio.

Cominciò le pratiche per l'espatrio senza neppure consultare la sua donna che lo avrebbe certamente dissuaso. Lei non sapeva neppure dove fosse, la Francia. E poi voleva troppo bene alla Ca' Rossa, tanto che, al ritorno, vedova e con il piccolo Olinto, se l'era comprata e non si era mossa mai più di là. E neppure Olinto, tranne che per fare il soldato in bass'Italia e per un altro periodo di cinque anni, anche questa volta per motivi indipendenti dalla sua volontà, che, se fosse stato per lui, sarebbe rimasto volentieri alla Ca' Rossa.

Fin dal ritorno dalla Francia nessuno in paese lo aveva più chiamato Olinto; era diventato Bleblè per tutti perché balbettava su ogni parola che cominciava con la lettera ci. Fu poi costretto ad allontanarsi di nuovo dal paese e quando tornò non balbettava più, ma rimase comunque Bleblè, Bleblè della Ca' Rossa, per via che alla Ca' Rossa aveva sempre abitato e ci abitava.

Alla Ca' Rossa si arrivava per una ripida mulattiera che la pioggia, in autunno, trasformava in torrente. In inverno era una lastra di ghiaccio e si rischiava l'osso del collo. Poco più di un chilometro dal paese, ma Santovito sudava e ansimava per la salita:

«Non proprio tutto è cambiato. La Ca' Rossa è sempre nello stesso posto e per arrivarci si fa la stessa fatica di vent'anni fa.»

Per la verità si arrampicava lungo quella mulattiera con più fatica di allora, ma non gli andava di ammettere che vent'anni in più sulla schiena pesano.

A mezza strada si fermò ad asciugarsi il sudore e a riposare: la mattina era afosa e la pioggia del giorno prima, troppo breve per assorbire il calore accumulato dalla terra, aveva lasciato un'umidità che rendeva il caldo irrespirabile.

«Erano anni che non si aveva un'estate così calda, da queste parti» si affannava ad assicurare Cleto, forse per la paura di perdere i clienti. «Voi siete fortunati: se qui fa tanto caldo, figuratevi giù in città! Ci sono stato ieri: c'è da morire.»

Qualche cliente non si lasciava incantare e aveva la sua bella teoria sulla torrida estate: «Lo so io, lo so io cos'è questo caldo! È l'atomica che De Gaulle ha fatto esplodere nel Sahara... E il Sahara è a due passi da noi. È tanto a due passi che delle volte qui piove la sua sabbia».

Santovito sedette su un masso che sporgeva dal terreno sul bordo della mulattiera. Tutta la montagna era un unico enorme masso appena ricoperto da uno strato di terra che in più punti le piogge slavavano portandolo alla luce qua e là. Ogni volta che l'aratro muoveva il terreno, dove era possibile arare e cioè nei pochi tratti con scarsa pendenza, portava in superficie sassi più o meno grandi che il tempo andava staccando dall'unico, enorme masso sepolto. Sassi che la precedente aratura non aveva trovato, quasi che la terra li avesse spinti in superficie dopo, nel suo continuo movimento di vita.

Santovito si asciugò il sudore, scelse un sigaro e lo accese. Guardò Stelio, salito con lui, fresco e per nulla sudato:

«Chi te lo fa fare di salire con me? Hai una bella voglia di faticare! Non potevi restare alla Mezzacosta, sotto l'ombra di un albero?» In piedi accanto a lui, Stelio sorrise e allargò le braccia. «Contento te...» E tirò dal sigaro guardando la valle, dove l'afa aveva formato una cappa che confondeva i contorni del paesaggio.

Stelio lo toccò sulla spalla e, quando si voltò a guardarlo, gli indicò il sigaro.

«Vuoi fumare? Alla tua età!? E cominceresti con un sigaro? Nemmeno per sogno. Non sarò io a darti il vizio.»

Stelio allargò di nuovo le braccia: era un giovanotto che si lasciava convincere. Scrisse qualcosa sul blocchetto che sempre portava con sé e lo mostrò.

«Vuoi che ti parli di Stelia?» Il giovane annuì. «Adesso?» Stelio annuì ancora. «E perché io, che sono l'ultimo arrivato?»

Il giovane scrisse: "Nessuno me ne vuole parlare e tu l'hai conosciuta".

«Sì, ma non bene.» E sottovoce: «Ci vorrebbe l'appuntato Cotigno». Stelio sollevò il capo. «Chi è? È stato fidanzato con tua madre...» Stelio lo interruppe battendosi più volte l'indice sul petto. «No, non è tuo padre. Se n'è andato tre anni prima che tu nascessi.» Santovito si alzò e schiacciò sotto la punta delle scarpe quello che restava del sigaro. «Un giorno ti dirò quanto so di lei, ma adesso vediamo di arrivare alla Ca' Rossa, eh, Stelio?»

Poco soddisfatto, Stelio annuì ugualmente.

Seduto su un tronco d'albero all'ombra della casa, il cappello in testa e la sigaretta all'angolo della bocca, Bleblè intrecciava vimini attorno allo scheletro di un cesto già formato per metà. Dinanzi aveva due sedie appena impagliate. Sentì il calpestio prima che i due apparissero dalla curva e smise di lavorare e sollevò il capo. Il fumo della sigaretta gli fece socchiudere gli occhi e piegare un po' il capo, ma non se la tolse di bocca.

Per primo spuntò Santovito, sudato e ansimante, e dietro di lui Stelio e solo allora Bleblè posò il lavoro sul tronco, si pulì le mani nei calzoni e, seduto, aspettò i due.

Santovito si fermò a due passi e gli tese la mano che Bleblè finse di non vedere. In silenzio lo guardò a lungo, sollevò un poco il cappello sulla fronte e poi si alzò; gli posò le mani sulle spalle e infine lo abbracciò. Gli sussurrò nell'orecchio:

«Sai che ti aspettavo?»

Santovito non se ne accorse, ma Bleblè aveva gli occhi umidi. Un attimo; subito dopo si staccò, si girò ed entrò in casa. Tornò con un fiasco e tre bicchieri. Aveva ricacciato l'emozione e le lacrime. Posò il fiasco sul tronco, dove sedette anche lui indicando le due sedie, e porse i bicchieri:

«Con questo caldo e dopo la sudata della salita ci vuole un buon bicchiere, fresco di cantina.»

Santovito annuì, che non aveva molta voglia di parlare.

Come aveva assicurato Bleblè, il vino era fresco di cantina e andava giù come acqua. Santovito vuotò due bicchieri prima di chiedere:

«Come stai?»

Bleblè si strinse nelle spalle: «Da povero vecchio». Accennò a Stelio: «Bisognerebbe avere i suoi anni». E poiché Stelio si versava un altro bicchiere: «Vai piano che sei ancora troppo giovane». Stelio mostrò le dita delle due mani aperte e poi ne mostrò sei. «Sedici anni! Un bambino, Stelio. Ma bevi, bevi tranquillo che questo non ti farà male.»

Tutti e tre sorseggiarono in silenzio, godendo il fresco e la calma dei monti: i due antichi amici non sapevano come riprendere un discorso interrotto una brutta notte di tanti anni prima, nell'ufficio della caserma dei carabinieri.

Santovito decise di riprendere da quella notte e disse sottovoce: «Tu non immagini quanto mi sia dispiaciuto quello che è successo».

«Lo so, lo so, io ti conoscevo bene.»

«Al processo non vedevano l'ora di condannarti...»

«Così avrebbero tolto i fascisti dai guai.»

«Ti hanno dato trent'anni...»
«Ne ho fatti quattro, duri per trenta.»
«Come sei uscito?»
Bleblè non rispose. Appoggiò la schiena al muro della casa, socchiuse gli occhi e prese dalla tasca la scatola del tabacco, una scatola in metallo lucido per il lungo uso, e si arrotolò una sigaretta. Le cartine erano sistemate all'interno della scatola, contro il coperchio, tenute ferme da una linguetta a molla.
Santovito sorrise a quei gesti che conosceva bene e a un oggetto che aveva visto tante volte fra le mani di Bleblè.
«Ti fai ancora le sigarette e hai ancora la stessa scatola per il tabacco.»
Bleblè annuì e finì di arrotolarsi la sigaretta, passando poi il lembo della cartina sulla lingua. Accennò al sigaro che Benedetto aveva appena tolto dalla scatola in cartone e ammorbidiva fra le dita: «Anche tu, sempre le stesse cose». Sfregò un fiammifero di legno contro l'intonaco del muro, in un punto ormai colorato dalle strisciate di zolfo lasciate da chissà quante capocchie. «Come sono uscito?» Per tornare indietro nel tempo, socchiuse gli occhi.

Intermezzo

L'otto agosto del Quarantaquattro fu una giornata caldissima, l'afa bruciava i polmoni e nella cella di San Giovanni in Monte il caldo era più caldo che nelle altre parti della città, intanto perché nei vicoli stretti attorno alla collinetta sulla quale stava il carcere non passava un alito di vento, e poi perché dalla finestra che si apriva altissima su via de' Chiari, occupata in parte dalle inferriate e in parte dalla rete metallica che non permetteva di affacciarsi, entrava il calore riflesso dalla parete del palazzo di fronte, a due metri di distanza.

La notte fu ancora peggio: dai muri bollenti e dall'asfalto sciolto il calore entrava nelle case e le trasformava in forni. Dormirono in pochi.

Bleblè non si era ancora abituato alla prigione, anche se ci stava da quattro anni, e aveva passato una giornata e una notte d'inferno. Non si era ancora abituato alla prigione e non ci si sarebbe mai adattato: veniva dai boschi, dagli spazi liberi, anche se impervi, dei suoi monti e in agosto, lassù, si dormiva con la coperta.

Ma i momenti peggiori Bleblè li passava durante gli allarmi, quando l'urlo straziante e ripetuto della sirena e il sibilo delle bombe facevano accapponare la pelle e a lui, chiuso fra le mura del carcere, non restava che affidare la vita alla fantasia dei piloti che sganciavano sulla città. Allora si attaccava all'inferriata con le due mani e fissava il muro della casa di fronte in attesa di vederlo crollare. A volte, quando gli scoppi erano vicini, sperava che una bomba squarciasse le quattro mura e gli rendesse, almeno per l'attimo che precedeva la morte, lo spazio libero che gli avevano rubato.

Solamente verso le quattro del mattino una lievissima brezza scese dai colli a sud e rinfrescò un poco il sudore della città. Spirò fino al sorgere del sole e poi si fermò, sopraffatta dal caldo, e la cappa di calore tornò a stagnare pesante sulla città.

La sera del nove agosto, al calare del sole, tornò un alito di vento che Bleblè respirò a bocca spalancata e con il viso schiacciato contro la grata.

Mancava poco alle dieci e il primo segno che qualcosa di anomalo stava accadendo nel carcere arrivò fino alla sua cella: voci concitate e passi di corsa lungo i corridoi dinanzi alle celle. Poi un colpo di pistola e una raffica di mitra, un po' lontani ma all'interno del carcere, e le porte delle celle che sbattevano e le grida dei detenuti e ordini urlati da gente che non aveva tempo da perdere.

Si spalancò anche la porta della sua cella ed entrò un tedesco con il mitra spianato:

«Tu! Fuori, fuori che non abbiamo tempo da perdere! Scendi le scale e raggiungi gli altri a piano terreno!»

Non si stupì del buon italiano che il tognino aveva usato e si avviò per uscire, ma il tedesco lo bloccò sulla porta piantandogli il mitra nelle costole: «Come ti chiami?».

«Franzoni Olinto.»

«Ti tengo d'occhio!» gridò ancora il tedesco e gli sbatté fra le mani un mazzo di chiavi. «Apri le altre celle, Olindo...»

«Olinto!»

«Apri le altre celle e falli scendere a piano terreno. Ti tengo d'occhio!» E corse via.

Mentre apriva altre celle gli passarono accanto, di corsa, due delle Brigate Nere e due in abiti civili, tutti armati, che controllavano i detenuti e gridavano.

«Chi manca ancora dei nostri?»

«Non lo so. Al piano sotto ne hanno trovati altri due!»

«Fate presto, presto, perdio, che non possiamo stare qui in eterno!»

«Dei nostri ne manca ancora uno! Cercate nelle altre celle!»

Al piano terreno, tre brigatisti neri e un tedesco, armi spianate, accoglievano i detenuti che scendevano di corsa le scale e li spingevano nel cortile e sotto il porticato dinanzi al portone d'ingresso.

«Cosa volete farci?»

«Adesso ci ammazzano tutti!»

«Fateci uscire!»

«Se volevano ammazzarci, non perdevano tempo a tirarci fuori dalle celle!»

«Aprite! Aprite il portone!»

«Silenzio! Fate silenzio! Dunque, attenzione che non ho tempo per ripetere. Siamo partigiani e abbiamo assaltato le carceri per liberare i nostri compagni detenuti. Adesso vi facciamo uscire tutti! Montate sulle auto qui fuori e non cercate di scappare che vi spariamo dietro. Vi lasceremo andare appena saremo lontani in modo che se qualcuno di voi darà l'allarme non ci raggiungeranno. Chi se la sente e vuole unirsi a noi, resti sulle auto. Domattina vedremo dove mandare chi resta. Capito bene? E adesso fuori, fuori!»

Nella sala d'accoglienza, accanto al portone, i partigiani avevano rinchiuso le guardie e il corpo di un tedesco, un tedesco vero che Bleblè aveva veduto fra le guardie. La traccia di sangue partiva dal portone e finiva in una larga chiazza sotto il corpo del tedesco.

Un detenuto cercò di aprire la porta della sala d'accoglienza.

«Tu, che vuoi fare? Fuori! Fuori!» gli gridò uno in divisa da Brigata Nera.

«Lasciami sputare in faccia a quei porci! Tu non sai cosa mi hanno fatto passare.»

«Fuori, fuori o ti richiudo dove stavi prima!» E lo colpì fra le costole con la canna del mitra.

«Ce la fai, William? Ce la fai ad arrivare alla macchina?»

William annuì; con la sinistra si stringeva la coscia ferita e con la destra, armata di mitra, spingeva fuori gli ex detenuti. Il sangue gli aveva inzuppato i calzoni. Zoppicò fuori dal portone, dietro l'ultimo detenuto. Lo aiutarono a salire su una delle auto.

La città era buia e deserta per il coprifuoco. Tre partigiani con la divisa delle Brigate Nere si piazzarono dietro le colonne dei portici, le armi puntate alle due vie d'accesso al piazzale del carcere, con il compito di ritardare l'arrivo di eventuali rinforzi. Restarono per un poco e sparirono nella strade della città.

Un paio di chilometri nel centro storico e poi le auto si fermarono: «Come vi avevo detto siete liberi. Chi vuole può restare con noi e darsi alla macchia!».

Scesero in molti e si dispersero in silenzio. Non Bleblè:

dove accidenti avrebbe potuto andare in una città e fra gente che non conosceva? E poi il finto tedesco aveva detto che li avrebbero spediti in montagna e lassù voleva tornare, nel suo elemento naturale!

«Siete sicuri?» Nessuno dei rimasti gli rispose e l'auto ripartì.

In periferia un uomo aprì la rimessa, fece entrare le auto e scendere i pochi rimasti: «Non fate casino, giovani, che se fate casino finiamo tutti in Certosa. Si respira piano e non si parla!». Gli diedero retta. «Cercate di riposare alla meglio che domattina... Il cesso è di là.»

Per la seconda notte consecutiva Bleblè non chiuse occhio.

All'alba tornò l'uomo della rimessa: «In silenzio andate a pisciare, che non avrete occasione di farlo per un bel po', e poi sempre in silenzio salite sul camioncino qui fuori. Si parte, giovani!».

Sul telone del camioncino erano dipinte le insegne dell'UNPA, Unione Nazionale per la Protezione Antiaerea.

XIII

il tesoro del Romitto

«È andata così. Ero a San Giovanni in Monte da quattro anni in attesa di un trasferimento che non arrivava mai. Dovevo scontare la pena a Porto Longone, ma avevano altro da pensare e di cui occuparsi per badare a me. Chi c'era già stato mi diceva che a Porto Longone mi sarei trovato meglio e raccontavano che dalle finestre delle celle si vede il mare. A San Giovanni in Monte vedevo il muro del palazzo di fronte, a due metri. Neppure uno spicchio di cielo.» Bleblè abbassò il tono. «A porto Longone avrei dovuto restare un mucchio di tempo. Al mio posto, tu che avresti fatto?»

Santovito non rispose. Il sigaro spento fra le labbra, guardava a occhi socchiusi il paese in basso, sfumato, sfuggente nelle prime ombre chiare di una sera che si preparava a diventare notte.

Stelio aveva bevuto le parole che lui non riusciva a pronunciare e quando Bleblè tacque restò a guardarlo, sperando che la storia continuasse.

Si era fatta sera e il fiasco vuoto.

«E alla fine della guerra,» chiese infine Santovito «nessuno è venuto a cercarti?»

«Sono venuti, sono venuti sì. Appena le cose si sono un po' sistemate, sono venuti in tre e mi hanno consegnato una medaglia e una carta scritta in inglese e firmata dal generale Alexander e mi hanno detto che il mio debito con la giustizia era da considerarsi estinto. Hanno detto proprio così: considerarsi estinto. Come se si fosse trattato di un debito con la banca.»

Santovito si alzò per sgranchirsi le gambe da troppo tempo immobili e riaccese il sigaro. Guardò Stelio: «Sarà ora di tornare, no? Il tuo principale comincerà a preoccuparsi». Stelio si affrettò a negare con il capo e a invitare Santovito a sedere di nuovo. «Sì, hai ragione, altri dieci minuti: non vedevo Bleblè da un secolo.»

«Sei tornato in un brutto momento. Come vedi, qui le cose non cambiano mai.»

«Dici per i due ragazzi morti?»

«Dico per i due ragazzi uccisi.»

«Perché dici che sono stati uccisi?»

Bleblè riprese il cesto che stava intrecciando prima dell'arrivo dei due e le sue mani si mossero veloci sui vimini. Non aveva neppure bisogno di guardare il lavoro: andava a memoria. Disse:

«Ho visto com'era ridotto quel povero ragazzo. Di gente saltata sulle mine ne ho vista troppa per non riconoscere una mina a strappo da una mina a pressione.»

«Che differenza fa?»

«Chi pesta una mina ha tutte e due le gambe e la parte bassa del corpo massacrate. Le mine a strappo colpiscono di lato, a destra o a sinistra, e distruggono al fianco, come quel povero ragazzo.»

«Volevo dire che non fa differenza se era una mina a strappo o...»

Bleblè lo interruppe e per la durata del discorso, le mani, immobili, strinsero i vimini: «Se il sentiero fosse stato attraversato dal filo di una mina a strappo, quella mina sarebbe saltata da chissà quanti anni. Anch'io sono passato di là un mucchio di volte. E non solo io: cacciatori, fungaioli, villeggianti... Senza parlare degli animali selvatici. No, caro mio, no: qualcuno ha appoggiato la mina sul bordo, ho visto la buca che l'esplosione ha scavato, e teso il filo attraverso il sentiero. Un lavoro fatto in fretta da chi non aveva tempo per interrarla un minimo, in modo da nasconderla». Guardò Stelio: «E tu non andare in giro a raccontare... Non far sapere che Bleblè ha certe idee. C'è un maresciallo e ci penserà lui. Anzi, adesso ce ne sono due di marescialli». E per un po' riprese a intrecciare vimini in silenzio e il cesto cresceva fra le sue mani e prendeva forma giro dopo giro. Lo sollevò: «È per la fiera della Madonna di settembre. Siamo rimasti in pochi a saper lavorare i vimini, a impagliare sedie e a lavorare il legno. In paese solo io e Ligera, e vendiamo bene a ogni fiera. Si fanno su un po' di soldi».

«E l'altro?»

«Rino dei Battaglia? Quello ci faceva il bagno ogni giorno nella pozza della Borda. Figurati se ci annegava!»

Per un po' Santovito tirò dal sigaro guardando il movimento delle mani di Bleblè e i giri dei vimini. Poi: «Ma perché? Due ragazzi che non avevano fatto male a nessuno...».

«Che ne sappiamo noi se non avevano fatto?»

«Ma santamadonna, Bleblè! Erano due ragazzi di dieci o dodici anni!»

«Se è per questo, Claudio ne aveva otto» mormorò Bleblè.

«Perché ammazzarli?»

Bleblè ci pensò: «Lo chiedi come maresciallo dei carabinieri o cosa?».

Santovito perse la calma: «Bleblè, non sono più maresciallo e sto qui in vacanza. Sono tornato per rivedere... non so neppure io cosa!».

«Forse per controllare se avevi lasciato dei sospesi» mormorò Bleblè.

«No, io non ho lasciato dei sospesi, ma a una certa età...» Lasciò perdere un discorso che non lo portava da nessuna parte. «Allora, secondo te perché li avrebbero ammazzati?»

«Forse il Romitto non era matto come lo facevamo noi del paese. Forse il tesoro della Regina Selvaggia c'è e lui sapeva dove...»

«Sì, adesso dimmi che esiste anche la Borda e siamo a posto.» Bleblè non replicò. «Andiamo» e Santovito si alzò. «Spero di rivederti prima di partire. Non scendi più in paese?»

Bleblè si strinse nelle spalle, posò il cesto e anche lui si alzò: «Ogni tanto scendo in paese per quel poco di spesa che mi serve e un paio di volte la settimana passo dal Frabbone per due chiacchiere e un tressette».

Accompagnò i due per un tratto di strada e poi si fermò: «Sai cosa mi sembra? Mi sembra come quando tu cercavi il vecchio Bartolomeo della Mezzacosta per arrestarlo con l'accusa di omicidio. Sparì dal paese e lo trovò il povero Bastiano, il mugnaio, che stava per annegare mentre attraversava il fiume in piena». Santovito guardò Bleblè senza capire. «Insomma, anche il Romitto è sparito e il maresciallo lo sta cercando per arrestarlo, convinto che il responsabile sia lui.» Tese la destra da stringere. «Be', è ora di preparare da cena, che questa sera sono anche in ritardo, e ti saluto. Anche te, Stelio, e stai in gamba.»

Saliva la mulattiera a passo svelto, la giornata era fresca e il tempo ottimo. Dopo i discorsi della sera prima, durante la cena, le era tornata in mente l'Abbazia e la leggenda che, da quei ruderi, probabilmente si era originata, mescolando particelle di verità alla fantasia popolare. Così aveva deciso di guardarsela con più attenzione, da sola.

Alla fontana dove Santovito aveva incontrato Bleblè e forse un pezzo del suo passato, non c'era nessuno; si sentiva solo il frusciare delle foglie dei castagni mosse da un leggero vento che veniva da nord e il gorgogliare dell'acqua che spuntava dalla roccia e si disperdeva fra i sassi.

Si fermò e godette ancora della freschezza e della leggerezza dell'acqua, bevendola e lasciandosela scorrere sui polsi e sulle mani che passò poi sul viso accaldato.

Frugò nella buca dove Bleblè aveva affondato i vimini, ma non c'era niente. Riprese il cammino e ritrovò facilmente il sentiero che portava alla radura. In fondo, l'Abbazia e quello che restava della torre.

Non era certo mai stato un edificio imponente, ma aveva tutto il fascino delle cose antiche e vissute, che il tempo, per qualche misterioso motivo, ha dimenticato ma non cancellato. Chiuse gli occhi e immaginò le voci dei viandanti e le preghiere dei frati, e quasi gli parve di sentire il rintocco della campana. Ma attorno c'era solo silenzio.

Si avvicinò e cercò, con gli occhi, un qualche segno fra le rovine, una scritta, una data, ma l'unica cosa che riuscì a scorgere, oltre ai già visti rilievi dell'arco, fu una piccola mammella benaugurante scolpita su un concio angolare.

Forse il Romitto era nascosto da qualche parte e la stava osservando. Ebbe un piccolo brivido di paura, ma avrebbe voluto incontrarlo, parlargli, farsi raccontare... Forse quel personaggio sfuggente sapeva più cose di quanto la gente del paese immaginasse.

Proprio perché pensava al Romitto, tralasciò l'Abbazia e andò alla costruzione.

«C'è nessuno?» cominciò sottovoce. Spinse un'anta della porta che si aprì cigolando. «C'è nessuno?» gridò, ma non ebbe risposta.

Prese coraggio ed entrò. Percorse il corridoio guardando in tutti i vani e arrivò nell'ultima stanza. Sul pavimento in pietra si erano accumulati polvere, sporcizia e rifiuti di ogni genere. Da una parte, su alcune pietre sotto le quali c'erano ancora cenere e pezzi di bacchetti, stava appoggiata una pentola d'alluminio, nera di fumo; nera di fumo era anche la parete soprastante, a indicare che il Romitto ogni tanto cucinava lì i suoi improbabili pasti. Attorno, un cucchiaio, un fiasco spagliato pieno a metà d'acqua, pezzi di pane rinsecchito...

Appoggiati disordinatamente su un tavolaccio, resti disseccati di erbe e fiori selvatici. Per terra un alambicco in rame chiariva la funzione delle erbe e difatti, nel ripostiglio ricavato da un incavo del muro, appoggiate su tavole in legno, c'erano le boccette e i vasetti con liquidi e creme. Il Romitto distillava erbe per ottenere oli essenziali o medicamenti naturali.

Cautamente Raffaella entrò poi nell'altra stanza dove trovò un disordine ancor più marcato. Appoggiò una mano al pagliericcio e sentì crocchiare, segno che il saccone, come usava un tempo, era riempito con foglie di granoturco.

Gettate alla rinfusa su una sedia di fianco a quel povero letto, una sbrindellata giacca di velluto, maglie e calze di lana grezza.

Ma una cassapanca in legno di castagno attirò la sua curiosità. Alzò il coperchio e la trovò piena di libri.

«Questo Romitto è uno che legge, che ha studiato... Non è solo uno strano individuo come credono in paese.» Aprì un volume. «Accidenti, sa anche di latino!» E lesse: "*Vocabolarium latinum et italicum ad usum Regiae Taurinensis Academiae*". A centro pagina una fenice spiccava il volo sotto un sole radiante su cui era il motto "Post fata resurgo". Guardò la data di stampa: "Patavii, MDCCLXXIX".

Lo posò delicatamente e si passò le mani, irritate dalla polvere, sui calzoni.

«Ma sono tantissimi libri!»

Ne prese un altro: "*Dizionario generale de' sinonimi italiani* compilato dall'abate Giovanni Romani di Castelmaggiore, Napoli 1827, dai torchi del Tramater, si vende nel Gabinetto Letterario Strada Nilo n. 2". Sempre più eccitata continuò a cercare e a leggere: "Repetti, *Dizionario geografico fisico storico della Toscana*, Firenze 1841".

«Accidenti, si interessa anche di storia. Dev'essere una persona colta!» E si inginocchiò per stare più comoda.

Altri volumi: *La montagna bolognese del Medio Evo* del

Palmieri, *La vita privata di Bologna dal secolo XIII al XVII* del Frati.

«Qui c'è una piccola biblioteca! Piccola ma interessantissima!»

Sotto ai primi, un altro strato di libri. Un grosso volume era un antico erbario, con tavole raffiguranti vari tipi di fiori selvatici e la descrizione minuziosa delle loro caratteristiche botaniche e delle proprietà medicamentose che avevano.

Nel rimetterlo a posto vide qualcosa sul fondo della cassapanca. La prese: sembrava una grossa spilla da balia, di due, tre centimetri. Era d'oro, rivestita da minuscole perline di vetro.

«Una fibula! Ma cosa ci fa qui una fibula?» La teneva nel palmo della mano e la guardava affascinata. «Allora... allora c'è qualcosa di vero nella leggenda del tesoro della Regina Selvaggia!» Cercò di mettere la fibula nella miglior luce possibile, nella penombra della stanza. «Solo che i Longobardi non c'entrano per niente. Questa è etrusca!» E nel silenzio che seguì il suo mormorare, sentì o le parve di sentire dei passi. Si alzò di scatto e si girò e la fibula ricadde sul fondo della cassapanca.

Uscì di corsa dalla stanza e dalla cucina del Romitto. Fuori non c'era nessuno, ma questo non la calmò, invasa da una paura irrazionale. Fece di corsa la radura e prese la mulattiera. Rallentò solamente quando, ansimante, cominciò a scorgere i tetti delle prime case del paese.

Si fermò a riprendere fiato: forse era stata sciocca e la sua paura immotivata, ma l'atmosfera delle Rovine e la suggestione del passato con le sue leggende e i suoi misteri, ma soprattutto la fibula etrusca, l'avevano condizionata.

Cleto sentì aprire la porta e mise fuori la testa dal suo ufficio:

«Vuole mangiare, signor maresciallo? Vedo se in cucina è rimasto qualcosa.» Santovito fece segno di no con la testa. «Lei si trascura, maresciallo, lei non è in vacanza» e raggiunse il banco dove teneva le chiavi delle stanze.

Prima di prendere quella che Cleto gli porgeva, chiese: «Chi le ha detto che sono maresciallo?».

«Me ne ha parlato Stalìn...»

«Le avrà anche detto che non sono più maresciallo. Lo tenga presente, signor Cleto.» Ritirò la chiave e si avviò alle scale.

«È sicuro che non vuole mangiare qualcosa?»

«Sicurissimo.» Aveva già salito alcuni gradini che Cleto gli disse ancora:

«C'è qui un biglietto per lei.» Santovito aspettò che Cleto andasse a consegnarglielo. «Buonanotte» augurò poi il proprietario e tornando nel suo ufficio borbottò fra i denti: «Quello sta trafficando qualcosa di poco chiaro; quello è una gran brutta persona, mi ci gioco l'albergo».

Sdraiato sul letto e ancora vestito, lesse:

Dove sei stato in questi due giorni? Non ti si vede più. Esci al mattino che il sole non è ancora spuntato e torni a notte fonda. Hai per caso trovato il tesoro della Regina Selvaggia? Fammelo sapere, che sono disposta a dividerlo con te.

Ci vediamo un giorno o l'altro?

Ciao, Raffaella

P.S. Ho fatto alcune scoperte che forse ti interesseranno. Se rientri prima delle dieci vieni a trovarmi.

Controllò l'ora: le dieci e cinque. Forse Raffaella era ancora alzata.

Scese le scale e la porta dell'ufficio si socchiuse lentamente.

«Esco di nuovo, signor Cleto, ma non mi aspetti alzato che rientrerò tardi.»

«Stavo giusto per andare a letto. Buonanotte. O è meglio buona passeggiata?» Uscì e chiuse a chiave la porta dell'ufficio: «Deve conoscere bene i sentieri per andare a passeggio di notte».

Quei sentieri Santovito li aveva percorsi in lungo e in largo, ma non rispose. Né si voltò, andando verso la casa di Raffaella, ma era sicuro che Cleto lo spiava da dietro le tendine della Mezzacosta.

Sentì muovere, bussò e subito Raffaella spalancò la porta. Sorrideva e aveva il pigiama fra le mani.

«È tardi? Torno domattina?»

«No, no! Sono contenta che tu sia venuto. Entra che ho molte cose da raccontarti. Preparo un caffè.»

Santovito non rifiutava mai un caffè, a qualunque ora del giorno e della notte.

Raffaella raccontò della passeggiata all'Abbazia e della fibula mentre Santovito consumò l'intero sigaro, fino a bruciarsi le dita.

«Allora? Che ne dici?» chiese Raffaella, alla fine del racconto.

Da molto tempo Santovito aveva imparato che non ci si sbilancia se prima non ci si è pensato su. Si strinse nelle spalle:

«Al posto tuo lo racconterei al maresciallo Amadori e sentirei da lui cosa ne pensa.»

«Sì, lo farò, ma vorrei anche il tuo parere. Ares mi dà l'idea di un facilone e non so come riesca a...» Bussarono, Raffaella si interruppe e guardò Santovito, indecisa. «A quest'ora?» Ma la rassicurò la sua presenza e andò ad aprire. «Che ci fai qui?»

Ares non rispose ed entrò. Con tono prepotente chiese: «Dov'è Santovito?».

«Tu dove pensi che sia? In sala, no? Che vuoi a quest'ora?»

«Che vuole lui a quest'ora in casa tua!»

«In casa mia entra chi voglio io, Ares! Cos'è questa storia?»

«Si è portato il pigiama?»

«No, Ares, non si è portato il pigiama! E non mi piacciono certe allusioni, va bene? O non mettere più piede in casa mia!»

Il tono deciso di Raffaella fece cambiare tono ad Ares: «Devo parlargli».

«Chi ti ha detto che è qui?»

Le rispose Santovito: «Cleto, gliel'ha detto Cleto, chi altri? Quello sta sempre dietro le porte».

Ares si guardò attorno: due sedie spostate dal tavolo, due tazzine vuote, la penombra... Disse:

«Mi spiace disturbare la vostra intimità ma...»

Raffaella si arrabbiò: «Insomma, Ares, smettila! Stavo raccontandogli che oggi pomeriggio sono tornata all'Abbazia e ho trovato...».

Ma evidentemente l'argomento non interessava il maresciallo che la interruppe per dire a Santovito: «Hanno trovato il Romitto».

«Posso parlargli?» chiese subito Raffaella.

«Tu? No, non credo.»

«Ma perché? Non interferisco nelle tue indagini. Gli chiederò solo dove ha preso... dove ha preso la fibula etrusca...»

Ares la interruppe ancora: «Non è proprio il caso» e a Santovito: «Allora, andiamo?».

XIV

una notte che non finisce mai

Lungo i tornanti Ares Amadori guidava in silenzio; i fari illuminavano i tronchi degli alberi e davano vita alle molte ombre del bosco. Subito oltre una curva il fascio di luce investì una volpe che stava per attraversare la strada. Stordita dal giorno che si era improvvisamente fatto, si accoccolò ancora di più a terra e si mosse solo dopo il passaggio dell'auto, quando gli occhi si riabituarono al buio, e veloce corse a nascondersi nel suo ambiente.

«È morto, lo ha trovato Ligera.»

«E ti sei preso il disturbo di venire su alla Mezzacosta per dirmelo?»

«Che ci facevi da Raffaella?»

«Lo hai visto: si parlava. Raffaella era tornata alle Rovine e mi raccontava...»

«Ti raccontava? Alle undici di notte?»

«Dipende dai punti di vista. Per me erano le undici di sera. Non penserai che io...» Sorrise. «Be', è la prima volta che qualcuno è geloso di me.»

«Chi sarebbe geloso?»

«Hai ragione: è una bella donna, è della tua città, è laureata e se io avessi qualche anno di meno...»

«Guarda che di quella non m'importa nulla! E poi gli anni non c'entrano. Ci sono delle donne che...»

«Va bene, va bene. Perché sei venuto a dirmi che il Romitto è morto?»

«Credevo ti interessassero le faccende del paese. Avrei dovuto lasciarti in pace?»

«No, hai fatto bene. Con Raffaella non avevamo più nulla di importante da dirci e si parlava di te.»

Ares ascoltava solo quello che gli interessava. «In fondo tu sei qui in vacanza, no? E presto te ne andrai.» Guardò Santovito, che annuì. «A proposito, quando finiscono le tue ferie?»

«Guarda la strada, per favore.»

«Non ti preoccupare, io guido come se andassi a spasso» ma tornò alla strada. «Allora?»

«Me ne andrò presto. Non avrei nemmeno dovuto tornare.»

«Quando?»

«Presto, me ne andrò presto, stai tranquillo.»

«Che c'entra? Io sono tranquillo. Chiedevo così, per sapere.» Nessuno dei due parlò fino alla caserma. Si erano detti tutto e non si erano capiti.

La porta dell'ufficio del maresciallo era spalancata e Ligera era seduto dinanzi alla scrivania, tenuto d'occhio dall'appuntato Chiaffalà Nicola seduto nel corridoio e apparentemente occupato con le parole incrociate. Ligera si era arrotolato una sigaretta e la teneva spenta fra le labbra perché non sapeva se nell'ufficio di un maresciallo dei carabinieri fosse consentito o no fumare. Il posacenere c'era.

Santovito lo salutò con un cenno del capo.

Ares Amadori non salutò nessuno, neppure l'appuntato che si era alzato al suo arrivo. Gli disse solo: «Anche tu nel mio ufficio».

Nell'ufficio c'erano solo due sedie dinanzi alla scrivania e l'appuntato restò in piedi.

«Lo hai trovato tu?» chiese Santovito a Ligera e Ligera annuì. «È il secondo morto che trovi, Ligera. Speriamo che non ci sia il terzo, come sostiene il proverbio.»

Ares Amadori, che si era già tolto il berretto e si stava

togliendo il cinturone con la pistola, sospese l'operazione per chiedere: «Cos'è 'sta storia del secondo morto?».

«Una storia tanto vecchia che non vale la pena...» cominciò Santovito.

«Vale, vale.» Finì di togliere il cinturone e lo posò accanto al berretto e guardò in faccia Ligera: «Allora?».

«Posso raccontartela io, visto che allora ero maresciallo.» Non aspettò la conferma. «Stava tornando dal bosco e trovò il corpo del povero maresciallo Bargellaux...»

Ligera lo interruppe: «Se vogliamo dire le cose come stanno, il povero Bargellaux lo trovò il cane di Nasone: era ficcato dentro un roveto e non sarebbe mai saltato fuori se non fosse stato per il naso di Brisighella!».

«E chi è Brisighella?»

«L'ho appena detto: il cane di Nasone.»

«Una vecchia storia» ripeté Santovito. «Una storia finita e sepolta.»

«È ancora da vedere se è morta e sepolta» mormorò Ares. Con calma si accese una sigaretta e aspirò un paio di boccate: «E questa volta com'è andata, com'è andata, eh, Ligera? Non è che ci hai preso gusto a trovare dei cadaveri?».

«È un gusto da poco, maresciallo» borbottò Ligera. E, visto che l'aveva fatto il maresciallo, si accese anche lui la sigaretta. «Sono andato alla pozza della Borda per tirare su i vimini...»

«E ci vai alle nove di sera a tirare su i vimini? Con tutto il giorno a disposizione, tu ci vai di notte!»

«Ci vado quando mi pare, se non le fa schifo! O ho da rendere conto?»

«Non fare tanto il prepotente, Ligera! Non fare il prepotente con me!»

«E lei non faccia il furbo, maresciallo, che io non ho niente da nascondere!» Tirò un'altra boccata da una sigaretta che andava consumandosi senza essere fumata come si deve. Si rivolse a Santovito: «Cosa vuole questo?».

«Sapere come sono andate le cose, Ligera. Non te la prendere, che lui fa il suo mestiere.»

«C'è modo e modo.» Schiacciò la sigaretta nel posacenere; fumare non gli dava soddisfazione. «Ho preso via i sassi che tenevano sott'acqua i vimini e ho provato a tirarli su ma erano pesanti come se ci fossero sopra altri sassi. Allora sono andato in acqua fino al ginocchio e ho frugato con le mani. Ho sentito qualcosa di molle, ho sentito uno straccio, ho tirato... Doveva essersi impigliato nei vimini...»

«E adesso dov'è il corpo?» chiese Santovito.

«Dopo le foto e i rilievi l'ho fatto trasportare in camera mortuaria, al cimitero. Domattina viene su il sostituto e vedremo... Deciderà lui.»

Ligera ne aveva abbastanza della caserma. Non ci era mai stato tranquillo, né in questa né nella vecchia: «Posso andare adesso?».

Gli rispose Santovito: «Sì, credo che il maresciallo non abbia altro da chiederti, Ligera».

Ligera uscì dall'ufficio seguito dall'appuntato Chiaffalà.

«Se non ti dispiace,» disse Ares «certe cose vorrei trattarle in prima persona e la decisione se Ligera poteva andare o no avrei gradito prenderla io. Con tutto il rispetto per il tuo grado...»

«... che ora e qui non c'entra nulla, lo so, lo so, ma l'ho fatto per quel poveretto. Non hai visto com'era agitato? Non avresti ottenuto niente altro se non di metterlo ancor più in difficoltà.»

«È proprio quando sono in difficoltà che... Comunque, la prossima volta decido io.»

«Non ci sarà la prossima volta. E non ci sarebbe stata neppure questa, se non mi avessi coinvolto tu.» E Santovito uscì dall'ufficio e dalla caserma.

Dalla porta Ares gli gridò dietro: «Aspetta, che ti faccio accompagnare con la camionetta!».

Santovito sollevò il braccio destro e fece segno di no,

che non importava e, senza girarsi, gridò anche lui: «Conosco la strada e una passeggiata mi farà bene, mi schiarirà le idee!».

Una passeggiata piuttosto lunga, di mezz'ora e a notte fonda. La luna illuminava la via e creava l'ombra che precedeva Santovito.

I monti incombevano sul paesaggio e lo facevano tetro, sagome scure contro il cielo.

Per un po' il rumore del fiume accompagnò Santovito, poi lasciò i rumori del bosco di notte.

«Che coglione! Raffaella stava per dirgli cos'ha trovato all'Abbazia. Ho provato anch'io, ma non ascolta. Va per la sua strada e gli potresti mettere la soluzione davanti che non se ne accorgerebbe.»

Di nuovo il silenzio e lo spaventò l'improvviso «Maresciallo!» gridato poco lontano. Fu un attimo e riconobbe la voce. Si guardò attorno e vide, nel buio del bosco, la brace di una sigaretta accesa.

«Mi hai spaventato, accidenti!»

Ligera uscì sulla strada: «Perché ha tirato fuori la storia di Bargellaux? Già quel coglione non mi può soffrire e non vede l'ora di mettermi nei guai».

«Perché non ti può soffrire?»

«Lo chieda a lui. Forse perché nemmeno io sopporto lui. Io so solo che Nasone fece due giorni e tre notti di galera per aver trovato il corpo del povero maresciallo Bargellaux. E ricorda cosa disse Nasone quella sera in osteria?» Santovito ricordava, ricordava sì. «Disse che se gli fosse capitato di trovare un altro morto avrebbe fatto finta di niente e avrebbe tirato per la sua strada. Come avrei dovuto fare io questa sera: rimettere sott'acqua quel disgraziato del Romitto, tirare su i miei vimini e andarmene a casa, a dormire.»

«Cosa ci avresti guadagnato, Ligera?»

«Che a quest'ora sarei a letto e domani non avrei altre beghe.»

«Non avrai beghe.»
«Se lo dice lei...»
Ligera lo accompagnò per un tratto, tutti e due in silenzio, e poco prima della Mezzacosta si fermò:
«Una cosa che non ho detto al maresciallo: il Romitto aveva la faccia mangiucchiata come se... come se...»
«Come se fosse stata la Borda? Ligera, per favore, non cominciare anche tu con la storia della Borda!»
«La prenda come vuole, ma le cose stanno così. Quel povero ragazzo, Rino dei Battaglia... anche lui aveva la faccia mangiucchiata.»
«Ho capito. Non lo hai detto al maresciallo Amadori, ma penso che se ne sarà accorto anche lui. O no?»
«Quel coglione non l'ha neppure guardato, il Romitto. Ha ordinato le foto e si è voltato da un'altra parte.» Si allontanò di pochi passi e poi: «Veda che a Bleblè non capiti un altro guaio, maresciallo. Ha già avuto la sua parte».
«Perché dovrebbe capitargli un guaio?»
Ligera si strinse nelle spalle: «Ho sentito l'appuntato... Chiaffalà, un altro dei buoni! Ho sentito Chiaffalà dire al maresciallo che quando uno ha fatto quello che ha fatto Bleblè prima e durante la guerra, è uno capace di tutto. Veda che non gli capiti niente, lei che ha più comprendonio di quel coglione». S'imboscò e sparì.
La notte di Santovito non era ancora finita. Poco oltre il cancello della Mezzacosta, si trovò dinanzi Raffaella. Doveva essere lì da molto perché, nonostante lo scialle sulle spalle, era rannicchiata per il freddo.
«Hai tardato. Cos'è accaduto? Sei salito a piedi? Come mai Ares non ti ha riaccompagnato?» Come al solito tante domande.
«Che ci fai qui? Dovresti essere a letto.» Raffaella tremò. «Tieni.» Si tolse la giacca e la posò sulle spalle della ragazza. «Allora, che ci fai qui?»
«Aspettavo te. Lo sai che sono curiosa e adesso mi dici cos'è successo e dov'è il Romitto.»

«Ne parliamo domattina.» Raffaella negò con il capo, fermamente decisa a non muoversi di là se prima... Santovito lo capì. «Sei testarda come... come...»

«Ti aiuto io: come un mulo, lo so. I miei me lo ripetono almeno due volte al giorno. Allora?» Si strinse addosso la giacca e chinò la testa di lato per passare la guancia sul bavero.

«Hanno trovato il Romitto morto.»

«Mio Dio.»

«L'ha ripescato un tale che chiamano Ligera, alla pozza della Borda e...»

«Ma... ma è lo stesso posto dove hanno trovato il ragazzo! Com'è accaduto? Che dice Ares?»

Santovito controllò l'orologio: «È ora di andare a letto. Ne riparleremo domattina».

«Promettimi che non sparirai come ha fatto in questi ultimi due giorni. Anzi, sai che facciamo?» e per essere più convincente, si sollevò leggermente sulle punte e avvicinò il suo al viso di Santovito. «Facciamo che domattina...»

«Cioè fra poche ore...»

«Cioè fra poche ore, facciamo che vieni da me a fare colazione. D'accordo?»

Non aspettò l'assenso e lo baciò sulla guancia, ma prima le sue labbra avevano esitato. Santovito lo percepì e quell'incertezza gli lasciò un brivido. E rimase solo e senza giacca.

Il chiarore della lampada, sempre accesa sul banco, illuminava il tratto di giardino subito fuori dalla vetrata e, poco oltre, si confondeva con il chiarore della luna.

Si alzò presto, come al solito, e dalla finestra vide che le persiane della casa di Bartolomeo...

Pensava come se gli anni non fossero passati: la casa ora apparteneva a Stelio.

Le persiane della casa di Stelio erano già spalancate e Raffaella lo stava aspettando per mettere su il caffè, ma prima...

Sedette sul davanzale e accese un sigaro. Di solito il primo sigaro della giornata lo accendeva dopo il primo caffè. Di solito, ma quando si alzava con già i pensieri che lo tormentavano, per prima cosa accendeva il sigaro. La lunga boccata di fumo si mescolò all'aria fresca del mattino: la buca della Giacoma era chiara, anticipazione di una giornata serena, ideale per andarsene, per lasciare il paese, i suoi morti, ammazzati o no, e tutto il resto e tornare alla vita di sempre. E che Raffaella lo aspettasse pure per la colazione!

Si fece la barba, il sigaro fra i denti, si vestì, preparò la valigia e guardò attorno se avesse dimenticato qualcosa. Bussarono che lui aveva appena impugnato la maniglia della porta.

Raffaella gli sorrideva dalla soglia, vide la valigia e le sparì il sorriso.

«Te ne vai?» Santovito annuì. «Ma come? È successo qualcosa? E poi così, senza avvertirmi?».

«Vieni dentro» e chiuse la porta. «Tornare in questo paese è stata una brutta idea. Da quando sono arrivato... Come se le cose aspettassero me per accadere.»

«Si sistema tutto se te ne vai?»

«No, ma alcune cose cambieranno.» Teneva ancora in mano la valigia, come se non vedesse l'ora di chiudere il discorso e andarsene dalla Mezzacosta e dal paese.

«Quali, per esempio?»

«Intanto tu!»

Raffaella spalancò gli occhi. «Cioè?»

«Ma santamadonna, possibile che non ti accorgi... Ooh, io sono un uomo e tu una donna!»

«Lo so. Per questo stiamo bene assieme, non ti pare?»

«Insomma, mi ricevi in casa tua di sera tardi, mi fai certi discorsi... Mi baci e, santamadonna!, non sono tuo padre!»

Il viso di Raffaella si rilassò. Sorrise: «Ah, solo per questo? Io chissà che credevo! Lo so che non sei mio padre. Non ho mai baciato mio padre né lui ha mai baciato me».

Santovito uscì dalla stanza e Raffaella lo seguì:

«No, senti, Benedetto...» Da anni non era Benedetto: Santovito per tutti e sentirsi chiamare con il nome di battesimo... «Non pensare che io... Insomma, cerca di capire...»

Santovito posò la valigia sul primo gradino per lasciare libere le mani di agitarsi a loro piacere, come non faceva da tempo: «Cosa devo pensare? E che c'è da capire? Se me lo spieghi...».

Lo interruppe Cleto, rosso in viso, che saliva le scale quattro a quattro. Si fermò accanto ai due e afferrò Santovito per un braccio. Poco abituato a correre, respirava a fatica:

«Signor maresciallo, l'ha arrestato! È venuto su poco fa, l'ha fatto salire sulla camionetta e l'ha portato dentro!»

«Chi ha portato dentro?»

«Stelio! Ci morirà. Già ha una disgrazia di suo e se lo tiene dentro... Chissà cos'è capace di fare quel ragazzo! E proprio oggi che mi devono arrivare su sei clienti. Chi andrà a prenderli in paese che io non so guidare? No, mi dica lei se li posso fare salire a piedi! E con le valigie, poi. Signor maresciallo, veda se può fare qualcosa per lui.»

«Per lui o per te, Cleto?» Ma il ragazzo gli stava a cuore. «Hanno ragione a chiamarlo coglione» borbottò. Riportò in camera la valigia e scese le scale di corsa. «Le chiavi del Millecento!» E quando l'auto si avviò, Raffaella gli era seduta accanto.

XV
il fulcro dell'indagine

L'appuntato Chiaffalà lo salutò militarmente, ma aveva il sorriso furbetto e lo sguardo ironico di sempre.

«Non è il caso, Chiaffalà, non è proprio il caso. C'è il maresciallo?»

«Signorsì, sta nel suo ufficio e interroga un teste.» Ma cambiò cera appena Santovito lo spinse da parte e si diresse all'ufficio. Passando dinanzi a Chiaffalà, Raffaella chiese educatamente scusa.

Entrò senza bussare. L'ufficio era pieno del fumo delle tante sigarette già consumate dal maresciallo. Ed era mattina presto. Ne teneva una fra le labbra e tirava, socchiudendo gli occhi per il fumo, mentre cercava di mettere ordine nei tanti fogli sparsi sulla scrivania e coperti dalla grafia ordinata di Stelio.

«Be'?» chiese guardando i due che gli erano piombati in ufficio.

Rigido e seduto dinanzi a lui Stelio sorrise e li salutò con un cenno. Santovito appoggiò le mani alla scrivania:

«Perché lo hai fermato?»

«Fermato chi?»

«Lui, Stelio!»

Ares schiacciò la sigaretta in un posacenere che era ormai pieno di cicche e si rilassò contro lo schienale: «A parte che non ho fermato nessuno, a parte questo, se anche lo avessi fatto?».

«Se non lo hai fermato, che ci fa qui?»

«Santovito, lo sto interrogando! Posso o devo chiedere l'autorizzazione al tenente colonnello Friggerio? O magari a te?»

«Lo stai interrogando a proposito di cosa?»

Ares si alzò e anche lui appoggiò le mani alla scrivania: «Cazzo, Santovito! Devo ricordartelo io che qui sono avvenuti tre omicidi?».

«Tre omicidi, e Stelio che ne sa?»

«Stelio è un testimone.»

«Testimone di cosa?»

Ares Amadori non gli rispose; si rivolse a Raffaella: «Aspetta di là» e a Stelio: «Anche tu, aspetta di là!».

«Perché?» chiese Raffaella.

«Perché lo dico io, va bene?»

Risentita, Raffaella uscì. La seguì Stelio che si chiuse la porta alle spalle.

«Testimone di cosa? Primo: Stelio conosceva i due ragazzi morti e li accompagnava spesso in giro per il paese e fuori, assieme ai figli di altri villeggianti. Secondo: Stelio frequentava il Romitto, anzi era l'unico con il quale il vecchio parlasse volentieri.» Tornò a sedere e accese una sigaretta. «Ecco» e sventolò uno dei numerosi fogli sui quali Stelio aveva evidentemente scritto le risposte a domande. Lesse: «"In paese incontrai Claudio che scendeva al fiume. Potevano essere le otto e mezza, nove di sera e gli chiesi dove andasse e mi rispose che andava a cercare il tesoro e che non poteva fermarsi perché lo aspettava il capo". Hai capito? Quello che Claudio chiamava "il capo" era Rino dei Battaglia, il secondo ragazzo che abbiamo trovato morto!».

«Come lo sai?»

Ares cercò un altro foglio e lo sventolò: «Rino dei Battaglia era stato nominato capo dai ragazzi per i loro giochi, forse perché era il più esperto e conosceva il paese e i dintorni e gli altri si fidavano di lui».

«Hai finito con Stelio?»

«È tutto quello che hai da dire?» Santovito non rispose e si avviò per uscire. «Avrò ancora bisogno di Stelio per la firma del verbale, appena sarò riuscito a organizzare tutti questi foglietti e... Una fatica bestia interrogare un muto. Santovito!» Santovito si fermò sulla soglia e lo guardò. Ares gli fece segno di richiudere la porta: «Vorrei che non ti intromettessi più nelle mie indagini. Con tutto il rispetto per le tue spalline d'argento, questa è la mia stazione e ho autonomia operativa. Siamo d'accordo?».

Santovito tornò alla scrivania e si chinò sul maresciallo. «Ascoltami bene, coglione! Non sono io che mi sono intromesso nelle tue indagini. Tu mi ci hai coinvolto e tu mi hai raccontato per filo e per segno proprio appena hai saputo che avevo tre binari d'argento sulle spalline. Tu sei venuto a prendermi alla Mezzacosta quando ti hanno portato il Romitto morto. Io stavo bene dov'ero.»

Ares passò sopra al "coglione": «Ho fatto male. Adesso tirati da parte, maresciallo maggiore!».

«Con piacere, maresciallo Amadori, con piacere dal momento che sono qui in vacanza. Adesso vedremo quello che sai fare!»

Anche nel viaggio di ritorno guidò Santovito. In silenzio, che la discussione con il maresciallo lo aveva fatto arrabbiare come gli era accaduto raramente. Solo poco prima di arrivare alla Mezzacosta Raffaella chiese:

«Che ti ha detto che noi non potevamo ascoltare?»

«Stupidaggini.» Poi a Stelio: «Come mai conoscevi tanto bene il Romitto?». Stelio si strinse nelle spalle e allargò le braccia. «Lo conoscevi da molto?» Con la destra Stelio indicò un'altezza di bambino. «Da quando eri piccolo, ho capito. E come mai?» Stelio si toccò la bocca e gesticolò con la destra. «Ti parlava?» Stelio annuì. «Di cosa?»

Questa volta Stelio ricorse al blocco per appunti e alla

biro che teneva nel cruscotto. Scrisse e passò a Raffaella, che sedeva dietro:

«"Mi parlava delle piante e delle loro virtù e degli animali e mi raccontava storie del passato e di tesori nascosti nelle gallerie sotto l'Abbazia." Ti ha mostrato i tesori?»

Stelio scosse il capo e scrisse: "Nessuno, tranne lui che ne era il custode, poteva vedere il tesoro della Regina Selvaggia, ma me lo ha descritto tanto bene che lo conosco a memoria e potrei disegnarlo".

Raffaella si entusiasmò, come faceva quando le si prospettavano novità: «Perché non lo fai? Perché? Sarebbe meraviglioso vedere l'immagine dei racconti del Romitto. Chissà che non ci aiuti a capire». Si appoggiò contro lo schienale di Santovito: «Che ne dici? Non sarebbe meraviglioso?».

«Sarebbe meraviglioso se non parlassimo più di questa brutta storia.»

Appena sentì il rumore dell'auto, Cleto uscì di corsa.

«Stelio, meno male che ti ha rilasciato! Grazie, signor Santovito, molte grazie.»

«Io non c'entro. Chi le ha messo in testa la storia dell'arresto?»

«Ma... io... lo ha caricato e portato via e allora...» A Stelio: «Adesso devi tornare subito in paese con il Millecento, che sta per arrivare la corriera di Stalin con i sei clienti che aspettiamo!».

Santovito si avviò; Raffaella lo raggiunse e con una spalla lo urtò appena, con complicità: «Ti aiuto a disfare la valigia?».

Lui si fermò e la guardò negli occhi: «Chi ti ha detto che resto? E perché dovrei restare?».

Raffaella distolse lo sguardo, restò un momento pensierosa e poi lo guardò decisa: «Be', hai detto che non vuoi sapere più niente di questa storia. Ragione migliore per goderti le tue vacanze senza altri problemi, no?». Sorrise e la sua espressione fece sorridere anche Santovito. «Poi mi dici chi mi fa compagnia se te ne vai?»

«Ti resta sempre il maresciallo, Ares Amadori, dico.»

«Oh, quello...» fece un gesto nell'aria e tornò seria, come se cercasse le parole. «È che mi piaceva parlare con te, poi...»

«Poi?» Raffaella non rispose. «Non credi che sarebbe meglio se tornassi da dove sono venuto?»

«No. Voglio dire che mi devi ancora raccontare un mucchio di cose, me lo hai promesso. Poi non ho ancora finito il libro che mi hai prestato e...»

«Quello te lo regalo.»

«Non è solo quello. Anch'io ho molte cose da dirti, da discutere con qualcuno che... Ma insomma, cosa sto a insistere!» Si avviò verso la sua casa. «Ma tu guarda,» mormorò «ma tu guarda!»

Era arrabbiata e non sapeva perché. Sapeva solo che si sentiva bene vicino a quell'uomo anche se lo conosceva da poco. La sua calma e la sua maturità la rassicuravano. Ma c'era anche qualcosa in più che la confondeva, che non capiva fino in fondo. «Ma tu guarda» mormorò ancora. «Ma tu guarda!»

Passò il resto della mattina chiusa in casa a leggere un libro che abbandonava spesso per seguire i pensieri, a sfogliare una rivista di chissà quanto tempo prima e trovata fra le cose di Stelio. Sul fornello c'era ancora la macchinetta preparata per un caffè mai fatto e sul tavolo una colazione per due mai consumata.

A mezzogiorno non mangiò.

Aprì la porta.

«Allora? Andiamo a vedere questa fibula?»

«Non sei partito?» Rassegnato, Santovito allargò le braccia ma poi sorrise. «Sono contenta! Vengo subito. Metto le scarpe e...» Non finì e corse in camera, felice.

Il sole del primo pomeriggio picchiava duro, ma gli alberi mantenevano in ombra gran parte della mulattiera e spirava un alito di vento fresco che scendeva dalle cime a sud, verso la Toscana. Santovito posò una mano sulla spalla di Raffaella e si fermò. Si tolse di bocca il sigaro che teneva spento fin dalla partenza dalla Mezzacosta e annusò l'aria attorno.

«Sai, di tanto in tanto mi pare di sentire il profumo del mare. Possibile che arrivi fin qui?»

Raffaella sollevò il viso al cielo, chiuse gli occhi e respirò forte: «No, io non lo sento, ma è possibile».

Santovito le fece segno di ripartire. «È possibile» ripeté. «Ma quello che io riesco a sentire è solo l'odore del tuo sigaro.»

Santovito lo guardò e lo mostrò a Raffaella: «Hai ragione, fumare fra questi boschi è una bestemmia. Anche se, come vedi, non l'ho acceso». Si rimise in marcia. «Sono tanti anni che ormai il mio rapporto con il sigaro è automatico. A volte mi accorgo di fumarlo e non ricordo di averlo acceso.» Lo gettò.

Uscirono nella radura e si fermarono e Raffaella indicò attorno con un gesto:

«Ormai ci sono di casa, qui all'Abbazia. È un po' di tempo che non faccio altro che venirci! Però non pensavo che questi posti dessero tante emozioni. Uno si immagina un tranquillo paese d'Appennino, dove non succede mai niente, invece...»

«Be', emozioni questo paese ne ha date tante anche a me, diversi anni fa. Mai sottovalutare le possibilità di qualsiasi luogo, in fatto di emozioni.»

«Un giorno o l'altro mi racconterai, spero».

«Vogliamo vedere questa spilla?»

«Veramente si chiamerebbe fibula.» E Raffaella si avviò verso le rovine. «In fondo sono un'insegnante, e forse pedante, un poco. Anche se poi hai ragione, fibula suona più arcaico, ha più fascino come nome, ma è solo una spilla di sicurezza, una spilla da balia, insomma. Questa però è d'oro, una spilla da balia d'oro, e di epoca etrusca, per giunta. O almeno così mi è sembrato.»

«Ma il tesoro della regina... come si chiamava, Selvaggia?, non era d'epoca longobarda?»

«Non è detto. Cosa vuoi mai, Selvaggia è un personaggio del Trecento e non è mai stata regina. I Longobardi sono di sei secoli prima, ma le leggende confondono i dati, mescolano, inventano. E chissà se questo tesoro è mai realmente esistito... Però la fibula io l'ho trovata. Adesso te la faccio vedere.»

Entrarono, percorsero il corridoio e nel locale dove aveva abitato il Romitto Santovito si guardò attorno e fischiò piano:

«Ma tu guarda, come si fa a vivere in queste condizioni?» Toccò col piede la pentola annerita. «E si faceva anche da mangiare!» Indicò il primitivo alambicco: «E qui? Cosa faceva? Distillava, ma l'alambicco è piccolo. Cosa distillava?».

Raffaella indicò un vasetto: «Erbe, fiori selvatici, forse per medicamenti naturali. No, il Romitto non era solo un matto, come lo credevano in paese. Ma vieni di là».

Entrarono nell'altra stanza e Raffaella la indicò con ampio gesto del braccio, la mano col dorso in basso. «Ecco la camera da letto del Romitto. Guarda dentro quella cassapanca.» Ma appena Santovito si chinò e fece per aprirla, lo fermò: «Aspetta, aspetta un momento! Io l'avevo lasciata aperta! E i libri a terra! Ti ho detto che sono scappata in fretta, no?». Santovito annuì. «Allora?» E la domanda le uscì con un filo di voce.

«Allora...»

«Sei certo che il Romitto... che il Romitto...» Non finì la frase e nella penombra della stanza il suo viso era pallido e gli occhi spalancati.

Per tranquillizzarla Santovito le sorrise: «Vuoi dire se il Romitto è morto veramente? Be', Ares e Ligera ne sono sicuri. Forse sei tu che non ricordi bene...».

Raffaella se la prese: «No, non me la racconti! E io non sono così... Insomma, ricordo benissimo che...».

«Va bene, va bene, non ti arrabbiare che adesso vediamo.» E di nuovo si chinò sulla cassapanca e l'aprì. «È piena di libri...»

«... che io avevo lasciato sul pavimento, accidenti!»

Santovito ne spostò alcuni: «Ma la fibula dov'è?».

Anche Raffaella si chinò: «L'ho lasciata cadere lì dentro, come una stupida. Quando ho sentito quel rumore... Dovrebbe esserci, accidenti!» e con le mani, impaziente, frugò fra i volumi.

Santovito si alzò, le posò le mani sulle spalle e la guardò in viso: «Adesso ti metti calma e cerchiamo, va bene? Se c'era, ci sarà ancora, no?».

«Va bene, va bene, sto calma, ma cerchiamo!» E si chinò a sollevare i volumi, a posarli a terra, scuotendoli anche, fino a che la cassapanca rimase vuota. Allora si alzò, guardò Santovito: «Io... io ti giuro che c'era!».

«Ti credo, ti credo, non sei una da visioni. C'era una volta, or non c'è più, come nella canzone. Qualcuno evidentemente l'ha presa.» E per allentare la tensione: «Una personcina perbene, no? Ha rimesso perfino a posto i libri».

Ma lei non sorrise. Mormorò: «Il Romitto?».

«Il Romitto è morto, Raffaella.»

«Allora... allora chi? Oddio, una spilla d'oro può fare gola a tutti.» Si passò la mani fra i capelli. «Vuol dire che qualcuno mi ha seguita... C'era qualcuno, l'ho sentito...»

Santovito le posò ancora le mani sulle spalle, la sentì tremare e le sorrise: «So a cosa pensi, a quei morti. Ma non è detto che la persona che hai sentito sia la stessa che ha... Forse era un curioso, che poi ha trovato la spilla e se l'è intascata. Vieni, usciamo, c'è aria stagnante, qui, vieni a prendere una boccata d'aria che sei pallida come...» sorrise ancora «come una morta».

«Sto bene, non preoccuparti. Comunque sì, usciamo, qui dentro non abbiamo più niente da fare.» Si avviò, ma tornò alla cassapanca e rimise a posto i libri. «Non lasciamoli così, non facciamoli sciupare.»

Santovito la guardò deporre con cura i volumi e mormorò: «Chi è stato qui prima di noi è uno come te, uno che ha studiato e ama i libri».

Fuori rimasero a lungo in silenzio, appoggiati al grande masso dinanzi all'Abbazia. Santovito accese un sigaro e soffiò sul fiammifero prima di lasciarlo cadere. Indicò l'erba bruciata:

«Qualcuno ha acceso un fuoco, forse i ragazzi. Bisogna stare attenti, che con questo caldo c'è pericolo di incendiare tutto.»

Raffaella non lo ascoltava. Guardava la facciata sbrecciata dai secoli e finalmente riprese il colore naturale.

«Va meglio?» Raffaella annuì. «Che c'è ancora? Pensi sempre...»

«No, quella facciata: non ti sembra affascinante?»

Santovito guardò: «Come le altre che ho visto».

Raffaella si scostò dal masso e si avviò: «Entriamo. Non ci siamo mai stati».

Santovito la seguì. «Ma da dove si entra? Il portale sembra chiuso. Possiamo provare se è possibile dalla parte del portico. C'era il tedesco, lì, l'altra volta, ma ora che ci penso non veniva da fuori. Forse c'è una porta.»

C'era ed entrarono in una stanza completamente spoglia, in fondo alla quale si apriva una porta che li fece arrivare in chiesa. La luce della bifora e di altre alte finestrelle laterali, fortemente strombate, la illuminavano appena, lasciandola quasi tutta in penombra.

Erano nell'abside, semicircolare, da dove si allungava la pianta rettangolare dell'edificio, privo di qualsiasi arredo, se si esclude quello che restava di un altare e una semplice acquasantiera in sasso dalla parte opposta, accanto al portone principale chiuso; i muri avevano quasi completamente perso l'intonaco, mostrando per lunghi tratti la pietra a vista, solcata dalle strisce che lasciava l'acqua piovana filtrata dal tetto a capriate e la neve che si scioglieva coi primi caldi di primavera.

Ma anche così spoglia, o forse proprio per quello, anche l'interno aveva un fascino particolare, di cose un tempo vissute e ora, per motivi remoti, abbandonate, che però conservano in qualche modo la presenza di chi quella chiesa aveva frequentato, ci si era forse sposato o c'era stato accompagnato per l'ultima volta.

Nel silenzio, il frinire delle cicale arrivava fino a loro.

«Non c'è molto» disse infine Santovito.

Raffaella si guardava attorno e disse sottovoce: «Sembra impossibile! Così... nuda. Non era certo una costruzione grandiosa, ma avrà pur avuto una sua vita. Ora sembra morta». Anche se mormorate, nell'edificio vuoto le parole risuonavano di eco e il rumore dei passi di Raffaella rimbalzava contro le pareti. Calpestò qualcosa, forse una pietra, che si mosse sotto il suo peso e risuonò sul vuoto.

«Ehi!» Si fermò e si chinò. «Vieni a vedere, c'è una tomba, qui, e c'è anche una lapide!» Santovito la raggiunse. «C'è scritto qualcosa... Non si riesce a vedere bene. C'è uno stemma, mi sembra. Sì, è uno stemma a scacchi, dovrebbe essere della città di Pistoia. E c'è anche inciso un nome. Aspetta...» Si inginocchiò accanto alla lapide. «Vannuccius Ra... Rainerii... Il resto è consumato. Forse era un capitano reggente, o qualcosa di simile, forse anche un religioso. Non vedo date ma...» e sollevò lo sguardo. «Ehi, tu non segui la lezione, ti distrai.» Finalmente tornò a sorridere, il volto rilassato. «Cosa stai guardando?»

Santovito aveva smesso di tirare dal toscano, che andava spegnendosi tormentato fra le dita, e guardava la lapide.

«Mi scusi, signorina professoressa, ma c'è qualcosa che non torna. Vedi i bordi della lapide? Dovrebbe essere lì da secoli, saldata al pavimento, e invece, vedi?, tutt'attorno c'è lo spazio di una fessura, come se fosse stata sollevata da poco.» Salì sulla lapide e spostò il peso del corpo in modo da provocare ancora il rumore che aveva incuriosito Raffaella. Si chinò: «E qui, guarda, ci sono dei segni come se qualcuno avesse fatto leva e l'avesse sollevata».

La curiosità aveva preso il posto del timore e Raffaella si entusiasmò: «Dài, solleviamola anche noi!».

«Sì, è una parola! Ci vorrebbe un palanchino o una vanga. Come faccio a trovare...» Cercò attorno con lo sguardo. «Ehi, ma aspetta! Bleblè, sai quel tipo che hai conosciuto alla fontana? Abita poco distante e possiamo andare a chiedere a lui.»

«Dài, che andiamo! Non vedo l'ora di guardare dentro la tomba!»

Il sole ancora alto li accecò per un istante. Santovito si fermò nello spiazzo e guardò l'Abbazia:

«Sai che ti dico? Credo che il fulcro delle indagini sia proprio qui.» Si incamminò: «Un'impressione, niente altro. Mi sbaglierò ma...». Si fermò di nuovo e gettò a terra il sigaro. Era spento da un po', ma per maggior sicurezza lo calpestò. «Il fulcro delle indagini è qui, ma come faccio a spiegarlo a quel... ad Ares? Ci vorrebbe un miracolo.»

«E tu diglielo. Chissà che non arrivi, il miracolo.»

«Ne dubito, ne dubito molto, quello ha una testa...»

XVI

Bleblè, la Borda, il Romitto e altro

In quei giorni di montagna e di camminate, anche se pochi, avevano rotto il fiato e non provavano più l'affanno delle prime passeggiate. Ancora distanti dalla Ca' Rossa sentirono, prima attutito dalla distanza e poi distinto, il suono ritmico di ferro contro ferro: nell'aia dinanzi a casa Bleblè rifaceva il filo a una falce fienaia battendola con il martello su una piccola incudine a chiodo piantata nel terreno. Prima ancora di vederli, li sentì il suo istinto di montanaro e smise di battere:

«Abbiamo visite» disse.

«Non si offre più da bere alla gente assetata? Cos'è che picchi che ti si sente fin da valle?»

Bleblè gettò la falce e posò il martello: «Ho un campo d'erba spagna qua dietro casa che è tutto un sasso, e appena mi metto a segare l'erba, la frina...».

«Cos'è?» chiese Raffaella. «La frina?...»

«Sì, la falce, dico, si riempie di denti e non lavora più. È il bello di avere terra in montagna.» Si alzò. «Venite, andiamo dentro che da me un bicchiere c'è sempre. E bello fresco.» Si avviò. «Ma come mai siete qua?»

Lo seguirono in casa. Bleblè aprì una credenza a muro, tirò fuori un fiasco e versò in tre bicchieri. Santovito alzò il suo:

«Alla salute» fece. Schioccò le labbra. «Noo, niente in particolare. Una cosa: avresti una vanga da prestarci?»

Bleblè corrugò la fronte: «Perché una vanga?».

«Non ti preoccupare che non ti rubiamo il mestiere, ma alla signorina, qui,» e indicò Raffaella «è venuta la curiosità di vedere cosa c'è in quella tomba giù all'Abbazia, e così...» e fece il gesto di scalzare qualcosa con una leva.

Bleblè sollevò il cappello che sempre aveva piantato sul capo e si grattò la testa. «È strano che mi chiediate questa cosa. È che me l'hanno chiesta uguale giorni fa.»

«E chi?»

«È venuto da me quel ragazzo. Quello...» storse la bocca «quello che poi è morto annegato, Rino dei Battaglia. Gli avevo detto di no, che non avevo tempo e che dovevo fare la posta a una faina che ogni notte mi entrava nel pollaio e si portava via una gallina. E poi, sai, dare la roba ai ragazzi, che poi te la strascinano, te la perdono. Ha insistito tanto, pareva che fosse così importante e allora per non stare a farla lunga gli ho dato una vanghetta militare, sai quelle vanghette del tempo di guerra...»

Raffaella puntò l'indice contro Santovito e gridò: «La pala da boy-scout!».

«Che pala e che boy-scout?»

«Ma sì» rispose Santovito per la ragazza. «Raffaella, qui, aveva trovato una vanghetta come quella che dici tu, giù vicino all'Abbazia, ma poi è sparita.»

«Spariscono troppe cose, da quelle parti» mormorò Raffaella. «Che siano stati i due ragazzi ad aprire la tomba?»

«No, troppo pesante per loro. Certo se ci fosse stato un uomo, che poi...» Santovito tacque per un po'. «Ma no, dài.»

Bleblè posò il bicchiere sul tavolo e uscì: «Sarà meglio andare a vederci dentro a questa tomba, che dite. Che poi non sapevo nemmeno che ci fosse una tomba».

Entrò un momento nella baracca di fianco alla casa e ne uscì con un palanchino e una vanga. Si mise il ferro su una spalla e porse la vanga a Santovito, poi si incamminò per il sentiero, con gli altri dietro, in fila indiana.

All'Abbazia c'era il solito silenzio e ora che il sole volgeva al tramonto anche le cicale si erano zittite. Un colpo di clacson giù, verso la statale, ruppe per un attimo quel silenzio.

«Si passa di qua» disse Santovito indicando il portico.

«Lo so, lo so» brontolò Bleblè e dentro andò dritto alla lapide. «Adesso provo ad alzarla col palanchino, poi, appena si scalza, tu mi aiuti con la vanga, giusto?» Provò a inserire il palanchino nella fessura, ma i denti dell'arnese erano troppo grossi e non facevano presa. «No, niente da fare. Prova a darmi la vanga.»

La infilò perpendicolare e la lama sottile entrò perfettamente; Bleblè si chinò un poco per fare lo sforzo e la lastra di pietra si sollevò piano. Arcuò la schiena e spinse la lastra di lato poi, facendo ancora leva, ne spostò uno spigolo sul pavimento. «È pesa, ma non tanto.» Col piede la spostò ancora.

Sotto si apriva una fossa di circa mezzo metro e i tre si chinarono a guardare. Santovito accese un fiammifero e illuminò.

«Ma non c'è proprio niente!» esclamò Raffaella molto delusa.

In silenzio rifecero assieme un tratto di mulattiera e prima di separarsi, Bleblè doveva prendere il sentiero a sinistra, si fermarono per salutarsi.

«Be', scusaci se ti abbiamo tolto dal tuo campo di spagna da segare per una cosa tanto...»

Bleblè spostò il cappello sulla fronte, posò a terra la punta del palanchino e vi si appoggiò: «E che accidenti pensavate di trovarci, là, dentro quella tomba?».

«Be', non lo so» disse Raffaella. Sorrise. «Chissà, io speravo molto nel tesoro della Regina Selvaggia. Sa, Bleblè? Io credo ancora nelle favole.»

Per un pezzo di sentiero nessuno dei due parlò. Poco prima di arrivare, Santovito si fermò e si chinò a spegnere il sigaro sfregandone la punta su un sasso che sporgeva dal terreno. Mormorò:

«Meglio non correre rischi.» E sotto la suola calpestò quanto era rimasto. «E io che avevo giurato di non occuparmi più di questa storia!»

«Hai ragione, da domani si va a prendere il sole, a nuotare e non ci si pensa più. D'accordo?»

«Sì, e dove?»

«Ma come dove? Al lago, no? Non mi dire che non ci sei mai stato!»

«Veramente, quando ero da queste parti, a nuotare non ci andava quasi nessuno. Io poi non avevo proprio il tempo.»

«Non tirarmi in ballo delle scuse. Non sai nuotare, per caso?»

Santovito pensò al mare del suo paese e alle nuotate che, fin da bambino, ci aveva fatto. «Ma no, nuotare so. Non dimenticare che sono nato in un paese di mare e laggiù nuotare è come camminare.»

«Allora, che storie fai?»

«È che non ho il costume da bagno.»

Raffaella si piantò a gambe larghe in mezzo al sentiero: «C'è un negozio di abbigliamento in paese. Ti ci accompagno e...».

«No, grazie, faccio da solo.»

La giornata era ideale per una nuotata: non un filo d'aria, il cielo pulito e il sole caldo. Si erano dati appuntamento al bar perché Santovito voleva scendere prima e da solo per comprare il costume da bagno.

Indossava pantaloni e maglietta e teneva l'asciugamano arrotolato sotto il braccio. Prima di entrare nel negozio di abbigliamento guardò la vetrina dove, fra pantaloni e magliette e camicie, si poteva notare qualche raro costume da bagno.

Alle dieci, puntuale, Raffaella si presentò al bar, in prendisole e con una sacca appesa alla spalla: «Allora, l'hai trovato il costume?».

«Per trovarlo l'ho trovato, ma non so se avrò il coraggio di indossarlo.»

«Perché? Mi sembri in piena forma. Fammi vedere il costume.»

«Solo al lago. Non è che avessero un grande assortimento, in negozio. Il migliore che c'era sembrava quello di mio nonno. È un po' datato, intendo.»

«Bene, tutta una sorpresa, quindi, vuoi sbalordirmi. Andiamo, che non vedo l'ora.»

«Non vuoi bere qualcosa, prima?»

Raffaella negò con il capo, Santovito pagò la sua consumazione e si incamminarono.

Il fiume era stato sbarrato, alla fine degli anni Venti, da una diga, per fornire energia elettrica alle ferrovie che stavano proprio allora cambiando il tipo di trazione, e il paesaggio era mutato, dopo l'allagamento della vallata, con quello specchio d'acqua lungo un paio di chilometri e largo, nel punto più ampio, un chilometro. In estate i villeggianti avevano preso l'abitudine di frequentare il bacino, bagnarsi e prendere il sole, sistemandosi fra i pioppi, i salici, gli ontani spontanei e le conifere che erano state piantate tutto attorno, perché non c'erano strutture. Solo a poca distanza dalla riva, un tale Michele, l'ultimo della famiglia dei mugnai che per secoli avevano tenuto il mulino proprio dove le acque avevano coperto la vallata, aveva sistemato un piccolo chiosco in legno e lamiera e alcuni tavolini in ferro e vendeva panini e bibite. Un filo volante correva fra i rami degli alberi e portava la corrente per un enorme e vecchio frigorifero e un'altrettanto enorme e vecchia radio. Il chiosco era abusivo, ma le autorità chiudevano un occhio perché Michele doveva pur vivere in qualche modo. E poi faceva comodo ai villeggianti. Lo aiutava una donna grassa e già in età, forse la moglie.

Soffiava una brezza piacevole e leggera, la superficie d'acqua era calma.

Passarono accanto a un gruppo di giovani che, in uno slargo erboso del sentiero, arrostivano salsiccia su una graticola improvvisata e, agli accordi di una chitarra, alcuni cantavano *Il tuo bacio è come un rock*; altri, in piedi, si agitavano svitati alla maniera di Celentano.

Vicino alla baracca la radio a tutto volume copriva la canzone dei ragazzi.

«Dov'è...» La ragazza si guardò attorno. «Non c'è un posto per cambiarsi?»

«Temo proprio di no» e Santovito indicò il sottobosco. «Comunque ci sono tanti cespugli e con un buon asciugamano... Io farò la guardia.»

«Va be', vado io» e Raffaella si allontanò. «Vuol dire che dopo ricambio la cortesia.»

«Non c'è bisogno, mi spoglio qui, vai pure.»

In costume da bagno i due si guardarono. Raffaella rise: «È vero, non è proprio all'ultima moda, comunque va bene».

«L'avevo detto, io, ma hai ragione e il suo dovere di costume lo farà. Andiamo a nuotare?»

Raffaella guardò dubbiosa l'acqua. «Subito, così? Non dev'essere tanto calda, aspettiamo un po'.»

«Aspettare cosa? Non sai che questo è il momento migliore per una bella nuotata? Dài, vieni!» ed entrò senza esitazioni nell'acqua fino alle cosce. «Calda proprio non è, ma una volta dentro sarà piacevole.» Bagnò le mani e se le passò sullo stomaco e sulle spalle. «Io mi butto» e si gettò allontanandosi di poche bracciate. Si girò poi sulla schiena, la testa fuori dall'acqua, per urlare: «Vieni! Si sta benissimo!».

«No, ho paura che tu mi rida dietro. Accidenti, tu batti un crawl perfetto e io sfigurerei.»

«Crawl? Dalle mie parti lo chiamano stile libero. Ma dài, vieni che ti insegno!»

Lo raggiunse e sguazzarono senza allontanarsi molto da riva, ma dopo poco Raffaella si abbracciò le spalle: «Io esco, comincio a sentire freddo».

Uscirono e lui le frizionò a lungo la schiena con l'asciugamano.

«Mi è venuta fame» disse. «Andiamo a farci un panino?»

Sedettero e ordinarono a Michele due panini e nell'attesa sorseggiarono la birra ascoltando la radio che mandava a tutto volume l'ultima canzone di Fred Buscaglione.

«Poveretto, era bravo e mi piaceva» disse Raffaella. «Finire così contro un camion. Era ancora giovane!»

«È un brutto anno, è toccato anche a Fausto Coppi.»

«Già, anche lui, poveretto. La Dama Bianca... Non mi interesso di ciclismo, ma so che era un campione...»

«Grandissimo. Com'è quella frase?» Santovito socchiuse gli occhi per ricordare. «"Un uomo solo al comando, la sua maglia è biancoceleste, il suo nome è Fausto Coppi." Ho sempre tifato per lui. L'Italia sembrava divisa in due, quasi peggio che fra comunisti e democristiani. Coppi e Bartali. Di solito chi teneva per Bartali era gente dell'ambiente di Chiesa, dell'Azione Cattolica, insomma. Io non lo sono mai stato, veramente. Ma sai, non credo c'entri molto, il tifo non è cosa ragionevole. Ti interessi di calcio?»

«Poco o niente. So che la Spal, la squadra della mia città, quest'anno è arrivata quinta, ma mi fermo lì.»

«Be', siamo pari. Anch'io so che il Napoli si è salvato, ma mi fermo lì.»

Arrivò ciabattando la donna grassa che posò sul tavolino un pezzo di carta gialla e sopra due grosse fette di pane toscano imbottite di prosciutto tagliato a coltello. Mangiarono in silenzio.

Si avvicinarono dei ragazzini, di corsa e urlando; si tolsero rapidamente i pantaloncini corti e le magliette e si gettarono in acqua, spruzzandosi e starnazzando. Qualcuno, più coraggioso, provava qualche inesperta bracciata alla cagnolina.

Per un po' la donnona del chiosco li guardò e quando ne vide due allontanarsi troppo, corse fuori e urlò:

«Oh Nevio, oh Franco! Fate attenzione, lo sapete che c'è la Borda che vi può prendere e tirare sotto! Non allontanatevi troppo da riva!»

Non ottenne alcun risultato e li lasciò perdere e tornò dentro scuotendo il capo e borbottando.

«I tempi sono cambiati» mormorò Santovito all'orecchio di Raffaella. «Le nuove generazioni non hanno più paura di niente, figurarsi della Borda.»

«Non è meglio?»

«Non saprei.» Indicò i giovani: «Di sicuro se credessero nella Borda, avrebbero un po' di timore e non rischierebbero di annegare».

«Credo sia proprio questo il motivo della presenza di tanti mostri nei luoghi più pericolosi. Qui c'è la Borda, al Sud i fiumi più impetuosi e i laghi sono infestati da draghi e il risultato è lo stesso: la gente ne sta alla larga. Pensa ai torrenti che improvvisamente cambiano volto e da tranquilli che erano si trasformano in veri e propri incubi».

«Mi hai convinto.» E Santovito si accese un sigaro.

«Non sono stata io a convincerti. Ne scrive un tale, Norman Douglas. Per lui il drago delle acque sta nascosto nelle profondità e, insonne, tiene gli occhi eternamente aperti... ed ecco l'eterno scintillio delle acque. Il drago, o la Borda nel nostro caso, divora chi osa sfidare la sua esistenza. Da qui a diventare custode di tesori sommersi o nascosti nelle caverne più profonde, ci vuole poco.»

«Be', qui, a quanto pare, il tesoro lo custodiva il povero Romitto. Adesso non c'è neppure lui e il tesoro è alla portata di tutti.» Aspirò dal toscano e cercò di mandare il fumo dalla parte opposta a dov'era seduta Raffaella, ma il vento spirava contrario. «Mi spiace.»

«Non mi dà fastidio, davvero! Annuso il fumo del tuo sigaro e mi piacerebbe saper fumare.»

«Faresti uno scarso affare. Ma a proposito di Borda, in paese c'è una donna, una certa Cesira, che pare sappia tutto della Borda. Chissà se è d'accordo con le ipotesi del tuo... Come si chiama?»

A Raffaella brillarono gli occhi: le parole di Santovito avevano risvegliato la sua curiosità di ricercatrice. Si alzò di scatto:

«Andiamo a parlarle. Andiamo!»

«Sì, e cosa le chiedi? Se conosce quel tale della teoria sui draghi?»

«Non ti preoccupare, qualcosa da chiederle lo troverò. Sai dove abita?»

Santovito si alzò controvoglia: stava bene seduto ai bordi dell'acqua calma del lago a fumare in pace e a guardare l'occhio scintillante del drago. O della Borda.

«Be', se proprio ci tieni...»

«Ci tengo sì» e Raffaella si alzò. «È il nome, Borda, che è interessante. Lo sai che a Bologna, nella chiesa di Santa Maria della Vita, c'è una *Pietà* di Niccolò dell'Arca. Uno stupendo gruppo in terracotta e i bolognesi chiamano borde le pie donne raffigurate mentre sembrano urlare disperate. Chissà se c'è una relazione?»

«Prova a chiederlo alla Cesira. Chissà che non abbia la risposta» e andò a pagare panini e birre.

Il sentiero li portò nell'aia. Santovito ricordava bene la Cesira, già avanti con gli anni quando lui era maresciallo e, di lontano, non gli parve cambiata. Seduta all'ombra della casa, lavorava con quattro piccoli ferri attorno a una calza che andava prendendo forma e, accanto a lei, un'altra donna anziana era intenta a un lavoro a maglia. Il veloce movimento dei ferri tesseva nell'aria una leggera trama e il silenzio era appena rotto dal lontano scorrere dell'acqua del torrente Guelfa e, di tanto in tanto, dalle parole che una delle due diceva all'altra senza sollevare il viso dal lavoro.

«Buongiorno, Cesira, ti ricordi di me?»

La Cesira fermò i ferri, guardò fissa Santovito e poi: «Mi ricordo sì. Io mi ricordo sempre di un bell'uomo. Non sei cambiato per niente e senza divisa sei ancora meglio, maresciallo».

«Ti ringrazio, Cesira. Questa è Raffaella e vorrebbe chiederti...»

La Cesira guardò Raffaella e interruppe: «Ci hai messo del tempo, ma te la sei scelta bene». Poi indicò la donna accanto: «Questa la Maria di Caio. Te la ricordi la Maria di Caio, maresciallo?».

«Me la ricordo. Come va, Maria?»

«Si tira avanti, si tira avanti alla meglio.»

«Adesso vado a prendere due sedie...»

«Non importa» disse Raffaella e tese la mano alla Cesira e dopo alla Maria di Caio. Non era nelle loro abitudini e strinsero la mano di Raffaella con delicatezza, quasi con imbarazzo. Da quelle parti ci si saluta alla voce ed è tutto.

«Allora un bicchiere.»

«Non per me, grazie» disse Raffaella.

«E per te, maresciallo?»

Da un po' Santovito aveva rinunciato a spiegare la storia del maresciallo. «No, grazie, Cesira. Fra poco si va a tavola. Non immagini perché Raffaella sia venuta a parlarti.»

«Non lo immagino no» e intanto sia la Cesira che la Maria di Caio avevano ripreso a mulinare i ferri con l'armonia di antichi gesti imparati da bambine e ripetuti a memoria.

«Mi piacerebbe sapere qualcosa della Borda.»

Le due donne anziane sospesero il lavoro per guardare la ragazza.

«Qualcosa della Borda? E cosa c'è da sapere della Borda?» chiese poi la Cesira.

«Cosa ne sa, lei?»

«Ne so quello che ne sanno gli altri.»

«E cosa ne sanno gli altri?» Si ripeteva l'antico gioco di parole di chi immagina che il prossimo sappia quello che tutti sanno. «Voglio dire: com'è fatta la Borda? Cos'è, un animale o una persona? Dove si nasconde? Perché non si fa vedere? Qualcuno l'ha vista? Quando è...»

Per fermare quella interminabile fila di domande, la Cesira sollevò la destra: «Eeh, quante domande, e tutte in una volta. Si vede che non sei di queste parti». Finì l'ultimo giro del calzino, raccolse i ferri e li infilò nel gomitolo, posò a terra il lavoro, intrecciò le mani sul grembo e si preparò a un lungo discorso. «Com'è fatta. È fatta come tutte le Borde di questo mondo e non è né un animale né una persona, si nasconde nell'acqua e non si fa vedere perché chi la vede o diventa matto o viene tirato sotto e allora, addio.» Sospese per guardare il viso della ragazza e per capire se tutto fosse chiaro. Soddisfatta continuò, felice che finalmente qualcuno si occupasse della Borda. «Nella mia famiglia c'è stato uno che l'ha vista, ma tanti, tanti anni fa che io non ero ancora nata. Se ne parlava quando ero bambina. Si chiamava Vitullo e faceva il boaro, sempre nella stalla, ma un bel giorno, stanco di stare nella stalla, salutò tutti e se ne andò. Lo trovarono un mese dopo, tutto stracciato e malnetto, che girava per i boschi come un matto e ripeteva: "La Borda, la Borda, ho visto la Borda...". Non si riprese più e rimase tocco per tutta la vita.» Santovito sorrideva e la Cesira agitò la destra a mezz'aria. «Tu sei come quel maresciallo che ci hanno mandato... Come si chiama?»

«Eh no, cara Cesira, questo non lo devi nemmeno pensare!»

«Comunque sia, tu non ci credi. E allora avresti dovuto vedere com'era mangiucchiato quel povero ragazzo che la Borda ha tirato sotto durante la guerra. Io l'ho visto e ho visto anche Rino dei Battaglia. Uguali: la faccia mangiata dalla Borda.» Tornò a Raffaella. «Non sono matta, ti dico quello che so.»

«Io ci credo che non è matta, Cesira, e mi interessa molto quello che dice.»

La Cesira tornò a Santovito: «Sai che è una ragazza simpatica?». Poi a Raffaella: «Vedi la Maria di Caio, qui? È stata lei a trovare il ragazzo durante la guerra e ha visto come la Borda l'aveva ridotto. Oh Maria, diglielo un po'!».

La Maria di Caio scosse il capo continuando a far ballare i ferri. «Cosa vuoi che dica? Sono passati tanti di quegli anni...» Sospese il lavoro e, per ricordare meglio, socchiuse gli occhi. «Erano tempi maledetti! Mio marito l'avevano preso quelli della Todt per lavorare alla linea Gotica. Prendevano tutti quelli che o non si erano dati alla macchia o non erano sotto le armi. E Caio non si voleva certo dare alla macchia, con le idee che aveva. Con le idee che gli avevano messo in testa.»

Intermezzo

Caio le disse: «Domenica andiamo a donare l'oro alla Patria».

«Oh Caio, non ne abbiamo di oro noi.»

Caio le mostrò la fede che teneva al dito: «E questo cos'è?».

La Maria ci rimase male e guardò la sua di fede e disse: «Oh, non vorrai... non vorrai che me la tolga e la dia... Me l'hai messa tu dinanzi al prete, quando ci siamo sposati!».

Caio non aggiunse altro e uscì per andare a lavorare. Lavorava alla canapiera, giù a valle.

Prima della guerra lavoravano la canapa e il lino e ne facevano dei lunghi teli e spaghi che spedivano via cavallo prima e via treno poi. L'avevano costruita sulle rive del fiume e utilizzava l'acqua per la produzione della corrente elettrica e per la lavorazione della canapa. Ci lavorava praticamente tutta la montagna e i proprietari avevano costruito un villaggio per gli occupati, una scuola, un asilo e un'infermeria per gli infortuni sul lavoro, che però veniva usata anche dalla gente dei dintorni.

Negli ultimi anni di guerra la canapiera produsse materiale bellico come teli per tende militari, stoffe per divise, teloni per veicoli... E forse per questo gli aerei alleati cercarono di bombardarla in varie ondate.

Caio era stato assunto che la guerra non era ancora scoppiata e il giorno dopo il responsabile politico gli disse:

«Adesso che il Partito ti ha dato un lavoro, tu devi prendere la tessera del Fascio».

«Ma io non so niente di Fascio e non Fascio.»

«Domani sera vieni alla Casa del Fascio, che parla il federale, e capirai cos'è e cosa non è.»

Caio andò, ascoltò, non capì del tutto ma tornò a casa se non convinto, almeno indeciso soprattutto perché non riusciva a comprendere il motivo delle "inique sanzioni" che il mondo aveva deciso di adottare contro l'Italia e quindi contro di lui e contro la sua famiglia. E così quando in filanda comunicarono che:

"Domenica 28 ottobre 1936 – XIV – Giornata della Fede, le coppie sposate offriranno alla Patria le loro fedi nuziali per dimostrare al mondo intero il loro sdegno per la ingiustizia commessa contro l'Italia rea di procurarsi la vita e di espandere la propria millenaria civiltà",

Caio disse alla moglie:

«Domenica andiamo a donare l'oro alla Patria.»

Andarono e donarono, ma quando la Maria sfilò la fede per deporla nel catino che ne conteneva altre, fu come se si fosse strappato un pezzo di carne dal corpo.

Un tale in camicia nera e fez la ringraziò in nome del Duce, le mise all'anulare una fede in acciaio e la salutò con il braccio teso. Le consegnò anche una ricevuta:

DECIMA LEGIO-FEDERAZIONE DEI FASCI
DI COMBATTIMENTO BOLOGNA

Porretta, li 28 ottobre 1936

FASCIO DI COMBATTIMENTO DI PORRETTA

Benedetti Maria in Comini in segno di protesta contro le ingiuste e inique sanzioni, offre alla Patria la propria Fede del matrimonio. Colla presente potrà ritirare gratuitamente una fede di acciaio.

IL COMMISSARIO DEL FASCIO

Ma non bastò a sconfiggere le inique sanzioni e, dopo la fede, il Partito chiese a Caio il suo argento (non ne aveva e non ne consegnò), il suo bronzo, il suo rame, il suo ferro...

Qualche anno dopo gli prese anche la bicicletta e Caio cominciò a dubitare del Fascio, ma non lo disse. Andò così: per scendere in filanda usava la bicicletta. All'andata nessun problema che la strada era tutta in discesa. Il ritorno lo faceva in gran parte a piedi.

All'inizio della salita una pattuglia dell'essesse lo fermò e gli chiese i documenti. Li mostrò, ma prima di lasciarlo ripartire, il sergente gli strappò di mano la bicicletta e gli gridò:

«Requisita! Raus, raus!»

Tornò in filanda e spiegò che nei prossimi giorni gli sarebbe stato difficile scendere a lavorare. Caio era un tipo che il suo lavoro lo sapeva fare e il capo operaio ne parlò con il comandante tedesco e questi mandò in giro una sua auto che rientrò poco dopo con la bicicletta recuperata. Gliela riconsegnarono con un cartello in legno compensato legato al manubrio. Nel cartello, una scritta in tedesco avvertiva che il proprietario della bicicletta lavorava a una produzione di interesse bellico, che il veicolo era un suo strumento di lavoro e che pertanto non poteva essere requisito.

Il giorno dopo gli fecero avere un lasciapassare da esibire in caso venisse fermato di nuovo dalla pattuglie tedesche o repubblichine:

GUARDIA NAZIONALE REPUBBLICANA
LEGIONE TERRITORIALE DEI CARABINIERI
DI BOLOGNA
DISTACCAMENTO DI PORRETTA

Il signor Comini Caio di Giuseppe, titolare della Carta d'identità n° 12.387.512 rilasciata il 13-10-1943 è autorizzato a circolare in bicicletta nel territorio della Provincia di Bologna. Il presente permesso non autorizza la circolazione durante le ore del coprifuoco.

A Porretta, li 2 Mar. 1944-XXII

IL MARESCIALLO MAGGIORE A PIEDI
COMANDANTE DEL DISTACCAMENTO

Per maggior tranquillità di Cleto, il comandante tedesco gliene fece avere un altro scritto nella lingua degli occupanti-alleati che cominciava così:

ARBEITSAUSWEIS
BESCHEINIGUNG

Inhaber (in) Bescheinigung darf ohne Zustimmung der Militaerkommandantur...

e finiva:

MILITAERCOMMANDANTUR 1012
MILITAERVERWALTUNGSGRUPPE ARBEILUNG
ARBEIT

Non seppe mai cosa volessero dire quelle parole. Anche perché una brutta sera, durante un rastrellamento e nonostante il cartello legato sul manubrio e tutti i permessi di cui lo avevano dotato, lo fermarono, lo caricarono su un automezzo militare e lo spedirono sulla linea Gotica a lavorare per il Führer.

Non tornò. Saltò su una mina che i tedeschi avevano interrato vicino al cantiere per difendersi dalle incursioni di quelli che chiamavano "ribelli".

Aveva avuto il tempo per dare il suo piccolo contributo alla manutenzione della linea Gotica, una delle tante linee difensive che sono sempre state un po' la fissa dei politici e dei militari dal Diciotto in poi: linea Hindenburg, linea Maginot, linea Sigfrido, linea Gotica. Un insieme di reticolati, ostacoli anticarro, campi minati, nidi di armi leggere e pesanti, sotterranei in cemento armato e acciaio...

Non servirono a nulla. La Hindenburg fu rotta nel settembre del Diciotto dopo otto giorni di massacro; la Maginot non prevedeva che i tedeschi arrivassero dall'altra parte, da dietro, e quando si presentarono, i francesi non avevano neppure una mitraglia puntata in quella direzione; la Sigfrido la superarono gli americani nel Quarantacinque e la linea Gotica non servì che a rallentare l'avanzata degli Alleati e quindi a provocare una quantità di morti in più e a prolungare i drammi della guerra per gente che aspettava una "liberazione" che pareva non arrivasse più.

Niente di strano. Già i nostri antenati avevano una particolare predisposizione per le linee di difesa. Adriano costruì una muraglia fortificata lunga più di cento chilometri che andava da mare a mare e che divideva la Britannia dalla Scozia per evitare che i barbari scendessero a inquinare l'antica e gloriosa civiltà romana.

XVII
la canadese

«I piedi... Dio, me li ricordo ancora. Bianchi come la neve e duri come il marmo. Poi quando il Frabbone lo girò a pancia in su...» La Maria di Caio chiuse gli occhi e dondolò triste il capo. Riaprì gli occhi e si fissò sul lavoro e i ferri ripresero a girare con un leggero ticchettio di metallo. Dopo un po': «Oh Cesira, ma lo sai che c'è ancora la tomba? L'ho vista domenica mattina quando sono andata al cimitero a portare due fiori ai miei morti. C'è ancora la croce in ferro che gli fece il Frabbone».

Seduta sull'erba vicino alle sedie, le mani appoggiate a terra per sostenersi, Raffaella guardava e ascoltava le due donne; Santovito era rimasto in piedi, la schiena appoggiata al muro e il sigaro, che si era spento, fra le labbra. Se non si tira regolarmente, il sigaro si spegne, ma fa parte del gioco e chi fuma lo sa e apprezza anche quei momenti.

«Che cosa disse il medico legale, a cosa attribuì la morte del giovane?»

Stupita, la Cesira guardò Raffaella: «Il medico legale? C'era proprio il tempo di chiamare il medico legale! Se ogni volta che si trovava un morto si chiamava il medico legale... Oh, signorina, c'era la guerra!».

«E le autorità? I carabinieri?»

Questa volta le rispose Santovito: «Non c'erano più. Io me n'ero andato... si fa per dire. La caserma era stata abbandonata e si cercava di sopravvivere».

«Così... così di quel poveretto non si sa neppure il nome!»

«Ne sono morti tanti che non hanno un nome» borbottò la Cesira. Alzò la voce: «Ma sei venuta qui per sapere della Borda o per sapere dei morti della guerra?».

«Sono molto curiosa, signora».

«Ma che signora e signora, il Signore è in chiesa! Mi chiamo Cesira.»

«Va bene, allora Cesira. Mi hanno detto che lei conosceva il Romitto.»

«Lo conoscevo per modo di dire. Quello non lo conosceva proprio nessuno. C'è stato un tempo che lo aiutavo a tenersi un po' dietro e gli lavavo i panni e... Insomma, gli davo una mano. Poi un bel giorno che ero lì per ritirare la roba sporca, non mi ha voluto neanche vedere, non mi ha fatto entrare e mi ha gridato di andarmene e non mettere più piede a casa sua. Così io non ci sono più andata!»

«Come mai? Le aveva fatto qualcosa...»

«Bisognerebbe chiederlo a lui, poveretto. O era diventato matto o era dentro con qualcuno... o qualcuna che non voleva farmi sapere. Fatto sta che gridava che me ne dovevo andare, che lui era il custode del tesoro e le mattane che sanno poi tutti.»

«Ho visto una quantità di libri...»

«Oh, di quelli ne aveva sì! E conosceva le erbe. Ma aveva anche le sue mattane, poveretto. Dopo che era cambiato non faceva che spaventare la gente, specialmente di notte. Si metteva addosso un lenzuolo e si piantava in mezzo alla mulattiera a gridare e agitarsi. In principio lo presero per un fantasma... Si divertiva a spaventare i carbonai che dormivano nei boschi. Poi la gente ha capito, ma fa sempre paura trovarsi davanti, magari di notte e in mezzo al bosco, una bestia che urla e si agita.» La Cesira raccolse da terra il lavoro. «Ma faceva anche del bene. A me, quando mi vennero le vampe, mi diede un sacchetto con dentro delle erbe per fare un infuso da berne tre tazze al giorno, una al mattino presto, una dopo mangiato e una alla sera prima di andare a dormire. Oh, mi facevano bene e dopo un poco non mi vennero più.»

Anche la Maria di Caio aveva la sua da dire sul Romitto: «E quando il figlio della Clementina si bruciò? Tutto il corpo piagato, poverino! Andarono a chiamare il Romitto e lui venne di corsa con i suoi vasetti e vasini e preparò un impiastro di certe erbe che subito gli fecero passare il dolore».

«Sempre in giro in estate o in inverno a cercare piante, bacche e altre stravaganze che poi bolliva o metteva a macerare e che facevano una puzza, ma una puzza!»

Le due donne tacquero e Raffaella si alzò. «Andiamo? La ringrazio, Cesira».

Li guardarono allontanarsi e tornarono ai loro discorsi e ai loro silenzi.

Il sentiero che dalla casa di Cesira scendeva in paese era largo appena da passarci affiancati e Raffaella infilò il suo braccio sotto quello di Santovito.

«Soddisfatta?» Raffaella annuì. «E di cosa, che io non ho capito ancora come sia e cosa sia la Borda.»

«Oh, non per la Borda, che nessuno mi spiegherà mai com'è! Le leggende sono leggende e basta.»

«E di cosa sei soddisfatta, allora?»

Raffaella si fermò e lo guardò negli occhi a cercare quell'espressione che la tranquillizzava. «Ti farò sorridere.»

«Fammi sorridere.»

«Secondo me il Romitto ha trovato il tesoro» e fece segno di non interromperla e di ascoltare il seguito prima di fare obiezioni. «Lo so, lo so che non ci sono prove e la mia è solo fantasia, ma come spieghi il suo improvviso cambiamento verso la Cesira e i paesani? E soprattutto come spieghi la fibula che ho trovato nel...»

«Quale fibula, Raffaella? Io non ho visto nessuna fibula.»

«Va bene, adesso sono diventata matta anch'io e vedo fibule a destra e a sinistra!» Arrabbiata, si staccò da Santovito e si avviò dinanzi. Ma il sentiero scendeva troppo ripido per i sandali che lei aveva indossato per il lago e scivolò e finì con il sedere a terra.

Anziché darle una mano a sollevarsi, Santovito le sedette accanto, anche lui sul sentiero, e le posò il braccio sulla spalla.

«Fatto male?» Raffaella non rispose ma negò con un gesto secco del capo e si massaggiò il sedere. «Vedi che succede a fare di testa tua?»

«Se c'è una cosa che non sopporto, è che non mi si prenda sul serio!»

«Ma io ti ho sempre presa sul serio; ho solo detto che io non ha visto nessuna fibula e se non vedo...»

«Ma santoddio, non puoi per una volta dimenticare di essere un carabiniere?»

«Va bene, me lo sono dimenticato. Va avanti con la tua ipotesi» e, sempre seduto in mezzo al sentiero accanto a lei, si accese un sigaro, le sbuffò un po' di fumo sul viso e aspettò il seguito.

«Dicevo... Mettiamo che il Romitto abbia trovato un tesoro... Non il tesoro di Selvaggia, ma un tesoro qualsiasi come dei reperti etruschi... Anche se da queste parti non mi risulta che gli Etruschi... ma non si può mai sapere, gli Etruschi spuntano dove meno te lo aspetti. Mettiamo che il Romitto abbia trovato un tesoro, tutto sarebbe chiaro, no?» Santovito fumava aspettando il seguito. «Ma possibile che non capisci?» Santovito negò con il capo e Raffaella si accomodò meglio sul sentiero, mettendosi proprio di fronte a lui per guardarlo bene in viso. «Mettiamo che i due ragazzi abbiano scoperto il tesoro che adesso chiamo del Romitto e che il Romitto li abbia sorpresi. Cosa succede?»

«Cosa succede?»

«Ma perché mi fai arrabbiare? Succede che il Romitto li ammazza tutti e due, no? Accidenti! Nella sua follia si era nominato custode del tesoro e non poteva tollerare che i due ragazzi...»

Santovito le posò la mano sulle labbra: un attimo e subito le ritrasse. «E tu pensi che avrebbe perduto tempo alla messa in scena della mina e dell'annegamento? Se era matto, come dici tu, li avrebbe uccisi e tutt'al più avrebbe nascosto i corpi. E poi, nella tua ipotesi come si giustifica la sua morte?»

«Be', non lo so.» Ci pensò su: «Be', potrebbe essere che in un momento di lucidità sia stato preso dal rimorso per avere ucciso due ragazzi e si sia ucciso».

Santovito annuì come se Raffaella lo avesse convinto. «Potrebbe reggere, potrebbe reggere.»

«Sì? Davvero?»

«Sì, se hai anche una spiegazione per l'assassinio del Romitto.»

Raffaella spalancò gli occhi: «Assassinio? Come sarebbe?».

Santovito si tolse il sigaro di bocca: «L'autopsia ha stabilito che la morte del Romitto è avvenuta per frattura del cranio e più precisamente dell'osso occipitale, che sarebbe poi questo...» e infilò la destra fra i capelli di Raffaella. Là dov'erano più lunghi, sopra la nuca, cercò quel punto con le dita.

Istintivamente Raffaella chiuse gli occhi e sollevò il mento.

Quasi senza accorgersene Santovito le si avvicinò per baciarla La ragazza ne evitò prima lo sguardo poi le labbra, incerta, ma così accostata al suo petto, l'orecchio le rimandò i battiti di un'emozione che la rassicurò.

Si baciarono a lungo. Dopo Raffaella aprì gli occhi, sorrise e, senza staccarsi mormorò:

«Dovevamo affrontare un argomento tanto macabro per arrivarci?»

Sorrise anche Santovito.

I sassi disposti a semicerchio formavano un focolare con sopra un tegame in alluminio mezzo pieno d'acqua. L'appuntato Chiaffalà Nicola ci ficcò dentro il dito e la sentì fredda. Accanto al primitivo focolare un secchio militare in tela che stava ritto solo quando era pieno d'acqua, come in quel momento. La tenda era chiusa con la lampo e non c'erano né il tedesco né la sua bicicletta.

«'Sto tipo va a spasso per i boschi di notte e in bicicletta, belìn» borbottò Chiaffalà.

Non si era mai trovato in una situazione simile: una tenda piantata sul greto del fiume e quindi in terreno demaniale era da considerarsi domicilio privato? E in caso affermativo, entrarci senza il permesso del proprietario si configurava come violazione di domicilio?

«Tu che dici, Gargiulo?»

«Appuntato, che ne devo dire? Se non lo sapete voi che siete appuntato...»

«Se non lo sapete voi che siete appuntato... Ma che risposta è? Certo che io lo so, e se te lo chiedo è per controllare la tua preparazione, testone d'un marocchino!» Ma non lo sapeva e ci pensò su. «Io dico che se ci fosse qui il tedesco gli si chiederebbe il permesso, ma così...»

«Aspettiamolo.»

«Ooh, Gargiulo! Si vede proprio che sei un terrone! Se poi quando arriva non ci dà il permesso, glielo spieghi tu al maresciallo?»

«Allora?»

Chiaffalà controllò la lampo della tenda, guardò attorno e strizzò l'occhio al carabiniere che lo aveva accompagnato.

«Io dico che se i nostri colleghi di Genova o di Reggio Emilia o di Roma avessero avuto di questi scrupoli, i comunisti avrebbero già fatto la rivoluzione e preso il potere» e senza pensarci più, si chinò, fece scorrere la lampo ed entrò nella canadese. «Se lo senti arrivare, avvertimi.»

Trovò quello che di solito si trova in una tenda: il sacco a pelo disteso e pronto per la notte, la lampada a gas appesa al paletto di testa, un altro tegame in alluminio, il fornello a un fuoco avvitato sulla sua bomboletta di gas, un piatto con dentro le posate, lo zaino...

«Oh, Gargiulo!» Il carabiniere mise dentro il capo. «Vedi qualcosa di sospetto?» Il carabiniere guardò attorno e negò con il viso e con la testa. «Guardiamo nello zaino.»

Lo vuotò sul sacco a pelo: un paio di jeans, due magliette di cotone, un asciugamani, due paia di mutande. Ficcò la mano in una delle due tasche laterali e bestemmiò ritirandola velocemente per succhiarsi un dito.

«Macchecazzo c'è qua dentro? Proprio sotto l'unghia, belìn!»

Con cautela estrasse dalla tasca una specie di spilla da balia molto grande che gli parve fatta a mano e assai grezza. Per vederla meglio uscì dalla canadese e alla luce del sole brillarono le perline che l'adornavano.

«Oh, belìn, ma questa è d'oro! Guarda qua, Gargiulo! Che ne dici?»

«Appuntato, che ne dico? Non so cosa sia.»

«Nemmeno io, ma è d'oro e questi che brillano potrebbero essere...» Li guardò controluce. «Questi che brillano potrebbero essere... brillanti. Che ci fa una cosa come questa nella tenda di un turista tedesco che per risparmiare va in giro per l'Italia in bicicletta?»

«Forse è un ricordo di famiglia.»

«Gargiulo, questa vale un patrimonio e un patrimonio non si tiene nello zaino! Vediamo se c'è dell'altro.»

Non trovò altro. Rimise alla meglio gli indumenti nello zaino e prima di uscire sollevò il sacco a pelo: «Con questi tedeschi non si sa mai».

Ci trovò una pala, di quelle con il manico corto che i veicoli militari portano fissata sul fianco.

«C'è anche Santovito?»

«Non c'è, ma se anche ci fosse...»

Il maresciallo Amadori non la lasciò finire: interrompere i discorsi degli altri era una sua specialità. «Mi piacerebbe sapere che ci trovi in quel tipo venuto dal Sud. Una bella ragazza come te!»

«Ares, se vai avanti con questa storia...»

«Va bene, va bene! I gusti sono gusti. Posso entrare?» Raffaella si fece da parte e Ares le entrò in casa. «Che mi offri da bere?»

«Acqua e vino.»

«Un Martini con due olivette?»

«Per quello vai al bar, Ares. Allora che vuoi?»

«Se te lo dico non ti arrabbi?»

«Ares, se sei venuto per fare lo spiritoso...»

«Dammi un bicchiere di vino, poi vedrò come procedono le cose.»

Raffaella versò in silenzio e sedette dinanzi al maresciallo, i gomiti appoggiati al tavolo, il mento alle mani, e attese i comodi dell'ospite che, dopo un sorso, si accese una sigaretta, con molta calma.

«Sei proprio bella, anche quando ti arrabbi.»

«Sei venuto per dirmelo?» Il maresciallo annuì. «Una faticata per nulla.»

«Nessuna fatica: sono salito in auto.» Tirò una boccata e mandò giù un altro sorso, due operazioni poco compatibili.

«O si fuma o si beve» consigliò Raffaella.

«Te lo ha insegnato il terrone?» Raffaella si alzò di scatto e lasciò partire un manrovescio che Ares bloccò a mezz'aria. «Oh, siamo sensibili!» Tornò serio e schiacciò la sigaretta nel posacenere. «Va bene, adesso basta. Sono qui per servizio e devi venire con me in caserma.»

«E perché?»

«Le domande le faccio io!»

La sera era piuttosto fresca e umida e prima di uscire Raffaella salì in camera per un golfino di lana azzurra che posò sulle spalle.

«Passiamo a prendere Santovito» disse, ma Ares negò con il capo, annoiato. Raffaella si tolse il golfino e sedette: «Senza di lui non mi muovo».

«Sai che posso obbligarti?»
«E allora, se puoi, fallo, perché io di qui non esco!»
«Perderei troppo tempo e non ne ho. Va bene, andiamo a prendere il terrone.» E mentre andavano verso la Mezzacosta, lei dinanzi e lui dietro, borbottò: «Cazzo, ci voleva anche questo».
Lo sentì Raffaella chè si girò a guardarlo male.

Due camionette pronte a partire erano parcheggiate dinanzi alla caserma e nell'atrio i carabinieri erano in divisa come per un intervento d'emergenza.
«Che succede, appuntato? Arrivano i rossi o c'è stata una rapina in banca?»
Nessuno rispose alla battuta di Santovito e il maresciallo Amadori andò dritto nel suo ufficio, si tolse il berretto e il cinturone, che appese a un attaccapanni in ferro smaltato come le scaffalature, sedette alla scrivania facendo segno ai due che erano autorizzati a sedere e gridò: «Chiaffalà, i reperti!».
Chiaffalà portò e posò sulla scrivania la fibula e la pala. Raffaella li guardò meravigliata e guardò Santovito.
«Riconosci questi oggetti?» chiese burocraticamente Ares. Raffaella annuì. «Sì o no?»
«Sì, sì, accidenti! La pala l'ho vista accanto al pero quando siamo andati alle Rovine e la fibula...»
Ares prese la fibula e la mostrò: «Sarebbe questa?».
«Sì, se l'altra è una pala, quella è la fibula!»
«Bene, fibula. Dove l'hai veduta?»
Raffaella non rispose e guardò ancora Santovito, forse indecisa ma di certo intimorita dal luogo, dal tono e dal contegno di Ares. Per lei rispose Santovito:
«Te lo avrebbe già spiegato se tu non avessi il brutto vizio di interrompere i discorsi degli altri per andare dietro ai tuoi ragionamenti. Ho tentato anch'io di dirtelo, ma tu...»
«Vorrei che rispondesse Raffaella!»
Santovito, che non si era seduto, si avvicinò alla scriva-

nia e si chinò verso il maresciallo: «Hai qualche accusa precisa da fare a Raffaella?».

«Occultamento di prove, per cominciare...»

«Prove di cosa?»

«Probabilmente di un omicidio.»

Santovito si rizzò e sorrise: «E se ne parlassimo al tenente colonnello Friggerio?».

«Tu lo conosci?» Santovito annuì. «Che c'entra il tenente colonnello. Qui la competenza territoriale è mia.»

«Raffaella, raccontagli come sono andate le cose e poi ce ne torniamo alla Mezzacosta, che è tardi.»

Raffaella raccontò e Ares si accese due sigarette, una dopo l'altra; la finestra spalancata serviva a poco e il fumo ristagnava nell'aria, denso e azzurro. Ares fumava, sudava e prendeva appunti. Santovito tormentava il sigaro spento, che di fumo ce n'era anche troppo in quell'ufficio, e, in disparte, l'appuntato Chiaffalà Nicola si teneva a disposizione del superiore e pronto per ogni evenienza.

«Va bene» disse Ares alla fine. «Domani pomeriggio vieni a firmare il verbale.»

«Neanche se mi ammazzi! Me lo mandi su, lo leggo, lo faccio leggere a Benedetto e se va bene lo firmo! A che ti servono i carabinieri? Qui non ci sono manifestazioni di piazza da sedare!»

Ares la ignorò e si rivolse all'appuntato Chiaffalà: «Vai a prelevare il tedesco!».

«Lo arresto, signor maresciallo?»

«Per adesso fermalo! Intanto io telefono per un mandato di cattura.»

Il cielo era chiaro e pieno di stelle e l'aria fresca, Raffaella ebbe un brivido e infilò il golfino: «Mi pareva di morire, là dentro. Non un filo d'aria, accidenti!».

Partì una delle due camionette con a bordo l'appuntato Chiaffalà e tre carabinieri in assetto di guerra.

«Quel poveraccio ha preso male a fermarsi qui. Avrà i suoi guai.»

«Tu che dici? È stato lui?» chiese Raffaella.

«Se è stato lui, deve essere cretino. Si tengono in casa le prove di un omicidio?» Posò il braccio sulla spalla di Raffaella e si avviarono. «Non c'è niente da fare: per quanto io mi riprometta di non entrarci, questa brutta storia mi coinvolge. Per uscirne dovrò andarmene dal paese.» Raffaella lo guardò con una smorfia che lo fece sorridere. «Prima o poi, Raffaella, prima o poi dovrò andarmene. E allora?»

«Allora... ci penseremo allora» e si strinse al suo braccio. La notte era fredda.

La strada per la Mezzacosta era illuminata dal cielo stellato e dalla luna piena e la salirono in silenzio, l'uno accanto all'altra; attorno, la calma di una notte estiva fra i monti, i rumori sommessi e timorosi di chissà quale animale fra i cespugli, l'abbaiare lontano di un cane che aveva sentito muovere i rami, il gorgogliare di un ruscello che folate di vento portavano lontano, le sciabolate dei fari di un'auto dalla statale...

Santovito tirava lente boccate dal sigaro e poco prima di arrivare alla Mezzacosta, Raffaella gli chiese:

«Perché non glielo hai detto?» Santovito non capì a cosa si riferisse e la guardò negli occhi che, per un attimo, la luna fece brillare. «Perché non gli hai detto di Bleblè e della pala?»

«Non mi riguarda.»

«O perché Bleblè è un tuo amico?»

«Non significa niente! Che lui abbia dato la pala al ragazzo...»

«Sai che non è solo quello, sai che probabilmente Bleblè è stato l'ultimo a vedere quel povero ragazzo vivo... Come si chiamava?»

«Rino, Rino dei Battaglia.»

«Rino, sì. Bleblè è stato l'ultimo a vederlo vivo e forse Ares dovrebbe esserne informato.»

«Sì, probabilmente. Bene, Ares faccia il suo mestiere e

ci arrivi da solo! Non sono qui per dare una mano a quel...» avrebbe voluto dire coglione come lo chiamava sempre Stalìn, ma disse: «... a quell'incapace!».

Poco distante dal greto, l'appuntato Chiaffalà disse:

«Ferma qui, Gargiulo, ferma che lo prendiamo di sorpresa!»

Dinanzi alla tenda e fra i sassi del provvisorio focolare fumavano ancora gli ultimi tizzoni e dall'interno filtrava, attraverso la tela, la luce tremolante della lampada a gas. La bicicletta era appoggiata a terra e le ruote si muovevano al refolo che spirava sul fiume da monte verso valle.

L'appuntato Chiaffalà sollevò di colpo la chiusura e bestemmiò come un lucano di Genova. Poi gridò ai suoi:

«Frugate attorno, belìn! Frugate attorno che se n'è appena andato! Ci ha sentiti arrivare ma non può essere lontano! Gargiulo, porta qui la camionetta che facciamo un po' di luce con i fari! Di corsa, Gargiu', di corsa che se non lo troviamo succede il finimondo! Questa è la volta che il maresciallo s'incazza di brutto e ci fa trasferire in Calabria!»

XVIII

come ai vecchi tempi!

Attorno al pezzo di tratturo che l'Impresario si era gratuitamente appropriato, il comune aveva fatto costruire una staccionata di legno.

La staccionata avrebbe dovuto mettere fine alle chiacchiere dei cafoni che non la smettevano di dubitare che qualcuno potesse impossessarsi di quel terreno che da millenni apparteneva a tutti; ma le discussioni non cessarono. Una notte la staccionata andò in fiamme.

– Il legno era troppo secco – spiegò Berardo. – L'ha bruciato il sole.

– Di' piuttosto il chiaro di luna – io corressi. – È bruciato di notte.

L'Impresario fece costruire la seconda staccionata a spese del comune e vi pose a guardia uno spazzino comunale armato. Uno spazzino poteva far paura al tratturo che dal giorno della creazione ne ha viste di tutti i colori, guerre, invasioni, zuffe di pecorai, di lupi, di briganti?

Alla presenza dello spazzino la staccionata andò nuovamente in fiamme. Egli vide distintamente vampate di fuoco uscire dalla terra e incenerire in pochi minuti la staccionata. Com'è obbligo per ogni miracolo, lo spazzino raccontò subito il fatto al canonico don Abbacchio e poi a quelli che volevano ascoltarlo, e don Abbacchio stabilì che l'incendio della staccionata era senza dubbio opera soprannaturale, era d'iniziativa diabolica. E noi trovammo che dopo tutto, il diavolo non è così brutto come lo si dipinge. L'Impresario però che doveva salvare il prestigio dell'autorità, non potendo fare arrestare il diavolo, fece mettere dentro lo spazzino...

«Che si legge di bello, maresciallo?»

Santovito sollevò il capo e se lo trovò dinanzi in elegante giacca della domenica con camicia e cravatta, niente berretto da autista. Infilò l'indice fra le pagine e disse:

«Ascoltami bene, Stalìn, la prossima volta che mi chiami maresciallo ti faccio arrestare, va bene?»

«Eeh, con voi non si può scherzare! Sempre tutto d'un pezzo, i carabinieri!» Per il suo strano concetto dell'Autorità, passava dall'amichevole "tu" all'antico e rispettoso "voi". O forse non ricordava di avere stabilito, mentre lo trasportava in corriera all'Osteria del Passo, di trattarlo confidenzialmente.

«Non lo so, non ne conosco molti di carabinieri.»

Stalìn rise forte: «Ma io sì. Conosco un appuntato, per esempio, che va per arrestare un farabutto e naturalmente non lo trova e allora...».

«Perché "naturalmente"?»

Stalìn rise ancora forte e fece voltare alcune persone che godevano il fresco sedute, come Santovito, all'ombra nel giardino della Mezzacosta. «Perché si era presentato con la camionetta e tutto facendo un casino della madonna e così il tedesco ha avuto il tempo di telare!»

Santovito fece una piega nella pagina e chiuse il libro. Con Stalìn nei dintorni, difficile riuscire a leggere.

«Ma tu non hai la corriera da portare su e giù per la montagna?»

«È domenica, ve ne siete dimenticato? E la domenica mi vesto dalla domenica e mi godo la vita, come voi.»

«E vieni a goderla alla Mezzacosta?»

Stalìn prese una sedia a sdraio, libera lì accanto, e si sistemò: «Qui ho degli amici e mi piace fare quattro chiacchiere per commentare i fatti del giorno». Dalla tasca della giacca prese fuori un settimanale e lo sbandierò dinanzi a Santovito. «Ecco, leggete qua.» Ma lesse lui: «"Contro i fascisti e contro il governo DC-MSI. A Genova ha vinto l'Italia. I giorni della lotta antifascista in una drammatica fotocronaca e in un servizio del nostro inviato"».

Posò il giornale sulle ginocchia di Santovito: sulla copertina la foto di una manifestazione. Molta gente con cartelli: "Impedisca il governo il congresso dei fascisti a Genova medaglia d'oro", "Via da Genova i fascisti", "Il fascismo non passa".

Stalìn aspettò che Santovito si imprimesse bene i cartelli e riprese il settimanale: «Ecco qua le foto della manifestazione e il servizio di Silvio Micheli. E ce n'è anche per il Sud, il vostro paese. Ci si sta finalmente muovendo anche laggiù, Santovito! Leggete qua». E ancora fu lui a leggere: «"L'Italia respinge la tregua di Tambroni. Ogni dieci palermitani, uno è disoccupato. Anche a Palermo i giovani in prima fila"». E posò di nuovo il giornale sulle ginocchia di Santovito.

Dopo appena un'occhiata, Santovito lo ripiegò e lo restituì al legittimo proprietario: «Hai una strano idea dell'Italia, Collina...».

«Stalìn!»

«Hai una strana idea dell'Italia. Io sono nato ad almeno ottocento chilometri da Palermo e sarebbe come dire che tu sei campano.»

«Ooh, non è *micca* un'offesa! Io sono con tutti i compagni che lottano!»

«Collina, io non credo che tu sia venuto fin quassù per farmi vedere questo. Che vuoi?»

Visto che la metteva su quel tono, anche Stalìn tornò al "tu": «Intanto sono venuto per offrirti un bicchierino di grappa. Cleto, il titolare qui, ne fa della buonissima e se vieni dentro...».

«Collina, sono le dieci del mattino!»

«Fa niente, la grappa si beve anche al mattino. Prepara lo stomaco al pranzo della domenica.»

«Fa come se avessi bevuto. E poi?»

Stalìn ripiegò il settimanale e lo mise nella tasca della giacca. «Lo sai che sono curioso e mi piace ficcare il naso dappertutto.»

«Lo avevo immaginato e adesso lo so con certezza. Allora?»

Stalìn guardò verso l'ingresso della Mezzacosta: «Proprio non ti andrebbe un bicchierino?». Santovito negò con il capo. «Peccato, a quest'ora ci starebbe.» E si chinò all'orecchio di Santovito: «E così il tedesco è sparito».

«Pare di sì, ma se vuoi saperne di più, rivolgiti al maresciallo Amadori che io...»

Stalìn si appoggiò allo schienale e rise ancora forte: «Sììì, lo so che tu non ne vuoi sapere!» e gli si chinò ancora all'orecchio. «Ma potrebbero interessarti alcune notizie sul tognino.»

«Collina, se sai qualcosa hai il dovere di riferirlo al maresciallo Amadori.»

«Santovito, io con quel coglione di Amadori non ci parlo, va bene! Ha avuto il coraggio di convocarmi in caserma per dirmi di non fare cazzate che mi tiene d'occhio! Cazzate! Lui chiama cazzate la lotta degli operai contro il governo fascista di Tambroni! Si può parlare con uno così, gli si può dare una mano? Io dico di no! Io non sto con le forze della reazione!» e si alzò. «Ma visto che a te non interessa il togno... vado a trovare Cleto e mi faccio offrire un bicchierino.»

«Collina, tu al volante sei pericoloso. Guidi la corriera e bevi!»

«Mai, mai quando ho fra le mani il volante di Carolina! E oggi è domenica.»

«Allora sentiamo cos'hai da dirmi sul tedesco.»

Stalìn tornò a sedere e parlò in tono confidenziale. «Quello è già stato da queste parti e oggi è tornato sul luogo del delitto. Si dice così?»

«Non so cosa intendi.»

«Intendo che il togno potrebbe aver fatto la guerra da queste parti e potrebbe essere tornato... Sa poi lui il perché.»

«E cosa te lo fa credere?»

«Eh, anch'io ho fatto la guerra da queste parti e certe cose le so e se non le so le immagino.»

«Stalìn, a quello che mi risulta, durante la guerra tu facevi il mercato nero.»

«Una copertura. Nel frattempo aiutavo i partigiani, passavo notizie, mi mettevo in comunicazione con gli Alleati... Insomma, ho fatto la mia parte.» Si alzò. «Ma se il tognino non interessa...»

Santovito lo lasciò allontanare di qualche passo e poi: «Ti accompagno!».

«Così mi piaci: un bicchierino non ha mai fatto male. Sentirai che grappina tiene in serbo il nostro Cleto!»

Cleto non era dietro il bancone e non era neppure nel suo ufficio riservato, ma ne sentirono le grida dalla cucina e si fecero sulla porta. Più incarognito del solito, Cleto impartiva ordini sul pranzo di mezzogiorno e su cosa avrebbe dovuto esserci o non esserci nel condimento per le tagliatelle. La cuoca, una classica *arzdoura* bolognese larga quanto alta e non più giovane, ascoltava, le mani sui fianchi, e sopportava tanto malvolentieri quella tirata che a un certo punto lo interruppe:

«Oh, senta lei, se non le va bene come faccio da mangiare io, si può ben trovare un'altra che io me ne vado anche subito!»

Non era il momento per un bicchierino, ma Stalìn non perse occasione per sfottere: «Oh Cleto, non te lo toglierai mai il vizio che ti ha passato tuo padre buon'anima?».

«Proprio te! Mancavi alla festa. E quale sarebbe il vizio?»

«Sei tirchio, Cleto, sei più tirchio di quella buon'anima di tuo padre!»

«Ti ho già detto di lasciar perdere mio padre se non vuoi...» Non continuò perché dietro Stalìn intravide Santovito e tornò alla cuoca: «Sì, ci manca che se ne vada anche lei. Come se non bastasse Mandarino». E uscì dalla cucina mentre la cuoca borbottava:

«Oh, sono trent'anni che faccio da mangiare e viene a insegnarmi come si fa il ragù per le tagliatelle. E ci metta questo e ci tolga quest'altro e ci vuole più carota e meno cipolla...»

«E così Mandarino ti ha lasciato! Forse tu non eri il suo tipo» disse Stalìn.

«C'è modo e modo. Poteva dirmi che se ne voleva andare e darmi il tempo di trovare un sostituto. Ma così... Mi alzo stamattina e non lo trovo in sala a servire la colazione. Vado su in camera e il letto è intatto e non c'è più la sua valigia. Se n'è andato di notte, come un ladro. E non ha neanche chiesto i suoi soldi! Ti dico io, mi ha lasciato un mese di stipendio!»

«Cosa vuoi mai che sia un mese di stipendio quando c'è l'amore? Mandarino ha trovato il suo tipo e sono fuggiti assieme.»

«Stai sempre a dire coglionate, tu!» Cleto si rivolse a Santovito: «Scusi, sa, ma qui se non mi occupo di tutto io... Ha bisogno di qualcosa?».

Gli rispose Stalìn: «Fagli sentire la tua grappa, Cleto. Gli ho detto meraviglie».

«Stalìn, non è proprio il momento, guarda, non è proprio il momento» e si chiuse nel suo ufficio riservato.

Stalìn si strinse nelle spalle: «È andata male. Sarà per la prossima» e uscì nel giardino.

Santovito lo seguì fino alla motocicletta e aspettò che Stalìn indossasse gli occhialoni e posasse il piede sulla leva della messa in moto per dire: «Non ti sembra che spárisca troppa gente da questo paese? Adesso anche Mandarino...».

«E io che ci posso fare?»

«Be', intanto dirmi dov'è andato il tedesco. Non sei venuto per questo?»

Stalìn calcò sulla leva e il motore partì al primo colpo.

«Senti che musica! Questa non è una motocicletta, è un aereo da caccia.» Smontò la moto dal cavalletto, gli si mise a cavalcioni, si sistemò bene sul sellino, tirò la leva della frizione e con un colpo di piede innestò la prima. «Ah sì, il tognino: prova a chiederne al tuo amico e vedrai che qualcosa salta fuori». Un secco movimento del polso destro sulla manopola del gas e il motore urlò; Stalìn lasciò di colpo la frizione e la moto partì con una sgommata che scaraventò una pioggia di ghiaietto contro il muro della Mezzacosta.

«Quale amico?» gli gridò dietro Santovito.

Senza voltarsi Stalìn sollevò la sinistra dal manubrio, l'agitò in aria in segno di saluto e prese la curva proprio nel momento in cui l'affrontava, in salita dal paese, il Millecento di Stelio con un carico di clienti dalla messa delle undici. Stalìn piegò la moto fino a toccare l'asfalto con il ginocchio, si gettò a sinistra e passò fra il Millecento e il fossatello. Stelio, che se l'era trovato dinanzi, aveva sterzato tutto alla sua sinistra aprendo così il varco che Stalìn aveva imboccato senza ridurre la velocità.

Pallido in viso, Stelio fermò il Millecento dinanzi alla Mezzacosta e si mise la mani sulla fronte. Santovito corse alla vettura e aprì la portiera:

«Stai bene?» Stelio annuì, respirò a fondo e scese. Indicò la strada presa da Stalìn e si toccò più volte la fronte con l'indice della destra. «Hai ragione, quello è mezzo matto.» Stelio negò con il capo e, con le mani, descrisse nell'aria una sfera. «Sì, è tutto matto.»

Scesero anche i clienti, cinque, Raffaella per ultima. Indossava una gonna in cintura di cotone chiaro operato e una casacchina con ampio colletto alla marinara, sempre di cotone ma scuro e chiuso da una cravatta dello stesso tessuto. Le scarpe scure, molto scollate e con il tacco di qualche centimetro, la facevano più alta e snella del solito. Stringeva nervosa il velo scuro con il quale si era coperta il capo durante la messa.

«Quel matto... Chi era?»

«Collina, quello della corriera. È partito a tutto gas e

per poco...» Santovito guardò Raffaella e le sorrise: «Ti sei vestita dalla festa, come dicono da queste parti. Così sei proprio la maestrina del paese».

«Don Vincenzo non prende in chiesa donne con i calzoni. I jeans poi sono scomunicati. E tu non mi prendere in giro.»

«No, stai benissimo, davvero.»

«Grazie, ma adesso vado a cambiarmi.» Vide il libro che Santovito teneva ancora in mano. «Cosa leggi?» Guardò la copertina. «Non immaginavo che i carabinieri leggessero cose tanto impegnate.»

«Sei rimasta ai due carabinieri che uno sa solo leggere e l'altro solo scrivere?»

«No, ma tu sei comunque un carabiniere anomalo». Si avviò: «Ci vediamo qui alle quattro. Ricordi dove hai promesso di accompagnarmi?».

Il cielo si era velato di una foschia alta che, senza un alito di vento, aveva fatto aumentare la temperatura. Sulle querce e sui castagni, le assordanti cicale e, altissimi in cielo, i rondoni si inseguivano veloci a caccia di insetti e poi planavano lenti sulle grondaie.

Si lasciarono dietro la chiesa e non salirono molto: Santovito si fermò e indicò il paese:

«Ecco, di qua lo si vede tutto. Non è una gran cosa, no?»

La chiesa, il campanile e il sagrato e, poco sotto e attorno, le case strette l'una all'altra come per proteggersi a vicenda. I tetti scuri coprivano le costruzioni più vecchie, e quelli rossi le più recenti o quelle ristrutturate.

«Ai miei tempi i tetti erano tutti in lastre di arenaria annerite dai secoli. Oggi le cose vanno meglio.» Guardò Raffaella: «E dopo che avrai visto la tomba?».

Raffaella si strinse nelle spalle e gli sorrise quasi per farsi perdonare la faticata nel caldo del pomeriggio. A Santovito piaceva quel sorriso che a lui pareva delicato e forse Raffaella lo sapeva perché lo usava spesso.

«Sono curiosa. Ti spiace tanto accompagnarmi?»

«No, ma non vedo motivo...»

«Nemmeno io, ma andiamo lo stesso. È bello, ogni tanto, fare cose senza motivo, no?»

Il cancello del cimitero era aperto e arrugginito come vent'anni prima, come trent'anni prima... E dinanzi al cancello Raffaella disse:

«Qui è meglio non morire. Portare uno al cimitero è una fatica...»

«Adesso che salgono con l'auto non è niente. Pensa un po' quando dovevano trasportare la cassa a spalla!»

«Be', forse usavano il carro con i buoi...»

«Scherzi? Mai visto trasportare una cassa con i buoi! Sarebbe stata una mancanza di rispetto per il defunto, poi i buoi non ce l'avrebbero fatta su quella che era solo una mulattiera.»

Il cimitero era piccolo e trovarono subito la tomba: alla sinistra dell'ingresso, addossata al muro di cinta, e c'era ancora la croce in ferro con al centro dei due bracci il quadretto di lamiera descritto dalla Cesira. Il rilievo di terra delimitava la tomba e sopra erano cresciuti l'erba e il fiore giallo del tarassaco.

Raffaella si chinò e pulì la lamiera con il fazzoletto: «Si legge male... Ecco: "Giovane, 20 an...". Sarà 20 anni. Poi alcune parole incomprensibili e la data. Quella si legge bene: "addì 3 febbraio". L'anno non c'è».

«Be', se l'ha fatta il Frabbone se ne ricorderà. È importante?»

«È importante sapere la data di morte?»

«Lo chiedo a te.»

Doveva essere importante se mezz'ora dopo Raffaella e Santovito erano dinanzi alla bottega del Frabbone. La foschia si era fatta più densa e scura e alcune nuvole nere avrebbero, fra poco, coperto il sole.

All'interno della bottega giocavano a carte in silenzio, i bicchieri e il fiasco sul tavolone dinanzi ai quattro: Ligera in coppia con Catullo e il Frabbone con Bleblè, tutti vestiti a nuovo per la domenica. Bleblè indossava calzoni e giacca di fustagno e non sentiva il caldo di un giorno che l'umidità rendeva afoso. Appese al soffitto, le strane pale del ventilatore muovevano un poco l'aria.

«'Sera a tutti.»

Sollevarono il capo dalle carte e salutarono con un cenno. Il Frabbone posò le carte, coperte, sul tavolo e si alzò per portare due sedie e due bicchieri che riempì e indicò ai nuovi arrivati.

Giocarono in silenzio e solo quando l'ultima presa finì sul mazzetto accanto a Bleblè, il Frabbone disse:

«Be' come va?» Indicò Raffaella che si era guardata attorno e non aveva toccato il bicchiere. «È per questa?»

«Si chiama Raffaella e sarà la nuova insegnante...» cominciò Santovito.

«Lo so, lo so. Chiedevo se era per questa che lei è tornato in paese.»

«Sono partito di casa che non sapevo neppure della sua esistenza.»

«Non beve, signorina? Non le piace il vino?»

«Mi piace, mi piace e come!» e sollevò il bicchiere per un brindisi silenzioso. Mandò giù un lungo sorso e sorrise a tutti. «Buono, sa di frutta.»

«È leggermente fruttato, sì. Viene dalle colline di Toscana» disse il Frabbone. «Su, oltre il confine.»

Ligera aveva contato i punti in silenzio e muovendo appena le labbra; gettò il suo mazzetto sul tavolo e borbottò: «Ne facciamo cinquantasei. Sono fuori loro».

«Lo sapevo» disse Bleblè. «Non li ho neppure contati» e nessuno riprese il mazzo.

Santovito fece passare la scatola di sigari: «Be' siamo qui per una curiosità. Raffaella vorrebbe sapere in che anno è morto il giovane... il giovane trovato nel fosso della Guelfa durante la guerra».

Tutti e quattro guardarono Raffaella che si sentì a disagio: «Sì, una curiosità. Stupida forse, da donna, ma mi ha fatto una certa impressione il racconto della Maria di Caio e così... e così vorrei saperne di più su quel povero ragazzo. Per esempio, quanto anni aveva, com'è morto...».

Il Frabbone scelse un sigaro, lo accese e restituì la scatola a Santovito dal momento che nessun altro aveva intenzione di approfittarne: «Quel poveretto non aveva più di vent'anni e com'è morto lo sa solo Dio». Tirò una boccata e riempì i bicchieri.

«E in che anno è stato? Sulla croce c'è il 3 febbraio, ma manca l'anno.»

«Dunque è stato, è stato...» strinse gli occhi nello sforzo del ricordo «... nel febbraio del Quarantacinque.»

«È stato nel Quarantaquattro e Nasone era morto da un mese e mezzo» precisò Ligera. Mandò giù tutto il vino del bicchiere, che poi posò sul tavolo sbattendolo con rabbia. «Ma che cosa cambia? Quarantaquattro o Quarantacinque... Adesso a chi importa?»

Il Frabbone raccolse le carte e cominciò a mescolarle guardando Santovito: «Che ne direbbe di rifare la vecchia coppia? Il maresciallo e Bleblè: c'era da fare per batterli, vero, Ligera?».

«Be', qualche volta io e Nasone ce l'abbiamo fatta.»

«Sì,» disse Bleblè «quando il maresciallo aveva altri pensieri e non badava al gioco.»

Il Frabbone si alzò e indicò il suo posto: «Qui, maresciallo, sieda qui. La vecchia coppia, perdio! Manca soltanto Serafina!».

«Manca anche Nasone,» mormorò Ligera «ma si può giocare lo stesso.»

«Veramente siamo qui di passaggio...» Santovito guardò Raffaella. «Poi non so... forse Raffaella vuole andare e...»

«Non vuole andare, non vuole andare» rassicurò il Frabbone. E sedette accanto alla ragazza, nella sedia che Santovito aveva lasciato libera.

«Be', sono anni che non gioco e non so se...»

«Le carte sono come con le donne» disse allegro Catullo. «Quando hai imparato una volta, non lo scordi più!»

«Questa non l'hai pensata tu» disse il Frabbone.

«La ripeteva mio padre ogni volta che sedeva al tavolo dell'osteria.»

«Dicevo bene, che tu di donne ne hai conosciute poche.»

«Quelle che bastano, quelle che bastano per starne alla larga» e Catullo rise forte.

Fecero tre briscole e le vinsero Bleblè e Santovito; fecero un tressette ai trentuno e vinsero Ligera e Catullo. La bella, una scopa agli undici, la vinsero di nuovo Bleblè e Santovito.

Fuori, le nubi scure avevano incupito l'aria e portato rade gocce che folate d'aria trasportavano fin dentro la bottega a inumidire il pavimento in terra battuta, vicino alla porta. Ma nessuno ci faceva caso.

Raffaella guardava sparire e ricomparire le carte fra le mani dei giocatori, le sentiva frusciare sul tavolo e fra di loro, assieme agli "striscio" e ai "busso" che di tanto in tanto rompevano il silenzio della bottega. Non ci capiva nulla, ma era affascinata dai lunghi e pensati silenzi e dal rito misterioso delle carte che sembrava legare i quattro uomini e quando il Frabbone si alzò per accendere un'altra lampada, posò una mano sulla spalla di Santovito e mormorò:

«Sono contenta.»

La pioggia cadeva forte, accompagnata da lampi e tuoni tanto vicini da far tremare i vetri della bottega; il classico temporale estivo che non sarebbe durato a lungo.

«Be', come ai vecchi tempi!» disse il Frabbone. «E adesso sgomberate il tavolo, che si mangia!»

Portò salame e prosciutto, che tagliò a grosse fette, una pagnotta toscana e un altro fiasco di vino.

XIX

un'altra lunga notte

Il temporale passò veloce, i tuoni si allontanarono e restò un brontolio verso valle. Bleblè si fece sulla porta e guardò il cielo:

«Si è spostato.» Respirò l'aria fresca e umida e tornò dentro.

«Una giornata di sole e spunteranno i funghi» disse Santovito.

Bleblè prima negò con il capo e poi: «Ne è venuta poca e in fretta. È scivolata a valle e la terra non ha avuto il tempo di berla, ma se non altro staremo freschi per un paio di giorni. Be', io vado. 'Notte a tutti». Si alzarono anche Ligera e Catullo e prima di uscire Ligera tornò al tavolo e tese la mano a Raffaella:

«Sei una ragazza in gamba e ho piacere che stai con lui.» Le strinse la mano e raggiunse Bleblè e Catullo, già fuori, nella penombra di una sera che la pioggia aveva lasciato chiara e pulita.

«È ora che andiamo anche noi» disse Santovito. «Ne abbiamo di strada per salire alla Mezzacosta.»

«Potete sempre telefonare a Cleto che vi mandi Stelio» disse il Frabbone. «Io il telefono non ce l'ho, ma lo trovate al bar.»

«Meglio una passeggiata» disse Raffaella. «La serata è bellissima e mi piace camminare dopo la pioggia.»

«L'ultimo» disse il Frabbone riempiendo i bicchieri.

«Poi chissà quando ci rivedremo» e sollevò il suo per un brindisi.

«Perché non dovremmo rivederci presto?»

«Perché Raffaella non avrà altre curiosità» e guardò la ragazza. «O mi sbaglio?»

«Eh, io di curiosità ne ho sempre e non è che quella di oggi me l'avete tolta. Anzi...»

«Che avresti voluto sapere ancora?»

«Be', almeno l'anno di morte di quel povero ragazzo e invece... neanche quello è sicuro.»

«Inverno del Quarantaquattro, ha ragione Ligera. Qualche giorno dopo il rastrellamento tedesco per la scomparsa dell'auto anfibia... Ma perché ti interessa tanto quel poveretto?»

Raffaella si strinse nelle spalle: «Te l'ho detto, sono curiosa. E cos'è la storia dell'auto scomparsa?».

«Ho capito» disse Santovito e tornò a sedere, scelse un sigaro e lo accese. «Faremo notte qui.» Tirò una lunga boccata che poi lasciò uscire a stemperarsi nell'umidità della bottega, aiutata dal lento movimento delle pale del ventilatore.

Anche il Frabbone tornò a sedere e scelse un altro sigaro dalla scatola di Santovito. Lo accese: «È una storia vecchia come la guerra» e con la voce bassa e tranquilla di sempre raccontò della scomparsa della Schwimmwagen e del capitano che gli aveva puntato la pistola alla fronte. «Non ho mai avuto tanta paura. Avevo già raccomandato l'anima e invece... sono ancora qui. E pensare che subito dopo la guerra l'ho trovata, quella maledetta macchina, l'ho trovata proprio io sotto il ponte della Leona, mezzo coperta di sassi e frasche... Come sia finita là, è un mistero. Ne ho chiesto ai partigiani e non ne sapevano niente e ci credo perché se l'avessero assalita loro non ci avrebbero lasciato sopra la MG34 ancora montata sul suo supporto accanto al parabrezza né lo Schmeisser né il MAB che ho trovato sul sedile posteriore.»

L'aria della bottega era ormai satura del fumo dei sigari

che le pale dello strano ventilatore riuscivano appena a muovere e a rimescolare.

«Che fine hanno fatto le armi?» chiese Santovito.

Il Frabbone sorrise sotto i folti baffi imbiancati: «Ecco che spunta il carabiniere».

«No, no, è solo curiosità.»

«Sarà curiosità, ma non mi ha chiesto che fine ha fatto l'auto anfibia.»

«Che fine ha fatto l'auto anfibia?»

Il Frabbone fece un vago gesto con le due mani: «Sparpagliata qua e là. L'ho smontata pezzo per pezzo che poi ho utilizzato per riparare aratri, trattori, carri agricoli, falciatrici, seminatrici...». Indicò il soffitto, il ventilatore. «Quello è l'ultimo pezzo che mi rimane: l'elica che faceva navigare l'auto io l'ho trasformata in ventilatore. E funziona bene, perdio! Meglio che da elica.» Si rilassò contro la spalliera e guardò Raffaella che aveva ascoltato in silenzio, affascinata come sempre dalle storie del passato. «Credo che Bleblè ne abbia ancora un pezzo anche lui di quell'anfibia. Credo che abbia ancora la pala che stava attaccata alla fiancata. Gliel'ho data chissà quanti anni fa.»

Raffaella guardò Santovito: «Ne ha fatta di strada quella pala, no? Dall'auto anfibia al Frabbone e poi a Bleblè e poi ai ragazzi e poi nella tenda del tedesco e adesso nella caserma dei carabinieri».

Sulla porta della bottega e prima di andarsene Santovito disse: «Non mi hai poi detto dove sono finite le armi».

Il Frabbone scosse il capo arruffato di capelli bianchi: «Eeh, chi se lo ricorda!». Con le due mani si accarezzò i baffi e salutò con un cenno, ma Santovito ancora non si decideva. Chiese:

«Il tedesco?»

«Il tedesco cosa?»

«Lo avevi già incontrato? Sai dove si nasconde?»

«Perché lo chiede a me?»

«Qualcuno... Stalìn mi ha detto che il tedesco è stato qui durante la guerra e di chiederne agli amici.»

Il Frabbone si sollevò, per stirarsi, in tutta la sua poderosa altezza, distese all'indietro le braccia, respirò a fondo, scosse il capo e borbottò: «E lei sta a perdere tempo con Stalìn? Quello parla perché ha bagnato in bocca».

«Frabbone, sei sicuro di non averlo incontrato durante la guerra? Quello ha l'età giusta.»

Con la voce sommessa e pacata di sempre il Frabbone rispose: «Sono sicuro, sono sicuro sì. Io le facce non le dimentico. Soprattutto se sono facce di tognini».

Santovito annuì e si avviò e, dopo un cenno di saluto, Raffaella lo raggiunse.

Dalla porta della bottega il Frabbone li guardò allontanarsi; rientrò, vuotò l'ultimo sorso di vino rimasto nel bicchiere e mormorò:

«Che razza di confusione riesce a combinare la vita.» Il sigaro che ancora teneva fra le dita si era spento, lo lasciò cadere e lo schiacciò sotto la suola.

Fecero un po' di strada in silenzio, l'uno accanto all'altra. La strada era buia per altre nuvole che avevano coperto la luna. Sulla terra dura, battuta da secoli di traffico, la pioggia di poco prima era scivolata via veloce lasciando appena una traccia di umidità, ma sui bordi l'erba ne era impregnata. Raffaella si tolse le scarpe e camminò su quell'erba, le caviglie e i polpacci bagnati.

Santovito le posò una mano sulle spalle e le camminò accanto, ma sulla strada.

«Mi piace camminare sull'erba bagnata, mi piace ma non posso farlo a Ferrara, mi prenderebbero per matta.»

«Forse un po' matta lo sei.»

«Tu dici?»

«Se no come si spiegherebbe che ti sei messa con uno come me?»

Raffaella si fermò e si alzò sulla punta dei piedi e sfiorò

con le sue le labbra dell'uomo. Dalle foglie cadevano gocce di pioggia che le bagnarono i capelli e le spalle appena scoperte.

Le prime gocce del nuovo temporale cominciarono a cadere che erano già in vista della Mezzacosta e si misero a correre.

Ansimavano e, prima di entrare, Raffaella appoggiò la schiena alla porta di casa e si asciugò il viso. Un fulmine e subito il tuono, vicinissimo. Raffaella si trovò fra le braccia di Santovito. Ci restò un poco in silenzio e poi gli sussurrò all'orecchio:

«Resta con me, stanotte.»

Lo svegliò il rumore della pioggia sul pavimento della stanza; non accese la luce per non svegliare Raffaella e andò per chiudere la finestra. I sassolini sparsi sul pavimento quasi gli si piantarono sotto i piedi scalzi e Santovito bestemmiò sottovoce. Si affacciò e lo vide, giù in giardino, che agitava le braccia e gli faceva cenno di scendere.

Annuì e gli fece segno che sì, aveva capito e, sempre al buio, infilò i calzoni e le scarpe direttamente sui piedi nudi. Prima di uscire dalla stanza guardò Raffaella. Il temporale era passato da un po'.

Bleblè indossava gli stessi abiti che portava nella bottega del Frabbone e in testa l'eterno cappello calato basso sulla fronte.

«Che accidenti ti viene in mente...a quest'ora della notte!»

Bleblè gli fece segno di tacere e di seguirlo e andò nella stalla che Stelio non aveva ancora sistemato e che sapeva ancora di bestie e di fieno e di letame.

Bleblè si infilò in una posta e andò a sedere sulla mangiatoia. «Ho qualcosa da dire... ma non al maresciallo dei carabinieri.»

«Bleblè, non mi mettere in difficoltà. Io sono ancora nell'Arma e qualunque cosa tu mi dica...»

Bleblè sollevò un poco l'ala del cappello: «Perdio, maresciallo, possibile che nella tua vita non ci siano anche gli amici?».

«Nel mio mestiere è difficile averne, di amici.» Avrebbe acceso volentieri un sigaro, se lo avesse avuto. Ne cercò inutilmente un residuo nelle tasche dei calzoni.

«Allora sono venuto per niente e per niente ti ho svegliato» disse Bleblè sottovoce. Si rificcò il cappello sugli occhi e si alzò per andarsene.

Santovito lo bloccò per un braccio mentre gli passava accanto: «Aspetta un momento!». Sospirò. «Vuoi vedere che aveva ragione Stalìn?»

«A proposito di che?»

«Mi ha fatto un certo discorso... Va bene, sentiamo cos'hai da dirmi.»

«Come in confessione?»

«Bleblè, non mi sono mai sentito un prete e tu che mi conosci lo sai!»

«Allora diciamo che non sei qui come carabiniere.»

«Diciamo così, diciamo che sono qui come turista. Va bene, sentiamo.»

Bleblè ci pensò su un poco, evidentemente per trovare le parole giuste, e poi disse: «Flak non c'entra niente con la morte dei due ragazzi e del Romitto».

«Flak? Chi è?»

«Non so il suo nome. L'ho sempre chiamato Flak perché quando lo incontrai la prima volta indossava la divisa della FLAK.»

«Dici il turista tedesco?» Bleblè annuì e Santovito alzò le mani al cielo e sospirò: «E tu vieni a svegliarmi in piena notte per dirmi che questo Flak non c'entra con i morti? Bleblè, io ho l'impressione che tu... Lasciamo andare». E si avviò per tornare da Raffaella e per riprendere il sonno interrotto. Sempre che ci fosse riuscito. «Io torno a letto e tu dovresti fare lo stesso.»

«Maresciallo, Flak è su da me, alla Ca' Rossa, e mi ha chiesto di aiutarlo! Che devo fare?»

Santovito si fermò. Un buon sigaro, un buon sigaro da accendere!

«Come facevi a sapere che dormivo da Raffaella?»

Bleblè non rispose; si strinse nelle spalle e fecero tutta la strada senza parlarsi, badando solo a dove mettevano i piedi perché la luna era ormai talmente bassa sulle cime dei monti a ponente che la sua luce finiva sugli alberi.

Non era notte da passeggiare per i boschi in maglietta di cotone a mezze maniche e senza i calzini, ma Santovito, per non svegliare Raffaella, non era tornato in camera a vestirsi un po' meglio. Bleblè lo aveva capito e appena entrarono alla Ca' Rossa, staccò da un chiodo al muro, dietro la porta, una vecchia giacca e la porse a Santovito.

La luce rossastra di una lampadina da quaranta candele illuminava la cucina deserta e il tavolo era ancora apparecchiato per due: due piatti, due bicchieri, posate per due, un pezzo di pane, un fiasco di vino e un mezzo formaggio.

«Dov'è?» Bleblè non gli rispose. «Non mi avrai fatto venire qui per niente, alle tre di notte...»

«Ci ha sentito arrivare e si è nascosto, ma arriva, arriva. Era d'accordo che ti informassi. Solo, vuole essere sicuro che non siamo stati seguiti perché non si fida di Amadori, dice che lo ha trattato come un delinquente e...»

Fu interrotto dalle grida e dai rumori che arrivarono dalla porta rimasta spalancata. E poi:

«E questa che ci fa qui? Che è venuta a fare?» qualcuno gridò.

Santovito corse fuori: sull'aia il tedesco aveva sorpreso Raffaella e la teneva da dietro torcendole il braccio e, con il pugno sotto il mento, le sollevava la testa impedendole di respirare. Continuava a gridare:

«Io mi fidavo, io mi fidavo di te! Questa è amica del maresciallo! Questa...»

Santovito gli fu sopra e lo colpì preciso alla bocca. Il tedesco cadde e sarebbe caduta anche Raffaella se Santovito non l'avesse trattenuta al volo. La rimise in piedi e fu di nuovo sul tedesco e, con un ginocchio sullo stomaco, lo schiacciò a terra:

«Non le mettere mai più le mani addosso!» Lo afferrò poi per la giacca, lo sollevò di peso e lo trascinò dentro, in cucina; lo appoggiò al tavolo. «Cos'è, improvvisamente hai imparato l'italiano? Adesso lo parli meglio di me! E non ti muovere, perdio!» Andò ad aiutare Raffaella: «Come stai? Vieni dentro... Come va?».

Raffaella riuscì ad annuire. Era pallida. «Sto bene, sto bene, non ti preoccupare. Ho avuto paura. Stavo arrivando e mi sono sentita afferrare. Non è piacevole... Al buio e là fuori, accidenti!»

Bleblè le porse un bicchiere di vino: «Bevi, bevi tre sorsi senza respirare che passa la paura».

Raffaella mandò giù i tre sorsi e restituì il bicchiere. «Va meglio, adesso va meglio.»

«Come... Che ci fai qui? Come sapevi...» le chiese Santovito.

Sorrise per rassicurarlo, un sorriso appena accennato, e allontanò i capelli dagli occhi. «Ho sentito che ti vestivi e così... mi sono alzata anch'io... ed eccomi qua.»

«Tu sei matta, tu sei proprio matta».

«Te l'ho detto, sono curiosa.»

«Adesso anch'io.» Le accarezzò la guancia, le sorrise e tornò al tedesco. «Adesso hai un bel po' di cose da spiegare. Comincia dal tuo italiano, che di colpo parli benissimo.»

Il tedesco si versò da bere, un bicchiere pieno che mandò giù d'un colpo. «Conosco la vostra lingua, l'ho studiata a scuola e poi all'università e durante la guerra ho fatto pratica in Italia.»

«E così il tuo "Puonciorno, sono tetesco, turista tetesco..." era una buffonata. A che scopo?»

«Non volevo si sapesse chi ero... Dovevo essere un turista tedesco capitato per caso...»

«E invece chi sei e cosa sei venuto a fare?»

Intermezzo

Aveva imparato presto a riconoscere il rumore delle armi; era sveglio, sentì e le riconobbe, lontane ma chiare. Prima la MG34, inconfondibile, e poi le rapide raffiche di mitra e l'esplosione di due bombe a mano. E poi fu ancora il silenzio.

«Avranno visto muoversi le foglie» borbottò. Accese la candela, guardò l'orologio e andò alla porta.

Aveva cominciato a piovere nella tarda serata e poi, con il freddo della notte, alla pioggia si era unito il nevischio e infine solo neve, con fiocchi grandi come fazzoletti che il vento, un vento freddo che tagliava la pelle, faceva mulinare nell'aria e infilava in tutti i buchi della baracca.

«La notte che ci voleva per andare di là» bestemmiò Bleblè.

Si ingolfò nei suoi stracci, controllò che lo Sten fosse pronto ma in sicura e se lo mise a tracolla coprendolo alla meglio, che non si bagnasse. Si calò il cappello sulla fronte e sull'uscio gli arrivarono in faccia i fazzoletti di neve. Bestemmiò di nuovo.

Tosca non si era nemmeno accorto che aveva cominciato a nevicare: completamente avvolto nei panni che gli coprivano anche la testa, dormiva infilato sotto le frasche che gli facevano da tenda. Era tanto lungo che i piedi restavano fuori dal provvisorio riparo, costruito per proteggere una persona normale, e la neve li aveva coperti.

Bleblè gli toccò gli scarponi con la punta dei suoi e di colpo Tosca si sollevò andando a sbattere il capo contro le frasche. La canna del mitra, in linea di sparo, era uscita dagli stracci prima che spuntasse la testa di Tosca.

«Ah, sei tu.»

«C'è da fidarsi di te. Poteva arrivare l'esercito che tu te la dormivi...»

«Chi dormiva? Ho appena chiuso gli occhi» e si sfilò dal budello nel quale, a sentir lui, aveva appena chiuso gli occhi. Si scrollò la neve dagli scarponi. «È già ora?» Non aspettò risposta e guardò i fiocchi che il vento faceva sfarfallare: «Ovvia, con questo tempo noi non s'incontrano certo pattuglie di togni. Loro se ne staranno al caldo e all'asciutto, beati loro!».

«Se lo dici tu... Intanto a valle hanno sparato. Qualcuno in giro c'è, no?»

Tosca poteva avere neanche diciotto anni ed era stato uno dei primi ad arrivare sui monti. Non aveva detto di dove veniva e nessuno glielo aveva chiesto, ma dalla parlata era di certo uno di Toscana e per questo all'inizio l'avevano chiamato Tosco e poi, per il fatto che gli piaceva l'opera, era diventato Tosca.

Controllò anche lui il mitra, lo mise a tracolla e, perché la neve non lo bagnasse, lo coprì con il giaccone militare che gli arrivava appena a mezza coscia; a una persona normale sarebbe sceso sotto le ginocchia.

«Allora si va?» chiese.

Arrivarono all'essiccatoio delle castagne dei Mélega senza che nessuno li fermasse e Bleblè spalancò la porta con un calcio e gridò:

«Ma che razza di coglioni! Prima o poi vi entreranno nel letto e neppure ve ne accorgerete. Mettete uno di guardia, perdio!»

«Con questo tempo i tedeschi se ne stanno al caldo» gli rispose Quirino.

«Anch'io me ne starei volentieri al caldo. Dove sono quei due, che qui facciamo l'alba!»

Con il calcio del mitra Quirino picchiò contro le tavole

del soffitto e i due soldati americani saltarono dalla botola sul fieno sottostante.

Qualche giorno prima un caccia alleato era sceso in picchiata su un treno che dal fronte trasportava verso Bologna alcuni vagoni di prigionieri e un carico di armi. Naturalmente le due bombe sganciate dal caccia non avevano colpito né il treno né le rotaie, la valle era troppo stretta, ma nella successiva picchiata una raffica di mitraglia aveva segato a metà il portone scorrevole di un vagone uccidendo i disgraziati che vi erano appoggiati. Il treno si era poi fermato nella galleria aspettando che il caccia se ne andasse e i prigionieri del vagone mitragliato avevano tagliato la corda. I due soldati americani si erano nascosti nei boschi dove li aveva rintracciati il gruppo di Bleblè. Erano da riportare di là, ai loro, oltre la linea del fronte.

«Dategli qualcosa da mettersi addosso che non voglio vedermeli gelare in viaggio!»

Gli diedero due pastrani tedeschi e i quattro lasciarono l'essiccatoio dei Mélega.

La neve cadeva come se non avesse nevicato da anni, il sentiero si vedeva appena e solo uno come Bleblè, che conosceva i luoghi da una vita, riusciva a non perderlo.

Andavano in silenzio e solo Tosca, in coda, di tanto in tanto sacramentava fra sé come sanno sacramentare solo i toscani quando le cose non vanno come ci si aspetta.

Sul sentiero per la Ca' Bruciata Bleblè si fermò di colpo e si chinò a guardare le orme che, uscite dal bosco, salivano dinanzi a loro. Orme fresche, appena appena sfumate dalla neve che continuava a cadere.

«Scarponi tedeschi» mormorò e le indicò ai due americani. «Doic» sussurrò per farsi capire. Poi a Tosca: «È uno solo ed è di poco davanti a noi».

«Che ci fa un tedesco solo da queste parti?»

«Adesso glielo andiamo a chiedere, eh, Tosca?» Fece segno ai due americani di mettersi fuori dal sentiero e di aspettare. «Tu sali di là e io di qua, che lo prendiamo in mezzo. Oh, Tosca, non si spara, capito? Non si spara, che se qua attorno ci sono i suoi camerati, noi siamo sistemati per le feste».

Non salirono molto: Bleblè lo intravide in mezzo allo sfarfallio della neve. Saliva a fatica il sentiero e borbottava nella sua lingua. Non sembrava armato e indossava la divisa della FLAK.

Non si accorse di Bleblè che gli arrivò alle spalle, gli piantò la canna dello Sten nelle costole e gli strinse la gola nella morsa del braccio sinistro. Gli mormorò nell'orecchio:

«Non ti muovere e alza le mani, Flak, che se gridi ti ammazzo quant'è vero Dio!»

Non era sicuro che il tedesco avesse capito le sue parole, ma contava sul linguaggio universale del mitra. E infatti il tedesco alzò le mani. Tremava e non riusciva a respirare e, per quanto glielo permise la stretta di Bleblè, fece segno di sì con il capo.

XX

finalmente un buon sigaro!

«È stato alla macchia con noi fino alla fine della guerra e dopo il venticinque aprile è rimasto con me perché non se la sentiva di tornare in Germania.»

«Perché?»

«I miei compatrioti non perdonano chi diserta, anche se la guerra è finita, anche se la guerra è perduta».

«Gli ho insegnato a usare la zappa e la vanga e a cavarsela con la vita del contadino. Uno studente non ce l'avrebbe fatta a vivere di terra e d'erba. Poi un bel giorno...» Bleblè dondolò il capo e non continuò.

Raffaella chiese: «Poi un bel giorno?».

Bleblè si versò da bere e sollevò il bicchiere per portarlo alla bocca, ma non sorseggiò. Disse: «Un bel giorno mi alzo e non lo trovo più. Saranno stati sei o sette mesi dopo la fine della guerra. Mi ricordo che quella mattina si dovevano raccogliere le castagne... Sì, ottobre del Quarantasei».

«Dov'era andato?»

Bleblè mandò giù un sorso: «Che te lo dica lui. Per quello che ne so io... Neanche dirmi crepa o me ne vado, arrivederci e grazie». Ma senza risentimento. Una constatazione e niente di più. La gente di qui fa le cose perché si sente di farle, non per avere un grazie. La gente di qui è abituata a dare una mano a chi ha bisogno di una mano.

«Me lo sono ritrovato in casa ieri sera e mi ha chiesto di aiutarlo e io sono venuto da te.»

«E io che dovrei fare?»

Gli rispose Flak: «I carabinieri hanno perquisito la mia tenda e mi cercano, ma io non c'entro con quei poveri ragazzi morti, io sono tornato per rivedere il paese e...» guardò Bleblè «... e a dirti grazie per quello che hai fatto per me».

«Non è un po' tardi?» chiese Raffaella. «La guerra è finita da quindici anni: ce ne hai messo di tempo a ricordarti di Bleblè.»

«Ho passato molti... molti... Come si dice?»

«Guai» lo aiutò Raffaella.

«Sì, guai. La casa distrutta dai bombardamenti, i genitori feriti... Mio padre ha perduto una gamba. Per me niente lavoro e niente università e io non ho finito di studiare. Poi mi hanno cercato per avere spiegazioni sulla mia scomparsa... Mi hanno accusato di diserzione e ho passato brutti momenti. Da noi c'è ancora chi sogna la grande Germania e non crede che Hitler sia morto e lo aspetta.»

Santovito avrebbe dato chissà cosa per uno dei suoi buoni sigari. O anche per uno qualsiasi. Frugò nelle due tasche dei calzoni; Bleblè riconobbe i sintomi dell'astinenza da fumo e gli offrì la sua scatola di tabacco con le cartine:

«È trinciato forte, ma se ti accontenti...»

«Grazie, ma non ho mai fumato altro che i miei Toscani.»

Dal ripiano del camino Bleblè prese una scatola di sigari e una di fiammiferi di legno: «È qui da tanto che non saranno più buoni. Se vuoi provarli...».

Santovito scelse uno dei due sigari che ancora la scatola conteneva. Era secco e duro e gli scricchiolò fra le dita mentre lo rigirava per ammorbidirlo.

«Perché improvvisamente hai deciso di andartene di qui?» chiese Raffaella.

«Di sicuro Bleblè ricorda i tre tedeschi che arrivarono in paese dicendo di essere della Croce Rossa Internazionale e di cercare i corpi dei soldati tedeschi morti fra questi monti. Ricordi?» Bleblè annuì. «Non cercavano soldati morti, ma soldati vivi, disertori, e io sono scappato.»

«Scappato? Sei andato a consegnarti nelle loro mani» disse Santovito. «Sei tornato in Germania o no?»

«Sì, sì, sono tornato in Germania perché se mi avessero trovato qui non avrei saputo giustificare la mia presenza. In Germania ho potuto raccontare che i partigiani mi avevano preso e che ero riuscito a scappare solo alla fine della guerra...»

«Una storia molto triste,» ironizzò Santovito «ma io che c'entro?»

«Io non credo che Flak abbia fatto tutto quel massacro» gli rispose Bleblè.

«E allora?»

«E allora... Io l'ho conosciuto in un brutto momento, quando ammazzare la gente era una cosa da ridere e so che non è stato lui!»

«Va bene, mettiamo che non sia stato lui. E allora? Che si costituisca, che vada dal maresciallo e gli racconti come e perché...»

«E tu credi che Ares... No, quello lo mette dentro, Flak si prende i suoi trent'anni e non se ne parla più! Io so come vanno gli affari della giustizia.»

Seduto sul gradino del focolare spento, Flak guardava la piastra annerita dal fumo. Santovito, in piedi e la schiena appoggiata al muro, tormentava il sigaro che non aveva acceso. Seduta al tavolo, Raffaella guardava Flak e in piedi sulla porta di casa Bleblè respirava l'alba.

Dalla piccola finestra aperta entravano il chiarore del cielo, il fresco e l'umidità; nel silenzio di una notte appena finita, ecco i primi rumori del nuovo giorno.

Raffaella rabbrividì, si rannicchiò sulla sedia e si strinse le braccia. Bleblè prese una coperta e gliela posò sulle spalle. Raffaella lo ringraziò con un cenno del capo e vi si avvolse.

«Perché hai disertato?»

Flak non guardò neppure la ragazza: «Si diserta quando non se ne può più e non si hanno altre vie d'uscita. Si diserta quando si capisce di aver sbagliato le scelte».

«Un po' tardi anche quella decisione, non ti pare? La guerra stava per finire.»

«Ho disertato quando si è presentata l'occasione.» Chiuse gli occhi e ricordò sottovoce: «Con me c'era un giovane, un brigadiere della Guardia Nazionale Repubblicana che si chiamava Andrea Ruffini, un toscano di queste parti e con il quale mi trovavo bene... Il mio capitano si fidava di me e mi scelse per una missione dicendomi di farmi accompagnare da uno di fiducia. Mi presi Ruffini che conosceva bene i luoghi e mi sarebbe stato d'aiuto. Dovevo trasportare quattro cassette di documenti dal vecchio comando della Wehrmacht al nuovo e durante il viaggio di andata ci parlammo come fratelli e gli confidai che non ne potevo più, che non c'erano speranze e che intendevo disertare e unirmi ai partigiani. Al comando caricammo le quattro cassette e ripartimmo... Oltre una curva della statale ci attaccò una pattuglia partigiana; abbandonammo l'auto e io e Ruffini ci perdemmo e non l'ho più rivisto. C'era una tempesta di neve e se Bleblè non mi avesse trovato sarei morto assiderato».

«La notte che poi incontrai Flak, sentii alcune raffiche di mitra, giù in valle... Non erano stati i nostri. Forse la pattuglia di un'altra zona, durante un trasferimento... Non ho mai saputo» confermò Bleblè.

Santovito decise di correre il rischio e accese il sigaro. Non era il massimo, anzi, la prima boccata aveva un sapore leggermente disgustoso, ma al momento non c'era di meglio.

«Una Schwimmwagen?» chiese, e sorrise all'espressione sorpresa del tedesco. «Allora, era o no una Schwimmwagen l'auto sulla quale viaggiavate?»

«Sì, una Schwimmwagen.»

Tenendosi ben stretta addosso la coperta, Raffaella

andò dinanzi a Flak: «Come mai hanno trovato una fibula nella tua tenda? Come mai se la fibula era all'Abbazia, nella cassa dei libri del Romitto?».

«Posso avere una sigaretta? Le mie lo ho lasciate nella tenda».

«C'è solo questo» e Santovito porse la scatola con l'ultimo sigaro.

«Non ho mai fumato di questi...» Lesse sulla scatola: «Antico Toscano... Non ho mai fumato un Antico Toscano».

Accese e mandò nei polmoni una lunga boccata di fumo che lo fece tossire convulsamente.

«Non è una sigaretta, Flak. Il sigaro non si respira. Il fumo del sigaro accarezza la bocca e poi, quando esce, accarezza le labbra, il naso e il viso e sale al cielo.»

Flak riprese fiato e schiacciò il sigaro nella cenere del focolare: «Mi dispiace sciuparlo ma non fa per me».

Bleblè gli offrì la solita scatola di metallo lucido: «Trinciato forte... se vuoi provare» ma Flak ne aveva avuto abbastanza.

Il primo raggio di sole entrò dalla finestra e illuminò il quadro alla parete di fronte, una Madonna con il Bambino in braccio, un paesaggio sullo fondo, dipinto da un pittore infantile che non aveva idea della prospettiva, ma il risultato era di una ingenuità che riusciva a essere mistica.

«Lo ha appeso lì mia madre il giorno che tornammo dalla Francia» disse Bleblè a Raffaella che lo guardava. «E io non l'ho più tolto. Se l'era portato da casa partendo per la Francia con me e mio padre e a casa lo riportò. Glielo aveva regalato sua madre il giorno del matrimonio, ma non le ha portato una gran fortuna, poveretta.» Sparecchiò il tavolo dalla cena della sera precedente e scrollò fuori dalla porta le briciole della tovaglia. «Be', è ora di fare colazione.»

Rimise la tovaglia, quattro piatti, quattro forchette, quattro bicchieri e la coltellina per affettare.

Una colazione montanara con pane toscano e fette di salame tagliato grosso e il fiasco del vino in mezzo al tavolo.

Raffaella mandò giù solo un morso di pane: «Non bevo vino, non al mattino. Io sono abituata a una tazzina di caffè. Se mi dici dov'è, lo preparo io».

«Non ho caffè. Ti va un bicchiere di latte?»

Mangiarono in silenzio, poi finalmente Flak rispose a Raffaella:

«La spilla, sì, l'ho trovata. Ero all'Abbazia quando sei arrivata e mi sono nascosto...»

«Perché?» gli chiese Santovito. «Chiunque si fosse trovato all'Abbazia e avesse visto arrivare gente, non si sarebbe nascosto.»

«Io non sono chiunque, io sono un tedesco e per di più sospettato di... Il maresciallo mi aveva già trovato nei dintorni dell'Abbazia e mi aveva portato in caserma per interrogarmi. Mi sono nascosto e poi ti ho seguita, ma mi hai sentito e sei scappata. Ho trovato la fibula etrusca e...»

«Sapevi di cosa si trattava? Sapevi il suo valore archeologico?» lo interruppe Raffaella.

«Esattamente no, ma ci vuole poco a capire. Ho studiato.»

«E la pala?» chiese Santovito.

Bleblè, che aveva mangiato in silenzio due fette di pane con il salame, chiese: «Cos'è questo interrogatorio? Non sei qui come carabiniere». Santovito annuì. «Allora, o gli credi o non gli credi.»

«Non è importante che io gli creda o no. In questo momento sono un turista di passaggio...»

«... che però può dargli qualche buon consiglio.»

«Il mio consiglio gliel'ho dato: lui va dal maresciallo Amadori e gli racconta tutto come ha fatto con noi.» E si alzò. «È ora di rientrare alla Mezzacosta.»

Flak gli fece segno di aspettare e per la prima volta sorrise. «La pala, sì! L'ho trovata sotto il pero dopo che voi due ve ne siete andati dall'Abbazia. È una pala in dotazione ai veicoli militari tedeschi durante la guerra. Ne avevo una simile sulla fiancata della mia Schwimmwagen e l'ho portata alla tenda.»

Santovito avrebbe acceso volentieri il secondo sigaro, anche se quello fumato prima di colazione non era il massimo, ma la scatola vuota era finita nella cenere del camino, come il sigaro sciupato da Flak.

Il sole cominciava a riscaldare l'aria e Santovito si tolse la giacca e l'appese al chiodo.

Anche Raffaella si alzò, si tolse la coperta e la ripiegò posandola poi sulla sedia. Raggiunse Santovito, già sulla porta, e gli chiese sottovoce: «Non hai altro da chiedere?».

«Niente che possa interessare un turista come me.»

I due stavano uscendo e Bleblè disse a Flak: «Qui non ci puoi più stare... Ci sarebbero un paio di posti dove non ti troverebbe neanche il diavolo».

Santovito si voltò a guardarlo e aspettò il seguito. Bleblè completò sottovoce: «Per esempio la Buca e le Camarazze dei Contrabbandieri».

«Fate male, fate male a non darmi ascolto: dovete andare dai carabinieri...».

«Ci penseremo su, ci penseremo su.»

Il sole era spuntato da poco eppure scaldava troppo, segno che la giornata sarebbe stata afosa. Un'estate troppo calda per l'antico paese di montagna, una di quelle estati che di tanto in tanto si presentano da queste parti e seccano una terra già arsa di suo e asciugano i torrenti.

Per un lungo tratto della mulattiera Raffaella rispettò il silenzio di Santovito, ma poi non ce la fece e disse fra sé: "Allora avevo ragione io". Santovito la guardò. «Avevi altre domande da fare a Flak: perché non gliele hai fatte invece di stare a pensarci adesso?»

«Avevamo deciso che non mi sarei più occupato di questa faccenda.»

«Però ti piacerebbe sapere cos'è accaduto, no?»

«Anche a te, ma se sono riuscito a convincerlo, andrà a

raccontarlo al maresciallo Amadori e così tu potrai andarlo a trovare e chiedergli di soddisfare la tua curiosità.» Si fermò, la guardò e le passò una veloce carezza sulla guancia: «Naturalmente quando me ne sarò andato».

«Naturalmente.» Ripresero la mulattiera. «Cosa sono la Buca e le Camarazze dei Contrabbandieri?»

«Non ti sfugge nulla, eh?»

Santovito si guardò attorno per capire dov'erano esattamente e poi fece segno di seguirlo e si infilò in uno stretto sentiero fra gli alberi che da tempo nessuno percorreva e dove erano cresciuti sterpi e ragge che ben presto lo avrebbero cancellato dal terreno e dalla memoria degli abitanti.

Santovito calpestava i rovi più sviluppati e con le mani allontanava i rami in modo da agevolare il passaggio per Raffaella che lo seguiva.

Sul bordo di un dirupo, quasi un belvedere sulla valle, il sentiero tornava verso l'alto e Santovito si fermò. Al di là dall'acqua, una rupe coperta da una bassa vegetazione, fitta e spinosa, scendeva a strapiombo sul fiume.

«Ecco, quella è la rupe dello Spungone e lungo la parete ci sono quattro grotte che la gente di qui chiama le Camarazze dei Contrabbandieri. Non ci sono sentieri ed è difficilissimo arrivarci. Ci sono stato una volta e ho giurato che non ci sarei più sceso.»

Il panorama era talmente suggestivo e inconsueto che Raffaella lo guardò a lungo e in silenzio. Dal fiume che scorreva in fondovalle, saliva il fresco dell'acqua.

«Cosa c'entrano i contrabbandieri?»

«Per quello che ne so... se mi hanno informato bene, qui correva il confine fra lo Stato della Chiesa e il Granducato di Toscana e pare che quelle camarazze, una specie di stanze o camere scavate nella roccia o buche con l'imbocco sempre nascosto dalla vegetazione, fossero ricovero e deposito della merce per i contrabbandieri fra i due Stati. Non so quanto ci sia di vero e quanto di favola, come tutto da queste parti.»

Raffaella guardò ancora la parete rocciosa di fronte, respirò il fresco che saliva dal fiume e disse: «Ci si potrebbe andare, un giorno o l'altro».

«Una passeggiata da niente!»

Al cancello della Mezzacosta Santovito disse: «Abbiamo tutti e due bisogno di un caffè e io anche di un sigaro. Vieni».

Sedettero a un tavolo in giardino, accanto a due signore anziane che avevano ancora dinanzi i resti della colazione e si erano attardate nelle solite inutili conversazione da villeggiatura.

Cleto li vide e accorse. Si giustificò: «Sapete, Mandarino è sparito e io non ho ancora chi lo sostituisca. Sta diventando un bel problema trovare personale. Cosa vi servo?».

«Due caffè.»

«Niente colazione?»

«L'abbiamo fatta da un amico.» E mentre Cleto preparava i due caffè, Santovito salì in camera per il sigaro che accese seduto dinanzi a Raffaella; mai aveva aspirato un profumo tanto aromatico, mai aveva gustato un sapore più intenso di quello che usciva da un sigaro troppo a lungo desiderato.

Anche Raffaella sorseggiò il caffè gustandone ogni sorso. Ne ordinò un altro.

«Che ne dici?» chiese dopo aver vuotato in silenzio anche la seconda tazzina.

«Be', sai, pare che Mandarino avesse certi suoi particolari gusti e non mi meraviglierei se fosse fuggito con un amante.»

«No, no! Che c'entra Mandarino? Flak, che ne dici di Flak e della storia che ci ha raccontato!»

«Non è un pensiero mio, non in questo momento.»

«Per me sì! Per esempio: come mai Flak sapeva che la fibula era etrusca? Io non l'ho detto. E poi che è andato a fare tante volte all'Abbazia? Viene dalla Germania per ringraziare Bleblè di un favore ricevuto quindici anni fa, ti pare? Prima niente, non una lettera, non una cartolina con i saluti e una veduta della sua città per dire "ecco, io abito qui"... Insomma, le cose che ci si aspetterebbe da una persona normale, ti pare? Arriva in paese e cosa aspetta per andare a trovare Bleblè? Aspetta che i carabinieri lo cerchino. Ti pare?»

«Mi pare, mi pare.» E Santovito tornò ad assaporare il sigaro senza aggiungere altro.

«Quando ti comporti così mi fai arrabbiare. Possibile che tu non...» Santovito la fece tacere posandole l'indice della destra sulle labbra e Raffaella, a malincuore, s'arrese. «Va bene, ho capito: sei un turista, accidenti! Ci vediamo» e si alzò andando verso casa sua e borbottando fra sé.

«Raffaella!» La ragazza si fermò e si girò. «Sei un ottimo carabiniere.»

La cosa non le piacque, tornò al tavolo e, china su Santovito, mormorò: «Non dirlo mai più, va bene? Mai più!» e riprese verso casa. Si fermò di nuovo e di nuovo si girò: «Sai che significa al mio paese? Una donna è un carabiniere quando comanda in casa, quando maltratta il suo uomo, quando... quando è un carabiniere, ecco! Io non lo sono!».

Le due anziane signore del tavolino accanto annuirono, d'accordo con Raffaella.

«Ehi, ehi, non te la prendere. Io intendevo...» Ma Raffaella non lo ascoltava più ed era sparita dietro l'angolo della Mezzacosta. Santovito si rivolse allora alle due signore: «Io intendevo che ha un buon senso dell'osservazione, che è attenta ai particolari, che sarebbe un'ottima investigatrice, insomma. Non mi pare di averla...».

Lo sguardo delle due lo convinse a lasciar perdere: era evidente che non stavano dalla sua parte. Salutò e andò altrove a godersi il sigaro.

XXI
la deposizione di Stelio

In quella torrida estate l'acqua chiara del lago dava un senso di fresco e i due si alzavano presto per goderne, sdraiati sull'erba della riva. A volte Stelio li raggiungeva appena scaricati al bacino gli ultimi clienti. Leggevano, prendevano il sole, parlavano, ascoltavano il silenzio del caldo e si tuffavano.

Uscivano dall'acqua, si asciugavano al sole e sedevano a uno degli sgangherati tavolini di Michele per un panino e una birra che era da poco suonato il tocco. Il campanile del paese era il primo a dare il via e subito gli rispondevano le campane della Madonna dei Boschi e poi tutte le altre sparse sui fianchi dei monti e nella vallata.

Era una consuetudine, come per Raffaella la messa della domenica.

«Sai,» si era giustificata la prima volta «mi hanno abituata così i miei e se non vado a messa mi porto il senso di colpa per l'intera giornata.»

La messa delle undici era la più seguita e Santovito aspettava l'*ite missa est* sul sagrato fumando il sigaro e ascoltando le chiacchiere di quelli che, come lui, non erano entrati in chiesa.

Per questo, per il fatto che Raffaella era andata a messa delle undici, arrivarono al bacino più tardi del solito e dopo una lunga passeggiata a piedi. Stelio li aspettava seduto sulla riva e con i piedi a bagno.

Il tempo di mettersi in costume e subito in acqua. Un paio di bracciate e Raffaella si fermò:

«Dài, Stelio! Vieni anche tu! Si sta bene, una meraviglia!»

Stelio negò con il capo e agitando le braccia; non si era mai messo in costume. Indossava sempre un paio di calzoni lunghi, di cotone, e una maglietta verde chiaro, pure di cotone. Si toglieva solo le scarpe per mettere i piedi a bagno.

Raffaella tornò a riva per prima e si sdraiò al sole, sul telo, bagnata e ansimante:

«Anche se non sai nuotare... Anch'io non so nuotare, starnazzo come un'anitra, hai visto, no?» Stelio si mise accanto a lei, sull'erba. «Fammi indovinare: hai paura della Borda!» Stelio annuì sorridendo. Poi si toccò i calzoni. «Si compra, un costume si compra, no? Che ci vuole?» E alla smorfia di Stelio: «Sì, è vero, non sono molto belli i costumi che vendono in paese. Anzi, sono piuttosto brutti: guarda quello di Santovito!».

«Da domani farò il bagno con i calzoni lunghi.» E anche Santovito si sdraiò al sole.

Stelio andò al Millecento, parcheggiato all'ombra di un pioppo poco distante, e tornò con il blocchetto per appunti e la biro. Scrisse e consegnò a Santovito.

«No, non so dov'è andato Bleblè. Perché?» Il giovane allargò le braccia e scosse il capo. «Come sarebbe non c'è?» Stelio ripeté i gesti con più decisione. «Sei stato alla Ca' Rossa?» Stelio annuì. «E non l'hai trovato. E dal Frabbone?»

Stelio scrisse: "Porta e finestre sono chiuse da tre giorni e in paese nessuno l'ha visto".

Per un po' Santovito guardò Stelio, in silenzio, e poi appallottolò i foglietti: «Non so che dirti, non so proprio che dirti».

Solo più tardi, appena Stelio si allontanò per far salire alcuni villeggianti sul Millecento, Raffaella disse:

«Non è vero, tu sai benissimo cosa dire. Tu sai benissimo che Bleblè e Flak se ne sono andati per non farsi trovare da Ares. Evidentemente non sei stato abbastanza convincente. E adesso?»

«Adesso? Adesso ci vestiamo e torniamo. Stelio, aspettaci!» Si alzò e asciugò le poche gocce che il sole gli aveva lasciato sulla pelle. Ma Raffaella non si mosse, anzi, chiuse gli occhi e si sistemò per prendere il sole sulla schiena. «Diciamo allora che io mi vesto e torno.» Infilò i calzoni, direttamente sul costume bagnato, e la camicia. «Ci vediamo più tardi».

Prima di partire, Stelio indicò Raffaella.

«No, lei resta ancora, Stelio, e in paese scendo io.»

L'odore del rancio era lo stesso, quasi che dopo tanti anni il carabiniere addetto alla cucina non fosse cambiato.

L'appuntato Chiaffalà aveva già mangiato e stava sorseggiando il caffè a occhi chiusi e seduto su una sedia sistemata in mezzo al corridoio, porta e finestre spalancate, nella speranza di catturare un alito di vento. Si era allentato la cravatta e slacciato il colletto della camicia e sudava. Sentì i passi e aprì gli occhi. Si alzò di scatto, posò la tazzina sul tavolo, salutò alla meglio e si diede una sistemata, senza apprezzabili risultati.

«Signor maresciallo maggiore...»

«Lascia perdere il maresciallo maggiore, Chiaffalà, e stai comodo che non sono in servizio. E nemmeno tu, a quanto vedo.»

«Mi scusi, ma qui fa un caldo... Si stava meglio nella vecchia caserma dove i muri spessi e in sasso e le finestre piccole non facevano passare né il caldo né il freddo. Qui, in queste costruzioni moderne... Io ci farei abitare il progettista!» E gli tornò il sorriso furbo.

«Ma qui ci sono i termosifoni, Chiaffalà!»

«Per questo non mi posso lamentare. Un caffè?»

«Sì, se è buono come quello che mi preparava il mio appuntato Cotigno.»

«Mi dicono che preparo un buon caffè...»

«Sentiamolo. C'è il maresciallo Amadori?»

«Signornò, signor maresciallo, è andato a rapporto dal tenente colonnello Friggerio e rientrerà tardi» e offrì la sedia prima di andare a preparare il caffè.

Dopo, Santovito disse: «Non è male, Chiaffalà, proprio non è male, quasi come quello di Cotigno. Tu di dove sei?».

Chiaffalà si era preso un'altra sedia e un'altra tazzina e si era sistemato accanto a Santovito.

«Sono genovese, signor maresciallo maggiore.»

«Tu non me la conti giusta, Chiaffalà, il tuo cognome è campano come il mio...»

«Veramente sono nato in Lucania, attuale Basilicata, ma sono vissuto così a lungo a Genova che mi sento più ligure che lucano. Certo che a Genova non ho mai sofferto tanto caldo» e si passò un fazzoletto sul collo e fin dentro la camicia.

«Hai proprio ragione: questa caserma è un forno. Novità sul tedesco?»

«Eeh, signor maresciallo, questa è una storia... Sparito, sparito come se non fosse mai esistito. Ma belìn, io lo troverò quel *contamusse*, lo troverò dovessi mettere sottosopra la montagna con tutti i suoi paesi. Intanto ho sequestrato la tenda, la bicicletta e tutti i suoi averi. Voglio vedere dove va senza un soldo! Perché, oh, lasciava i soldi nella tenda. Aveva una bella fiducia nel prossimo. Fortuna che siamo in un paese di gente onesta.»

«Come si chiama?»

Chiaffalà allargò le braccia: «Ecco, per questo il signor maresciallo Amadori è sceso dal tenente colonnello Friggerio, per cercare notizie dalle dogane di confine o da altre stazioni dei carabinieri. Da qualche parte sarà passato per arrivare fin qui, no? Di quel crucco non sappiamo praticamente nulla, neppure il nome».

«Ma se hai detto di aver sequestrato i soldi...»

«I soldi sì, ma niente portafoglio, niente documenti e niente passaporto e già per questo è un sospetto. Quello è furbo come una volpe, belìn, ma io sono più furbo di una volpe e ho orecchie dappertutto e le notizie mi arrivano sulle ali del vento...»

«Mi dispiace per te, Chiaffalà, ma di vento in questi giorni ce n'è poco.»

«Non direi, signor maresciallo, non direi. Di tanto in tanto si alza un leggero venticello...» e ancora fece segno di saperla lunga. «Per esempio, c'è chi ha notato un certo movimento attorno alla Ca' Rossa e mi dicono che Bleblè si sia messo a comperare troppa roba per uno come lui: scatolette, pane biscottato, pile, una bombola di gas liquido... Cosa se ne fa di un'altra bombola di gas liquido?»

«Be', una di scorta...»

«Sarà, sarà, ma una l'aveva comperata da pochi giorni. Eh, lei non lo conosce come lo conosco io, ma quando mai Bleblè ha mangiato scatolette e pane biscottato?»

«Hai ragione: io non lo conosco come lo conosci tu, ma in ogni caso, complimenti Chiaffalà. Cosa aspetti a fare un salto dalle parti della Ca' Rossa?»

«Prima voglio essere sicuro, che di brutte figure ne ho fatte anche troppe con il signor maresciallo e ho già preso il mio avere, poi gliene parlerò e quando quelli crederanno di averla fatta franca...» e con le mani fece segno di piombare sulla preda come un rapace. «Ma c'è una cosa che non capisco: cos'ha da spartire Bleblè con un tedesco? Oh, Bleblè è uno che durante la Resistenza non ha avuto riguardi! Chieda in giro, chieda in giro.»

«Mi fido di te, Chiaffalà, e anch'io non vedo che c'entri Bleblè con questa storia.»

Chiaffalà sorrise, strizzò l'occhio e mormorò: «Intanto c'è la deposizione di Stelio...». E Santovito, che dell'appuntato era più alto di una buona testa, si chinò per non perdere il seguito. «Stelio ha incontrato Bleblè e il discorso è caduto sul Romitto...»

«Che discorso, appuntato, se Stelio è muto?»

«A modo suo si fa intendere e come! Dunque lo ha incontrato e Bleblè gli ha detto...» e fece segno di attendere. Andò in ufficio e tornò con il verbale. Lesse: «"A domanda risponde: Sì, Bleblè mi ha parlato del Romitto e mi ha detto che secondo lui il Romitto non era matto come lo considerano in paese. A domanda risponde: Ricordo perfettamente che Bleblè riferendosi al Romitto ha usato il verbo era e non il verbo è"». Sospese la lettura. «Capisce, signor maresciallo maggiore? Il verbo "era", come se Bleblè sapesse che il Romitto era già morto. Ma Ligera ha trovato il corpo del Romitto qualche giorno dopo l'incontro di Stelio con Bleblè».

«Sei furbo, Chiaffalà, furbo e attento. Che ne dice il maresciallo Amadori?»

«Dice che gli mancano solo alcuni elementi e poi...» e fece segno di due polsi ammanettati.

Santovito prese il verbale dalle mani di Chiaffalà e lo scórse. Stelio non riferiva della presenza di Santovito all'incontro e non accennava, come si era raccomandato Bleblè, alla morte dei due ragazzi: "E tu non andare in giro a raccontare... Non far sapere che Bleblè ha queste idee. C'è un maresciallo e ci penserà lui. Anzi, adesso ce ne sono due" gli aveva detto Bleblè. E Stelio lo aveva ascoltato e non era andato in giro a raccontare.

Decise di pranzare al ristobar anche se la plastica, il neon, i manifesti alle pareti e soprattutto i ragazzi che assordavano e il flipper con il suoi secchi rumori di contatti elettrici che scattavano in continuazione, gli facevano rimpiangere la vecchia e tranquilla osteria di Parsuès e Serafina. Ma a quell'ora i giovani erano a tavola e trovò un locale quasi tranquillo con il flipper che lampeggiava in silenzio.

Se fosse stato sempre così, sarebbe venuto più spesso qui a mangiare "che la cuoca, che è poi mia moglie, è della bass'Italia", come informava il titolare del locale.

I pochi tavoli erano occupati, ma il proprietario lo vide entrare e gli andò incontro:

«Buongiorno, se desidera mangiare, le apparecchio fuori.»

«No, troppo caldo. Qui dentro si sta meglio. Aspetterò che si liberi un tavolo.»

Il proprietario girò attorno la lucida pelata e controllò: «Questione di pochi minuti. Intanto si accomodi al bar che le offro un antipasto speciale, solo per i clienti che sanno apprezzare».

Dalla porta della cucina, che il proprietario aveva lasciato socchiusa, Santovito vide la cuoca, una donna abbastanza giovane e dal corpo arrotondato, scura di capelli e di pelle, che portava scritto nei tratti del viso la sua origine di popolana del Sud.

«Ecco qua» e il titolare posò sul banco del bar, dinanzi a Santovito, un piatto con quattro fettine di pane spalmate di burro ricoperto da mozzarella, pomodoro a fette sottili, un'acciuga e una spolverata di origano. Il forno aveva poi fatto sciogliere la mozzarella e raggrinzire il pomodoro e già il profumo era invitante. «E questo è il solito vino rosso che lei, se ricordo bene, l'altra volta ha gradito.»

Santovito assaggiò e annuì. «Se la sua gentile signora mi prepara altri due di questi crostini e lei mi versa un altro bicchiere di rosso, io sono a posto.»

Il proprietario tornò in cucina.

Sempre seduto al bar, Santovito si prese il caffè e alla fine disse:

«Vorrei ringraziare la cuoca, è proprio brava».

Dalla porta di cucina il proprietario parlò e convinse la moglie a mostrare il viso.

«I miei complimenti, signora...»

«Ooh, per così poco? Per due crostini?»

«È quello che c'era sopra, i sapori e i profumi. Verrò con una signora… Mi deve preparare qualcosa di speciale.»

«Quello che vuoi tu. Tu vieni qui e mi chiedi» e, rossa in viso per i complimenti che non era abituata a ricevere, si richiuse in cucina.

«La deve scusare, quella dà del tu a tutti. Si vede che è stata abituata così… e glielo dico sempre: "Non dare del tu ai clienti, non dare del tu ai clienti e a chi non conosci", ma lei niente.»

«Raffaella è salita?» chiese a Stelio che aveva appena fatto scendere alcuni villeggianti dinanzi alla gelateria. Il ragazzo negò. «Perché non hai detto… Senti, perché non hai riferito al maresciallo Amadori che da Bleblè c'ero anch'io?» Stelio si strinse nelle spalle. «Vorrei saperlo.»

Stelio scrisse: "Non mi ha chiesto chi c'era, mi ha chiesto se avevo parlato con Bleblè e cosa mi aveva detto". Si riprese il blocchetto per continuare a scrivere.

«Va bene, va bene.» E Santovito si allontanò ma Stelio lo richiamò con due colpi di clacson. «Che c'è?» Stelio agitò le mani e il capo indicando più volte Santovito. «Non ho niente, Stelio, stai tranquillo.» Ma il ragazzo non si calmò e Santovito, che si era accorto del suo stato di disagio, tornò all'auto. «Va tutto bene e non sono arrabbiato né con te né con altri. Sto solo cercando di capirci qualcosa.» Stelio si tranquillizzò e gli fece segno di montare. «No, non salgo alla Mezzacosta. Ho ancora qualcosa da fare in paese.»

XXII

al Vespro

La bottega era ancora lontana e già sentiva le mazzate sull'incudine e poi, arrivato sull'aia, lo vide menar colpi su una barra di ferro arrossata dal calore. Tre colpi portati con forza e poi la mazza ricadeva leggera sull'incudine, vi riposava un attimo, il tempo di girare la barra alla ricerca del nuovo punto da plasmare, e di nuovo i tre colpi. Una musica ritmata di ferro contro ferro e a ogni botta un fuoco d'artificio di scintille roventi.

Senza apparente fatica il Frabbone sollevava una mazza da tre chili, e l'immagine del gigante, un po' curvo perché affaticato da una vita di lavoro, gli riportò alla memoria le figure e i racconti dell'infanzia, i ciclopi della mitologia chini sulle fucine dei vulcani a forgiare le armi per gli eroi.

Un'altra barra di ferro aspettava di essere modellata, piantata per metà tra i carboni roventi del braciere che rischiaravano, dal fondo, il buio della bottega.

Santovito si fermò sulla porta. Il Frabbone non lo aveva sentito arrivare ma percepì l'odore del sigaro e si voltò, la mazza posata sull'incudine.

«Oh che ci fa qui a quest'ora?» Con la sinistra sollevò la pinza e mostrò il ferro rovente. «È venuta la Maria di Caio e mi ha chiesto di rifare il corrimano per la scaletta di casa, perché il vecchio se l'è mangiato la ruggine. E per forza: l'aveva fatto mio nonno nel Quindici prima di andare al fronte e da allora nessuno l'aveva più riverniciato.»

Andò alla fucina e piantò il ferro fra i carboni ardenti; girò la manovella del mantice e si alzò una nuvola di scintille scoppiettanti subito risucchiate in alto, nel buio della cappa. Afferrò con le tenaglie la seconda barra, controllò che fosse calda al punto giusto e tornò sull'incudine.

«Allora, che ci fa da queste parti?» gridò e ricominciò la musica del ferro. I capelli bianchi e arruffati si muovevano al ritmo di quella musica.

Santovito lo raggiunse, lo guardò lavorare e poi disse: «Una volta il tuo colpo di mazza era più potente».

«Eeh, caro mio, una volta è il principio di una favola e il tempo passa per tutti.» Soppesò la mazza. «E questa pesa, maremma cane se pesa! Non me n'ero mai accorto. O forse è da troppo tempo che non la uso.» Diede una controllata al pezzo. «Mio nonno era un artista e faceva le cose per bene. Forgiare oggi una ringhiera come quella della Maria di Caio costerebbe una fortuna. Oh, senza una saldatura. Che Dio me la mandi buona quando dovrò montare il corrimano.»

«E ti ricordavo anche più taciturno. Farti parlare era un'impresa.»

«Eh, maresciallo, è un altro regalo della vecchiaia. Si sente il bisogno di parlare, di parlare, forse perché manca poco e si starà zitti per l'eternità.»

«Hai visto Bleblè?» Il Frabbone non rispose. «Allora?»

«Glielo ha detto anche Ligera, maresciallo: lasci stare Bleblè che dalla vita ha già avuto il suo avere.»

«Io non c'entro, Frabbone. È lui che va a cercare i guai.» Gettò sulle braci della fucina il mozzicone di sigaro che prese subito fuoco e bruciò con una fiamma azzurra. «Ti saluto, e se vedi Bleblè digli che rifletta sul mio consiglio, che ci rifletta bene prima di fare altre coglionate.»

Il Frabbone lo fermò prima che uscisse dalla bottega: «Non avrò occasione di riferire: da quattro giorni non si fa vedere e passerà un bel po' prima che capiti da queste parti».

«Come lo sai?»

«Conosco Bleblè.»

«Credevo di conoscerlo anch'io» e tornò dal gigante stanco. «Un'altra cosa.» Il Frabbone lo guardò, la mazza sollevata a mezz'aria e pronta a calare. «Sull'auto tedesca, sulla Schwimmwagen che hai trovato sotto il ponte della Leona, oltre alle armi, c'erano quattro cassette di documenti. Che fine hanno fatto?»

Il Frabbone posò la mazza sull'incudine, riportò il pezzo sulla fucina e andò a frugare nel cassetto del banco da lavoro, unto di grasso e coperto da attrezzi che erano stati di suo nonno e forse anche di un precedente antenato. Frugò e bestemmiò sottovoce, cominciò poi a cavarne altri attrezzi e a posarli sul banco fino a che il viso gli si distese e quasi sorrise:

«Lo sapevo che c'era. L'ho messa qui chissà quanti anni fa.» Con uno straccio unto e bisunto pulì l'oggetto, lo guardò sotto la luce della lampada e lo porse a Santovito: «L'ho staccata dal vano motore dell'auto».

Sulla targhetta in ferro la scritta era evidente e ben leggibile nonostante gli anni:

VOLKSWAGENWERK G.m.b.H.
Banjahr 1944
Baumuster 166
Fahrgestelle nr. 12337

Santovito se la rigirò fra le mani: «È la targhetta di identificazione dell'auto anfibia, e quella che hai trovato è una delle ultime prodotte dall'industria bellica tedesca».

«E come lo sa?»

Santovito indicò il numero nell'ultima riga della targhetta. «È il numero progressivo di produzione. Ne costruirono solamente dodicimila e cinquecento, e questa è la numero dodicimila e trecentotrentasette.»

Convinto, il Frabbone andò a riprendere il ferro: «Può

tenersela per mio ricordo» borbottò prima di ricominciare a battere.

Santovito intascò la targhetta e disse: «L'altro giorno non mi hai risposto per le armi e oggi non mi hai risposto per le quattro cassette di documenti».

Continuando a battere sull'incudine il Frabbone disse: «Non c'erano cassette su quell'auto e le armi... Dunque, sul supporto del parabrezza c'era la mitraglia MG34 » e una gran botta a sottolineare il tipo di mitraglia «con un nastro inserito e sparato per metà e pronta a sparare di nuovo. Sul sedile posteriore c'era uno Schmeisser» un'altra gran botta «e c'era un MAB» e finì con l'ultimo colpo di mazza, che poi lasciò riposare sull'incudine. Terminò il discorso ansimando. «Sempre sul sedile posteriore c'erano due bombe a mano tedesche, di quelle con il manico in legno che le essesse infilavano negli stivali.» Guardò Santovito dritto negli occhi, quasi a sfidarlo a dimostrare il contrario. «Le basta così?»

Santovito negò con il capo prima di rispondere: «Io ti avevo chiesto che fine avevano fatto quelle armi, non quante erano e di che tipo».

Il Frabbone si asciugò la fronte con il palmo della destra e prese fiato. «La guerra era finita e... e le ho date a qualcuno da conservare.»

«Perché?» Il Frabbone si strinse nelle spalle e non rispose. «Un proclama del governo ordinava la consegna di tutte le armi, questo lo sai?» Il Frabbone annuì. «E allora perché non le avete consegnate?»

«Perché allora... Eravamo nel Quarantasei, Quarantasette... Allora c'era qualcuno che pensava... che era convinto che sarebbero servite ancora e che sapeva dove nasconderle bene oliate. Allora anch'io la pensavo così.»

«E adesso?»

«Adesso lo sa solo Dio come la penso» e si rimise silenzioso al suo lavoro.

Per un bel tratto di strada lo accompagnò il ritmico battere sull'incudine, preciso, cadenzato, che poi si confuse e infine fu coperto dallo stridore delle cicale.

Si fermò al lavatoio di Piro, poco prima di entrare in paese, si riempì i polmoni dell'aria tiepida, chiuse gli occhi e ficcò il viso sudato e le braccia nell'acqua della prima vasca; con la nuca andò a cercare il getto che usciva dal tubo in ottone e l'acqua fredda come ghiaccio gli contrasse i muscoli del collo e giù, fino ai talloni, ma quando riemerse e respirò di nuovo, si sentì meglio.

Gettò indietro la testa e la scrollò dall'acqua, sollevò in alto le braccia e lasciò che le gocce gli scendessero sul petto e gli inumidissero la camicia. Gridò:

«Che cazzo sono venuto a fare in questo paese dimenticato da Dio?»

Se lo era chiesto tante volte, quindici o vent'anni prima. Eppure era lì, era tornato.

Il vento gli portò il suono delle campane del Vespro che subito si confusero con le note di *Bandiera Rossa* diffuse da un altoparlante. Poi: «Cittadini, paesani, villeggianti! La dura lotta della classe operaia...».

«Ma questo... questo è Stalìn.» E giù, di corsa sui ciottoli irregolari, fin sul sagrato.

La corriera era ferma dinanzi alla chiesa e sul tetto, dove di solito si caricavano i bagagli, Stalìn aveva montato un altoparlante che diffondeva il suo credo politico fra i fedeli che arrivavano per il Vespro. Ma l'imprevisto comizio stava facendo arrivare sul sagrato anche quelli che non avevano intenzione di assistere alla funzione: i ragazzi che finivano il pomeriggio attaccati al juke-box o al flipper, i più piccoli che aspettavano la cena scorrazzando per le stradine del paese, i clienti del ristobar, le donne che finivano la domenica sedute dinanzi a casa... E Stalìn, seduto al volante e il microfono alla bocca, dispensava il suo comizio.

«... e le lotte popolari che hanno sconfitto il governo

fascista di Tambroni e lo hanno costretto a dimettersi, sconfiggeranno anche il governo di Fanfani voluto da Gronchi ma non dalle forze popolari! Compagni, gli ottantatré feriti di Genova; Vincenzo Napoli, ucciso dalla polizia a Licata, e i suoi ventiquattro compagni feriti; i manganellati dalla Celere a Roma, a porta San Paolo, e soprattutto i cinque compagni caduti e i feriti di Reggio Emilia, esigono giustizia!»

«Cosa stai facendo, Collina?»

Stalìn posò la sinistra sul microfono e si sporse verso Santovito: «Attività politica. Diffondo le notizie che i giornali e la televisione servi dei padroni e del governo non diffondono!». Tornò al suo comizio. «Ora compagni ascolterete un documento straordinario. Si tratta della registrazione effettuata da un compagno durante gli scontri di Reggio Emilia.»

Portò il microfono vicino a un giradischi posato sul cruscotto di Carolina e dal disco arrivarono ai presenti il vociare indistinto di un comizio, il gracchiare di un altoparlante, il rumore di un corteo di motorette... E sul sagrato arrivò anche l'appuntato Chiaffalà accompagnato da due carabinieri in divisa e armati.

«Circolare, circolare! Questo comizio non è autorizzato. Circolare!»

Stalìn gli fece un cenno di saluto, aspettò che arrivasse alla portiera e gliela chiuse sul muso.

«Ti ordino di smettere immediatamente!»

Stalìn aumentò il volume dell'altoparlante e ai precedenti rumori si aggiunsero le sirene della Celere e il vociare della folla si trasformò in grida ostili.

Con il calcio del moschetto Chiaffalà picchiò contro i vetri della portiera: «Apri! Ti ordino di aprire!».

Stalìn non lo ascoltava neppure.

Dal disco uscirono una serie di scoppi, che Santovito riconobbe per candelotti lacrimogeni, e alcuni isolati colpi di pistola.

«Apritemi questa portiera!» ordinò Chiaffalà ai suoi uomini.

I due carabinieri impugnarono i moschetti come palanchini e con le canne tentarono di forzare la portiera.

«Guardate, compagni, che se fate dei danni a Carolina poi me li rifondete di persona!»

«Io ti faccio togliere la licenza, belìn! Hai capito? Altro che danni e danni!»

«Sì, così ce li porti tu gli operai in fabbrica? Vedo già i titoli dei giornali: "Industria chiusa perché l'appuntato Chiaffalà fa ritirare la licenza impedendo agli operai di recarsi al lavoro".»

Dopo gli isolati colpi di pistola, alcune raffiche di mitra e le grida, chiaramente distinguibili di "Vigliacchi! Assassini! Fascisti!".

Un'altra situazione nuova per l'appuntato Chiaffalà. «Signor maresciallo maggiore, cosa devo fare?»

«Non chiederlo a me, Chiaffalà.»

«Non può intervenire lei?»

«Non posso, sono fuori dalla mia giurisdizione. Sono sicuro che il maresciallo Amadori non gradirebbe. Mi dispiace veramente, Chiaffalà, ma devi provvedere tu.»

Non ce ne fu bisogno. Il comizio era finito e Stalìn, fermato il mangianastri, avviò il motore, salutò, fece muovere la corriera e riprese il microfono:

«Compagni, il governo fascista di Tambroni è caduto grazie alla lotta che la classe operaia ha condotto sulle piazze di tutta Italia...» E la voce di Stalìn si perse lungo i tornanti.

Solo allora Chiaffalà si tolse il berretto e si asciugò il sudore: «Proprio oggi il maresciallo Amadori doveva scendere in tenenza? Adesso ci penserà qualcun altro a Stalìn. Che potevo fare, signor maresciallo maggiore?».

«Be', intanto potevi contestargli un comizio senza le prescritte autorizzazioni e poi, che so, disturbo della quiete pubblica, attentato alla pubblica incolumità, intralcio alla circolazione, impedimento al libero esercizio della religione...» e si allontanò. «Ah, una cosa la potevi fare, appuntato Chiaffalà. Potevi sequestrargli amplificatore, registratore e altoparlante. Potevi sequestrargli addirittura la corriera in quanto strumento connesso con l'infrazione!»

Don Vincenzo entrò finalmente in chiesa per dare inizio al Vespro. Aveva assistito al comizio dal portone della chiesa, le braccia incrociate sul petto e con già addosso i paramenti per la sacra funzione.

«Che avete da guardarmi così? Sapevo benissimo cosa fare, ma se è presente sul luogo un superiore spetta a lui intervenire, no?» gridò Chiaffalà ai due carabinieri che aspettavano ordini. Poi borbottò: «Chissà cosa crede di venirmi a insegnare, quello. Lo so benissimo che lo strumento dell'infrazione è sequestrabile». E a voce alta: «Voi due lo aspettate qui e quando torna su lo fate scendere e gli sequestrate la corriera con tutto quello che c'è dentro, sopra e sotto!».

«Ma appuntato...» tentò Gargiulo, il carabiniere venuto dal Sud.

«Cosa c'è, Gargiulo? Vuoi discutere gli ordini?»

«No, no, ma...»

«Allora taci e fai quello che ti ho ordinato, belìn!»

Solo quando l'appuntato Chiaffalà fu abbastanza lontano da non sentirlo, Gargiulo disse al collega: «Succederà un bel casino domattina quando gli operai aspetteranno la corriera per scendere in fabbrica e la corriera non arriverà. Succederà un bel casino».

Con la stessa inflessione dialettale del collega più anziano e in tono confidenziale, il secondo carabiniere disse: «Gargiu', a te che t'importa?» e agitò nell'aria la destra con le dita raccolte assieme e rivolte in alto, come fanno quelli del Sud per dare più significato alle parole. «Tu devi eseguire gli ordini, Gargiu', tu devi eseguire gli ordini e tacere! Come dice il motto dell'Arma? Obbedir tacendo e tacendo obbedir, Gargiu'. E noi così facciamo!»

XXIII

una giornata impossibile

Non c'era ancora gente quando Raffaella e Santovito arrivarono al lago e Michele stava aprendo allora la sua baracca.

Stelio era già là e Raffaella lo vide in piedi su un ramo che si protendeva per molti metri sul lago, dove l'acqua era profonda.

«Stelio, Stelio, che fai?»

Il giovane la salutò agitando le braccia, fece dondolare il ramo come un trampolino e si tuffò. Restò sotto tanto a lungo che Santovito si preoccupò, posò il sigaro sul sasso che gli faceva da posacenere e corse per buttarsi proprio quando Stelio schizzò fuori dell'acqua. Tornò sedere e al sigaro.

«Non farlo più!» gridò Raffaella, ma Stelio sparì di nuovo sotto e ricomparve molto più al largo. «E io che credevo non scendesse in acqua perché non sapeva nuotare! Quel ragazzo è una continua scoperta. Nelle sue condizioni dovrebbe essere intimorito, avere continuamente dei problemi e invece... guardalo! Se qualcuno si fosse curato di più di lui e della sua menomazione, lo avesse seguito...»

La camionetta dei carabinieri si fermò vicino alla baracca di Michele e scesero il maresciallo Amadori e l'appuntato Chiaffalà.

«Abbiamo visite» mormorò Santovito.

«Oddio, si stava troppo bene!»

Il maresciallo si fermò a parlare con Michele, ma fu la donna grassa a indicare il salice dei due.

La perfetta divisa da maresciallo non era l'ideale per il luogo.

«Ti sta bene, molto, molto bene» disse Ares indicando il costume di Raffaella. Dalla tasca della giacca d'ordinanza estrasse il portasigarette e l'accendino, scelse una sigaretta e l'accese continuando a fissare Raffaella e il suo costume. Tirò una boccata: «Io sono uno di quelli che sostengono che c'è sempre qualcosa da scoprire nelle donne».

«Sei venuto fin qui per comunicarci la tua profonda riflessione?» chiese Raffaella.

Ares continuò a fissare Raffaella anche parlando a Santovito: «Ho qualcosa da dirti, maresciallo maggiore, ma vorrei farlo a quattr'occhi».

Il maresciallo maggiore gli fece spazio sul telo: «Togliti le scarpe e siedi qui. Puoi parlare anche davanti a Raffaella, che io non ho segreti. E tu nemmeno, immagino».

Un maresciallo dei carabinieri in divisa e senza scarpe sarebbe stato ridicolo e Ares restò in piedi a guardarsi attorno. «Ho trascurato questo posto per troppo tempo. Sarà bene che io cominci a frequentarlo. Si sta bene...» tornò a guardare Raffaella «... e c'è un bel panorama. È Stelio quello in mezzo al lago?» Nessuno gli rispose. «Nuota bene il giovanotto. Chi glielo ha insegnato?»

«Chiedilo a lui» e Raffaella si sdraiò e chiuse gli occhi considerando conclusa la sua partecipazione all'incontro.

Ares tirò l'ultima boccata da una sigaretta appena a metà e la schiacciò sotto la suola. «Ti avevo chiesto di non interferire nelle mie funzioni, pur rispettando il tuo grado di superiore...»

«Richiesta che ho accolto volentieri.»

«Non mi pare, non mi pare. Mi dice Chiaffalà che tu eri presente alla pagliacciata di Stalìn. E mi dice anche che sei stato tu a suggerire il sequestro della corriera...»

«Non è esatto. Il tuo appuntato mi ha chiesto che cosa

poteva fare in quel frangente, cosa contestare al Collina e io gli ho fatto un elenco delle infrazioni che costui aveva commesso e dei possibili interventi delle autorità competenti. Nessun suggerimento e nessuna interferenza nelle mansioni dell'appuntato Chiaffalà il quale ha agito, se lo ha fatto, di sua iniziativa.»

«Ma tu sapevi che Chiaffalà avrebbe seguito i tuoi consigli...»

«Nessun consiglio. Cos'ha combinato Chiaffalà?»

Il maresciallo Amadori abbandonò il suo rigido contegno, si chinò verso Santovito e alzò la voce: «Ha sequestrato la corriera di Stalìn e lunedì mattina è successo un casino! Quando sono rientrato dalla città... Insomma ho trovato la caserma assediata dagli operai che protestavano perché non avevano potuto andare in fabbrica! E c'era anche un giornalista, fra loro! Chi lo aveva avvertito? Santovito, non c'è molto da ridere!» Si rialzò. «Si può sapere cosa sei venuto a fare qui? A mettermi in difficoltà dinanzi ai miei superiori? C'è qualcuno che ha interesse al mio posto e cerca di farmi le scarpe?».

«Non credo ci sia un solo maresciallo in tutta l'Arma che muoverebbe un dito per prendere il tuo posto. No, puoi stare tranquillo. Quanto a me... Te l'ho detto: nessuna interferenza.»

«Va bene, allora ti comunico ufficialmente che stenderò un rapporto sul tuo comportamento e lo passerò al tenente colonnello Friggerio perché lo inoltri a chi di competenza per i provvedimenti del caso!»

Se ne andò senza salutare e più in fretta di com'era arrivato. Salì al volante della camionetta e partì facendo slittare le gomme sullo sterrato e sollevando un polverone che meritò le bestemmie toscane e gli accidenti di Michele per i parenti del maresciallo.

«E se lo farà quel rapporto?»

«È il momento del nostro spuntino.»

«Ma se non abbiamo ancora fatto il bagno!»

«Io ho fame lo stesso.»

Stelio li raggiunse al tavolino.

«Non ti asciughi?» gli chiese Raffaella. Stelio fece di no con il capo. «Vai almeno a mangiare al sole che così non prendi freddo.»

«Che ci vuoi fare, le donne sono così» lo consolò Santovito.

Stelio prese panino e birra e andò a sedere al sole, lì accanto, appena fuori dalla tettoia.

Erano a metà dello spuntino e arrivò Stalìn. Prima di scendere dalla motocicletta si tolse gli occhialoni, sistemò la Guzzi sul cavalletto, si accertò che fosse ben stabile e gridò: «Quello che hai servito ai miei amici, Michele, e metti sul mio conto anche la loro consumazione!»

«Arrivi tardi: abbiamo già pagato.» Non era vero ma Santovito preferiva così.

«Vuol dire che è il mio giorno fortunato.»

«Non per noi» commentò Raffaella. «Prima Ares e adesso Stalìn...»

«Questa non me l'aspettavo, signora maestra. Mettermi sullo stesso piano di quel coglione... Che ti ho fatto?»

«Be', niente, a pensarci bene niente. Sarà che la visita di Ares mi ha messa di malumore.»

«Cos'è venuto a fare?»

«E chi lo sa? Vaglielo a chiedere» gli rispose Santovito.

La donna grassa portò il piatto con pane, prosciutto e birra e disse: «Offre la casa, Stalìn, offre la casa perché ci è piaciuta la commedia di domenica pomeriggio davanti alla chiesa. Non avevo mai visto don Vincenzo così... così arrabbiato».

«Grazie, compagna! È proprio il mio giorno fortunato.» Per un poco masticò guardandosi attorno e poi disse, a bocca piena: «Eh, c'è anche gente felice in questo mondo capitalista. Beati loro!». Mandò giù il boccone con un sorso di birra. «Allora, signor ex maresciallo, avevo ragione o no?»

«Per cosa?»

«Per il tedesco.»

«Non so, non me ne occupo» e per accentuare il suo disinteresse, frugò nella borsa di Raffaella, tirò fuori la scatola dei sigari, ne scelse uno e la posò dinanzi a Stalìn. «Per quando avrai finito di masticare, così terrai ancora la bocca occupata e non dirai sciocchezze.» Accese il suo e mandò il fumo verso l'alto.

«È grande, l'ex maresciallo Santovito Benedetto è grande. L'ho sempre detto ai miei compaesani: voi non sapete cosa abbiamo perduto quando se n'è andato. E infatti dopo di lui sono passati tre marescialli uno più coglione dell'altro e alla fine è arrivato il re di coglioni: Amadori Ares da Ferrara».

«E se qualcuno va a raccontargli cosa dici di lui?» chiese Raffaella.

«Lo sa, lo sa, qualcuno c'è già andato. Il paese è pieno di spie dell'OVRA, ma che può farmi?»

«Be', per esempio incriminarti per vilipendio a un maresciallo dei carabinieri» borbottò Santovito, il Toscanello fra i denti.

«Tu lo faresti?»

«Che c'entro io?»

«C'entri, c'entri, ma non sono qui per queste sciocchezze. Avete letto il giornale?» Senza aspettare risposta, posò nel piatto quanto restava del panino e dalla tasca del giubbetto di pelle nera cavò il giornale di partito aperto alla pagina di cronaca locale e lo stese dinanzi a Raffaella. «No, non avete letto, non siete tipi da comperare il giornale della verità.»

«"Vergognoso attentato alla libertà di lavoro sancita dalla Costituzione. Il maresciallo dei carabinieri sequestra la corriera e impedisce agli operai di recarsi in fabbrica. Chi rifonderà le ore di lavoro perdute? Inutile esposto della commissione interna al prefetto. Gli operai organizzano una manifestazione spontanea di protesta dinanzi alla caserma."» Raffaella restituì il giornale.

Stalìn rise forte: «Oh, neanche a farlo apposta alla manifestazione era presente un giornalista!».

«Ma tu guarda. Chissà chi lo aveva avvertito?»

«Cosa vai a pensare, Santovito? Non io, che non mi sono mosso dalla caserma: tenevo troppo alla mia Carolina per abbandonarla nelle mani dell'appuntato Chiaffalà.» Guardò Stelio che, seduto sull'erba e al sole, seguiva divertito i discorsi. «Per fortuna in paese non ci sono solo spie dell'OVRA, vero Stelio?»

Il ragazzo si alzò e fece segno che tornava a nuotare.

«Hai appena mangiato, ti farà male!» gli gridò dietro Raffaella.

«Gran bravo figliolo» mormorò Stalìn e poi alzò la voce: «E così il nostro Ares è finito sul giornale. Magari non come avrebbe voluto finirci lui. Lui vorrebbe trovarci scritto che ha arrestato l'assassino del povero Rino dei Battaglia e del Romitto».

«Be', chissà che non ci riesca, prima o poi.»

«No, io non ci credo nemmeno se lo vedo scritto su questo giornale che è il giornale della verità. Quel coglione aveva il responsabile a portata di mano e se l'è lasciato scappare.» Raccolse il giornale, lo ripiegò, finì la birra e si alzò: «Ooh, l'ho mangiato proprio volentieri anche perché era gratis, ma adesso devo andare che Carolina mi aspetta. Il nostro lavoro è per la comunità!».

«Tu parli, parli... Dici mezze frasi come se sapessi chi è l'assassino!»

«Perché tu no, tu non lo sai?»

«Io non lo so e nemmeno tu!»

Stalìn fece il viso da ridere: «Ti ho mai raccontato favole su questa brutta storia?».

«Se è come dici, Collina, il tuo dovere...»

«Ooh, ooh, maresciallo, non mi parlare di doveri in questa società capitalista! Fanno il loro dovere i celerini che ammazzano i lavoratori nelle piazze d'Italia? Fanno il loro dovere i padroni delle fabbriche che affamano i disoccupati?»

Anche Santovito alzò la voce: «Non mi chiamare maresciallo...».

«E tu non mi chiamare Collina!»

«... e non metterla in politica che qui si tratta di tre omicidi, e se sai qualcosa il tuo dovere...»

«Ancora! Oh, Santovito, io il mio dovere l'ho fatto e ho la coscienza a posto!»

Per calmarsi e non accettare la provocazione, Santovito prese tempo concentrandosi sul sigaro, lo ammorbidì fra le dita, anche se non ne aveva bisogno, e si rivolse a Raffaella: «Secondo me Collina ci racconta favole, ma non capisco perché».

Anche Stalìn aveva avuto il tempo di calmarsi e di sedere. «Sììì, favole! Era una favola che sapevo dove si era nascosto il tedesco? Era una favola che era già stato da queste parti durante la guerra?»

Santovito si sporse sul tavolino per guardare bene in faccia Stalìn e soffiargli sul viso un boccata di fumo. «Tu sai bene che io riferirò al maresciallo Amadori i tuoi discorsi...»

«... e il coglione mi convocherà in caserma, come ha già fatto, e io non avrò niente da dirgli.»

«Allora perché mi cerchi e mi racconti...»

Stalìn si alzò, appoggiò le mani sul tavolino e anche lui si sporse verso Santovito: «Perché ti devo qualcosa e io sono uno che ricorda i piaceri ricevuti e se può ricambia». Si sollevò, alto e forte, si lisciò i baffoni con le due mani e sorrise. «E poi sarei contento se quel coglione di Amadori facesse la figura dell'imbecille che è.» Sorrise anche a Raffaella. «Adesso me ne devo proprio andare, che sono sempre arrivato in perfetto orario alle fermate» e si avviò alla Guzzi, ma prima di sedersi sul sellino chiese: «Davvero non hai idea di chi sia stato? Ma cosa mi vuoi far credere, che Dio è morto dal freddo, proprio lui che è il padrone della legna? Se perfino Stelio sa chi ha ammazzato quei poveri ragazzi!».

Si sistemò sulla Guzzi e calcò sulla leva della messa in moto. Senza far scendere la motocicletta dal cavalletto diede gas e la Guzzi saltò avanti e partì sollevando una nube di polvere che ammorbò l'aria attorno e arrivò alla baracchina e fece di nuovo bestemmiare Michele che gli urlò dietro i suoi improperi. La grassona, invece, sorrise e scosse il capo comprensiva verso quell'uomo grande e grosso che si comportava ancora come un ragazzo.

«Ma che dice, quello? È possibile che Stelio...»

«Stalìn parla, parla e riesce a non dire nulla.» Ma poi Santovito ci pensò su: «È uno che vede tutto e sa tutto, Ares dovrebbe...». Lasciò la frase a metà e guardò Stelio che appariva e spariva sul pelo dell'acqua, quasi in mezzo al lago.

«Cosa ti deve?»

Santovito non rispose subito: cercò i fiammiferi e con calma riaccese il sigaro: «Cosa mi deve... chi?».

Raffaella guardò stizzita altrove: «Ecco, quando fai così io ti... io ti...». Tornò a Santovito: «Sai benissimo di chi parlo e fai così per indispettirmi o perché non mi vuoi raccontare... Insomma, cosa ti deve e perché si sente in obbligo di restituirti un favore?».

«Ah, dici Collina!»

«Collina, Stalìn... Chiamalo un po' come ti pare, accidenti!»

«È passato tanto di quel tempo... Chi se lo ricorda.»

«A quanto pare lui se lo ricorda. E anche tu, ci scommetterei!»

«Be', se mi verrà in mente te lo racconterò.»

«Oh, accidenti, accidenti!» gridò Raffaella. Si alzò dal tavolino e corse a buttarsi in acqua.

«Fai attenzione, che hai appena mangiato!»

Gli piaceva quando quando lei si atteggiava a insegnante, quando si arrabbiava e quando gli si rannicchiava accanto... Le piaceva e basta e non se lo sarebbe mai aspettato.

«E quando dovrò andarmene?» Allontanò il pensiero e il momento della decisione e la guardò nuotare vicino a riva: non si allontanava se non c'era lui nei dintorni.

Per prima arrivò Raffaella e Stelio le aprì e le fece segno di entrare in casa. Nella grande sala al piano terreno, che faceva anche da cucina, c'era ancora il vecchio e grande camino. Stelio lo aveva acceso e ardeva una bella fiamma alta. Una ripida scala in legno con i gradini consumati metteva alle due stanze del piano superiore a al bagno del pianerottolo intermedio.

«Non è così freddo da accendere il fuoco.» Stelio fece segno di aspettare. «Hai una casa accogliente. E la tieni bene...»

Stelio allargò le braccia a significare che faceva del suo meglio. Indicò una sedia e invitò la ragazza a sedere e aspettare che avrebbe pensato a tutto lui.

«Non vuoi che ti aiuti?»

Stelio si mise una mano sul petto: no, non voleva.

Da un cassetto della credenza a vetri tirò fuori una tovaglia e la stese sulla tavola, poi sistemò tutte le stoviglie e i tovaglioli. Ogni tanto guardava Raffaella e sorrideva felice, intonando un motivo con un fischio appena accennato. Fece segno di aspettare ed entrò in cucina.

Raffaella non passeggiò per la grande sala che al tempo dei contadini doveva mettere a sedere attorno alla tavola una famiglia di quindici o venti persone almeno, fra neonati e vecchi.

Santovito, che aveva trovato la porta socchiusa, entrò e trovò Raffaella dinanzi a un quadretto appeso alla parete. Le andò dietro e le sfiorò il collo con un bacio.

«Guarda che bella foto e che bella ragazza.»

Nell'ingrandimento dell'istantanea scattata sul sagrato della chiesa, la ragazza sorrideva al fotografo, vestita con gli abiti della festa degli anni Quaranta.

«È Stelia. La contessa se l'era portata da Bologna. Dal

vero era anche più bella. Per un certo tempo è stata la fidanzata del mio appuntato... No, forse non è mai stata la fidanzata di nessuno.» Santovito accennò con il capo alla cucina dove sentiva Stelio muoversi. «Sua madre.»

Altre foto alle pareti: la Mezzacosta com'era ai tempi del maresciallo Santovito; il ritratto della contessa madre e uno dell'ultima contessa, bella, elegante e nobile anche nell'aspetto ma dagli occhi freddi; un antico panorama del paese; un'auto scoperta fotografata nella piazza del paese... Al volante Santovito riconobbe, nonostante gli occhialoni e il berretto da pilota calcato in testa, l'avvocato marito della contessa.

Attorno all'auto, che per quei tempi doveva essere una rarità, alcuni paesani in bella posa e sul grande radiatore, il fascio littorio con sotto la targa BO 11831. Seduta accanto all'avvocato, una bella donna in cappellino e abiti anni Trenta.

«La contessa?»

«No, forse un'amante del marito...»

«Un'amante? E se la portava tranquillamente a casa? E la contessa?» Santovito allargò le braccia. «Aah, sono contenta! Proprio un bell'ambientino! E tu che ci facevi? Non dovevi mantenere il decoro in questo paese?»

«Ehi, non sono tanto vecchio da essere qui nel 1930! Io sono arrivato che la situazione era già accettata e non c'era più nulla da fare.»

Accanto alla foto di Stelia un quadretto esattamente uguale, stessa cornice e stesse dimensioni, ma senza alcuna foto.

Entrò Stelio mostrando un fiasco di vino.

«Finalmente qualcosa da bere!»

«Che ci metti qui?» chiese Raffaella indicando il quadretto vuoto. Il ragazzo guardò e si toccò ripetutamente il petto. «Una tua foto?»

No e Stelio smise di toccarsi il petto per indicare, a due mani, la sua intera persona.

«Vuoi dire tuo padre?» chiese Santovito e finalmente Stelio sorrise e annuì.

«E dov'è la foto?» chiese Raffaella.

Per prima cosa Stelio riempì i bicchieri e poi scarabocchiò due righe: "Quando saprò chi è metterò la sua foto".

Intermezzo

Le mappe degli Alleati erano molto precise e dettagliate e vi erano riportate tutte le località della zona. Nomi stravaganti come Balzo dell'Angelo Perduto, la Nuda, Balzo della Saetta, Passo della Pedata del Diavolo, Rifugio dei Malandrini, l'Omomorto... parole il cui significato si perdeva nei secoli e che erano rimasti nella memoria degli abitanti solo per identificare un luogo del quale si parlava ormai con abitudine, senza sapere cosa c'era stato dietro, quale mistero o avvenimento aveva suggerito il nome agli antenati.

Le pattuglie alleate usavano quelle mappe per seguire i sentieri, le mulattiere, i rifugi e avanzavano, quando il comando decideva di mandarle avanti, svolgendo e lasciandosi dietro strisce di tela bianca per segnalare la strada da seguire a chi sarebbe venuto dopo con i rifornimenti.

Accadeva anche che i partigiani deviassero i segnali di tela in modo che le pattuglie alleate con i rifornimenti destinati alle avanguardie capitassero nei loro campi.

Già nell'autunno la piccola città a valle, nei pressi della confluenza delle due acque, era stata abbandonata dai tedeschi, ma per una precisa scelta tattica che gli abitanti non riuscivano a comprendere gli Alleati non scendevano a liberarla. Si limitavano a qualche colpo di cannone sparato da quota mille del passo della Collina sul Monte Belvedere, in modo da far presente al nemico che loro c'erano ancora, erano lì e vigilavano.

Di tanto in tanto una pattuglia alleata scendeva fino alla città, ne percorreva le strade, controllava il campanile e la Torretta, due buoni posti per tenere d'occhio i dintorni e la statale, si fermava il tempo necessario a lasciare un buon ricordo nei ragazzini distribuendo cioccolata e chewing-gum e poi riprendeva la strada di casa.

Anche i tedeschi, di tanto in tanto, scendevano da Monte Belvedere o risalivano la valle del Reno per una rapida puntata in città, ormai terra di nessuno, anche loro per far presente che c'erano ancora, erano lì e vigilavano. Non distribuivano nulla ai ragazzi, anche perché i ragazzi, come le donne e i vecchi rimasti, non si facevano vedere in giro.

Per un fortunato destino, o per un preciso calcolo di tattica militare, non accadde mai che la pattuglia alleata e la pattuglia tedesca si incontrassero... E venne un inverno di quelli che restano a lungo nella memoria collettiva.

La neve aveva coperto le montagne, gli alberi e le case, e chi poteva farne a meno non usciva. Solo la statale e qualche via secondaria erano sgombre per il continuo traffico di veicoli militari che avevano schiacciato e in parte sciolto la neve fin dal suo primo cadere.

La strada che saliva alla Mezzacosta era una lunga striscia bianca che nessuno aveva ancora sporcato. Il comando della Wehrmacht si sarebbe trasferito lassù alla fine dell'estate successiva e se in quell'infame notte d'inverno il capitano della FLAK fosse stato lì, alla Mezzacosta, le cose non sarebbero andate come andarono perché lui non lo avrebbe permesso. Aveva incontrato la contessa da pochi giorni e già l'aveva capita e apprezzava il suo comportamento: lui e i suoi uomini erano il nemico e tali la contessa li considerava. Si poteva darle torto?

La neve aveva coperto, dunque, le montagne, la notte era ideale per andare a trovare la contessa e Trestellette si mise in viaggio. I lunghi mesi passati alla macchia gli avevano fatto amare quei monti, che lo avevano protetto, e conoscere abbastanza bene i sentieri per averli percorsi in lungo e in largo assieme a Bleblè che da quelle parti era nato e vissuto.

Lo avevano chiamato Trestellette perché si era presentato indossando una divisa bastarda, messa assieme con capi trovati qua e là e appartenenti a tutti gli eserciti in lotta in quel momento: italiano, tedesco e alleato. Alle spalline del suo pastrano erano rimaste, chissà per quale motivo, tre stellette, due a sinistra e una a destra. Nessuno gli chiese né il nome né il grado e per lui andò bene così perché aveva comandato abbastanza e non se la sentiva più di disporre della vita di altri. Ma il suo passato e la carriera gli avevano scritto addosso quello che era stato e che era ancora, e i compagni si fidarono subito di lui e i suoi consigli diventarono indispensabili prima di ogni decisione.

Non accettò incarichi e fu da Bleblè che seppe della contessa, che rivide volentieri, qualche tempo dopo il suo arrivo fra quei monti. Non la incontrava da anni, da quando, non ne aveva mai saputo il motivo, se n'era andata da Bologna esiliandosi alla Mezzacosta.

Dopo il primo incontro ne seguirono altri, almeno uno alla settimana, e i rapporti fra i due tornarono quelli della loro giovinezza a Bologna, quando si incontravano di notte nel giardino del nobile palazzo di famiglia, nel fienile dietro le stalle, lui dopo aver scalato il muro di cinta e lei uscita calda dal letto dove dormiva il marito.

Trestellette: Giacomo Stefanelli, ormai ex capitano dell'ormai ex Regia Fanteria Italiana, abbandonato dal re e dai superiori e alla macchia per stabilire un contatto con gli Alleati. I repubblichini lo sapevano e lo cercavano; le essesse lo sapevano e gli davano la caccia.

Si mise in viaggio per la Mezzacosta che la sera stava per calare; non avvertì i compagni perché sarebbe tornato presto il mattino seguente e nessuno lo avrebbe dato per assente. Tutti tranne il Gufo, che lo teneva d'occhio da un po'.

Si scrollò la neve dagli scarponi battendoli sul primo gradino e non fece a tempo a bussare che Stelia gli aprì la porta.

«Mò è qui, signor capitano? Con una notte da lupi come questa!»

«Come te lo devo dire di non chiamarmi capitano, Stelia?»

«Che mi scusi bene ma è più forte di me e me ne scordo. Si accomodi e si tolga il pastrano... e anche gli scarponi che adesso ci porto un paio di pantofole asciutte. Sa, erano del signor avvocato marito della signora contessa che non si è più visto da prima della guerra...»

«La contessa?»

«È di là, nel salotto, accanto al fuoco. Fa un freddo! Ci preparo anche un vino caldo bollente con dentro due chiodi di garofano che le farà bene signor ca... Mò come lo devo chiamare?»

«Non mi chiamare e basta.»

«Va bene, va bene. Si accomodi che intanto vado a preparare il vino...» sorrise maliziosa «... e anche a mettere un bel po' di legna nella stufa in camera della signora contessa che così viene un bel caldino. Oh, se c'è una cosa che qui non manca è proprio la legna. Mò sa che la legnaia del vecchio Bartolomeo è ancora piena? Poveretto, ha fatto una fatica a metterla al coperto e poi non ha avuto neanche il tempo di scaldarsi, con quella legna, e così la bruciamo noi che almeno serve a qualcosa.»

Classica popolana bolognese, giovane, esuberante e felice nonostante la maledetta guerra che le avevano scatenato attorno, Stelia stava con la contessa fin da bambina, uscita di casa presto e volentieri per scappare da una miseria che affamava la sua intera famiglia. Non si era lamentata quando, anni prima, la contessa aveva deciso di stabilirsi alla Mezzacosta, fra i monti e lontana dagli amici e dalla vita che faceva in città. All'inizio aveva sperato che il loro esilio non sarebbe durato e che la contessa si sarebbe stancata... Ma erano passati gli anni e di rientrare non si parlava, Stelia si era rassegnata e aveva approfittato dei pochi diversivi che la vita di montagna le offriva.

Per un certo periodo aveva anche sperato che il signor maresciallo Santovito si accorgesse di lei, ma il signor maresciallo Santovito si era invece accorto della signora contessa e allora lei aveva messo via i ferri, come dicevano nel suo rione, e ripiegato sull'appuntato Cotigno che non era poi male.

Scoppiò la guerra e Stelia sperò che prima o poi sarebbero tornate a Bologna, e forse sarebbero tornate, ma non gliene lasciarono il tempo.

Trestellette si prese finalmente un bagno, mangiò finalmente un pasto caldo, fumò finalmente un paio di buone sigarette dal tabacco dolce, biondo e profumato come piacevano a lui e che la contessa teneva da qualche parte, e si sdraiò finalmente su un letto con le lenzuola pulite e una donna accanto... E fu tutto quello che gli permisero quella notte.

Si era appena sdraiato che i colpi battuti alla porta con il calcio dei mitra lo fecero saltare nudo dal letto.

«Aprite, aprite o sfondiamo la porta! Capitano Stefanelli, sappiamo che sei nascosto qui dentro! Vieni ad aprire e non opporre resistenza che la casa è circondata e...»

Un ordine gridato in tedesco fece tacere l'italiano.

Non c'era tempo per vestirsi e Trestellette spalancò la finestra al primo piano.

«Non ce la farai. Hai sentito? Hanno circondato la Mezzacosta!»

«Adesso vedremo se è vero» e Trestellette saltò sulla neve mentre i tedeschi sfondavano il portone d'ingresso e subito dopo la porta della stanza.

Entrarono in quattro, i mitra pronti a sparare; due corsero alla finestra spalancata e puntarono Trestellette che zigzagava, nudo e ben visibile sulla neve, verso il bosco poco lontano. La contessa si gettò sulle loro schiene e la prima raffica forò il cielo e diede il tempo all'uomo di imboscarsi.

Correva e i piedi nudi affondavano nella neve sbriciolando il leggero strato ghiacciato che tagliava la pelle. Era nudo e non sentiva il freddo.

Il comandante tedesco raccolse gli abiti che Trestellette aveva lasciato sulla sedia a capo del letto e li gettò sul viso della contessa. Urlò alcuni ordini e uscì dalla stanza. I suoi lo seguirono trascinando da basso la contessa.

Stelia, rincantucciata in un'angolo della dispensa, fra la madia e il muro, tremava. Era ancora in camicia da notte e cominciarono da lei.

Li pregò di non farlo e pianse e li scongiurò e poi non si mosse più e aspettò che finissero. Le lacrime le si erano fermate dentro gli occhi diventati di vetro.

La contessa fu obbligata ad assistere, poi toccò anche a lei. Non li pregò e non pianse. Sputò in faccia all'ultimo, un repubblichino minuto che ballava dentro una divisa troppo grande per lui. Non se l'aspettava e tardò a reagire e quando sollevò il mitra, un camerata lo strattonò fuori:

«Lascia perdere e vieni via prima che arrivino! Hanno sentito le raffiche e si sono già messi in strada!»

Uscendo, il repubblichino minuto gridò alla contessa: «T'è andata bene, troia! Ringrazia i tuoi santi!». Si passò la destra sul viso bagnato dallo sputo e l'asciugò poi sui calzoni.

Trestellette disse: «Vado a vedere cos'è successo. Vado solo!» Ma Bleblè, Tosca e Quirino decisero di loro iniziativa di seguirlo.

Si appostarono fra i castagni dinanzi alla Mezzacosta, anche se le impronte sulla neve dicevano che tedeschi e repubblichini se n'erano già andati. Meglio non rischiare; potevano essere rimasti nei dintorni ad aspettarli sapendo che sarebbero venuti.

Dalla finestra al piano terreno usciva la luce di una lumiera: l'autarchia proclamata dal Duce per far fronte prima alle inique sanzioni e poi alle carenze che la guerra aveva portato nelle case degli italiani, aveva tolto dalla circolazione il carburo per l'impianto ad acetilene della Mezzacosta e Stelia aveva rimediato con le lumiere a petrolio, con stoppino basso per non consumare troppo, accese in ogni stanza perché la contessa non sopportava il buio.

«Vado io,» disse sottovoce Bleblè «poi vi faccio segno.»

«Nossignore, tu non ti muovi di qui! Questo è un affare personale e già voi tre avete fatto troppo ad accompagnarmi. Tenete sotto tiro la porta e le finestre.» Trestellette si avvicinò alla Mezzacosta dalla parte posteriore, nascosto dalla casa del vecchio Bartolomeo e con il mitra pronto.

Le trovò abbracciate.

«Cos'è successo?» Senza abbandonare la sua ragazza, la contessa indicò la casa messa a soqquadro. «E a voi? Che hanno fatto a voi?»

«Niente, non ci hanno fatto niente» si affrettò ad assicurare Stelia. «Vero signora contessa che non ci hanno fatto niente?»

«Sì, Stelia, sì. Adesso è finita.»

E fu tutto, anche se quella notte d'inverno alla Mezzacosta qualcosa avevano fatto alle due donne.

Stelio non metterà mai la foto in quel quadretto e non saprà mai chi è suo padre e neppure se tedesco o italiano.

XXIV
l'imprevedibile Stelio

Santovito assaggiò: «A vino, Stelio, ti tratti bene. Ma cosa ci farai da mangiare?».

«Attento, Stelio, che io penso di essere una discreta cuoca» disse Raffaella e Stelio fece sì con la testa e poi scrisse: "Vi faccio le cine".

«Le cine? Cosa sono?»

Santovito disse: «Ho capito! Le focaccine, le cine, le chiamano qui. Benissimo, quant'è che non le mangio! Nel modenese sono conosciute come tigelle, ma là le fanno molto più piccole. Sono un piatto montanaro, molto semplice, un sostitutivo del pane, almeno così era tempo fa. È un impasto di farina, acqua con un po' di latte, olio d'oliva e un pizzico di sale. Naturalmente ci vuole anche un po' di lievito e si lasciano lievitare almeno un paio d'ore, e penso che il nostro Stelio le abbia già preparate». Il giovane sollevò il lembo di una tovaglia per mostrare l'impasto che riposava. «Si cuociono con i testi, che sono delle forme tonde di terra refrattaria, larghe una decina di centimetri. Vengono arroventati alla fiamma del camino, poi si mettono in un trespolo apposito o meglio, se ne mette uno, si versa l'impasto e sopra un altro testo, e così via. Le cine si cuociono con il calore e con la pressione. Si mangiano col prosciutto, la salsiccia o il formaggio pecorino... Dico bene, Stelio?»

Stelio assentì, indicò il camino e guardò Raffaella come

a chiederle se avesse capito il motivo della fiamma. Indicò i bicchieri e andò in cantina da dove riemerse reggendo un prosciutto già cominciato, un vaso di vetro pieno di rosei pezzi di salsiccia sott'olio e una mezza forma di formaggio. Posò tutto sul tavolo e a Santovito fece con la mano il gesto di chi affetta.

«Io? Tagliare il prosciutto? Vi fidate? Non so se sono ancora capace.»

«Se vuoi ci provo io.»

«No, no, è lavoro da esperti, una volta ci riuscivo bene. Un coltello, Stelio, ma che sia affilato, e proverò a tagliarlo come Dio comanda.»

Cominciò a ripulire il prosciutto dalla cotenna mentre Stelio disponeva i testi vicino alla fiamma. Raffaella li guardava.

«Mi sento a disagio. Posso fare niente, io?»

Stelio scosse il capo e Santovito rise: «Mi sa di no, cara Raffaella, oggi sei nelle nostre mani, riposati e aspetta». Si versò dell'altro vino. «Hai mai assaggiato la salsiccia sott'olio?»

«Sott'olio? Detto così mi lascia sospettosa. Ma non si unge tutta, non sa di rancido?»

«Di rancido? Scherzi?» e Santovito guardò Stelio che scuoteva la testa. «Hai sentito cosa dice? Prova solo ad assaggiarla e cambierai idea. Non è proprio come la salsiccia delle mia parti, ma merita.» Stelio lo fissò offeso. «Lo so, lo so, è buona anche la vostra. Prima la fanno passire, seccare voglio dire, all'aria fredda di gennaio... E qui il freddo non scherza, te lo assicuro io! Poi la tagliano a pezzi e la mettono sott'olio in questi vasi di vetro. Non ne assorbe una goccia, d'olio, ed è come quando l'hanno messa via; così dura anche un anno, è vero, Stelio?»

Stelio, affaccendato al camino con testi e trespolo, fece segno di sì con la testa senza voltarsi e poi si mise l'indice contro la guancia e lo fece ruotare come a dire: "Sentirai che bontà".

Dopo il prosciutto Santovito affettò anche il formaggio e ne porse un pezzetto a Raffaella. «Intanto assaggia questo, è pecorino sardo.»

«Sardo? E cosa ci fa quassù il pecorino sardo?»

«È un ricordo di quando questi montanari andavano in Sardegna a fare il carbone di legna. Per mesi mangiavano solo polenta e formaggio. Ma doveva piacere tanto, se lo cercano ancora.» Ne masticò un pezzetto. «C'è però da dire che è proprio buono.»

Alla fine dello spuntino Raffaella sospirò: «Devo fare le mie scuse. Era tutto eccellente, anche se, a dire la verità, non è robetta leggera. Eppure non sono una abituata a mangiare leggero, o forse ho bevuto un bicchiere di troppo, era tutto così saporito, ma accidenti, mi sento intontita. Credo di averne mangiate due e...».

«Solo due?» e Santovito diede di gomito a Stelio. «Io ne ho fatte fuori quattro, e tu?» Stelio sollevò quattro dita. «Ecco, dicevo, per questo ci vuole un altro po' di vino, per mandare giù tutto. E tu, Raffaella?»

«Basta così, scherziamo? Piuttosto, state seduti che per digerire mi alzo e vi faccio un caffè. La macchinetta e il caffè, Stelio?»

Presero il caffè in un silenzio che sapeva di altri tempi e di altra gente. Santovito si accese un sigaro e offrì ironicamente la scatola a Stelio che sorrise e scosse il capo. Poi fece segno di aspettare, salì la scala in legno e scese reggendo una cartella. Fece spazio sul tavolo ammucchiando posate e piatti in un angolo e aprì la cartella. Dentro c'era un foglio da disegno in carta ruvida, marchiato Fabriano in rilievo, con al centro disegnata una spilla.

Raffaella la guardò e, stupita, guardò Santovito: «Ma è lei! Voglio dire, è la fibula della cassapanca. Ma dove l'hai copiata, Stelio? Dove l'hai vista?».

Il giovane fece un segno vago con la mano e spostò il

foglio scoprendone un altro con disegnati due pendagli colorati di giallo per simulare l'oro che, di profilo, ricordavano la forma di un punto interrogativo; il corpo pieno, sferico, di una chiocciola, sosteneva, assottigliandosi, una lamina triangolare coi bordi arrotondati il cui vertice libero puntava verso il basso. Il monile era interamente percorso da file di piccolissime borchie rotonde e delimitato da spirali e motivi in filigrana.

Emozionata, Raffaella passò al foglio successivo: una serie di anelli, d'oro anche questi, con incastonate quelle che sembravano pietre dure. Un altro foglio e una collana a grossi globi d'oro...

Stelio guardava divertito i due rimasti silenziosi. Poi Santovito gli posò una mano sulla spalla:

«Dove hai visto questa roba?»

"Me li ha raccontati il Romitto" scrisse.

«No, no!» disse Raffaella a voce piuttosto alta e agitando l'indice. «No, no! È tutto disegnato con troppa precisione di particolari per essere un racconto, Stelio! Guarda solo i globi della collana! Quelli d'oro pieno, va bene, si possono raccontare, ma gli altri così abilmente lavorati?» e intanto passava eccitata i disegni. «E guarda i particolari di questi orecchini! No, no, questa roba lui l'ha avuta fra le mani!»

Stelio appoggiò la schiena alla sedia, dondolandola sulle due gambe posteriori, passando con lo sguardo da uno all'altro e continuando a negare con il capo.

Santovito lo guardò, serio. «Stelio, lo sai che siamo tuoi amici e che il Romitto forse è morto per questi... per queste cose. Devi dirci la verità, che se no aiuti solo chi l'ha ucciso».

Stelio ci pensò su a lungo e poi scrisse: "Me li ha mostrati il Romitto uno alla volta e mi ha chiesto di disegnarli per lui".

«E dove li prendeva? Dove li teneva?» chiese Raffaella eccitata.

“Non lo so. Una volta l’ho seguito per vedere dove nascondeva i due orecchini che mi aveva fatto disegnare, ma lui ha girato a caso per i boschi e poi è tornato all’Abbazia.”

«Si era accorto che lo seguivi» disse Santovito.

Affascinata, Raffaella passava da un disegno all’altro. «È sicuramente oreficeria etrusca; non è il mio campo ma mi ricordano... Hai presente il materiale che il Gozzadini trovò nella città etrusca giù nella valle, durante gli scavi che mi pare risalgano al 1860?»

«No, temo di no, anche perché attorno al 1860 non ero ancora arrivato da queste parti.»

«Che sciocco! Volevo dire che i reperti più preziosi furono rubati durante l’ultima guerra e potrebbero essere questi! Ma ci pensi?» Santovito era poco convinto ma annuì lo stesso. «Sai che facciamo? Andiamo a controllare!»

«Sì, ma dove?»

«Vedrai, vedrai.»

Il campanello suonò il mattino tanto presto che in servizio c’era solo il piantone, mezzo addormentato per una notte passata tentando di restare sveglio; il maresciallo Amadori diventava una bestia se sorprendeva il piantone appisolato.

Era di turno Gargiulo; aprì lo spioncino, guardò con occhi appannati dal sonno e si affrettò ad aprire; li fece entrare e chiuse la porta a chiave e se la mise in tasca, che i due non cambiassero idea e tornassero di dov’erano venuti mentre lui andava a svegliare Chiaffalà.

Non parlò neppure Chiaffalà quando se li trovò dinanzi, in piedi e impacciati nell’atrio della caserma. Si limitò a fare segno che aspettassero, tornò in camera, infilò la camicia e la giacca e andò a svegliare il maresciallo.

«Sono qui, signor maresciallo! Sono venuti a costituirsi.»

Ares ci mise un po’ a capire di cosa parlasse il suo appuntato. Aveva mal di testa e la bocca impastata per il mangiare e soprattutto per il bere della sera precedente, ma se non approfittava dei momenti di vita che la sua città gli offriva quando si metteva in borghese... E al ritorno aveva fumato troppo per restare sveglio al volante dell'Abarth.

«Chiudili in cella e fammi un caffè!»

«Come? Subito in cella?»

«Chiaffalà! Siamo sordi, questa mattina? In cella, in cella, ho detto, e facciamoli aspettare come loro hanno fatto aspettare noi, cazzo!»

«Signorsì, signor maresciallo! In cella» E giù, a piano terreno, ordinò: «Gargiulo, sbattili dentro e butta via la chiave, che quello è il posto per i delinquenti!».

Flak guardò Bleblè e mormorò: «Hai visto? Io lo sapevo».

«Non puoi metterci dentro, Chiaffalà. Siamo venuti per spiegare... Tu mi conosci, fammi parlare con il maresciallo.»

«Belìn, adesso vuoi parlare con il maresciallo? Arrivi e vuoi parlare con il maresciallo! Quando sarà il momento, Bleblè, e quando il maresciallo sarà in comodo! Cosa credi, che siamo a tua disposizione? Dentro, Gargiulo, dentro!» E andò a preparare il caffè per il superiore.

Il piantone fece segno ai due di seguirlo e li precedette in corridoio; Bleblè lo seguì per primo, ma ai piedi della scala gli si gettò contro di spalla e il Gargiulo batté la fronte contro i gradini e finì lungo disteso sul pavimento.

Bleblè lo saltò e salì i gradini quattro a quattro; infilò la finestra aperta del primo piano e saltò nell'orto dietro la caserma. Svelto come un gatto. Non era cosa della sua età!

Flak non se l'aspettava, capì in ritardo e cercò di seguirlo, ma il carabiniere Gargiulo, dal pavimento, gli afferrò un piede e mandò anche lui a sbattere contro lo stesso gradino già macchiato del suo sangue.

Non presero Bleblè soprattutto perché Chiaffalà ci mise un po' a trovare le chiavi del portone, che Gargiulo si era messo in tasca per precauzione, e quando arrivarono nell'orto, di lui non c'era più neppure l'odore.

In attesa che Ares si sfogasse con lui, Chiaffalà si sfogò con il tedesco che scaraventò in cella senza tanti complimenti. Flak si teneva la fronte con la mano e cercava di tamponare il sangue.

Se ne occupò poi Gargiulo dopo che ebbe provveduto a fasciare la sua di ferita. Se ne occupò non per carità cristiana ma perché non sopportava che gli sporcassero il pavimento, anche se era il pavimento di una cella. Toccava a lui la settimana di ramazza!

«E adesso dove lo andiamo a trovare, me lo dici appuntato? Quello conosce i boschi come casa sua! Si rintana in qualche tana di volpe e addio! Siete una branco di imbranati!»

«Signor maresciallo, non mi aspettavo...»

«Non ti aspettavi? Un appuntato si deve aspettare di tutto! Dove cazzo è finito il mio caffè?»

Dallo specchietto retrovisore esterno Stalìn li vide avvicinarsi alla sua Carolina e scese. Disse:

«Come, il signor maresciallo e la signorina già di partenza? Bell'e stanchi delle vacanze? Già, adesso i signori non si accontentato più di questi monti. Adesso è il mare, che tira».

«Sta' buono, Stalìn, che mare e mare: io ci sto tutto l'anno al mare. Andiamo via solo per un giorno. Dov'è finito il tuo spirito di osservazione? Non vedi che non abbiamo bagagli?»

«Vedo, vedo.» Tornò al volante e non disse altro fino alla stazione, ma dallo specchietto retrovisore li tenne d'occhio per l'intero viaggio.

Alla stazione velocemente spense il motore, tirò la leva del freno a mano e corse alla portiera posteriore mentre i due scendevano. Un inchino a Raffaella, uscita per prima, e a Santovito disse:

«Già risolto tutto, eh? Lei è un grande, l'avevo detto, io! Come il delinquente, anche il suo carnefice torna sempre sul luogo del delitto. E chi è questa volta il colpevole?»

«Dài, Stalìn, cosa vuoi che abbia risolto? E poi non tocca a me, te l'ho già detto e ridetto.»

Stalìn si accarezzò i baffi e strizzò l'occhio: «Certo, certo, tutto in camuffa, so, so». Si mise un dito contro naso e bocca. «Stalìn capisce, bene, bene.»

«Stai calmo e lasciaci andare, se no perdiamo il treno. Ti saluto, che se vuoi chiacchierare abbiamo tutto il tempo quando torno.»

«Che tipo buffo» disse Raffaella allontanandosi. E si voltò: Stalìn era ancora là e si lisciava i baffi, in piedi accanto alla portiera. Salutò la ragazza con un gesto.

«Buffo, sì, ma è un furbo... Durante la guerra ne ha fatte di tutti i colori: contrabbando e cose così.»

«Be', poveretto, si arrangiava. A quei tempi...»

«Questo è sicuro, allora si tirava a sopravvivere un po' tutti. Se penso a quello che anch'io... Sbrighiamoci o ci lasciano a piedi!»

Ebbero appena il tempo di sedere e il treno partì. Non c'era molta gente e lo scompartimento era tutto per loro.

«Ogni volta chc faccio questa linea...» Santovito non completò e guardò fuori.

«Sei strano: certi discorsi li cominci come se volessi raccontare e poi non ti si cava più una parola.»

Santovito indicò il paesaggio: «Non so come dire, ma c'è qualcosa che mi prende, mi piace. L'ho visto cento volte, questo panorama, e ogni volta è nuovo. Il fiume che appare e scompare, i boschi e i monti che calano verso la pianura, le case lontane che si vedono e un attimo dopo non si vedono più... Mi sono sempre chiesto che gente c'è, là fuori; chi vivrà lassù, per esempio...».

«Forse ha proprio qualcosa di magico. Ci siamo conosciuti su questo treno e se posso fare la professoressa, "galeotto fu il libro", anche se il nostro era Hemingway.»

«Già.» E per un po' Santovito restò in silenzio guardando fuori dal finestrino. Poi: «Dopo la guerra, quando lo hanno ripristinato... Il treno, dico, era tornato a vapore, come agli inizi. Che non ho mai conosciuto!» si affrettò a precisare. «Era più romantico, forse, ma più lento e più sporco, questo è sicuro. Quando entrava in galleria! Avessi visto com'era ridotta la linea! Ponti saltati, stazioni mitragliate e bombardate, ma poi...» Si interruppe e per un poco Raffaella lo lasciò al suo passato. Ma dopo mormorò:

«Ne avevi cominciato un altro, di discorsi...»

«Sì? E quale?»

«Il tuo passato durante la guerra.»

«Be', quello...» e fece il solito segno vago con le mani per significare che il passato è lontano.

«E poi avevi cominciato un discorso su Stalìn.»

Scendevano verso la città e l'aria che entrava dal finestrino abbassato si era intiepidita.

«Ci aspetta una giornata calda, a Bologna.»

«Ecco che cambi discorso. Dimmi di Stalìn.»

Santovito ci pensò su; cercò un sigaro morbido e lo mostrò alla ragazza, che annuì, e lo accese. L'aria che entrava dal finestrino disperse il fumo delle prime boccate.

«Stalìn, sì, Collina Giacomo. I suoi se la cavavano, anche se non erano ricchi. Gente di chiesa. Lo mandarono in seminario a Bologna e quando venne il momento della prima messa che doveva dire...» Sorrise e continuò sottovoce, come se ricordasse solo per sé. «Da queste parti la messa non si celebra, la messa si dice. Dunque, il Collina doveva dire la sua prima messa proprio in paese e tutto era pronto. Grandi preparativi, una festa, e la madre va per svegliarlo al mattino presto, ma don Giacomo è sparito e il letto è intatto.» Tirò una lunga boccata che, per non disturbare Raffaella, mandò verso il finestrino. «La povera donna venne da me che piangeva e quando lo trovai, suo padre l'avrebbe ucciso se non fossi intervenuto io.»

«Per questo ti deve qualcosa?»

Santovito non rispose e continuò a bassa voce: «Per molto tempo in paese lo evitarono, niente amici, niente donne... Brutti momenti, per lui. Da queste parti un prete spretato... Insomma un bel giorno se ne andò dal paese». Un'altra tirata e tornò a guardare il paesaggio e Raffaella lo lasciò definitivamente ai suoi pensieri.

Scesero nel caldo opprimete della stazione, nella calma del piazzale Ovest. Fuori li aspettavano i neri tassì, fasciati di verde.

«Prendiamo un tassì, un tram, cosa facciamo?»

Raffaella guardò l'orologio sulla facciata della stazione, segnava le dieci e venticinque del due agosto, e disse:

«Ma no, abbiamo tempo. Godiamoci un poco Bologna, andiamo a piedi.»

«A piedi? Non c'è un gran fresco... Va bene, va bene» si affrettò ad aggiungere vedendo il viso rabbuiato della ragazza. «Andiamo a piedi, però ci fermiamo in un bar a bere qualcosa: so già che mi verrà una gran sete.»

Attraversarono un piazzale deserto e oppresso da un calore che saliva dall'asfalto morbido, usciva dai muri dei palazzi e calava da un cielo che pareva di piombo, e imboccarono via Indipendenza, dove Raffaella prese per mano Santovito e lo trascinò verso la scaletta del Pincio.

«Vieni, attraversiamo la Montagnola! Io venivo a studiare seduta sulle panchine sotto gli alberi e...» Questa volta fu lei a non completare il discorso.

«Ho capito: ci incontravi i tuoi fidanzati.»

«Be' fidanzati è un po' troppo. Ci incontravo dei ragazzi...»

«E adesso ne senti la nostalgia...»

Raffaella lo guardò e scosse il capo, sorridente: «No, se c'è una cosa che in questo momento non sento, è la nostalgia».

Non un filo d'aria neppure sotto i grandi alberi della Montagnola e, attraversando piazza Otto Agosto, l'aria bollente gli bruciò il respiro.

Finalmente dopo piazza Maggiore entrarono nelle fresche stradine dietro il Pavaglione, colme di negozi di generi alimentari e frutta il cui odore pesante riempiva l'aria immobile.

Sedettero in un bar all'aperto.

«Aah, una bella birra gelata! Tu cosa prendi?» Ma Raffaella non ebbe il tempo di rispondere.

«I signori desiderano?» chiese Mandarino.

«Be', Mandarino, che sorpresa! Cosa ci fai a Bologna? Lo sai che hai messo in crisi la Mezzacosta? Cleto non sa più come fare senza di te.»

«Be', io... io» balbettò Mandarino. «Adesso io le mando un altro cameriere» e sparì nel bar.

«Questa poi! Perché non ha preso lui l'ordinazione?»

«Be', forse non se la sente di dare delle spiegazioni che per lui sarebbero imbarazzanti» lo giustificò Raffaella.

«I signori desiderano?»

«Senta, ma quel cameriere di prima?»

«Oh, quello!» e fece un cenno vago con la mano. Poi tagliò corto: «Desiderano?».

«A me una birra... Oh, scusa, tu che prendi?»

«Li avete i Cof? Sì? Allora un Cof al tamarindo.»

«Un Cof? E cos'è?»

«Un normale ghiacciolo, ma a Bologna li chiamano così. E se dopo averlo mangiato trovi che nella parte della stecca coperta dal ghiaccio c'è la scritta Cof, ne vinci uno. A me non è mai capitato!» concluse Raffaella dispiaciuta.

Santovito scolò rapidamente la birra guardando Raffaella che finiva il Cof a piccoli morsi.

«Allora, hai vinto?»

Con aria sconsolata Raffaella mostrò lo stecchino: «No, neppure questa volta».

«Avrai più fortuna la prossima, e speriamo di averla noi, per quello che cerchiamo. Si va?»

Li accolse il fresco dell'Archiginnasio, il silenzio delle sue sale e il profumo dei libri.

Santovito non avrebbe saputo da dove cominciare e lasciò che se la cavasse Raffaella che ne sapeva più di lui. La ragazza prese il tagliando d'ingresso e fece segno a Santovito di seguirla. Trovò quasi subito la scheda nei cassettini dei vecchi mobili, schede vergate da una penna in un'elegante grafia in chiaroscuro, da chissà quanti anni. Compilò il tagliando con i dati della scheda, lo consegnò al bibliotecario e andò a sedere nelle antiche panche, sempre seguita da un Santovito silenzioso e quasi intimorito. Di tanto in tanto il passaggio di un tram per via del Pavaglione faceva vibrare i vetri delle enormi finestre. Per il resto, silenzio e caldo.

«Il Gozzadini» mormorò Raffaella «è stato fra i primi a impostare scientificamente lo scavo archeologico; di ogni tomba registrava le dimensioni ed eseguiva personalmente o faceva eseguire i disegni degli oggetti trovati... Vedrai. Scoprì la prima necropoli dell'età del ferro nella sua tenuta di Villanova, vicino a Bologna... Di là è venuto il termine di "civiltà villanoviana"...»

Si interruppe e si alzò per tornare al banco del prestito: il bibliotecario era appena rientrato in sala di consultazione con il grosso volume. Raffaella lo portò al tavolo, lo sfogliò rapidamente e si fermò alle belle illustrazioni.

«Stupefacente, sono identici, sono i gioielli che Stelio ha disegnato, non c'è dubbio!» mormorò.

«Sì, sono loro» e Santovito controllò il titolo di copertina: *Di un'antica necropoli nel Bolognese*; 1865 l'anno di stampa.

«Ma come accidenti sono finiti fra le mani del Romitto e poi fra quelle di Stelio?» si chiese Raffaella.

Santovito tornò alle pagine disegnate e vi posò le mani come per accarezzare le riproduzioni: «Io credo proprio di saperlo» e sorrise a Raffaella che lo guardava sorpresa. Aggiunse, sempre sottovoce per non turbare il silenzio della sala: «Cioè, me lo immagino». Si alzò. «Vieni che andiamo a controllare.»

XXV

le bugie di Flak...

C'erano il Frabbone, la Nuccia di Caio, la Cesira della Borda, Catullo, Ligera... C'era quasi tutto il paese e discutevano sottovoce, come fanno di solito i montanari, ma decisi. Dei villeggianti nemmeno l'ombra, erano lassù per riposare, gli affari del paese non li riguardavano e se potevano ne restavano fuori. Occupavano quasi tutta la strada e Stalìn fu costretto a fermare la corriera e a smontare assieme a Raffaella e Santovito, ultimi passeggeri rimasti a bordo.

«Che succede, Ligera? Che ci fate tutti qui?» chiese Santovito.

Ligera gli puntò contro l'indice della sinistra: «Giusto lei! Io lo sapevo che sarebbe finita così. Tutti a prendersela con Bleblè. Non ne ha avuto abbastanza, quel poveretto?».

Santovito stava per replicare, ma proprio in quel momento don Vincenzo uscì dalla caserma e tutti si mossero per andargli incontro. Il parroco allargò le braccia e poi le sollevò al cielo come per affidarsi alla misericordia di Dio:

«Ho paura che non possiamo fare niente, anzi il maresciallo ci ordina di disperderci se non vogliamo essere accusati di adunata sediziosa e subirne le conseguenze».

Nessuno accettò l'invito del parroco. Anzi, il Frabbone andò a sedersi sui gradini della caserma, appoggiò la schiena alla parte fissa del portone e disse:

«Voglio proprio vedere chi viene a spostarmi di qui, voglio proprio vedere.»

«Cosa succede?» gli chiese Santovito.

«Ho fatto come mi ha consigliato: ho convinto Bleblè a presentarsi al maresciallo assieme a Flak, ma le cose non sono andate come pensava lei e li ha arrestati».

«E con quale accusa?»

«Lo chieda a quel coglione che sta qui dentro.»

«Fammi passare che glielo chiedo.»

Il Frabbone si alzò, lo fece passare e subito dopo tornò a sedere sui gradini. Nessuno aveva intenzione di obbedire all'ordine di disperdersi e si raccolsero attorno al Frabbone, dinanzi alla caserma.

Glielo chiese: «Con quale accusa li hai fermati?».

Da come accendeva le sigarette e da come le fumava, senza piacere, e da come le spegneva quasi subito, il maresciallo Amadori non era tranquillo.

«Non devo rendere conto a te, comunque... omicidio nella persona di Claudio Fraticelli di anni otto, Rino dei Battaglia di anni dodici, Colioli Francesco detto il Romitto del Castagno di anni settantatré. Le prove che ho raccolto non lasciano dubbi...»

«Vediamole, queste prove.»

Ares si sistemò sulla poltrona dietro la scrivania e accese un'altra sigaretta, l'ultima del portasigarette: «Bleblè della Ca' Rossa ha incontrato i due ragazzi la sera stessa in cui sono stati uccisi. Erano andati da lui a chiedergli in prestito la pala, probabilmente perché serviva ai loro giochi...».

«Chi te lo ha raccontato?»

«Non stare a preoccuparti: lo so e basta!»

Tirò nervosamente dall'ultima sigaretta e Santovito gli chiese: «È l'ultima, cosa fumerai dopo?».

Ares controllò nel portasigarette: «Non stare a preoccuparti. I due ragazzi vengono uccisi e io trovo la pala nella tenda del tedesco, e il tedesco che fa quanto i miei vanno per fermarlo? Scappa e si nasconde da Bleblè... ».

«E questo come lo sai?»

«Il tedesco se la vede brutta e sta collaborando. Più chiaro di così! I due sono in combutta.»

Santovito aveva in mente la Schwimmwagen scomparsa durante la guerra e le armi trovate dal Frabbone su un'auto anfibia nascosta sotto il ponte della Leona e quattro cassette che dovevano trovarsi sulla stessa auto e non c'erano... E poi il tesoro della Regina Selvaggia... o meglio, i reperti etruschi misteriosamente spariti dalla necropoli... Tutti misteri che si intrecciavano fra quei monti e che il tempo per un po' aveva coperto e che improvvisamente erano rispuntati. Disse:

«Ci sono altre cose da valutare.» Cavò dalla tasca la targhetta in metallo che il Frabbone gli aveva regalato, se la rigirò fra le dita e la guardò. La rimise in tasca: Ares non era il tipo da ascoltare le perplessità degli altri. Anzi, non ascoltava e basta. Disse ancora: «Io non credo che le cose siano andate come dici tu».

«Non importa, lo credo io e tanto basta.»

«E Bleblè che dice?»

Ares schiacciò l'ultima sigaretta nel posacenere e frugò nel cassetto. «Si è messo nei guai seri: oltraggio e resistenza a pubblico ufficiale, oltre che omicidio plurimo...»

«E che dice?»

Ares lasciò cadere un pugno sulla scrivania: «Glielo chiederai tu quando lo incontrerai!».

«Secondo me dovresti sentire anche la sua versione...»

«Ma che cazzo m'importa!» Sollevò le dita della destra e le agitò ben distese davanti agli occhi di Santovito. «Cinque punti di sutura a Gargiulo, cinque, sulla fronte, e quindici giorni di prognosi. Se ti fa piacere, glielo chiederò appena lo avrò ripreso, che prima o poi si dovrà mostrare, se vuol sopravvivere!»

Santovito immaginò come potevano essere andate le cose: oltraggio e resistenza a pubblico ufficiale, cinque punti di sutura. «Ho capito. E il movente?»

«Lo troverò, lo troverò. Per adesso li arresto perché non voglio farmeli scappare.» Ma intanto Bleblè gli era già scappato.

«Ho capito» ripeté Santovito e lasciò l'ufficio.

«Non ti immischiare!» gli gridò dietro Ares. «Non ti immischiare anche se Bleblè è un tuo amico d'infanzia.»

«Non d'infanzia» borbottò Santovito. «Non d'infanzia, ma amico lo è, e di quelli che si portano dietro per sempre.»

Il Frabbone si alzò di nuovo per farlo passare e aspettò, come gli altri attorno, che Santovito dicesse qualcosa. Santovito si allontanò senza parlare.

Aspettarono Stelio dinanzi alla chiesa. Arrivò con il Millecento, li caricò e li portò su e durante il viaggio nessuno parlò. Solamente, prima rientrare, Raffaella disse:

«Ho sentito che Bleblè è scappato.»

«Chi te l'ha detto?»

«Il Frabbone. Vuoi sapere come la penso?» Non aspettò risposta. «È meglio così, meglio così se la giustizia è quella di Ares. Anch'io non credo che Bleblè e Flak...»

«Non lo crede chiunque abbia un minimo di buon senso.» Poi Santovito si rivolse a Stelio: «Collina... Stalìn dice che anche tu sai chi ha ucciso...». Stelio aggrottò la fronte e si posò la sinistra sul petto. «Hai ragione: Collina non sa quello che dice. Spesso parla a caso e a volte ci prende, ma non sempre.»

«Cosa farai?»

«Parlerò con Bleblè.»

«Sai dove trovarlo?»

«Credo, ma non ne sono sicuro. Una volta mi disse... Ma adesso abbiamo tutti bisogno di una doccia: Bologna è la città più calda che io conosca.»

«Verrò con te quando andrai a cercarlo e...» Ma Santovito la fermò sollevando alta la destra e scuotendo il capo. «No? Perché no?»

«Perché le cose si stanno complicando e...»

«... e io non sono in grado di capirle, lo so!» Lo guardò in viso. «O perché le donne devono stare in casa a fare la calza? È così che la pensi?»

«Se la metti in questo modo... Va bene, quando e se andrò a cercarlo, verrai con me. Prima però io devo fare una visita...» La bloccò prima che parlasse. «Non mi chiedere di portarti perché non saprei come giustificare la tua presenza.» Il tono deciso consigliò a Raffaella di non insistere.

«Mi fa piacere rivederti... Oh, se aspettavi ancora qualche mese non ci saremmo più incontrati. Lo sai che sto per andare in pensione? Me ne tornerò al mio paese.»

«È giusto, stai qui da una vita! Ricordo che mi accompagnasti tu alla mia caserma...»

«Ne sono passati di anni! Sai che mi aspettavo una tua visita? Appena il maresciallo Amadori mi ha detto che vuole un mandato d'arresto per Bleblè della Ca' Rossa, io mi sono detto: "Friggerio, qui le cose si mettono male e adesso ti viene a trovare Santovito".»

«Avevi ragione, colonnello, ed eccomi qua.»

Il tenente colonnello Friggerio ordinò due caffè e poi disse: «Oh, ti piace ancora il caffè, spero» e al cenno di assenso si tranquillizzò. «Allora, cosa mi racconti?»

«Ti racconto che le indagini del maresciallo Amadori hanno imboccato la strada sbagliata ..»

«E che ci posso fare, io? Se fosse per me quello sarebbe al massimo appuntato in un paesino del Sud a farsi un culo così, altro che maresciallo!»

Gustarono il caffè in silenzio e poi il tenente colonnello Friggerio riprese da dove era rimasto: «Ma quello ha troppi amici... Suo padre ha troppi amici che contano e così...». Allargò le braccia. «Non mi ci voleva, questa proprio non mi ci voleva alla vigilia della pensione.» Guardò in viso quello che era stato un suo giovane subalterno: «E perché ha imboccato la strada sbagliata?».

Santovito non rispose subito; tirò fuori dalla tasca della giacca la scatola dei sigari e la offrì al tenente colonnello:

«Con un buon sigaro mi viene meglio.»

«Non per me, grazie, ho smesso. E tu non sei passato alle sigarette, come hanno fatto tutti?»

«Nei secoli fedele.» Ammorbidì il sigaro fra le dita e lo accese; guardò il fumo stemperarsi lentamente nell'aria. «Ha imboccato la strada sbagliata perché cerca un assassino di oggi e io ho buone ragioni per pensare che l'assassino venga da lontano e...»

«Il tedesco viene da lontano.»

«Voglio dire che viene da lontano nel tempo, non nello spazio.» Tirò un paio di boccate. «Se Amadori fosse un tipo che lascia parlare, che ogni tanto ascolta... No, quello prende una dritta e va per la sua strada senza guardare né a destra né a sinistra. È difficile collaborare.»

Il tenente colonnello Friggerio era d'accordo: «Lo so, lo so, ma non posso intervenire». Cominciò a giocare con la biro: ne batteva la punta su un foglio, la ruotava fra le dita e la batteva di nuovo dalla parte posteriore. Un gioco che si interrompeva ogni volta che parlava e riprendeva quando ascoltava. «Puoi sempre indagare con discrezione e poi... e poi riferire a me. Con discrezione, mi raccomando. Hai qualche buon indizio?»

«Una certa idea ma...»

«... ma non me ne vuoi parlare, d'accordo, ma guarda che posso tenerlo dentro ancora una settimana al massimo. Cosa faccio?»

«Be', intanto mi ci fai parlare.»

La cella della caserma serviva per le emergenze e, appena possibile, gli arrestati venivano trasferiti nelle carceri giudiziarie di Bologna o, in attesa del mandato d'arresto come nel caso di Flak, nelle celle del Comando Gruppo dei Carabinieri.

Lo trovò seduto sulla brandina, le braccia sulle ginocchia e la testa fra le mani. Non la sollevò neppure quando sentì che aprivano la porta della cella.

«Come ti va, Flak?»

Solo allora il tedesco alzò il capo e si trovò dinanzi Santovito in piedi. Disse: «Sono in cella, come vuoi che vada?». Si alzò, andò alla grata della finestra e guardò fuori. «Ho seguito il tuo consiglio, grazie.»

«Ti ho portato delle sigarette...» Ma Flak non si girò. «Te le metto sul tavolo.» Ci fu un lungo silenzio e poi Santovito chiese: «Te la senti di spiegarmi perché sei tornato in paese?».

«Te l'ho già spiegato: per ringraziare Bleblè.»

«Saresti salito subito da lui e invece lo hai fatto solo quando il maresciallo ti si è messo dietro. Perché?» Flak non rispose. «La conosci questa?»

Flak si girò e prese dalle mani di Santovito la targhetta di metallo. La guardò in silenzio e poi annuì: «Era nel vano motore della mia Schwimmwagen».

«Sei sicuro?»

«L'ho letto troppe volte questo numero per sbagliare: dodicimilatrecentotrentasette. Era la mia.» E finalmente si decise a guardare in faccia Santovito. «Come l'hai avuta?»

«Questo significa che l'attacco partigiano di cui mi hai parlato non regge.» Dal tedesco non venne alcuna reazione e allora Santovito si riprese la targhetta e la rimise in tasca. «Non regge perché i partigiani, dopo l'attacco, primo, non avrebbero mai lasciato le armi sull'auto; secondo, non avrebbero perso tempo a nascondere l'auto sotto il ponte della Leona ma al più l'avrebbero bruciata e, terzo, se ti avessero attaccato e tu avessi voluto davvero disertare, come hai sostenuto, bastava che ti consegnassi a loro e avresti risolto. Invece hai preferito perderti fra i boschi e hai rischiato di morire assiderato, che se non ti trovava Bleblè...»

Il tedesco tornò a sedere sul bordo della brandina. Disse: «Va bene! Non c'è mai stato un attacco partigiano. Io e Andrea Ruffini abbiamo nascosto l'auto e abbiamo disertato sperando di incontrare i partigiani che sapevamo nella zona».

Santovito andò a sedergli accanto. «Flak, così non ne

verrai fuori. Io so che tu non hai ucciso i ragazzi e il Romitto, ma se non mi racconti cosa accadde quella notte, come ti aiuto?»

«È andata come ti ho appena spiegato, accidenti! Perché non mi credi?»

«Per una bella serie di motivi. Vuoi che te li elenchi tutti?» Flak lo guardò in viso senza rispondere. «Te li dico: se tu e Andrea Ruffini aveste avuto intenzione di disertare e unirvi ai partigiani, non avreste abbandonato le armi ma le avreste portate con voi; non avreste perduto tempo a nascondere l'auto e a cancellare le tracce delle ruote sulla neve ma ve ne sareste andati il più in fretta possibile. Ti basta o ti devo dire anche perché avete abbandonato le armi?» Tirò dal sigaro aspettando una risposta. «Le avete abbandonate perché avevate altro da trasportare. Per esempio, quattro cassette... Che fine hanno fatto, Flak?»

Flak non rispose. Guardò quell'uomo che non conosceva e che gli era entrato in cella a raccontargli cose che solo lui e Andrea Ruffini... E lo metteva in difficoltà con una logica che non lasciava dubbi. Allora disse:

«Tu hai trovato Andrea Ruffini?» Santovito negò. «Come sai tutto... tutte le cose che mi racconti?»

«Ho fatto due più due, e se lo fai anche tu ti accorgi che rischi l'ergastolo, perché qui non c'è nessuno che possa aiutarti.» E, dopo una pausa: «Tranne il sottoscritto Benedetto Santovito». Un'altra pausa: «E non per te, che non so nemmeno chi sei, né per amore della giustizia,» e sorrise a quello che stava per dire «che non sono nella mia giurisdizione e la giustizia la deve fare il maresciallo Amadori, ma per l'amicizia che ho con Bleblè».

«C'è sempre Bleblè che mi può dare una mano.»

«Bleblè ha da pensare per sé. No, convinciti che ci sono solo io e prima o poi dovrai fidarti.» Si alzò. «Se cambierai idea... Il tenente colonnello Friggerio sa dove trovarmi.»

Come d'accordo aveva fatto suonare la sveglia alle cinque e prima di scendere in cucina si era affacciata alla finestra: il mattino era fresco, il cielo chiaro, del chiarore che precede il sorgere del sole e la finestra della camera di Santovito, alla Mezzacosta, era già spalancata.

Fece colazione in camicia da notte e dopo preparò il pranzo al sacco: pane e prosciutto, formaggio e qualche pesca poco matura per non farne marmellata. Due barrette di cioccolata fondente sperando che il caldo non le fondesse del tutto. Al bere avrebbe pensato Santovito, così si erano lasciati.

Guardò l'ora e aveva ancora un po' di tempo; si tolse la camicia da notte e indugiò nuda per casa godendo del fresco dell'alba. Si vestì e completò l'abbigliamento con scarponcini alti, jeans e camicia di cotone. Preparò anche un maglioncino perché, come diceva Santovito, "da queste parti si vede come comincia la giornata ma non si sa come finisce", e andò a sedere sul gradino di casa ad aspettarlo e così ebbe occasione di vedere il primo raggio spuntare dalla montagna al di là dell'acqua, debole, quasi delicato. Non distolse gli occhi fino a quando il disco rosso non fu completo, abbagliante e caldo.

«Il rosso della mattina riempie la fontanina» disse Santovito.

Non lo aveva sentito né l'aveva veduto arrivare e non lo mise a fuoco perché il sole l'aveva momentaneamente accecata. Chiuse gli occhi e chiese:

«Che significa?»

«Sostengono che il rosso di sera porta bel tempo mentre quello del mattino porta pioggia. Ci credi?»

Raffaella riaprì gli occhi e si alzò: «Sì, io ci credo. Fatta colazione? Allora ci mettiamo in viaggio. Dove si va? Ieri sera sei stato molto misterioso...».

«A cercare Bleblè: avevo promesso che ti avrei portata e io mantengo...»

«Accidenti! E sai dove trovarlo?»

«È un'ipotesi. Vedremo. Ti avverto che ci sarà molto da scarpinare e ti stancherai...»

«Per questo abbiamo i rifornimenti, no? E tu hai preso da bere?»

Santovito fece orgogliosamente dondolare il sacco a mezz'aria: «Vino rosso e di quello buono, che fa sangue e mette energia...».

«Niente acqua?»

«Incontreremo tante sorgenti da toglierti la sete ogni volta che l'avrai. Sorgenti che danno acqua, non vino» e si mise in strada.

Raffaella si attardò a chiudere la porta e a nascondere la chiave in una fessura del muro e con una corsetta lo raggiunse: «Prima tappa?».

«Andremo fino a quando non mi pregherai di fermarci perché non ce la fai più.»

«Ti stancherai prima tu. Io sono una grande camminatrice, non dimenticarlo!»

«Sì, come sei una grande nuotatrice.»

«Prendi anche in giro, adesso?» e affettuosamente lo colpì con un buffetto sulla nuca.

«Ce ne sono due o tre lungo il pendio,» disse Santovito indicando la grotta «ma solo questa, secondo la leggenda, è la buca del Diavolo» e in quel momento arrivò fino a loro il suono del tocco, debole per la lontananza e per l'aria immobile.

Raffaella era rossa in viso e accaldata, ma gli occhi le brillavano. Annusò l'aria attorno: «C'è odore di zolfo».

La buca del Diavolo è dall'altra parte dell'acqua, a metà del monte, e poco oltre c'è l'oratorio di don Santino. Naturalmente c'è un motivo se li chiamano così.

Andò che molti anni fa, chissà quanti ne sono passati da allora, la chiesa del paese era tenuta da un prete talmente santo che aveva convinto tutti ad andare a messa e al Rosario in maggio. Come si chiamasse non lo ricorda nessuno perché era semplicemente don Santino.

Aveva convertito tutti, anche i bestemmiatori, e in paese ce n'erano tanti. Non ce l'aveva fatta con un vecchio che ormai si era dannato l'anima e che era la preoccupazione più grande del sant'uomo che avrebbe dato chissà cosa per recuperarlo alla fede.

Un bel giorno il diavolo in persona si presentò a don Santino e gli disse:

«Io so che tu daresti chissà cosa per convertire anche il vecchio. Ti offro l'occasione. Vediamo chi salta più lontano. Se salti più lontano tu, ti restituisco l'anima del vecchio bestemmiatore che è già mia, ma se salto più lontano io, sarai tu a restituirmi le anime degli altri abitanti.»

Don Santino non ci pensò un secondo e andò sul balzo del Diavolo, una roccia a picco sul fiume che scorre a un centinaio di metri in basso; raccomandò l'anima alla Madonna e saltò.

La Madonna gli diede una mano e don Santino arrivò dall'altra parte del fiume, a metà del monte.

Poi saltò il diavolo: non si seppe mai a chi si raccomandò, prese la rincorsa e saltò. Passò sopra la testa di don Santino e arrivò un bel po' oltre. Ma la terra non se la sentì di accogliere il diavolo e si ritirò, si ritirò tanto che il diavolo sprofondò e non se ne seppe più nulla.

Nel punto esatto dov'era atterrato don Santino adesso c'è l'oratorio e nell'anniversario del salto i paesani salgono fin là, assistono a una messa speciale e poi scoperchiano i cesti e mangiano sul sagrato. Comunque neppure in occasione della festa la gente si avventura dalle parti della buca del Diavolo, che forse avrebbe piacere se qualcuno ci facesse una visita una volta l'anno, come fanno per don Santino. Ma la buca del Diavolo è davvero un posto poco accogliente. La vegetazione che sta attorno alla buca è bassa e rinsecchita anche in primavera e dalle grotte umide e buie esce uno strano odore di zolfo come se fossero le porte dell'inferno.

Raffaella si avvicinò all'imbocco della grotta e rabbrividì per l'aria fredda che usciva e che le gelò il sudore sulla schiena. «È proprio vero che le leggende hanno un fondo di realtà. Qua attorno è pieno di sorgenti di acque solforose.» Infilò il maglioncino. «Nell'immaginazione popolare quest'acqua nasce dal centro della terra e cioè all'inferno e all'inferno c'è il diavolo... Che ci vuole di più per la fantasia popolare? Ma chi ti dice che Bleblè potrebbe essere nascosto qui?»

«Lo ha detto lui: "Ci sarebbero un paio di posti dove non ti troverebbe neanche il diavolo".»

«Allora andiamo a controllare» e fece per entrare.

«Aspetta!» Dal sacco Santovito estrasse due torce a pila. «Ho pensato a tutto. Pare che dentro ci siano molte diramazioni da perdercisi...»

«E noi come lo troveremo?»

Santovito sistemò il sacco su un masso sporgente dal terreno e che poteva benissimo fare da tavolo e sedette a terra: «Vedremo. Intanto è l'ora di mangiare qualcosa.»

«Ecco, alle solite! Se non ti va di rispondere cambi discorso. Ti ho chiesto come lo troveremo.»

«Sta' tranquilla, sarà lui a trovare noi. Bleblè sa che gli sono amico» e cominciò a estrarre dal sacco due cerchietti di plastica che con un colpo di mano presero la forma di bicchiere, il fiasco del vino rosso, un thermos, un coltello a serramanico con una quantità di accessori, dal cavatappi all'apriscatole e apribottiglie, dalla limetta per unghie al punteruolo... Batté la destra sull'erba, accanto a lui. «Qui, qui che è ora di pranzo. Vediamo se sei stata brava e hai portato qualcosa di buono.»

XXVI
... e la verità di Flak

Sgocciolò i bicchieri in plastica dal poco vino che era rimasto sulle pareti, svitò il tappo a pressione del thermos e disse: «Ho chiesto a Cleto di farmi quattro caffè bollenti...».

«Quattro? Allora ce n'è uno anche per me» e Bleblè uscì dal sottobosco.

Indossava la camicia di flanella colorata, i pantaloni di velluto, gli scarponi da montagna ingrassati da poco e, come sempre, il cappello calato sugli occhi. Sopra alla cacciatora dalle ampie tasche e alla cartucciera incrociata sul petto, portava la doppietta brunita e lucente.

«A chi vuoi fare la guerra, Bleblè?»

Bleblè fece un segno vago con la destra: «Si fanno certi brutti incontri fra queste balze...».

«Mi sono ricordato quello che mi dicesti un giorno ed eccomi qua.» Santovito indicò il masso che aveva fatto loro da tavola. «C'è rimasto qualcosa da mangiare...»

Bleblè si sfilò la doppietta, aprì la canna e cavò le due cartucce, che infilò nella cartucciera, poi la posò contro il masso e slacciò la cacciatora. Spezzò un po' di pane, tagliò una fetta di formaggio e, nel silenzio di tutti, mangiò lentamente.

«Che c'è di nuovo da quelle parti?» chiese dopo aver mandato giù l'ultimo boccone con un sorso di rosso.

«Ho incontrato Flak in carcere ma non vuole parlare, non è ancora maturo. Diamogli ancora qualche giorno.»

Dall'interno della camicia Bleblè sfilò una sciarpa azzurro pallido: «Mostragli questa e chiedigli se la conosce. Se è come penso, ti racconterà quello che vuoi sapere». Si alzò, riarmò la doppietta e la rimise a tracolla. «Dopo che ci avrai parlato vieni alle Camarazze dei Contrabbandieri; ho qualcosa da farti vedere che ti può essere utile.»

«Non sarebbe più comodo se quella cosa tu la portassi alla Ca' Rossa e noi salissimo da te...»

«Non venire di giorno, che ti possono seguire.»

Discorso finito e proposta bocciata. «Te ne vai senza bere il caffè?»

«Lo sai che non mi piace.» E Bleblè si imboscò di nuovo e per un poco i due sentirono solo lo scricchiolio dei rami secchi calpestati.

Raffaella allargò le braccia: «Cose dell'altro mondo! "Te ne vai senza bere il caffè?" "Lo sai che non mi piace"... Ci sono tre morti e un uomo in galera, probabilmente innocente, e voi... Non avevate nulla di meglio e più importante da dirvi, accidenti?»

«Mi pare che ci siamo detti tutto.» Versò il caffè nei due bicchieri di plastica e uno lo porse. «È ancora bollente, come al bar. Poi ci fumiamo un sigaro e torniamo. È già zuccherato.»

Raffaella mandò giù un nervoso sorso di caffè. «Vorrà dire che ci siamo svegliati alle cinque per venire a prendere il caffè alla buca del Diavolo.»

«Ci siamo anche fatti una bella e sana gita fra i boschi e tu hai conosciuto un altro mito di queste montagne... E poi abbiamo una sciarpa di lana. Se ti sembra poco.»

Non era il momento dell'ironia e Raffaella finì in silenzio di bere il caffè. Santovito le andò a sedere vicino e le passò un braccio sulle spalle:

«Devi aver pazienza con questi montanari. Sono chiusi, diffidenti...»

«Credevo che Bleblè fosse un tuo amico.»

«Lo è, ma anche lui ha il suo modo di comportarsi. Ci

vuole tempo per superare un comportamento vecchio di secoli. Già ho notato che i giovani sono diversi dai loro padri e...»

«E tu? Anche tu sei diffidente e chiuso? Il tempo che hai passato qui ti ha reso come loro?»

«No, che c'entra?»

«C'entra, c'entra. Non mi parli, non mi spieghi che sta succedendo, come... come se non ti fidassi di me.»

«Non vorrei fare una brutta figura proprio con te raccontandoti le mie ipotesi. Pensa se fossi poi smentito dai fatti!»

«Potrei capire il tuo comportamento per i fatti di questi giorni, ma tu proprio ti nascondi, non mi dici... non parli...»

«Di cosa?»

«Di cosa? Ma se non so niente di te, accidenti! Quando capita l'occasione ed entriamo in argomento ti chiudi come un riccio, accidenti! Chi sei, cosa sei venuto a fare qui dopo tanti anni... E soprattutto perché te ne sei andato... Insomma, Santovito, abbiamo fatto l'amore e se ti sembra una cosa da poco!»

Santovito si alzò, andò alla buca del Diavolo e rimase in silenzio a guardare il buco nero che si apriva sotto di lui. Accese poi un sigaro e tornò a sedere, la schiena appoggiata al masso che aveva fatto loro da tavolo. Cominciò:

«Mi ero rifiutato di insabbiare un'inchiesta nella quale era implicato il figlio di un gerarca fascista e l'Arma mi spedì da queste parti. Fino a quel momento avevo fatto una buona carriera... Figurati che quando mi affidarono la caserma del paese ero più giovane di Ares.» Il pensiero lo fece sorridere e si fermò per un paio di boccate e si tolse il sigaro di bocca per guardare la brace. «Bei tempi! Più giovane di Ares ma meno stupido. Nel Quaranta, il dieci giugno del Quaranta, scoppiò la seconda guerra mondiale e in luglio mi arrivò l'ordine di lasciare il comando della caserma... Era in corso una grande epurazione e a giudizio dei capi del Partito Nazionale Fascista io ero poco affidabile per le mie simpatie sovversive, come dissero loro. Figurati: sovversivo per aver tentato di fare il mio dovere!» Con un gesto allontanò l'idea come poco interessante. «Sta di fatto che mi mandarono in Russia a verificare di persona com'era la società comunista.»

Una tirata dal sigaro di tanto in tanto per non farlo spegnere, ma anche per raccogliere e mettere a fuoco i ricordi.

«Sono uno dei pochi fortunati che non ha lasciato niente di suo, se non sudore e lacrime, nella campagna di Russia e al ritorno qualcuno nell'Arma si è ricordato di me e mi ha restituito una caserma e la mia dignità.» Aveva finito e guardò Raffaella sorridendole. «Sono diventato Maresciallo Maggiore Aiutante di Battaglia, che è il massimo cui posso aspirare, e sono tornato da queste parti... non so neppure io perché. Forse per trovare quello che ci avevo lasciato... Ma la mia giovinezza non è più qui e ci sono invece un sacco di guai. E ci sei anche tu e nel conto credo di averci guadagnato. Soddisfatta?» Tornò vicino a Raffaella e le mormorò all'orecchio: «E adesso ti faccio una confidenza che non ho mai fatto a nessuno prima. Sai che avevo quasi rinunciato a cercarmi una donna tutta mia?».

Suonava il Vespro ed erano arrivati dinanzi alla chiesa.

«Vieni, sentiamo se don Vincenzo ha qualcosa da dirci.»

«A proposito di che?» chiese Raffaella, ma Santovito le fece segno di pazientare e si avviò. «Non posso, non ho niente per coprirmi il capo e don Vincenzo è molto formale in queste cose... E poi indosso i jeans!»

Santovito cavò di tasca un fazzoletto, lo aprì e glielo posò sui capelli. La guardò soddisfatto:

«Stai benissimo. Per i jeans non posso aiutarti.»

La prese per mano ed entrarono nel momento in cui don Vincenzo, vestito con i sacri paramenti per la funzione, usciva dalla sacrestia accompagnato dal vecchio sacrestano che ormai si reggeva a malapena, tanto che si fermò ai piedi dell'altare perché non aveva più la forza di salire i due gradini.

Al terzo salmo Santovito mormorò all'orecchio di Raffaella: «Dimmi quando sta per finire».

Al quinto salmo Raffaella si alzò sulla punta dei piedi e mormorò all'orecchio di Santovito: «Sta per finire».

Santovito le fece segno di seguirlo e andò in sacrestia.

«Oh, guarda guarda, siete qui?» E don Vincenzo cominciò a svestire i paramenti aiutato alla meglio dalle mani tremanti del sacrestano. «Come mai?» Allontanò il sacrestano. «Lascia, lascia, Giacinto, che faccio da solo. A cosa devo l'onore, che fino a oggi non l'ho mai vista fra i fedeli, signor maresciallo?»

«Ho altre abitudini, don Vincenzo, ma non sono un cattivo diavolo.»

«La signorina professoressa, invece, la vedo ogni domenica.» Si tolse la stola e la baciò. «Allora, come mai, come mai?»

«Una piccola informazione, don Vincenzo.»

«Fa parte delle indagini?»

«Lo sa che non sono in paese per indagini.»

«Dicono tutti così, ma chieda, chieda pure e se posso...»

«Nell'ottobre del Quarantacinque lei era già in questa parrocchia?»

Don Vincenzo ci fece su due conti a mente e poi: «No, io sono arrivato... Dunque, vediamo...».

L'aiutò il sacrestano che a memoria stava meglio che di fisico: «Voi siete arrivato nel Quarantotto per la festa del paese, don Vincenzo, nell'agosto del Quarantotto, me lo ricordo bene perché ho preparato io per l'accoglienza».

«E nell'ottobre del Quarantacinque c'era ancora don Merigo?»

Ancora il sacrestano: «No, no, il povero don Merigo non ha visto la fine della guerra, poveretto. Lo hanno ucciso pochi giorni prima del venticinque aprile, poveretto» e il triste ricordo, o la vecchiaia, gli inumidì gli occhi.

«Ma chieda, chieda pure, maresciallo. Forse il mio buon Giacinto, qui, può risponderle. Lui c'era, lui è in parrocchia da qualche secolo.»

«Sì, forse lei ricorda che nell'ottobre del Quarantacinque si presentarono in paese tre tedeschi della Croce Rossa Internazionale... Cercavano i corpi dei soldati tedeschi morti fra questi monti. Ricorda?»

Il vecchio non perse tempo a pensarci: «Sì, me li ricordo bene quei tre che vennero a frugare anche fra le carte della canonica e lasciarono tutto sottosopra che ci ho messo poi due giorni a sistemare...»

«Le mostrarono dei documenti? Cosa cercavano di preciso o cosa dissero?»

«No, niente documenti. Se ci fosse stato il povero don Merigo... Ma io non chiesi niente e gli feci vedere l'archivio...»

«Erano militari o civili?»

«Civili, civili, ma due chiamavano l'altro signor capitano.»

«Fra loro parlavano in italiano?»

«No, no, parlavano in tedesco e lo chiamavano Herr Kapitän. L'ho sentito dire tante di quelle volte durante la guerra che sapevo cosa significava. E poi io lo avevo già visto quel capitano. Era stato qui durante la guerra, su alla Mezzacosta quando ci avevano messo il comando della Wehrmacht e c'era anche un distaccamento della FLAK e lui era il capitano della FLAK, me lo ricordo bene.»

Santovito lo ringraziò e gli augurò di conservare la salute come aveva fin lì conservato la memoria. Si fermò appena fuori dalla chiesa, scelse un sigaro, lo accese e mandò fuori una prima soddisfatta boccata.

«Allora?» gli chiese Raffaella.

«Allora che?»

«Ti vedo soddisfatto e mi fa piacere, ma vorrei partecipare alla tua felicità.»

«Ancora un po' di pazienza, Raffaella...»

«Ancora un po' di pazienza... Accidenti!»

Era sdraiato sulla brandina, le braccia incrociate sul viso. Spostò appena le braccia per vedere chi gli era entrato in cella e le riportò sugli occhi:

«Sei venuto a portarmi altre sigarette?»

«Anche. Le metto qui.» Santovito posò i quattro pacchetti di Nazionali sul tavolino sotto la finestra; prese la sedia e andò a sedere accanto alla brandina. «Ma sono venuto soprattutto per mostrarti questa.»

Flak scoprì di nuovo gli occhi e si trovò la sciarpa di lana azzurro chiaro a due dita dal naso. Si sollevò a sedere per vederla meglio e disse:

«Sì, è la sciarpa di Andrea Ruffini. Avevo ragione io: lo hai trovato?»

«Per adesso ho trovato la sua sciarpa... Sei sicuro?»

«Se non è la sua, è la gemella. Se l'era messa ai primi freddi e non se la toglieva mai, nemmeno per dormire.»

Santovito scelse con cura un sigaro e offrì la scatola a Flak: «No, no, grazie, ne ho avuto abbastanza di quello di Bleblè» e andò a prendere uno dei quattro pacchetti di sigarette che Santovito gli aveva portato.

Santovito scricchiò il fiammifero di legno e accese prima la sigaretta di Flak e poi il suo sigaro. Fumarono in silenzio. Santovito non aveva fretta.

«Allora che mi dici?» chiese poi. Flak allargò le braccia. «Sei testardo come un tedesco. Adesso abbiamo solo la sciarpa, ma prima o poi arriveremo anche al tuo amico Ruffini e allora come la metterai quando anche lui ti accuserà degli omicidi?»

«Perché dovrebbe farlo?»

«Perché se non hai ammazzato tu, ha ammazzato lui e non credo che la cosa gli piaccia.»

Flak pensò per tutto il tempo della sigaretta e quando schiacciò la cicca sotto le scarpe, senza lacci, disse: «La cosa non piace nemmeno a me» e si sdraiò di nuovo sulla brandina e chiuse gli occhi.

Per un po' Santovito lo lasciò in pace e fumò in silenzio, poi disse: «Sei scappato dalla Ca' Rossa di Bleblè quando in paese sono arrivati i tre funzionari della Croce Rossa Internazionale, vero?». Flak annuì lentamente. «E uno di loro era il tuo capitano. Non c'è bisogno che confermi! Non cercava i corpi dei soldati tedeschi, ma le quattro cassette che tu e il Ruffini gli avevate fatto sparire. E anche per questo non mi serve la tua conferma perché lo abbiamo rintracciato e sarà contento di rivederti. Immagino che avrete modo di spiegarvi.»

Finalmente Flak si alzò a sedere sulla brandina: «Come lo hai trovato?».

«Prima mi piacerebbe di sentire la tua versione.»

«Sapevo che le quattro cassette contenevano reperti archeologici etruschi e sapevo che il mio capitano voleva portarseli in Germania. Per la spedizione mi sono scelto Ruffini, un amico di cui mi potevo fidare e abbiamo finto l'attacco partigiano e poi nascosto l'auto e ci siamo divisi le cassette, due a testa e poi via, ognuno per la propria strada, a nasconderle all'insaputa l'uno dell'altro. Le avremmo recuperate a guerra finita.»

«E a guerra finita ti sei fermato da Bleblè! Perché non hai recuperato le tue cassette prima di tornare in Germania?»

«Ho cercato di farlo più volte, di giorno e di notte, ma qualcuno mi seguiva, mi spiava... Ho pensato a Ruffini... E poi sono dovuto scappare in fretta perché il capitano arrivò in paese assieme agli altri due della Croce Rossa Internazionale. A casa mia, in Germania, mi hanno poi confermato che il mio superiore era venuto spesso a chiedere mie notizie, se sapevano dov'ero, che fine avevo fatto...»

«Le tue cassette le hai nascoste nella tomba dell'Abbazia.»

«C'era una tormenta... Ho girato a vuoto cercando di non perdere i sentieri che la neve andava coprendo e mi sono trovato per caso davanti a quelle rovine. Al buio, dentro, ho inciampato nella lapide che era sollevata e per poco non ci sono finito dentro. Ho nascosto lì le mie due cassette, ho rimesso a posto la pietra tombale...» Sfilò una sigaretta dal pacchetto e si guardò attorno per accendere. Santovito gli diede i suoi fiammiferi di legno. «Io credo che quella notte Ruffini mi abbia seguito...»

«No, se ti avesse seguito quella notte, non c'era ragione che ti spiasse dopo, a guerra terminata! E non ce lo ritroveremmo fra i piedi oggi.»

«Chi mi spiava allora, dopo la guerra forse era... poteva essere il capitano.» Tirava nervosamente dalla sigaretta. «Insomma, Ruffini o il capitano, resta il fatto che ho trovato la tomba vuota. L'ho aperta il giorno stesso che ci siamo incontrati all'Abbazia usando la pala che la tua ragazza... Come si chiama? Raffaella, sì, la pala che Raffaella aveva trovato vicino all'albero...»

«Il pero, il pero del tesoro di Selvaggia.»

Flak finì la sigaretta in silenzio. «Adesso che sai tutto, trova Ruffini o trova il capitano e fammi uscire di qua. Uno dei due ha combinato questo casino!»

Santovito si alzò e rimise a posto la sedia: «Farò il possibile. Tu intanto descrivimi questo tuo amico della Guardia Nazionale».

«Chiedilo a Bleblè, che sarà più preciso.»

«L'ha conosciuto?»

«Chiedilo a Bleblè» ripeté Flak, testardo come un tedesco. «Oppure glielo chiediamo assieme perché io di qui domattina esco. A meno che tu non abbia portato al tenente colonnello Friggerio qualche indizio importante contro di me.»

«Guarda che l'ho convinto io a rimetterti fuori prima. Avevi altri tre giorni. Ci vediamo in paese, magari alla tua tenda.»

XXVII
le Camarazze dei Contrabbandieri

La domenica mattina, per la messa delle undici, la chiesa si riempiva di fedeli, villeggianti e paesani, e si respirava il profumo antico di cera e dell'incenso.

Santovito aspettava Raffaella seduto sul muretto ai lati del sagrato, all'ombra di un acero secolare. Altri avevano accompagnato le donne e si erano fermati in gruppi a fumare e a fare due chiacchiere, sempre le stesse da una vita, le stesse dei loro padri.

Ma non aspettò la fine della messa che, per essere cantata, sarebbe stata piuttosto lunga. Salutò qua e là qualcuno di cui ricordava il viso e non il nome e prese la strada accanto alla chiesa.

Il Millecento di Stelio era parcheggiato nell'aia, dinanzi alla bottega del Frabbone, le ruote di destra sollevate da terra da due tronchi d'albero.

L'interno della bottega era illuminato dal baluginare della saldatura ad acetilene e si sentiva il caratteristico sibilo del gas che usciva dal cannello. Il Frabbone, occhialoni da saldatore sul naso, era chino su una marmitta stretta nella morsa e Stelio lo guardava saldare proteggendosi alla meglio gli occhi con le mani.

Nel suo angolo la fucina era accesa e ogni tanto il carbone sfrigolava sollevando scintille; le pale dell'elica della Schwimmwagen muovevano lente l'aria mescolando l'odore del ferro fuso con il profumo delle sigarette che Ligera e Catullo fumavano seduti al tavolo per una mano a sbarazzino.

«Qui non si santificano le feste!» gridò Santovito dalla porta.

I due giocatori lo salutarono con un cenno del capo, Stelio gli sorrise e il Frabbone si sollevò dal lavoro e spinse gli occhiali sulla fronte; girò la manopola sul cannello e la fiamma azzurrognola si accorciò:

«Quando c'è da fare, c'è da fare, anche se è domenica, se no questo» e accennò a Stelio «come riporta i clienti alla Mezzacosta?» Si stirò sollevandosi in tutta la sua altezza e allargando il petto per un lungo respiro. «Eeh, quanti mali si porta dietro la vecchiaia, caro mio! Sto chinato sulla morsa due minuti e subito la schiena si lamenta.»

Stelio fece per allentare la presa della morsa sulla marmitta.

«Non ho finito, non ho finito! Aspetta, che c'è ancora un buco da chiudere.» Rianimò il cannello, rimise gli occhiali e con pochi tocchi di fiamma e di ferro terminò il lavoro. «Ecco, adesso te la puoi riprendere, ma non so quanto ti durerà ancora questa marmitta. È tutta arrugginita, non vedi? Marcia. Fatti dare i soldi da quel tirchio di Cleto e compratene una nuova, che è meglio!» Tolse definitivamente gli occhialoni, spense il cannello e chiuse le due bombole.

Stelio afferrò la marmitta con un paio di enormi tenaglie e la immerse nella bacinella facendo ribollire l'acqua e sollevando una nuvola di vapore.

«E lei non va a messa? Come mai qui a quest'ora?» chiese il Frabbone mentre si lavava le mani.

«Mi serve un'informazione...»

«Lei non cambierà mai.»

«Guarda che è solo per una passeggiata che voglio fare con Raffaella. Come si arriva alle Camarazze dei Contrabbandieri? Ci sono andato una volta, tanti anni fa, e non ricordo bene la strada...»

Tutti i presenti sospesero quello che stavano facendo per guardare Santovito, ma fu il Frabbone a chiedere:

«Che andate a fare alle Camarazze, voi due cittadini?»

«Te l'ho detto, una passeggiata.»

«Una passeggiata! Sono degli anni che nessuno ci mette più piede, da quando un paio di cannonate hanno disfatto quel poco di sentiero che ci arrivava.»

«Una fissa di Raffaella: ne ha sentito parlare e non c'è verso...»

«Non ci arriverete!» lo interruppe il Frabbone. E con un tono piuttosto sbrigativo.

«Be', noi ci proviamo...»

«E a noi toccherà venirvi a cercare! E in piena notte, magari! Che idea! Perché non ve ne andate al lago a fare una nuotata e a prendere fresco, che oggi sarà una di quelle giornate...»

«Be', se non me lo vuoi dire...»

«Non glielo vuole dire perché non se lo ricorda più neppure lui» disse Ligera. «Saranno degli anni che non si muove da questo santuario!» Giocò la sua carta. «Allora, prendete la strada per la Cava Vecchia... Lo sa?»

Santovito annuì e Stelio gli andò dinanzi e si batté la destra sul petto.

«No, Stelio, ci andiamo da soli. Oggi avrai da fare con i clienti...»

Ma Stelio, a gesti, insisteva e il Frabbone lo allontanò con malagrazia: «Oh, non hai capito che ci vuole andare da solo?».

«Con Raffaella.»

«Sììì, con Raffaella! E tu vai a montare la marmitta prima che finisca la messa.» Si passò sul viso la destra ancora bagnata e, forse per dimostrare a Ligera che ricordava benissimo, completò la spiegazione. «Quando arriva alla Cava Vecchia c'è una mulattiera che sale lo Spungone... Non si sbaglia, c'è solo quella. A metà dello Spungone comincia il sentiero che scende alle Camarazze. È ripido e pericoloso e a un certo punto non c'è più per via delle cannonate che dicevo... Adesso ho da preparare il pranzo.»

Stelio era intento a rimontare la marmitta e nel passargli accanto Santovito lo salutò. Il giovane si pulì le mani sull'erba, gli fece segno di aspettare e scrisse: "Flak è giù al fiume, nella sua tenda".

«Lo so, lo so. Se lo vedi, salutamelo. Si allontanò di alcuni passi e poi: «Passerò da lui quando torneremo dalle Camarazze».

Cenarono in silenzio: minestrone alle erbette preparato da Raffaella al ritorno dalla messa, una fettina di carne, anche questa insaporita con erbe aromatiche, e due foglie di insalata con olio toscano e aceto.

«Se hai ancora fame...» Santovito fece segno di no. «Cosa ci sta succedendo?»

«Non lo so: sarà la tensione...»

«Per cosa?»

«Per una passeggiata da cominciare quando sarebbe l'ora di andare a letto. Te l'ho detto, è pericoloso! Io ci sono andato una volta e mi ero ripromesso di non tornarci.»

«Se è per me che ti preoccupi...»

«Per te, per me, per Bleblè... Siamo alla fine della storia e nel mio mestiere la fine è sempre pericolosa!»

Tornò il silenzio fino al caffè, bevuto il quale Santovito si alzò e vuotò per la terza volta la sacca: due torce, falcetto, coltello a serramanico, fune, rotolo dei maglioni di lana, bottiglia di acqua minerale...

«Sei sicuro che ci serviranno tutte quelle cose?»

«Spero di no, spero che il sentiero sia più agevole di come lo ricordo e...» Si avvicinò a Raffaella e la strinse fra le braccia, con tenerezza: «Perché non mi aspetti qui tranquilla, eh? Ti racconterò per filo e per segno...».

«Mi dovresti ammazzare!»

«Lo sapevo. Possiamo andare.»

Il sole stava arrossando, ancora alto sulla cima più alta, era già spuntata una pallida luna piena e l'aria era fresca.

«Sarà una bellissima notte» mormorò Raffaella.

«Sì, adatta per una passeggiata fra i boschi!»

Avevano da poco imboccato il sentiero per il fiume, Raffaella dinanzi e Santovito dietro, che Santovito toccò la spalla della ragazza e le fece segno di tacere e di seguirlo. Si infrattarono fra i cespugli e si accoccolarono e dal sentiero spuntò Stelio.

«Oh, cristo!» borbottò Santovito e uscì subito dopo che il ragazzo era passato dinanzi a loro. «Stelio!» Il giovane si fermò e si girò. «Stelio, tu non puoi proprio venire. Fammi il favore di tornare a casa e di non seguirci.» Stelio ci rimase male e chiese, a gesti, il perché. «Te lo devo dire io? Perché io e Raffaella desideriamo andare soli!»

Stelio chinò il capo, annuì e risalì il sentiero per la Mezzacosta. Lo videro sparire.

«Avresti potuto lasciarlo venire, no?»

«Sì, anche lui» borbottò Santovito.

Il tempo di accendere un sigaro e fece segno a Raffaella di riprendere la passeggiata.

Attraversarono il fiume in equilibrio sui massi che chissà chi aveva disposto, chissà quando, proprio per passare di là dall'acqua nei periodi di magra. Per l'acqua alta c'era una sgangherata passerella in legno, più a valle, ma allungava la strada e di molto.

Appena attraversato il fiume Santovito disse: «Facciamo una sosta».

«Già stanco?»

«No, è per Stelio.»

Sedettero in un punto della riva da dove, non visti, si controllava il guado e aspettarono. Stelio si era lasciato convincere e aveva rinunciato alla gita.

Una vecchia strada sterrata portava alla Cava Vecchia i barrocci tirati da buoi o da cavalli, ma era lunga e sarebbero arrivati a notte fonda. I sentieri erano la via usata dai cavatori, più ripidi e disagevoli della strada sterrata, ma più veloci; da tempo nessuno ci passava e si erano ricoperti di sterpaglia, anche se il tracciato era ancora ben decifrabile perché inciso da secoli sui fianchi della montagna. Ogni tanto Santovito era costretto a ricorrere al falcetto.

La Cava Vecchia: per secoli i cavatori avevano mangiato i fianchi della montagna e la pietra da costruzione serviva tutta la zona, ma poi era arrivato il mattone e la pietra serviva solo per qualche lavoro di restauro e non dava più da vivere. Erano rimasti il fianco corroso della montagna e una spianata grigia di arenaria sui quali non cresceva neppure la gramigna, solo qualche sterpo dove una fessura nella roccia si era riempita di terra portata dal vento o dalla pioggia. Ed erano rimasti le baracche, ormai mezzo scalastrate, e mucchi di pietra già squadrata o appena sbozzata che non aveva trovato un compratore.

La teleferica a gravità che aveva portato a valle chissà quante tonnellate di montagna, era ancora lì, con i suoi fili d'acciaio tesi ad attraversare boschi e burroni.

Arrivarono alla Cava Vecchia e Raffaella indicò il sole, un disco rosso per un quarto già dietro la montagna: «Abbiamo ancora un paio d'ore di luce. Ci arriveremo prima che faccia buio?».

«Sì, se non ci fermiamo troppo a guardare il tramonto!» Santovito era teso e non andava per il sottile.

Dalla Cava Vecchia salirono la mulattiera dello Spungone a metà del quale, come aveva spiegato il Frabbone, presero il sentiero per le Camarazze. Lo trovarono facilmente perché qualcuno ne aveva da poco liberato l'imbocco dalla sterpaglia che poi aveva ammucchiato, appassita, lì accanto.

«Un lavoro di Bleblè» disse Santovito. «Vuol essere sicuro che arriviamo alle Camarazze.»

«Cos'avrà di tanto importante da mostrarti?»

«Una divisa militare...» e, allo stupore di Raffaella, gli riuscì un timido sorriso.

Santovito precedeva Raffaella ma la teneva d'occhio: il sentiero era stretto e ripido; a sinistra, quasi a contatto di spalla, la parete dello Spungone, e a destra lo strapiombo sul fiume. Bisognava stare molto attenti a dove si mettevano i piedi perché il sentiero era coperto da sassi irregolari che il gelo e il caldo avevano staccato dalla roccia e che erano finiti lì, in un equilibrio instabile.

«Fra poco ci siamo» disse Santovito, ma subito dietro la curva il sentiero finiva nel vuoto. «Le cannonate, come ha detto il Frabbone.»

«E adesso?»

Le rispose Bleblè: «Sono qui sotto! Guarda, maresciallo, che c'è una scaletta di corda fissata allo spuntone di roccia!».

Era buio e Santovito usò la torcia. Trovò la scaletta, ne provò la consistenza e scese per primo. Illuminò poi la discesa per Raffaella. Bleblè li aspettava su una sorta di ripiano.

«Vi hanno seguito?»

«No, che io sappia.»

«Qualcuno sa che siete venuti qui?»

«Ne ho parlato con il Frabbone.»

Bleblè spinse indietro il cappello: «Non ce n'era bisogno» borbottò.

«Ce n'era bisogno, ce n'era bisogno.».

Poco convinto, Bleblè spostò i rami che coprivano un cunicolo dal quale uscì il debole bagliore di una lampada. Bleblè si chinò e si infilò nel cunicolo:

«Dentro, dentro che di lontano possono vedere la luce!» Fece passare i due e nascose di nuovo l'ingresso con le frasche.

La luce della lampada collegata a una batteria d'auto faceva brillare segmenti di roccia. Alla parete di fondo, cataste di casse con il marchio USA e con le scritta "Handstielgranate" e "Tellermine"; a sinistra, tre Spandau MG42 sul treppiede, il nastro inserito, la canna rivolta all'ingresso e pronte a far fuoco. In alcune nicchie scavate nella roccia di destra, i proiettili per cannoncini anticarro e antiaerei erano messi in mostra come sculture per abbellire l'ambiente. Altre casse di munizioni qua e là sul pavimento e, al centro, un tavolone grezzo, costruito con tronchi appena squadrati e inchiodati, sul quale Santovito posò il sacco.

«Un arsenale: queste sono le famose Spandau MG42. Le chiamavano seghe di Hitler per il loro potenziale di fuoco, oltre milleduecento colpi al minuto, un inferno! Ed ecco la MG34 in dotazione alla Schwimmwagen e lo Schmeisser e il MAB che il Frabbone ha trovato sotto il ponte della Leona.» Impugnò il MAB e lo controllò: «Tutto perfettamente oliato e pronto per essere usato...».

«Il più interessante è qui» lo interruppe Bleblè. Scoperchiò una cassa e sollevò una cassetta in legno. «Mina tedesca a strappo dello stesso tipo che ha ammazzato quel povero ragazzo dei Battaglia. Ce ne sono due casse piene ancora efficienti. E qui...» andò alla parete di destra «qui c'è una divisa da Guardia Nazionale Repubblicana. C'era anche la sciarpa che ti ho dato da mostrare a Flak. Che ha detto?»

«Di chiedere a te com'è fatto questo Andrea Ruffini. Perché?»

Bleblè frugò in una delle tante tasche della cacciatora e tirò fuori una fotografia: due soldati a mezzo busto sorridevano al fotografo e si tenevano le braccia sulle spalle. Un giovanissimo Flak in divisa della contraerea tedesca e un ragazzo della Guardia Nazionale Repubblicana in divisa invernale.

«Me l'ha data Flak nel caso che incontrassi questo suo amico. È convinto che dietro tutto 'sto quarantotto ci sia lui.»

Raffaella non aveva ancora parlato; si era guardata attorno e aveva esaminato tutto con il puntiglio delle donne.

«Fammi vedere» disse e prese la foto dalle mani di Santovito; si avvicinò alla lampada per vedere meglio i due giovani e poi andò a confrontare la foto con la divisa appesa alla parete. «Il ragazzo della foto indossa questa divisa. Ecco, guardate: il fregio sul risvolto del bavero è lo stesso...».

«Il fascio con le due emme ricamate in argento» disse Santovito. «Ma li portavano tutti i sottufficiali della Guardia Nazionale Repubblicana...»

«Ma immagino che non tutti avessero le lettere RA dipinte a mano sull'elmetto.»

Sull'elmetto appeso alla parete della camarazza c'era il classico fascio sormontato dalle due emme nere stilizzate e con la prima gamba unita fra loro che richiamavano sia le essesse tedesche che due fulmini. Accanto al fregio, le lettere RA riportate con vernice scura.

Raffaella puntò il dito sulla foto: «Eccolo qui, uguale!» e la restituì a Bleblè. «Tutto questo... tutto questo mi sconvolge. Tocchiamo degli oggetti che qualcuno ha indossato durante la guerra... e poi tutto qua attorno...» e con un ampio gesto indicò lo stanzone. «Se penso che c'è ancora chi ha intenzione di utilizzare queste... queste...» Non trovò la parola. «Ma come... Chi ha scavato questa grotta?»

Le rispose Bleblè: «E chi lo sa! Da queste parti si è sempre parlato delle Camarazze e le vecchie raccontavano che nei tempi dei tempi ci stavano le fate che di giorno tessevano la tela con fili d'oro e d'argento e di notte scendevano al fiume, qui sotto, per bagnarsi e cantare le loro nenie e che nessuno le ha mai vedute...».

«Le fate tessono con fili d'oro e d'argento, non hanno bisogno di armi!» mormorò Raffaella. «E adesso che facciamo?»

Dal sacco Santovito prese la scatola di sigari e i fiammiferi.

«Non vorrai...» disse Bleblè. «Con tutto questo esplosivo...»

«No, non fumo: il sigaro mi aiuta a pensare, anche se lo tengo spento.» Sedette al tavolone, su una cassa di armi, e scelse un sigaro. Nel posare la scatola e i fiammiferi vide, nel cassetto mezzo aperto, il calcio di una rivoltella. La sollevò con cautela e la rigirò fra le mani: «Una P38 con il proiettile in canna e senza la sicura. Chi l'ha lasciata qui aveva intenzione di servirsene in fretta». La rimise nel cassetto e infilò il sigaro fra i denti. Indicò ai due altre casse attorno al tavolone a fare da sedie. «Vediamo cosa viene fuori da quello che siamo riusciti a mettere assieme.»

XXVIII

l'uomo con il mitra

«Dunque, Flak e Ruffini si impossessano delle quattro cassette di reperti etruschi, se le dividono da buoni fratelli e ognuno per la propria strada. Flak arriva per caso all'Abbazia e nasconde le sue cassette nella tomba. Del brigadiere Ruffini Andrea si perdono le tracce, ma alle Camarazze noi troviamo la sua divisa da brigadiere della Guardia Nazionale. Io escluderei che sia arrivato fin qui in una notte di tempesta di neve, lo escluderei soprattutto per uno poco pratico dei luoghi e per la difficoltà di arrivarci.» Santovito guardò i due compagni: «Qualche idea su come la divisa di Ruffini sia arrivata qui se lui non c'era dentro?».

La lampada alimentata dalla batteria mandava una luce bassa che si rifletteva sulle pareti lucide della roccia e rimbalzava sugli oggetti attorno sfumandoli, e sui visi che segnava di ombre.

Raffaella disse: «È possibile che Ruffini sia tornato qui dopo la guerra e abbia trovato le due cassette di Flak e le Camarazze... No, le cassette nell'Abbazia le ha trovate il Romitto».

«Be', io credo di sapere come sono andate le cose...»

«E bravo il nostro maresciallo maggiore!»

La frase arrivò arrivò da fuori, gridata come un'imprecazione. Caddero gli sterpi che mascheravano l'ingresso della camarazza e nel vano, buio per la luce esterna della luna e delle stelle, si stagliò la sagoma di un uomo.

«Non muovetevi che ho fra le mani uno strumento capace di fare del male!» Agitò nell'aria il mitra. «Sentiamo, signor maresciallo, sentiamo e chissà che non sei stato così bravo da arrivarci da solo, senza il mio aiuto.»

La voce era distorta dall'esasperazione, rimbalzava contro le volte della grotta facendo rimbombare un'insopportabile eco.

Santovito non parlò e i lampi di una raffica di mitra illuminarono i visi dei tre, esplodendo contro le volte e facendo volare schegge di roccia tutt'attorno. Raffaella gridò e si strinse a Santovito.

«Perdio, non mi far ripetere le cose, maresciallo maggiore!»

«Va bene, va bene» gridò anche Santovito e sollevò la destra per togliere il sigaro di bocca.

Il movimento non piacque all'uomo con il mitra e una nuova raffica staccò altre schegge. «Non fare il furbo e non ti muovere, perdio!»

Santovito trattenne il respiro, poi parlò senza togliere il sigaro dalla bocca. Disse: «Be', non ci voleva poi molto per arrivarci. Bastava mettere assieme le cose... E che tu sia venuto, vuol dire che avevo ragione. Ho raccontato della passeggiata che volevamo fare fino alle Camarazze ed eccoci qui, ed eccoti qui».

«Sì, a chiacchiere sei bravo, ma i fatti?»

«I fatti sono questi: una notte d'inverno del Quarantaquattro... Non parlo bene con il sigaro in bocca. Posso toglierlo?»

L'uomo continuò a parlare a voce alta, troppo alta, irriconoscibile: «Toglilo lentamente e posalo sul tavolo assieme alle mani. Tu non vedi, ma la canna del mitra è dritta sulla tua testa e la faccio saltare in un amen!». Santovito si tolse il sigaro di bocca ma gli cadde di mano. «Lascialo dov'è che non ne avrai più bisogno!»

«Va bene, come vuoi. Dunque, una notte d'inverno del Quarantaquattro senti le grida di un disgraziato che si è perso fra questi boschi durante una tempesta di neve come non se ne vedevano da anni; sei da quelle parti... Il motivo non lo conosco: forse stavi andando oltre la linea del fronte o forse ti stavi semplicemente trasferendo... Fatto sta che ti imbatti in un disperato, mezzo morto di freddo, che si trascina dietro due cassette piene di reperti archeologici e ti ci vuole poco a capire che la tua fortuna è fatta.» Cercò di scoprire, nel buio del cunicolo, l'espressione dell'uomo con il mitra. «Come vado?» Non ebbe risposta. «Per il seguito non ho dati certi, ma immagino che sia tu a proporgli lo scambio: io ti porto al caldo alle Camarazze, ti do un abito civile, da mangiare e da dormire e tu mi dai quella robetta che non ti servirà se me ne vado e ti lascio qui a crepare. È così?» Ancora nessuna risposta. L'uomo con il mitra era immobile nella penombra. «Chi tace conferma... dice così il proverbio. Mi piacerebbe sapere come sei venuto a conoscenza delle altre due cassette che nel frattempo Flak stava nascondendo da qualche parte nei dintorni. Forse te lo ha detto quel poveraccio prima che tu lo ammazzassi. A proposito, sai come si chiamava? Immagino di sì, avrai controllato i suoi documenti. Si chiamava Andrea Ruffini.» Seguì un lungo silenzio e poi Santovito disse: «Io ho finito. Se tu hai qualcosa da aggiungere...».

Lo interruppe una risata e poi le grida dell'uomo con il mitra: «Sì che ho da aggiungere, sì! Quel coglione si era sdraiato sulle due cassette e non voleva saperne e mi puntava contro la pistola e gridava! "Vai a prendere quelle del tedesco! Vai a prendere quelle del tedesco che queste sono mie e non le do a nessuno!" Stava per morire e sembrava un matto! Ho dovuto calmarlo, che non potevo ammazzarlo se prima non mi diceva dov'era il tedesco, no? Per fargli capire che gli ero amico, gli ho offerto i miei abiti e ci siamo spogliati lì, in mezzo alla neve: gli ho dato i miei vestiti e ho messo la sua divisa della Guardia Nazionale... Sempre con la pistola puntata, quel coglione! "Tu non mi freghi, tu sei un partigiano e non mi freghi. Ne ho uccisi tanti di quelli come te...” E parlava, parlava come se il suo cervello... Fanno così quelli che stanno per morire e non se ne accorgono e quel coglione stava per finire assiderato! Bastava aspettare ancora un po’ e non avrebbe più avuto bisogno delle due cassette».

«Non hai nemmeno avuto bisogno di ammazzarlo. È già qualcosa. E i due poveri ragazzi? E il Romitto? Che bisogno avevi?»

«Che bisogno avevo? Che bisogno avevo?» gridò. «Quelli arrivano di corsa all’Abbazia urlando: “Romitto, Romitto! Abbiamo trovato il pero del tesoro!” proprio mentre io...»

Nella camarazza ci fu un lungo silenzio; nell’aria l’odore delle raffiche e, nell’ombra, l’uomo con il mitra, immobile come di pietra.

«Ma che sto a raccontarvi? A che ti serve sapere, maresciallo maggiore, se fra poco una delle camarazze salterà in aria e l’esplosione la sentiranno fino al paese? Arriveranno domattina e diranno che avevate trovato l’esplosivo, lo avete manipolato da incoscienti o che magari ti sei acceso un sigaro e siete saltati in aria: una disgrazia. Ce ne sono state molte in paese negli ultimi tempi, un paese disgraziato.»

Senza rendersene conto Raffaella stringeva talmente il braccio di Santovito da fargli male. Santovito le posò la mano sulla sua e allentò la presa: «Sta’ calma che non ci succederà niente. Non avrà il coraggio...».

Lo interruppe la stessa risata di prima: «Non avrò il coraggio, dice! L’ingresso è sempre stato minato, pronto a saltare e se proverete a uscire, io sarò lì dietro con questo...» e agitò il mitra. «Non ti illudere! Hai giocato un’altra partita in coppia con Bleblè ma questa volta l’avete perduta!»

Bleblè non si era scomposto né alle raffiche né alle minacce e se ne stava seduto sulla cassa, le mani sul tavolo e gli occhi piantati sulla sagoma scura. Lentamente sollevò la destra per spostare indietro sulla fronte l’ala del cappello: «Guarda che non sei ancora a sessantuno» disse sottovoce. «Ti mancano un paio di punti e Santovito ha un carico da trentotto e se lo gioca bene...»

«Un carico da trentotto, sì! E quando mai a briscola ci sono carichi da trentotto?»

«E quando mai ci si gioca la vita a briscola? Questa non è una partita a carte.»

Santovito si mosse per raccogliere il sigaro. «Che fai?» gridò l'uomo con il mitra portando la canna dell'arma su di lui.

Santovito si bloccò, leggermente chino. Disse: «Il sigaro. Se devo morire mi piacerebbe farlo fumando il sigaro». Aspettò immobile e poi: «Posso?».

L'uomo con il mitra non rispose subito, ma molto lentamente abbassò la canna e annuì. Con la sinistra Santovito recuperò il sigaro e infilò la destra nel cassetto rimasto aperto. Impugnò la P38 e fece fuoco da sotto il tavolo. Due colpi in rapida successione e l'uomo con il mitra cadde a terra, la tibia destra frantumata. Da quella distanza una P38 può spezzare in due il tronco di un querciolo.

L'ultima raffica andò a schiacciarsi di nuovo contro il soffitto e il mitra cadde lontano dall'uomo.

Grida, puzzo di polvere, fumo... e il pianto sommesso di Raffaella, il viso coperto dalle mani.

Santovito l'abbracciò e le mormorò all'orecchio: «È finita, adesso ti porto a casa. È finita, su, non piangere».

Bleblè strappò la pistola dalla destra di Santovito e, tenendola puntata, si avvicinò all'uomo ferito che urlava, si rotolava e tentava di sollevarsi per vedere il massacro della sua gamba e per raggiungere il mitra. Bleblè si chinò, gli agitò la P38 sotto il naso e gli mormorò:

«Te l'avevo detto che avevamo un carico da trentotto, e Santovito l'ha giocato bene, al momento giusto.» Lo frugò cercando di non sporcarsi del sangue che andava formando una pozza sotto il corpo e si rialzò. «Lasciamolo qui a crepare come ha fatto crepare quei poveri ragazzi e andiamocene. Nessuno lo piangerà, questo delinquente!»

Stringendo Raffaella per le spalle e forzandola a seguirlo, Santovito si avviò per raggiungere Bleblè che era ormai fuori dalla camarazza. Passando accanto al ferito Raffaella si fermò e, alla scarsa luce che la batteria d'auto riusciva ancora a produrre, lo guardò.

«È... è...»

«Sì, ma adesso andiamo.»

«E tu... lo sapevi?» Santovito annuì. «Come...»

«Tanti piccoli particolari che messi assieme fanno un'accusa» le spiegò, e il tono era triste. «Ma adesso andiamo» e la trascinò fuori, sotto un cielo chiaro e pieno di stelle, a respirare l'aria fresca che saliva dal fiume.

Un grido uscì dalla grotta, deformato dal dolore e dalla strettoia dell'ingresso: «Noo! Noo! Io non voglio... Non potete lasciarmi qui a morire come un animale!».

Raffaella rabbrividì: «Non possiamo... Non è... non è umano...».

«Lo so.» E Santovito la consegnò a Bleblè che aveva già il piede sul primo piolo della scala di corda. Teneva sempre la pistola stretta nella destra.

Quando Santovito tornò fuori dalla grotta, l'uomo gridava ancora e lui aveva le mani sporche di sangue. Disse a Raffaella: «L'ho fasciato alla meglio» e a Bleblè: «Fai prima che puoi e mandami i carabinieri con una barella e delle corde per tirarlo su. La camionetta può arrivare fino alla Cava Vecchia...».

«Tu... tu vieni con noi» implorò Raffaella. E poi: «Sì, non sarebbe... non possiamo abbandonarlo qui, hai ragione». Si alzò sulla punta dei piedi e gli sfiorò le labbra. «Stai attento, mi raccomando!» A metà della scaletta lo salutò con un gesto.

Per un poco Santovito continuò a illuminare la scaletta con la torcia e quando non sentì più i passi dei due, la spense e sedette su un sasso dinanzi all'ingresso della camarazza. Restò il silenzio della notte, ché il ferito non si lamentava più, forse svenuto.

Santovito chiuse gli occhi e respirò a fondo. Un alito di vento gli portò, dal basso, il frusciare delicato dell'acqua sui sassi, come un canto di fata.

«Questa notte le fate non sono scese al fiume per bagnarsi e non hanno cantato le loro nenie» mormorò.

XXIX

la sagra della Madonna di settembre

«Dove sono le uova?» Santovito si era guardato attorno e indicava un punto del sagrato. «Erano sempre state lì e non ci sono più. Dove sono andate a finire le uova?»

«Le uova? Ma cosa dici? Cosa c'entrano le uova?»

La sagra della Madonna di settembre aveva origini lontane ed era, per il paese, l'ultima festa dell'estate. Già l'alba aveva visto i camioncini degli ambulanti e i primi curiosi passeggiare fra i banchi delle stoffe e delle confezioni, delle terraglie e degli attrezzi, ma soltanto dopo la messa delle undici il sagrato si era riempito di gente. Ormai i villeggianti se n'erano andati, tornati in città, alla vita di sempre, e c'erano solo quelli del posto e gli abitanti dei molti paesi vicini, loro sì nella vita di sempre, a guardare, soppesare, contrattare, mentre i bambini si rincorrevano o erano in estasi davanti ai venditori di giocattoli e dolciumi, inseguendo con lo sguardo invidioso il coetaneo cui il nonno munifico aveva comperato un pupazzo o una massa spumosa di zucchero filato, magari promesso per un anno intero.

Nella gelateria e al ristobar poco lontani, i juke-box tacevano e la pallina di plastica dura non correva più nel finto campetto del calciobalilla. Sarebbero tornati in funzione la prossima estate con le cinquanta lire dei giovani venuti dalla città.

«Ma sì, le uova.» Santovito continuava a guardarsi attorno. «Quando ero maresciallo qui e c'era la sagra, in quell'angolo di piazza trovavi sempre delle donne che vendevano uova e pulcini. Scatole da scarpe piene di uova e pulcini e anatroccoli che pigolavano in mezzo alla paglia. Li vendevano per tirare su un po' di contante, che a quei tempi, almeno nelle famiglie contadine, mancavano regolarmente.» Allargò le braccia. «E ora non ci sono più!»

«Evidentemente sono cambiati i tempi e i contadini di allora sono scomparsi. Sono scesi in città, a lavorare in fabbrica. Lavoro più sicuro, senza preoccuparsi del tempo o di un raccolto andato in malora, che voleva dire fame. Poi la domenica festa, e ferie pagate. E ogni giorno, finito il turno, tutti a casa, altro che lavorare dall'alba al tramonto, tutti i giorni.»

«O a perdersi in qualche bar di periferia? Mi sa che rimpiangeranno qualcosa» e Santovito mise le mani avanti, vedendo che Raffaella stava per replicare. «D'accordo, come lavoro staranno un po' meglio di prima, si compreranno anche la macchina, i figli studieranno... Ma mi sembra che la fabbrica non sia poi una soluzione così fantastica. È gente abituata all'aperto, a una certa, tutto sommato, libertà. D'altra parte è vero, le cose cambiano. Per esempio, io ho lasciato un paese e ne ho trovato un altro. Era meglio se non tornavo.» Raffaella sollevò un viso imbronciato e allora Santovito le sorrise. «Be', no. Diciamo che era quasi,» e calcò sul quasi «quasi meglio.» La prese per un braccio: «Per farmi perdonare ti offro i brigidini. Vedo che il banco, almeno quello, c'è ancora. Li hai mai mangiati?».

«No, cosa sono?»

«Vieni, ti faccio vedere.»

Sotto un telone e dinanzi a un furgoncino, un uomo stava cuocendo delle piccole cialde color grano su una tonda piastra di metallo. Attorno si diffondeva un intenso profumo di dolce e di anice.

Santovito li indicò: «Si chiamano brigidini, credo, perché li facevano le suore del convento di Santa Brigida, in Toscana. È semplice pasta dolce aromatizzata con semi di anice o qualcosa di simile». Sorrise a un ricordo che gli affiorò alla mente. «Non c'era festa qui senza questi dolcetti e vedo che qualcosa del passato è rimasto.»

Se ne fece dare un cartoccio, pagò e porse un brigidino a Raffaella: «Prendi, assaggia». Aspettò il suo giudizio, ma Raffaella masticò e assaporò in silenzio e a occhi socchiusi. «Non sono cattivi, giusto? Ma guarda, c'è anche il venditore di lupini salati. Andiamo a comprare i lupini?»

Raffaella lo guardò stupita: «Cosa succede? Sei sempre così serio e oggi ti comporti come un bambino. Dopo il dolce subito il salato? Aspettiamo almeno un poco, prima».

«Sarà che certe cose mi riportano indietro, a quegli anni che, bene o male, sono stati miei e agli oggetti che sono il simbolo di qualcosa che se ne va e mi sembra impossibile che torni. Vedi? Non c'è neanche più il tiro al bersaglio.»

«Ma no, c'è, eccolo là!» E fu lei a trascinarlo verso il baraccone del tiro a segno.

Per un po' guardarono i tiratori e poi Santovito scosse il capo e si chinò all'orecchio di Raffaella: «No, no, questo è un tiro al bersaglio moderno, carabine a ripetizione e tutto, compresi i premi per chi vince». Guardarono ancora i tiratori e poi si allontanarono: «Prima c'era un omino, che si chiamava... Brillone, mi pare. Chissà che fine ha fatto? Questo omino faceva un altro mestiere, non so, ma per le feste, per fare su due soldi, organizzava il tiro a segno. Portava due aste di ferro sopra alle quali, in bilico, era sistemata la sagoma d'un uccellino, sempre di ferro, che reggeva un peso. Se con la carabina centravi l'uccellino, questo cadeva e il peso finiva in un incavo pieno di zolfo e potassio. Non si vinceva niente, solo il botto che facevano zolfo e potassio centrati dal peso».

«Vi divertivate con poco.»

«Si divertivano con poco; io non ho mai tirato. Figurati, il maresciallo! Se poi sbagliavo e non ci prendevo?»

«Ci avresti preso, ne sono sicura. Quando c'è stato bisogno...» e rabbrividì.

Santovito le posò una mano sulle spalle e la strinse vicino. «Ho pregato che la P38 funzionasse... Non si sa mai con una pistola che non aveva sparato da chissà quanti anni. Se no a quest'ora tu, io e Bleblè...»

«A proposito, guarda, c'è Bleblè!» disse Raffaella e corse a raggiungerlo.

Fra il tendone delle stoviglie e quello delle scarpe, odore di cuoio e di stoffe, Bleblè, il cappello calato sulla fronte, se ne stava seduto su una seggiolina impagliata con attorno gli oggetti fabbricati durante l'estate. Lavori in vimini e legno: panieri, cestini per i pescatori, larghe paniere per la frutta, cucchiai e forchettoni intagliati per la cucina.

Raffaella guardò tutto: «Sei bravo, Bleblè e sono proprio belli».

Santovito offrì un sigaro: «Grazie, ma non ho mai fumato altro che le sigarette che mi faccio io con il trinciato forte» ma poi prese il sigaro che spuntava appena dalla scatola e lo annusò, come un vecchio fumatore di sigari. «Ma per l'occasione...» e tirò nella brace che il fiammifero di Santovito andava accendendo.

Accese anche Santovito: «Come vanno gli affari?».

«Vanno.» Sbuffò una boccata di fumo e guardò la punta del sigaro. «È che si vende di più quando ci sono i villeggianti, per esempio durante la festa del paese, il quindici di agosto. Cosa se ne faranno poi di un paniere o di un cucchiaio di legno, che di plastica è più pratico e più pulito?»

«Li usano come soprammobili e per bellezza, Bleblè. Voi qui lasciate andare tutto, stanchi delle cose che avevate e loro, che certe cose non le hanno vissute, le recuperano, sognano un mondo che non è mai esistito. Cercano il paniere che non serve più a niente perché ci sono le sportine di plastica, e il pollo ruspante che non ruspa più. Però, se per caso lo trovano, scoprono che la carne è più dura di quelli d'allevamento e il sapore sa di selvatico.»

«Per bellezza? Che bellezza sarà mai? A volte adoperano i miei panieri per andare a funghi, solo che raspano il bosco che sembra ci sia passato...» non trovò il termine di paragone. «E così i funghi non spuntano più e mi tocca di andare in posti sempre più lontani e difficili da raggiungere.»

«Ooh, qui vi lamentate sempre, che i funghi non ci sono più, che tutti raspano e sciupano... Ma i boschi e i castagneti, chi li pulisce ancora? E i pastori, dove sono andati a finire?»

Bleblè tirò dal sigaro e poi: «Dici bene, te! Perché non ci stai tu, quassù? Te ne sei andato, avrai pure avuto i tuoi buoni motivi, non dico, come tutti, allora. Ma adesso che sei tornato? Che intenzioni hai?».

«Me ne vado domani.»

«Ecco, vedi? Mi sembri un prete: predichi, predichi e poi fai come gli altri. Vieni qui a scappa e fuggi. Un po' da villeggiante e un po' da maresciallo dei carabinieri, poi torni in città, come tutti, e fino a quest'altr'anno nisba. Forse. Se torni.» Guardò il sigaro e lo spense sotto la suola.

«A proposito di maresciallo...» disse Santovito. «Pare che il maresciallo Amadori Ares sarà trasferito ad altra sede più confacente alle sue capacità e alle sue... conoscenze.» Guardò Raffaella e le sorrise. «E pare anche che qui ci sia bisogno di un maresciallo maggiore aiutante di battaglia, che sarebbe poi il mio grado attuale.»

Raffaella gli strinse il braccio: «Non me lo avevi detto» mormorò. «Ti piace veder soffrire le donne?»

«No, è che non sono ancora sicuro al cento per cento e poi non so se un maresciallo maggiore...» Tornò a Bleblè: «Sempre che qui mi vogliate ancora».

Bleblè si alzò: «Non so gli altri, ma qui c'è chi ti prenderebbe a braccia aperte, maresciallo maggiore o non maresciallo maggiore» e per la prima volta sorrise. Sorrise a Raffaella. «Be', adesso si va a festeggiare, tanto qui non si vende più niente. Andiamo, va, che vi offro un bicchiere di vino.»

«Oh Bleblè, e sei disposto a offrirne uno anche a me?» chiese la Cesira che era improvvisamente spuntata da dietro il tendone delle stoviglie e teneva in mano un tegame di alluminio.

«Ve bene, Cesira, oggi ce n'è per tutti!» e Bleblè abbracciò l'anziana e se la strafugnò contro. «Come ai bei tempi di quando eri una ragazza!» Ma poi l'allontanò e la guardò in viso: «Però tu adesso la smetti con la storia della Borda, io ti pago da bere e tu mi dici che la Borda non esiste, non c'è».

«Oh Bleblè, come faccio se io so che la Borda c'è? Lo sai anche tu che è stata la Borda a tirare sotto Rino dei Battaglia e il povero Romitto!»

«Quella era una Borda a due gambe, Cesira! Una Borda come te e come me!»

«Sì, e chi ha mangiucchiato quelle due povere facce? E quella di quel povero giovanotto durante la guerra? E dove credi che sia finito il tesoro della Regina Selvaggia?»

«Chissà, c'è anche il caso che qualcuno lo sappia dov'è finito, Cesira, e che un giorno o l'altro se ne torni a parlare.»

«Te lo dico io dov'è finito, te lo dico io sì: dopo che il Romitto l'ha trovato, se l'è preso la Borda e adesso è nascosto nel fondo della pozza e lo protegge perché non finisca nelle mani di chissà chi!»

Improvvisamente il juke-box mandò altissima l'ultima canzone dell'estate, gettonata dall'ultimo ragazzo che magari sarebbe partito più tardi per la città, e la voce di Modugno e le note di *Nel blu dipinto di blu* coprirono per tre minuti la confusione della fiera.

Bleblè lasciò perdere la Borda e prese sottobraccio la Cesira. «Va bene lo stesso, ti pago da bere lo stesso, Cesira, tanto non cambierai mai idea.»

«Forse è meglio così» disse Raffaella. «C'è un tempo per la Borda e un tempo per il juke-box.»

Epilogo

«Abbiamo cinque minuti. Che ci diciamo?»

Nella sala d'aspetto c'erano solo loro due e, dalla porta che metteva nel bar della stazione, arrivavano le risate e le battute degli ultimi villeggianti che stavano per tornare in città. Anche Raffaella e Santovito avrebbero gradito un caffè, ma preferivano stare soli.

Raffaella si strinse nelle spalle: «Avrei tante cose da dire, ma… Aspetta!».

Cercò nella borsetta, entrò nel bar, scambiò qualcosa con la cassiera, andò a inserire il gettone nel juke-box e, sorridente, tornò nella sala d'aspetto. Il tempo perché il braccio meccanico trovasse il disco selezionato e poi le prime note della canzone:

Quando nel mio juke-box
c'è un disco dei Platters,
non mi disturbate
se ascolto Only you.
Sembra tornar l'estate,
le miss con i blue jeans fasciate,
i flirt, i rock and roll.
Col one two, three…
Sempre a ballar così
l'estate finì.

«Se quando ero su al paese, tanti anni fa, avessi pensato che un giorno mi sarei trovato nella sala d'aspetto della stazione ad ascoltare una canzone che parla dei Platters... E con te. Non ti sembra strano?»

«No, non mi sembra strano.» E in silenzio ascoltarono tutta la canzone.

Il campanello annunciò il prossimo arrivo del treno. Sempre in silenzio Santovito raccolse la valigia, prese sottobraccio la ragazza e assieme uscirono sul marciapiede.

Aveva una gran voglia di stringerla, ma Raffaella si teneva distante e rigida, lo sguardo sul marciapiede, e parlava, parlava di tutto, del tempo, di quanto lui ci avrebbe messo per arrivare a casa, delle scuole che fra poco avrebbero riaperto e di come lei avrebbe passato il tempo nell'attesa del suo primo giorno di insegnamento... Come se non ne avessero già parlato per giorni. Smise solo quando Santovito le sollevò il viso.

Raffaella aveva gli occhi lucidi e lui non riuscì a dirle quello che avrebbe voluto, prima di salire sul treno. Allora la strinse e Raffaella gli si ammorbidì fra le braccia. Poi si sollevò sulla punta dei piedi e gli mormorò all'orecchio:

«Per favore, torna.»

La vide allontanarsi, immobile sul marciapiede, e poi sparire dietro la leggera curva che i binari facevano per seguire il fiume. Solo allora sedette e non riuscì a riprendere i pensieri.

Con il capo appoggiato allo schienale e gli occhi aperti appena per guardare il fumo stemperarsi nell'aria della carrozza, consumò mezzo sigaro. Poi si scosse e riprese il verbale.

Aveva letto subito la prima parte, non appena il tenente colonnello Friggerio gliel'aveva consegnato salutandolo e pregandolo di telefonargli il suo parere.

A.D.R. Sì, sapevo che il tedesco aveva nascosto da qualche parte le due cassette di reperti, me lo aveva detto il brigadiere Ruffini prima di morire.

A.D.R. No, non sapevo dove e l'ho seguito per molto tempo per cercare di scoprirlo, ma il tedesco se ne doveva essere accorto perché non è mai andato a recuperarle.

A.D.R. Mi sono accorto dei due ragazzi quando li ho sentiti gridare che erano ancora sul sentiero. Gridavano: "Romitto, Romitto, abbiamo trovato il pero del tesoro! Abbiamo trovato il tesoro della Regina Selvaggia!", poi sono spuntati dal sentiero e sono venuti di corsa verso di me.

A.D.R. Sì, avevo già colpito il Romitto alla nuca e avevo ancora in mano il sasso, ma loro non potevano vedere il corpo perché era nascosto dal masso che c'è nello spiazzo dinanzi all'Abbazia.

A.D.R. Perché l'ho ucciso? Io non lo volevo uccidere. Volevo fargli capire che facevo sul serio quando lo minacciavo di morte se non mi diceva dove aveva nascosto le due cassette del tedesco. Solo che mi aveva talmente esasperato con le sue storie ridicole che ho picchiato troppo forte. Ma non lo volevo uccidere, se no come avrebbe potuto dirmi dov'erano le altre due cassette?

A.D.R. Sì, ha perso molto sangue, ma ho poi dato fuoco all'erba attorno al masso e così nessuno ha visto il sangue.

A.D.R. Sì, parlo anche di loro, dei due ragazzi. I due ragazzi sono arrivati di corsa fino vicino a me e allora hanno visto il corpo del Romitto e si sono fermati a guardarmi e a guardare il corpo. Ho detto che lo avevo trovato così, ma il più grande dei due...

A.D.R. Il più grande si chiamava Rino dei Battaglia ma non conoscevo il nome del più piccolo. Ho raccontato che avevo trovato il Romitto così, ma Rino dei Battaglia ha cominciato a gridare che lo avevo ucciso io e che avevo ancora in mano il sasso e allora non ho potuto fare altro che prenderli tutti e due.

A.D.R. No, non hanno tentato di scappare perché li ho minacciati con la pistola.

A.D.R. Li ho legati e sono andato a mettere la mina e quando sono tornato ho liberato il più piccolo, l'ho messo sul sentiero e gli ho detto di tornare in paese che lo lasciavo libero. L'ho seguito di lontano fino a quando la mina lo ha ucciso.

A.D.R. In occasione dell'attentato a Togliatti avevo recuperato delle armi e delle mine dalle Camarazze dei Contrabbandieri e le avevo nascoste nei sotterranei dell'Abbazia perché pensavo che potevano esserci utili e così le avremmo potute recuperare più presto che alle Camarazze, che per arrivarci ci vogliono due o tre ore.

A.D.R. No, non avevo parlato a nessuno di quelle armi e nessuno sapeva dov'erano. È stata una mia idea.

A.D.R. Rino dei Battaglia l'ho portato alla pozza della Borda e l'ho affogato nello stesso punto dove avevo lasciato il repubblichino della Guardia Nazionale di Salò.

A.D.R. No, non ho altro da aggiungere.

Fatto, letto, confermato e sottoscritto in data e luogo di cui sopra.

Collina Giacomo detto Stalìn

Indice

«Un disco dei Platters»
di Francesco Guccini – Loriano Macchiavelli
Bestsellers Oscar Mondadori
Arnoldo Mondadori Editore S.p.A.

Questo volume è stato stampato
presso Mondadori Printing S.p.A
Stabilimento NSM – Cles (TN)
Stampato in Italia — Printed in Italy

47191
1999